KB123980

빌리프
Belief

빌리프

2016년 4월 15일 초판 1쇄 발행
2016년 9월 5일 초판 2쇄 발행

지은이 주성우
발행인 이종주

기획 편집 주수지 이은정
경영 지원 배진경 김슬기
마케팅 김정수 신은경

발행처 (주)로크미디어
출판등록 2003년 3월 24일
주소 서울시 마포구 성암로 330(상암동) DMC첨단산업센터 3층 14호
Tel (02)3273-5135 Fax (02)3273-5134
홈페이지 rokmedia.com rokmedia.blog.me
E-mail romance@rokmedia.com

값 9,000원

ISBN 979-11-5960-974-9 03810

빌리프
Belief

주성우
장편소설

ROCOCO

Contents:

밴드 '오버플로'의 오리지널리티는 양극단을 동시에 가진다는 데 있다. 진실과 거짓, 열정과 나태, 성실과 방종, 순수와 불순, 부드러움과 강함, 화려함과 평범함……. 그들은 공격하는 동시에 치유한다. 그들은 전설을 넘어 이미 종교가 되었다. 모든 종교는 예술로서 실재하며 '오버플로'는 당대의 진정한 대중 예술가이기 때문이다.

-인터넷 팬 카페 '오버플로를 기다리는 사람들'의 필독 공지문 중 발췌-

피로 물든 정모 1

모오이?

처음 들어 보는 브랜드다.

20~30대 젊은이들을 주 고객층으로 하는 록바Rock Bar에 갖다 놓기엔 다소 아까운 소파라는 건 알겠다. 좁아터진 내 집에 침대 대신 들여놔도 좋을 거란 생각을 하며 손바닥으로 검정색 가죽 소파를 살살 쓸었다.

역시나 죽여주는 감촉.

"그래서 오빠, 소파 좋긴 좋다. 언제 바꿨어?"

여기서 '그래서'는 접속어가 아니다. 록바 '왠지와 그냥'의 사장이자 내가 운영하는 인터넷 카페 '오버플로를 기다리는 사람들'의 부매니저인 오중기 오빠의 카페 닉네임이다.

테이블 맞은편에 앉아 오버플로의 세 번째 정규 앨범 〈Maybe,

Maybe Not〉에 심취해 있던 오빠가 눈을 감은 채 대답한다.

"한 2주 됐을걸."

"그 멀쩡한 걸 다? 바 스툴도 싹 교체했네?"

"좋잖아. 새롭고, 산뜻하고. 계절이 바뀌니까 마음이 싱숭생숭해서."

마음이 싱숭생숭하단 이유로 가게 인테리어를 바꿀 정도로 오빠네는 부자다. 금수저를 물고 태어나 고생다운 고생 한번 안 해 보고 자란 남자. 심지어 오빠는 군대도 안 갔다.

"소영 언니가 뭐라 안 해?"

게다가 오빠 부인 임소영은 예대 무용과 출신의, '헉' 소리가 절로 나는 미인이다.

"그 돈으로 자기 가방이나 사 달라고 하데."

씀씀이가 좀 헤프긴 하지만 남편 집이 워낙 재력가니 딱히 흠은 아니다.

"그래서?"

"가방도 사고 소파도 바꿨지."

"그래."

괜한 걸 물었다. 이런 전생에 나라를 구한 양반 같으니라고.

강렬한 사운드의 네 번째 곡이 끝나고 앨범의 다섯 번째 트랙이 흘러나온다. 나는 리듬에 맞춰 발을 까딱거리며 휴대폰으로 시간을 확인했다. 오후 7시 30분이 막 넘어가고 있다.

카페 정모 약속 시간은 오후 8시. 현재 도착 인원은 나를 포함해 세 명뿐이다. 그중 한 명은 정모 장소 제공자인 부매니저 중기 오빠. 다른 한 명은 오빠 부인 소영 언니.

"이것들이…….”

나는 아랫입술을 잘근잘근 씹으며 휴대폰의 액정 화면을 켰다 끄길 반복한다.

"고만해. 정신 사납다.”

"약속 시간이 코앞인데 아무도 안 오잖아.”

"올 때 되면 오겠지.”

"오늘이 어떤 날인데. 아무튼 늦기만 해 봐.”

오늘은 밴드 오버플로가 정식으로 해체한 지 딱 5년 되는 날이다. 카페 오버플로를 기다리는 사람들, 줄여서 '오기사'는 밴드가 해체한 바로 그날 개설되었으므로 오늘은 카페 창립 5주년이기도 하다.

"아무튼 늦기만 해 보라고.”

자세를 바꿔 앉으며 팔짱을 꼈다.

기념할 만한 숫자 같은 건 차치하고서라도 오늘의 정모는 내게 다른 때보다 특별하다.

나는 오늘 중무장을 하고 왔다. 눈이 족히 두 배는 커 보이는 두꺼운 아이라인, 짙은 마스카라, 펄이 들어간 아이섀도, 결정적으로 강렬한 붉은 립스틱까지.

"늦기만 해. 아주 그냥…….”

"고마해. 간만에 들어온 신입 회원한테 그러고 싶냐. 말이야 바른 말로 앤이 너한테 뭘 그렇게 잘못했냐. 괜한 사람 잡지 말고 고만하랄 때 고만해.”

"여기서 갑자기 앤이 왜 튀어나와?”

나는 뜨끔해서 소리쳤다.

"내가 모를 줄 아냐. 문정이 너 이번 정모 참석자 명단에 앤이 올라왔을 때부터 딱 고 모양 고 꼴로 힘 팍팍 주고 다닌 거. 오랜만에 쌈닭 모드냐? 평소엔 어리바리 순둥이도 저런 순둥이가 없다 싶을 정도로 순둥순둥하면서 가끔 수틀리면 꼭 그러더라. 앤이 걔, 게시판에 글 올리는 거만 봐도 딱 견적 나오드만. 지적이고 청순하고, 딱! 어? 게다가 카페 매니저가 그렇게 갈구는데도 정모에 나온다니 얼마나 갸륵해? 고추장 먹인 쌈닭이랑 붙으면 100퍼센트 재기 불능 된다. 신입 회원 하나 잃는 거야."

"고추장 먹인 쌈닭이라니, 누가!"

"그게 넌 줄 알긴 아냐."

"오빤 몰라. 걔가 얼마나 교묘하게 사람 속을 긁어 대는지. 남자들은 모른다고."

"나도 모르겠던데?"

반짝반짝 빛나는 은색 쟁반에서 맥주와 마른안주를 내려놓으며 소영 언니가 웃는다.

부부는 일심동체라 이건가.

"문정이가 열심히 번역해 놓은 가사를 앤이 일일이 수정해서 보란 듯이 다시 올리긴 했지. 전문 번역가 뺨치는 실력으로 주석까지 달아 놓고……. 우리 문정이 자존심 많이 상했을 거야."

소영 언니는 중기 오빠 옆에 딱 붙어 앉아 아몬드를 씹으며 다 이해한다는 듯 너그러운 표정으로 말했다.

"그래도 문정아, 우리가 영어 실력이 없지 가오가 없니?"

천만 관객 영화의 명대사까지 패러디하며 소영 언니는 나를 달래려고 애쓴다. 하지만 인간 선문정, 고작 그런 것 때문에 화가 난 건 아니다.

물론…… 오버플로의 전곡 가사 번역은 한 달여에 걸친 나의 피땀 어린 노력과 인내의 결과물이긴 했다. 대중적으로 유명한 몇몇 곡을 제외하고는 인터넷을 아무리 뒤져도 한국말로 번역된 가사를 찾을 수 없어 내가 두 팔 걷어붙이고 나선 것이다. 우리 카페의 부흥을 위해, 카페 회원들을 위해, 내 청춘 그 자체인 오버플로를 위해.

그런데 그걸 아직 등업도 하지 못한 신입 회원이 단 이틀 만에 '쓰레기'로 만들어 버렸다. 그 신입 회원의 닉네임은 'Aan'. 약 한 달 반 전에 가입했으며, 내가 고심 끝에 해 놓은 가사 번역에 대고 '제대로 되지 않았다', '잘못된 의역이다', '이해가 되지 않는다' 등등의 댓글을 달고는 단 이틀 만에 미리 준비해 놓기라도 한 것처럼 새로운 번역을 올린 것이다. 그것도 아주 프로페셔널하게 번역된, 가사집을 만들어 팔아도 될 만한 수준으로…….

물론, 그럴 수 있다고 생각한다. 오히려 고맙기도 하다. 나는 나의 미흡한 영어 실력에 민망함을 느끼며 'Aan'을 당장 등업시켜 주었다.

나는 중기 오빠와 소영 언니의 오해만큼 속 좁은 인간이 아니다. 하지만 대놓고 싫어하는 게 딱 하나 있으니, 그건 바로 '왜?'라는 질문. 그것도 알 만한 사람이 하는 '왜?'라는 질문이다.

왜 있잖은가. 대답하기 곤란하고 힘들다는 걸, 혹은 답이 없다는 걸 뻔히 알면서 '왜? 왜? 왜?' 하고 끈덕지게 물어 대는 거.

'Aan', 그러니까 앤은 카페에 내가 올린 게시글마다 그런 질문을 댓글로 달아 놓았다. 처음엔 나름의 성의를 가지고 답글을 달아 주었다. 하지만 곧 무언가 잘못되었다는 걸 깨달았다.

앤은 오직 내가 쓴 글에만 그런 질문을 하고 있었던 것이다. 다른 회원의 글에는 댓글을 달지 않거나 달아도 짧은 감상이 전부였다.

그뿐인가. 앤은 몇 년이 지나 이제는 아무도 찾아보지 않는 게시글까지(물론 내가 올린 것만) 찾아 읽으며 같은 질문을 해 댔다.

의도적이라고밖에 생각할 수 없었고, 나는 그것을 일종의 시비로 받아들이기로 했다.

싸우는 것을 싫어하지만 싸움이 붙으면 지고는 못 산다. 나는 지극히 자기중심적인 사람이다. 나처럼 착한 사람을 화나게 했다면 그건 상대가 무조건 나쁘기 때문이라고 생각하는!

"솜이 오늘 못 온다는데? 채팅방 확인해 봐."

소영 언니가 큐빅으로 화려하게 튜닝한 휴대폰으로 셀카를 찍으며 말한다. 나는 얼른 카페 단체 채팅방을 확인했다. 어머니가 허리를 다치셔서 오늘 정모에 못 나온다고 적혀 있다.

"어머니가 편찮으시다고 쓰고 소개팅이 있다고 읽는 거지."

중기 오빠가 '안 그래?' 하는 투로 나를 본다.

"어머니가 진짜 편찮으실 수도 있잖아."

나는 가게 입구와 휴대폰을 번갈아 보며 건성으로 대꾸했다.

"뭐, 그럴 수도 있고. 솜이 없으면 좀 조용하겠네."

"자기, 그래서 싫어?"

"그럴 리가…… 우리 여보가 있는데."

테이블 건너편에 내가 떡하니 앉아 있는데도 둘이 뽀뽀하고 아주 난리가 났다.

"문정인 연애 안 해? 언니가 소개팅 주선해 줘? 대학 후배 중에 알아주는 킹카 하나 있는데, 어때? 우리 귀여운 문정이랑 정말 잘 어울릴 거야."

소영 언니는 첫 정모 때부터 나를 '우리 문정이'라 부르며 무척 귀여워한다. 말로 전한 적은 없지만 고맙게 생각하고 있다. 하지만 소개팅같이 불편한 자리는 가능하면 피하고 싶은 게 솔직한 심정이다.

"난 됐어. 연애 같은 거 귀찮고……."

게다가 연애는 내게 더 이상 특별한 것이 아니다. 하지 않으면 안 될 정도로 '필수'인 것도 아니다. 말 그대로 귀찮은 것이다.

"아깝게…… 모처럼 귀엽게 태어났는데."

아쉬워하던 소영 언니가 휴대폰 카메라를 내 쪽으로 돌리고 사진을 찍는다.

"어쩜, 문정이 넌 그런 화장을 해도 귀엽니?"

그런 화장이라니. 세 보이는 화장? 진한 화장? 설마 과한 화장이라거나 두꺼운 화장 같은 건 아니겠지.

'설마 아니겠지' 하는 심정으로 높이 올려 묶은 똥머리를 손으로 더듬어 확인하고 애교머리를 손가락으로 빗어 내렸다.

딱히 앤과 경쟁하려는 건 아니다. 아니지만…… 가능하면 지고 싶지 않다고 할까. 특히 외모로는. 지성에선 이미 한 수 접었으니.

듣기로 앤은 학교를 외국에서 다녔다고 한다. 그것도 오버플로의 나라 영국.

망할 놈의 주입식 교육!

나는 잠시 대한민국의 교육정책에 분개하다가 다시 시계를 봤다.

8시 10분 전. 이쯤 되니 초조해진다.

앤을 '적'으로 간주한 후, 나는 줄곧 그녀를 괴롭혀 왔다. 인정하는 부분이다. 카페 매니저라는 권한을 이용해 괴롭힌 것으로도 모자라, 카페 소모임인 '판타지아'에서 앤의 캐릭터를 무려 쉰다섯 번이나 죽이기도 했다.

'판타지아'는 출시된 지 10년이 넘은 온라인 RPG 게임으로, 나는 그 게임을 고등학생 때 시작해 지금까지 즐기고 있다. 카페 내에 이 게임을 하는 유저가 다수 있다는 사실을 알고 게임명과 같은 '판타지아' 길드를 만들어 카페와 병행해 운영 중이다. 판타지아 길드에 가입하지 않은 카페 회원은 있어도, 카페 회원이 아닌 판타지아 길드원은 없다.

앤은 얼마 전 판타지아 계정까지 만들어 길드에 가입했다. 그리고 이미 만렙을 찍은 내 캐릭터에게 쉰다섯 번의 죽임을 당했다.

우리 카페 역사상 이렇듯 열성적인 회원은 없었다. 중기 오빠 말마따나 갸륵하기 그지없는 것이다. 하지만 그것과는 별개로 앤이 내 속을 은근히 긁고 있다는 것 역시 부정할 수 없는 사실. 원래 대놓고 괴롭히는 것보다 남몰래 은근히 괴롭히는 게 더 나쁘다. 당하는 사람 말고는 아무도 모르니까.

입구 쪽을 노려보듯 주시하는 내 시야에 그림자 하나가 급격히 가까워진다 싶더니 카페 막내인 선욱이 뭔가에 쫓기는 사람처럼 뛰어 들어온다.

"대박! 대박! 대애박 뉴스!"

"야야, 숨넘어가겠다. 뭔진 모르겠지만 천천히 해, 천천히."

중기 오빠가 테이블 위의 컵을 들어 헐떡이느라 바쁜 선욱의 입에 가져다 댄다.

"이거도 좀 마시고."

"자기!"

"오빠!"

소영 언니와 내가 동시에 일어나 컵을 낚아챘다. 컵은 행동이 조금 더 잽싼 내 손에 안착.

"오빠, 이거 술이야."

"어? 그래?"

"자기, 큰일 날 뻔했잖아."

선욱은 아직 미성년자다. 파릇파릇한 18세. 뮤지션이라는 부푼 꿈을 안고 상경한 현직 아르바이터. 고향은 마산이고 고등학교는 중퇴했다고 한다.

"술이가. 에이, 아까비."

"그니까 인마, 기회가 왔을 때 마셨어야지."

일부러 그랬을 줄 알았다.

"장난 좀 그만 쳐, 애도 아니고. 물론 그런 자기도 좋아하지만. 그리고 선욱이 넌 스무 살 될 때까지 술 안 된다고 했지? 담배는 마흔 살까지 안 돼."

"소영 누님은 진짜 우리 엄마보다 더하다니까."

"대박 뉴스가 뭔데?"

나는 내 앞에 있던 물 잔을 선욱에게 건네며 물었다.

선욱은 카페 공식 정보통이다. 선욱이 물어 오는 정보 중엔 쓸 만한 게 꽤 많다. 숨은 맛집이나 폐업 반값 세일, 중고 장터에 올라오는 희귀 음반 같은 거.

선욱이 물 잔을 받아 쥐고 숨을 크게 한 번 몰아쉬었다.

"지난달에 잠깐 돌았던 소문 알제?"

"무슨 소문?"

"이안이 한국에 있다는 소문."

"그거 헛소문 아니냐? 그냥 닮은 사람이라도 본 거겠지."

중기 오빠가 심드렁한 표정으로 귀를 후볐다.

"나도 그런 줄 알았는데 그게 아니더라니까."

"그럼, 이안이 진짜 한국에 있다는 얘기야?"

소영 언니의 커다란 눈이 동그랗게 더 커진다.

"지금 SNS 난리 났다 아니가."

"난 SNS 안 하는데."

소영 언니가 천진한 얼굴로 고개를 젓자, 중기 오빠와 내가 동시에 '나도.' 했다.

"이 싸람들이 진짜, 문명의 이기도 좀 누리고 살아라."

문명의 이기라니. 고급 단어 구사가 기특하긴 하지만 선욱이 '이기'의 정확한 뜻을 알고 썼을 리 만무하다.

"아무튼, 지금 이안이 이 근처에 떴단다. 실시간 목격 글이 분 단위로 올라오고 있다."

"거짓말!"

이번엔 나를 포함한 세 사람이 동시에 외쳤다.

"이 싸람들이 진짜, 속고만 살았나. 진짜라고 진짜!"

"진짜 믿을 만한 정보야?"

원래도 높은 소영 언니의 목소리가 한 옥타브 더 높아졌다. 흥분했다는 증거다.

"완전!"

"에이……."

중기 오빠가 믿지 않겠다는 듯 고개를 절레절레 젓는다.

중기 오빠는 콩으로 메주를 쑨다고 해도 좀처럼 믿지 않을 사람이다.

가만히 있던 내가 선욱의 옷깃을 쥐고 세게 잡아당겼다. 높은 곳에 있던 선욱의 얼굴이 순식간에 내 얼굴과 비슷한 위치로 내려온다.

"이안이, 오버플로의 그 이안이 한국에, 그것도 여기 홍대에, 지금 있다고?"

믿을 수 없어서, 아니, 믿고 싶어서 한 자 한 자 씹어 먹듯 물었다.

"그렇다니까!"

선욱은 답답하다는 듯 자신의 휴대폰을 내 코앞에 들이밀었다.

목격담은 홍대입구역 9번 출구에서 시작되고 있었다. 가장 최근에 올라온 글엔 사진까지 첨부되어 있다. 검은 고수머리에 창백하리만치 흰 피부, 다소 헐렁해 보이는 검정 스웨터, 느슨하게 걸쳐 입은 청바지. 꽤 멀리서 찍은 옆모습이다.

그것만으로는 얼굴을 알아볼 수 없었다. 이안의 심벌인 타투도 보이지 않는다. 하지만 그 사진을 본 순간부터 심장이 미친 듯이 뛰기 시작했다. 너무 빨리 뛰어서 가만히 있는데도 숨이 가쁠 지경이다.

이안이 한국에 있다. 이안이…….

그 순간 알 수 없는 무언가에 씌었다.

"야! 선문정!"

"문정아! 어디 가!"

나는 사진이 찍힌 마지막 장소로 전력 질주 하기 시작했다.

시야는 좁고 머릿속은 하얗다. 정신없는 와중에도 하이힐 대신 워커를 신은 건 탁월한 선택이었다는 생각이 들었다.

이안이 한국에 있다. 그렇다면 크리스도 한국에 있을 확률이 높았다. 아니, 적어도 한국에 한 번쯤은 들를 가능성이 있었다.

이안은 오버플로의 기타리스트다. 부모님이 두 분 다 한국인인 한국계 영국인이다. 크리스와 함께 오버플로의 모든 곡을 작곡한 천재 뮤지션이다.

케임브리지에서 오버플로를 처음 결성했을 때, 그들은 겨우 열일곱이었다. 검정 고수머리에 백인보다 더 창백한 피부를 가진 마르고 과묵한 동양인 소년, 이안. 그리고 눈부신 금발에 장난기 어린 초록 눈동자를 반짝이는 자유와 열정의 상징······ 한때 나의 모든 것이자 이상理想이었던 크리스 랜프로.

한국엔 아직 그들이 알려지지 않았을 때, 영국에서조차 그들이 유명해지지 않았을 때, 혼자만 알고 몰래 듣던 보물 같은 밴드.

나의 10대 후반과 20대 전부는 그들과 함께였다 해도 과언이 아니다. 슬픈 일도 기쁜 일도 모두모두 그들과 함께였다.

사람들과 몇 번이나 부딪쳤지만 쉬지 않고 달렸다. 간간이 화난 음성과 욕설도 들렸지만 신경 쓰지 않았다.

그렇게 사진이 찍힌 장소에 도착해서 미친 사람처럼 주변을 두리번거렸다. 넘쳐 나는 사람들. 금요일 저녁이었다. 어디를 보아도 사람 천지다. 그제야 나는 지금 행동이 얼마나 바보 같은지 깨달았다.

SNS에 글을 올린 사람은 그를 쫓고 있었다. 지금도 쫓고 있겠지. 선욱의 휴대폰을 가지고 왔어야 했다. 하다못해 내 휴대폰이라도······.

나는 텅 빈 두 손을 망연자실 바라보았다. 단단히 고정시켜 묶었던 전투력 만만의 똥머리가 어깨 위로 스르륵 흘러내렸다.

머리는 산발, 이마엔 땀방울, 패잔병 같은 꼴로 록바 '왠지와 그냥'이 있는 골목으로 터덜터덜 들어섰다. 입구로 내려가는 계단 앞에 웬 사람들이 기웃거리고 있다. 오늘 바는 임시 휴업이다. 이유는 당연히 카페 정모 때문.

안내문 붙여 놨을 건데…….

사람들을 비집고 계단을 내려가는데 뒤에서 부르는 소리가 들렸다.

"저기요."

돌아보자 긴 생머리의 젊은 여자가 계단 아래를 가리키며 묻는다.

"간판에 록바라고 적혀 있는데, 뭐 하는 데예요?"

근래 보기 드문 순진한 처자다.

"음악 듣고 술 마시는 데요."

"아…… 그런데 여기 금일 휴업이라고 적혀 있는데요."

"네, 휴업이에요."

"혹시 바 사장님이세요?"

내가 그렇게 능력 있어 보이나. 혹시나 해서 물어본 거라도 고맙다.

"아니요."

"그럼 거긴 왜…….''

"모임 있거든요."

"무슨 모임요?"

옆에 가만히 서 있던 남자가 갑자기 끼어들었다.

"인터넷 카페 정모요."

"실례지만 무슨 카페인지 여쭤 봐도…….''

다시 여자가 말했다. 질문을 하는 여자와 남자 뒤로 예닐곱 명 정도가 병풍처럼 죽 둘러서서 나를 보고 있다. 나는 조금 민망해져서 산발이 된 머리를 귀 뒤로 슬쩍 넘기며 대답했다.

"오버플로를 기다리는 사람들이라고…… 록 밴드 오버플로 팬 카페예요."

일시 정지를 한 것처럼 사람들이 눈도 깜빡 않고 나를 본다.

"그럼."

민망을 넘어 조금 무서워지려고 해 도망치듯 계단을 내려와 가게로 들어왔다. 문이 닫히기 직전, 뒤통수로 뒤늦은 말소리들이 쏟아진다.

"거봐! 맞잖아!"

"엄마! 난 몰라! 어떡하지?"

"어떡하긴 뭘 어떡해. 나올 때까지 죽치고 기다려야지."

기다리다니, 뭘?

고개를 갸우뚱하다가 퍼뜩 앤이 벌써 와 있을 수도 있다는 데 생각이 미쳤다. 지각을 빌미로 괴롭혀 주겠다는 계획은 이미 물거품이 됐다.

이안의 현재 위치를 알아내 다시 찾아 나서고 싶지만 오늘은 5주년 기념 정모다. 게다가 이안이 아닐 수도 있다. 솔직히 이안일 확률보다 이안이 아닐 확률이 훨씬 더 높다. 씌었던 무언가는 이곳으로 돌아오는 동안 이미 빠져나갔다.

급히 화장실로 달려가 머리를 다시 묶는데 마음대로 잘 되지 않는다. 하는 수 없이 머리를 다 풀어 헤쳐 질끈 하나로 동여매고 회원들이 모여 있을 장소로 이동했다. 멀리서 보니 못 온다던 솜이 빼고는 그럭저럭 다 모인 듯했다.

한수 오빠 왔고, 속눈썹왕자 님 왔고, 존잘이안 님 왔고, 내

안에앙금 님도 왔고……. 나는 앤이라 짐작되는 여자를 찾기 위해 이리저리 고개를 빼며 걸음을 옮겼다.

그러다 문득 멈춰 섰다. 이 장소에 있을 수 없는, 있을 수 있다는 상상조차 하지 못한 누군가가 마치 꿈인 듯 시선을 사로잡는다.

지난 10여 분간 머리가 산발이 되도록 찾아 헤맨 사람. 이름을 듣는 것만으로도 피가 뜨거워지고 심장이 뛰는 사람. 그 사람이 지금 내 눈앞에, 그것도 내가 앉아 있던 바로 그 소파에 앉아 있는 것이다.

그 사람은 모오이라는 브랜드의 비싸 보이는 가죽 소파와 아주 잘 어울렸다. 검은 고수머리에 검은 스웨터, 검은 가죽 소파에 앉아 있는 이안.

"무……문정아."

소영 언니가 나를 발견하고 주춤 자리에서 일어났다.

"언니."

"어, 문정아."

나는 홀린 듯 한 사람만 응시하며 멍하니 물었다.

"지금 내가 보고 있는 거, 언니 눈에도 보이지?"

"어? 어, 그럼, 보이지. 내 눈에도 똑똑히 보여. 실감은 안 나지만."

"저 사람이 진짜……."

목이 메어 뒷말을 잇기가 힘들다.

"야, 고만하고 자리에 앉아. 너 때문에 분위기 이상해졌잖아."

감격에 빠져 허우적거리는 나를 현실로 끌어 올린 사람은 중기 오빠였다. 중기 오빠는 재미있어 죽겠다는 표정으로 씩 웃으며 이안을 한 손으로, 감히 한 손으로 가리켰다.

　"문정아, 인사해라. 네가 그렇게 이를 갈며 기다리던 '앤' 님이시다."

피로 물든 정모 2

한때 나는 뚱뚱했다. 스물일곱 해 가까이 살면서 겨우 1년 남짓이지만 지나가는 열 사람 중 세 사람 정도는 무조건 돌아볼 정도로 뚱뚱했던 적이 있었다.

고등학교 2학년 2학기가 끝나고 겨울방학이 시작되면서부터 살이 찌더니 1년도 채 지나지 않아 약 35킬로그램 정도가 불어났다. 그만큼 입시 스트레스가 컸던 거라고 어른들은 생각했으나, 사실을 말하자면 오히려 그 반대였다.

살이 찌기 전 나는 디즈니 캐릭터 '트위티'를 닮은 귀엽고 조그만 소녀였고, 공부도 곧잘 해서 늘 상위권의 성적을 유지했고, 교우 관계도 원만했고, 누구나 부러워할 남자 친구도 가지고 있었다. 가정환경도 화목하기 그지없었다.

그 흔한 사춘기의 질풍노도도 겪지 않았다. 하루하루가 즐겁고 재미있었다. 고민이라고 해 봐야 어떻게 하면 작은 키를 조금이라도 커 보이게 할까라거나, 이번 생일 선물은 뭘 받는 게 좋을까라거나, 삐친 남자 친구를 어떻게 달래 줄까 하는 정도였다. 사는 게 너무 쉽고 편해서 그만 살이 쪄 버린 거라고 생각한다.

어쨌든, 평균 이하로 키가 작았던 나는 35킬로그램이나 늘어난 체지방을 감당하지 못해 공기를 잔뜩 머금은 풍선처럼 지상에서 둥둥 뜬 채로 생활했다. 진짜로 그랬다는 게 아니라 그런 느낌이었다는 거다.

나보다 10년이나 일찍 태어난 우리 언니의 말로는 그 시절 나는 마시멜로로 만든 녹지 않는 눈사람 같았다고 한다.

나는 살이 찌고서도 한결같았다. 한결같이 고민 없고, 즐겁고, 명랑하고…… . 그도 그럴 게 수험 준비는 지망 대학에 맞춰 착착 진행되고 있었고, 뚱뚱했지만 건강에 문제가 생긴 건 아니었고, 수능 끝나면 다닐 헬스클럽과 요가 학원도 미리 알아보았고, 무엇보다 언제든 살을 뺄 수 있다는 강한 자신감이 있었다.

자신감이 지나쳐서 중요한 것을 간과했다는 것이 문제였다. 사각지대일 수 없는 것을 사각지대로 만들어 버렸다. 그 결과 나는 수능을 일주일 앞두고 학생들이 바글거리는 점심시간 급식소 앞에서 남자 친구로부터 헤어지자는 말을 들었다.

'솔직히 지겹다 못해 지친다. 이제 그만 만나자.'

"한국엔 잠시 다니러 오신 거예요? 아니면…… ."

전 남자 친구의 경멸 어린 목소리 위로 소영 언니의 들뜬 목소리가 오버랩 된다. 상념이 깨지고 나갔던 정신이 돌아온다.

　이미 오래전 일이다. 7년도 넘은 옛일을 새삼 떠올린 이유는 내 인생 최악의 순간이 불과 10여 분 전을 기점으로 갈아치워졌기 때문이다.

　남자 친구에게 공개적으로 차인 풍녀의 기억이 질투와 시기에 눈멀어 한 무고한 인간을 괴롭혀 온 어리석은 여자의 기억으로 덧씌워진다. 하물며 그 무고한 인간이 자신의 우상이었음에야……

　나는 테이블 모서리에 줄곧 고정되어 있던 시선을 들어 소영 언니를 흘긋 넘겨본다. 소영 언니의 상체가 부담스러울 정도로 이안에게 쏠려 있다.

　"글쎄요, 아직 확답을 드릴 순 없겠네요."

　이안이 덤덤하게 대답하고 내 쪽을 본다. 나는 심장이 떨어질 정도로 놀라 얼른 시선을 내렸다.

　갑자기 어릴 적 읽었던 동화가 생각난다. 누더기를 걸친 더럽고 못생긴 노파가 알고 보니 아름다운 요정이었다는 이야기. 겉모습만 보고 사람을 판단했다가 결국엔 패가망신한 동화 속 조연들의 이야기.

　"우리 카페엔 어떻게 가입했어요? 가입하게 된 계기 같은 거라도 있어요?"

　카오스 같은 나의 속사정과는 상관없이 평소와 다름없는 느긋한 목소리로 한수 오빠가 물었다. 이안과 같은 공간에 있으면서 여유로움을 유지하는 사람은 능글맞은 중기 오빠를 제하곤 한수 오빠뿐인 듯하다. 선욱이 카페 막내라면 한수 오빠는 카페 큰형님. 마흔세 살의 최고 연장자다.

"인터넷 검색을 통해 가입했습니다."

이안은 두 번째 질문을 자연스럽게 넘기며 처음 질문에만 깔끔하게 대답했다.

"오버플로 팬 카페 중엔 더 큰 데도 두어 군데 있을 텐데, 굳이 우리 카페에 가입한 이유라도? 아, 다른 카페에도 가입했을 수 있구나."

한수 오빠는 모두가 궁금해할 만한 것들만 쏙쏙 집어 질문한다. '앤'을 오해하고(인정한다) 괴롭혀 온 나의 지난 만행들만 아니었다면 이미 내가 했을 질문들이다.

"아니요. 여기 외에 다른 곳은 모릅니다."

"와아! 정말요?"

소영 언니가 아이처럼 좋아한다.

"왜요? 왜 특별히 우리 카페에?"

선욱의 한껏 기대 어린 질문엔 그저 침묵으로 응답.

이안은 역시 과묵하다. 이 자리가 불편한 걸 수도 있지만, 만약 그렇다면 더욱 궁금해진다. 대체 왜 우리 카페에 가입했을까. 굳이 정모까지 나온 이유는 뭘까. 내가 그렇게 괴롭히고 무시하고 죽이기까지 하고……. 아, 혹시 그것 때문에?

눈만 살짝 들어 이안을 훔쳐본다. 탐스럽게 구불거리는 머리칼과 부드럽게 뻗은 콧날, 아래로 향한 시선…… 단정한 옆얼굴이다. 차가워 보인다. 7년 전 밴드의 미국 투어를 따라다니며 보았던 모습보다 더…….

무섭다. 아까도 무서웠지만 지금은 더 무섭다.

조금 전 한차례 자기소개가 오고 갈 때, 이안은 'Aan'을 '앤'이 아니라 '안'이라 읽어 주길 바란다고 했다. 뭐 아무래도 상관없지만······이라고 덧붙이면서.

'이안 안'의 이름 철자는 'Ian An'이다. 공식적으로 알려진 건 그렇다. 그래서 'Aan'이 이안의 패밀리 네임인 '안'일 거라곤 생각지 못했다. 앤이라 읽고서 여자라 믿어 의심치 않았다. 남자란 걸 알았어도 크게 달라질 건 없었겠지만.

"아까도 소개했지만 제가 존잘이안이에요."

이제나저제나 대화에 끼어들 틈만 엿보고 있던 존잘이안 님이 툭 치고 들어온다. 이안의 검은 눈동자가 존잘이안 님에게 향한다.

존잘이안 님은 오늘로 카페 정모엔 두 번째 참석했다. 정모 고정 멤버들만큼 친하진 않아 아직 실명으로 부르는 데는 어색하다. 존잘이안 님 본인도 실명보다는 닉네임으로 불리길 원한다.

이안은 존잘이안 님을 잠시 보다가 고개를 까딱했다.

구석 자리에 앉아 죄인처럼 이리저리 눈알만 굴리던 나는 그런 사소한 동작 하나에도 심장이 덜컹한다. '맙소사'랄까······. 맙소사, 뭐 저런 인간이 다 있담. 맙소사, 방금 내 심장에 무슨 짓을 한 거야. 맙소사, 무서운데도 이렇게 멋지다니.

"존잘이안 뜻이 뭔지 혹시 아세요?"

내 눈에도 이러할진대, 존잘이안 님 눈엔 오죽할까. 존잘이안 님은 나와 동갑인 스물일곱 처녀인 데다, 닉네임에서 알 수 있듯이 오버플로 중에서도 이안 '빠순이'다.

"글쎄요."

이안이 말끝에 미소를 머금는다.

이번 건 꽤 컸는지 선욱이조차 '윽!' 하는 신음을 흘렸다.

얼굴이 시뻘게진 존잘이안 님이 꼭 알아 달라는 듯, 결의마저 느껴지는 진지한 눈빛으로 입을 열었다.

"존, 나, 잘, 생, 긴, 이, 안."

모두가 침묵하는 가운데 이안의 얼굴에 의아함이 떠오른다. 존잘이안 님 덕에 이안은 꽤 다양한 표정을 짓고 있었다. 두려움에 떨던 나의 세포들이 그 덕택에 조금쯤 안정을 찾고 있으니 고맙다고 해야 할지, 뭐라고 해야 할지…….

"으흑!"

그때 이상한 소리가 들린다 싶더니 싸하게 가라앉은 분위기를 뒤집으며 중기 오빠가 큰 소리로 웃어 젖히기 시작했다.

"크크크크! 크크큽! 존나 잘생긴 이안! 그래, 존잘이안 네가 짱이다!"

중기 오빠는 벌떡 일어나 존잘이안 님의 잔에 술을 따르며 어깨까지 떤다. 어찌나 격렬하게 떨어 대는지 흐느끼는 것처럼 보일 지경이다.

"존잘이안 님이 이안 씨 팬이에요. 오버플로 중에서도 온리 이안 씨의…… 그러니까…… 뭐라고 해야 하지? 휴즈? 유어 휴즈 팬."

아직도 물음표를 달고 있는 이안에게 소영 언니가 친절하게 설명해 준다. 제대로 알아들었는지 이안은 다시 한 번 심장에 무리를 주는 미소를 지었다.

순간적으로 넋이 나가 멍하니 그를 보다가 그만 눈이 마주 치고 말았다. 너무 놀라 피하는 걸 잊은 터라 한동안 꼼짝 못 하고 그렇게 시선을 맞추고 있었다.

중기 오빠는 미친 듯이 웃고, 덩달아 여기저기서 웃음소리 가 터지고, 존잘이안 님은 그런 회원들에게 그만 웃으라며 수 줍게 타박 주고, 나는 이안과 계속 시선을 맞추고 있는 거다.

뭘까. 지금 이 불편한 시추에이션은.

심장이 업무 과다로 힘들어하는 동안 뇌는 파업을 한 모양 이다. 아무 생각도 들지 않고, 아무 생각도 하고 싶지 않다.

이안의 눈동자는 까맸다. 7년 전 그때나 지금이나 변함없다. 동양인의 눈동자는 까만 게 당연하다고 생각하는 사람들이 있 다. 하지만 그렇지 않다. 내 눈만 해도 그저 짙은 갈색일 뿐 검 지 않다. 검은 눈동자를 가진 사람은 극히 일부일 뿐이다.

"쟤 누구야, 솜이 아니야?"

맞은편에 앉은 한수 오빠의 손이 내 어깨 너머를 가리킨다. 나는 덫에서 빠져나온 짐승처럼 화들짝 몸을 떨며 뒤돌아보았 다.

화려하게 치장한 젊은 여자가 입구 근처에 석상처럼 서서 이곳을 보고 있다. 한수 오빠 말대로 솜이다. 그리고 중기 오 빠 짐작대로 솜이는 오늘 소개팅이 있었던 모양이다. 어머니를 간병하다 나온 차림새가 아니다.

"못 온다더니 왔네?"

소영 언니가 솜이를 향해 반갑게 손짓한다.

솜이는 내가 그랬던 것처럼 믿지 못하겠다는 표정으로 서 있다가 믿지 못할 만큼 빠른 속도로 달려왔다. 달려오면서 새끼 잃은 어미 오리처럼 비명을 질렀다.

"꺅! 꺅! 꺅!"

"아우, 정신 사나워. 솜이한테 누가 연락했냐."

중기 오빠가 귀를 막으며 투덜대자, 선욱이 조심스럽게 손을 들었다.

"정모에 이안 형이 왔다는 기쁜 소식을 알리지 않을 수가 없어서."

"그걸 왜 솜이한테만 알려? 알릴 거면 다른 회원들한테도 다 알려야지. 선욱이 너, 솜이 꼬붕이냐."

중기 오빠는 진심으로 언짢다는 듯 선욱을 째려봤다.

"꼬붕 아니거든!"

"왜 그래, 선욱이가 칭찬받을 일 했는데."

소영 언니는 선욱을 감싸며 자신의 옆자리를 툭툭 쳤다. 솜이더러 와서 앉으라는 의미다. 하지만 솜이는 소영 언니의 배려를 묵살하고 본능이 시키는 대로 이안에게 돌진했다.

돌진하면서 속눈썹왕자 님의 두 발과 소영 언니의 한 발을 무참히 지르밟았다. 고통스럽게 일그러지는 두 사람의 표정을 보지 못하고 이안의 옆자리를 억지로 차지하고 앉는다. 두 눈엔 이미 눈물이 그렁그렁하다. 나의 전투력 만만의 화장 따위 민낯으로 만들어 버릴 만큼 어마어마한 화장으로 중무장한 솜이의 얼굴이 곧 터질 듯이 붉다.

"말도 안 돼애애."

맹맹한 콧소리가 끝에 가선 롤러코스터를 탄 듯 뒤집힌다.

"말도 안 된다구우우우."

"말이 안 되긴 뭐가 안 돼. 지금 네 행동이 더 말이 안 돼."

중기 오빠가 엄하게 한 소리 했으나 솜이 귀에는 들리지 않는 모양이다. 평소라면 내가 나서야 할 시점이다. 솜이의 돌발적이고 과장된 행동을 저지하는 건 늘 내 몫으로 정해져 있다. 매일매일 초등학생들에게 시달리다 보면 이 정도야 뭐…… 하게 된다고 할까.

하지만 난 예전처럼 잽싸게 움직이지 못한다. 이안의 근처로 이동하는 게 몹시 꺼려진다. 금지된 구역에 발을 디디는 것처럼.

그러나 망설임은 바라는 것만큼 길지 않았다.

조마조마하던 솜이의 빨간 얼굴이 터져 버린 것이다.

"악!"

그 참사를 처음 발견한 사람은 존잘이안 님이었다. 질투로 이글거리는 눈으로 금방이라도 솜이의 멱살을 잡아챌 듯 노려보던 존잘이안 님이 갑자기 소리를 질렀다. 곧이어 선욱이 "누나, 코피!" 하고 외쳤다.

"솜아, 내가 소개해 준 한의원 아직 안 갔어? 코피 쏟는 거, 그거 병이다. 얼른 가서 진료받아."

한수 오빠의 걱정 어린 음성이 귓전을 스치고서야 나는 정신을 차리고 이안과 솜이를 보았다. 입과 코를 틀어막은 솜이의 양손, 손톱의 자주색 매니큐어와 대비되어 더욱 뽀얘 보이는 손등을 타고 핏방울이 후드득 떨어지고 있었다. 후드득후드득 뚝뚝…… 끊임없이, 처마 끝의 빗물처럼.

호러도 이런 호러가 없다.

이안은 굳어서 그런 솜이를 보고 있다. 이안의 얼굴이 창백하다. 원래도 그렇지만 더 그래 보인다.

나는 벌떡 일어나 근처의 냅킨을 번개같이 뽑아 들고 그들에게 돌진했다. 솜이가 그랬던 것보다 더 빠르게, 더 무참하게 사람들의 발을 밟아 가면서.

솜이의 얼굴에 냅킨을 던지고 이안의 팔을 잡아 일으켜 세웠다. 그러고는 주방 쪽으로 냅다 달렸다.

"어? 문정아."

"야, 어디 가!"

"누님! 갑자기 와 그라는데!"

또 뭔가에 씌었냐고? 아니다. 난 멀쩡하다. 너무나 제정신이다. 내가 이러는 건 다 이유가 있어서다.

주방 뒤, 직원 휴게실에 이안을 밀어 넣고 문을 잠갔다. 문에 이마를 대고 잠시 숨을 고르다가 뒤돌아섰다. 이안은 휴게실 가운데 놓인 작은 평상에 앉아 나를 보고 있다. 이안의 뒤로 직원 사물함이 길게 늘어서 있고, 평상 위엔 목베개와 빵봉지, 잘 개켜진 타월 등이 흩어져 있다.

무슨 말을 해야 할까.

"괜찮아요?"

결국 이 말이 먼저다. 회원들의 자기소개 시간에 '카페 매니저예요.' 달랑 한 마디를 한 이후 처음이다. 처음으로 이안에게 말을 걸었다.

아니다. 엄밀히 말해 처음은 아니다. 나는 7년 전 그에게 아주 많은 말을 한 적이 있다. 스무 살 재수 시절에, 하라는 공부는 안 하고 오버플로의 미국 투어를 따라다녔을 때. 공연이 없는 날 우연히 그를 보았고, 우연히 그의 비밀을 알게 되었다.

이안은 혈액공포증이 있다. 이건 언론에 알려지지 않은, 어떤 팬도 알지 못하는, 오직 나만 아는 정보다.

이안이 그날의 일을 기억하는지 모르겠으나, 기억한다고 해도 그날의 수다스런 여자가 나라는 걸 알아볼 리 없겠으나, 어쨌든 내겐 그가 모두의 앞에서 발작을 일으키며 쓰러지는 걸 막아야 하는 사명이 있었다. 우연이었을지라도 비밀을 알게 된 사람으로서 가지는 책임 같은 거.

"괜찮아요?"

재차 묻자 내게 고정된 이안의 시선이 풀리며 입술이 작게 달싹인다. 나는 급하게 다가가 옆에 바짝 붙어 앉았다.

"뭐라고요?"

귀를 그의 입 쪽으로 기울였다.

"안 괜찮아."

부정적인 대답에 심장이 또 덜컥한다. 그때처럼 발작의 조짐은 없다. 몸을 떨지도 않고 땀을 흘리지도 않는다. 쓰러지지도 않았고 쓰러지려는 기미도 없다. 하지만 눈에 보이는 게 다가 아니다.

나는 이안의 이마에 손등을 댔다. 서늘하다. 솔직히 이게 정상 체온인지 아닌지 모르겠다. 이마에서 손을 떼고 그의 뺨과 목과 손을 차례대로 만졌다. 손이 좀 차가운 것 같아 두 손으로 꼭 쥐었다.

"괜찮아요? 춥지 않아요?"

이안은 대답 없이 미간을 미묘하게 찌푸리고 날 내려 본다.

"재미있는 거 생각해요. 웃긴 거……. 살면서 웃겼던 일 있잖아요. 생각해 봐요. 얼른 생각해 봐요."

말하다가 아차 했다. 안 그래도 정신없는 사람한테 닦달을 하다니.

"미안해요. 애써 와 줬는데 험한 꼴 보게 해서."

나는 순식간에 의기소침해져서 그의 반대쪽 손까지 끌어와 잡고는 두서없이 중얼거렸다.

"그…… 만날 무시하고 괴롭힌 것도 미안해요. 일부러 그런 건 아니고, 아니, 일부러 그런 게 아닌 건 아닌데, 그러니까 화가 나서……."

"문정아! 너 뭐 해! 문 열어!"

밖에서 소영 언니가 소리쳤다. 이어 쾅쾅쾅 문을 두드리기 시작한다.

"정신 차려, 선문정. 이안이 좋아서 그러는 거든 싫어서 그러는 거든 그러면 안 되는 거다."

훈계하는 척 신난 이 목소리는 중기 오빠다.

"누님, 미쳤나! 정신 차려라! 그 햄이 어떤 햄인데 그래 소 잡듯 끌고 들어가노. 도대체 그 안에서 뭔 짓거리를 하는데. PVP 빙자해서 다굴 칠 때부터 알아봤다, 내가. 문정 누님, 현피는 범죄다. 알제? 아야, 왜 때리는데!"

"네 눈엔 언니가 현피 뜰 것처럼 보이디? 언니! 이안 오빠 건드리면 안 돼. 손끝 하나 건드렸담 봐! 아니, 애초에 그 오빠 크리스가 아니야! 대리만족 하지 말라고!"

선욱은 망상에 빠져 있고, 솜이는 헐크 되기 일보 직전인 듯하다.

저렇게 흥분하다 2차 유혈 사태 일어나면 안 되는데…….

이안의 손을 열심히 주무르며 잠긴 문이 언제 열릴지 몰라 조마조마하고 있는데 그가 조용히 입을 열었다.

"화가 나서?"

무슨 뜻인지 알아듣지 못해 이안을 쳐다봤다. 근거리에서 검은 눈동자와 똑바로 마주친다. 그 눈동자를 멍하니 보는데 머리가 간질간질하다. 머리카락이 메두사처럼 꿈틀거린다.

"네?"

바보처럼 되묻자 이안이 다시 말했다.

"일부러 그런 게 아니라 화가 나서…… 그다음은?"

"아, 그러니까 그다음…… 말이죠. 앤, 아니, 안 님이, 아니, 이안 오빠가 저한테 시비 거는 줄 알고, 그래서 화가 나서 괴롭혔거든요. 이안 오빠를…… 이안 오빠인지도 모르고."

나는 '죽을죄를 지었습니다'라는 듯이 고개를 숙였다.

"시비 건 적 없는데."

"알아요. 죄송해요."

"너한테 괴롭힘 당한 적도 없는 것 같은데."

"네, 그러시구나…… 네?"

"그런 적 없다고."

이안이 나를 똑바로 보며 단정했다.

나는 그가 나의 괴롭힘을 전혀 눈치채지 못했다는 사실보 그가 내게 반말을 하고 있다는 사실에 더 당황했다. 직원 휴게실에 들어왔을 때부터 이안은 내게 반말을 했다. 그걸 이제야 알아채다니.

워낙 어려 보여서라고 스스로를 납득시키자니 선욱이 걸린다. 이안은 선욱에게도 매너 있게 존댓말을 썼다. 거기다 나는 나이보다 어려 보이지도 않을뿐더러 조금 어려 보인다 해도 열여덟 살인 선욱에 비할 바가 아니다.

반말을 한다는 건 둘 중 하나다. 무례하거나 친근하거나. 둘 중 어떤 것이든 좋다. 내게만 다르게 대한다는 데서 오는 설렘이 심장을 기분 좋은 속도로 뛰게 한다. 그것이 무례에서 기인한 것일지라도 묘한 흥분을 불러일으킨다.

나는 몇 번 눈을 깜박이다가 왠지 모를 부끄러움과 왠지 모를 긴장, 그리고 왠지 모를 기쁨에 다시 고개를 숙였다. 그러다 이안의 바지에 묻은 핏자국을 발견했다.

"어?"

소리를 내자, 의문을 느낀 이안이 나를 따라 시선을 내린다. 나는 놀라서 황급히 핏자국을 손으로 가렸다. 이안의 허벅지를, 그것도 꽤 아슬아슬한 위치를 양손으로 잡아 꾹 누른 것이다. 그리고 그때, 휴게실 문이 열렸다.

"너 뭐 하냐?"

중기 오빠가 묻는다.

"아무것도."

나는 도리도리까지 하며 급하게 대답했다.

"꺅! 언니! 지금 어딜 만지는 거야!"

중기 오빠를 밀치고 들어온 솜이가 찢어질 듯 고함을 지른다. 하지만 경악한 사람은 오히려 나였다. 솜이의 상아색 블라우스가 덜 마른 피로 범벅이다.

나는 이안의 허벅지를 한 손으로 잡고 다른 손으로 그의 얼굴을 끌어당겨 안았다.

"저쪽 보지 마요."

일이 이렇게까지 된 마당에 몸 사릴 거 없다.

중기 오빠와 솜이에 이어 소영 언니, 선욱, 존잘이안 님까지 휴게실로 들어왔다. 존잘이안 님의 얼굴이 붉으락푸르락한다.

나는 소영 언니에게 사람들을 내보내라고 눈짓했다. 소영 언니는 평소와 달리 내 사인을 전혀 알아듣지 못한다.

"지금 이게 무슨 상황이야?"

소영 언니가 거의 얼이 빠진 듯이 중얼거렸다.

"모르겠다, 나도."

중기 오빠마저 능글거림은 오간 데 없고 인상을 잔뜩 찌푸린 채다.

사람들에 치여 밀려난 솜이가 팔을 걷어붙이고 달려오려 할 때, 그보다 빨리 존잘이안 님이 치고 나왔다. 존잘이안 님의 손이 내 팔뚝을 거머쥐고 끌어당긴다. 나는 끌려가지 않으려 버둥대다 "내가 됐다고 할 때까지 저쪽 보지 마요."라고 소곤거리며 자리에서 일어났다.

그리고 동시에 이안이 손을 뻗어 나를 다시 자리에 앉혔다.

"으잉?"

이건 중기 오빠가 낸 소리다. 당사자인 나도 상당히 놀랐지만 웬만해선 눈도 깜박 않는 중기 오빠의 눈썹이 이마를 벗어날 듯 들썩인다.

존잘이안 님은 상당한 충격을 받은 듯, 내 팔뚝이 빠져나간 허공에 빈손을 그대로 방치한 채 부들부들 떨고 있다.

"이기 뭐꼬."

선욱이 중얼거렸다. 나머지 사람들은 석상이 된 지 이미 오래다.

그런 그들에게 시선도 주지 않은 채 이안이 말했다.

"할 얘기가 있으니 모두 나가 주세요."

고기는 씹는 거!

"선생님, 다 썼어요."

노트에 무수한 물음표를 그려 대다 퍼뜩 고개를 들었다. 수영이 의기양양한 표정으로 손을 번쩍 들고 있다. 핑크색 머리핀에 핑크색 재킷. 수영의 조그만 손에 들린 샤프도 반짝반짝 빛나는 핑크색이다. 벽시계를 보니 주제를 내 준 지 10여 분밖에 지나지 않았다.

"이따 다른 친구들이랑 같이 제출할 거니까 혹시 틀린 건 없나, 더 쓸 건 없나, 다시 읽어 볼래?"

"네에."

수영은 손을 내리고 작문 종이를 열심히 들여다본다. 핑크색 구두를 신은 작은 발이 앞뒤로 흥겹게 흔들린다. 어디서 음악 소리라도 들리는 게 아닌가, 잠시 귀를 기울여 볼 정도로 리드미컬하다.

오늘의 주제는 '내가 가장 좋아하는 것'이다. 수영의 작문지에 적혀 있을 내용들이 자연 짐작된다. 아마도 핑크색 일색이겠지.

월요일인 오늘, 평소라면 잠깐 졸기라도 했을 텐데 이상하게 잠이 오지 않는다. 오늘뿐인가. 어제도 그제도 제대로 자지 못했다. 하루 종일 휴대폰을 들여다보고, 카페 게시판을 기웃거리고, 판타지아에 수십 번이나 접속하고, 멍하거나 안절부절 못하거나 둘 중 하나다.

나는 펜을 놓고 일어나 교실을 한 바퀴 돈다. 크지 않은 교실에 올망졸망한 아이들이 열댓 명 정도 앉아 있다. 초등부 중에서도 저학년을 대상으로 하는 글짓기 교실이다.

같은 초등학생이라도 고학년쯤 되면 더 이상 작문 교실 같은 데 다니지 않는다. 방학을 이용해 단기로 잠깐 다니는 정도다. 그리고 중학생이 되면 작문 교실이 아닌 논술 학원에 다니는 게 보통이다. 둘은 전혀 다른 세계다. 꿈과 현실만큼이나 다르다.

수업을 마치는 종이 울리고, 작문을 제출한 아이들이 썰물처럼 교실을 빠져나간다. 정신을 차렸을 땐 이미 나 혼자다. 오후 햇살이 길게 비쳐 드는 텅 빈 교실.

아이들은 노랗고 조그만 학원 차를 타고 각자 집으로 돌아간다. 몇몇은 집이 아니라 피아노 학원이나 영어 학원에 갈 테지만.

삐뚤빼뚤한 글씨들을 읽어 내려가다가 혼자 큭큭 웃었다.

'내가 가장 조아하는거슨 마싯는 고기임니다'라고 당당하게 써 놓았다. 고기는 나도 좋아한다. '고기는 씹는 맛'이라고 누군가 말한다면 나는 당당하게 대꾸해 줄 수 있다. '고기는 마시는 거!'라고.

진동 소리와 함께 휴대폰에 불이 들어왔다.

[언니, 오늘 시간 있어?]

솜이가 보낸 문자메시지다. 나는 '없어'라고 찍어 보낸다.

지난 금요일부터 카페 회원들에게 질문 테러를 당하고 있다. 둘이 뭐 했어? 무슨 얘기 했어? 너 대체 왜 그런 거야? 이안은 또 왜 그러고? 우리가 모르는 무슨 일이라도 있었어? 대충 이런 것들이다.

그날 이안의 축객령이 떨어지고 직원 휴게실에 둘만 남은 뒤, 아무 일도 없었다. 할 얘기가 있다던 이안은 얘기의 '애' 자도 꺼내지 않았다. 10분 남짓한 시간 동안 가만히 앉아만 있었고, 견디다 못한 내가 '괜찮아요?' 물어본 게 다.

나는 회원들에게 그날의 해프닝을 간략히 설명했다. 그간 카페에 있었던 불미스러운 일, 내가 이안을 괴롭혔던 일에 대해 설명하고, 그날은 그 일을 사과한 것뿐이라고 말했다. 몇몇은 납득했고 몇몇은 납득하지 않았다.

특히 중기 오빠는 대놓고 '웃기지 마'라고 했다. 근거 없는, 한번 찔러 보기 식의 '웃기지 마'라고 생각한다. 중기 오빠는 항상 그렇다. 도대체 납득하지 못할 이유가 뭐란 말인가. 회원들을 속인 게 있다면, 그건 이안의 '비밀'에 대해서다.

휴대폰에 또 불이 들어왔다.

끈질긴 계집애다. 더 이상 캐물을 게 뭐 있다고.

[오늘 시간 있어?]

순간적으로 드는 위화감에 잠시 멈칫했다. 같은 말 다른 느낌이다. 발신자를 확인하니 모르는 번호다. 전투적으로 집어 들었던 휴대폰을 공손한 자세로 감싸 쥔다.

심호흡을 했다. 아닐 수도 있지만 맞을 수도 있다. 그렇게 가능성을 열어 두니 가슴이 뛴다. 지난 주말 내내 그랬던 것처럼.

'누구세요?'라고 물었다. 곧 답장이 왔다.

[Aan.]

"아."

나도 모르게 소리를 냈다. 재수 끝에 대학에 합격했을 때도 이렇게 기쁘지 않았던 것 같다. 어찌나 기쁜지 손까지 덜덜 떨린다. 나는 떨리는 손으로 한 자 한 자 정성스레 문자를 찍었다.

[안녕하세요.]

보내자마자 답장이 왔다.

[?]

물음표? 뭘까. 내가 뭐 잘못했나?

나는 순식간에 패닉에 휩싸였다. 맥박은 빠르고 호흡은 가쁘다. 덜덜 떨리는 손으로 다시 문자를 찍었다.

[네?]

보내고서야 스스로의 멍청함을 깨닫는다. 얼마나 긴장했으면, 쯧쯧……. 분열된 자아가 나를 내려다보며 측은해한다.

[시간 없어?]

[아니, 있어요!]

보내고 또 후회했다. 느낌표까지 찍을 필요는 없었는데.

후회가 채 끝나기도 전에 새로운 문자메시지가 도착했다. 문자메시지 보내는 속도가 가히 여중생 뺨치는 수준이다.

[밥 먹자. 7시 신촌.]

너무 놀라서 답장 보내는 것도 잊고 휴대폰만 쳐다봤다.

밥 먹자. 밥 먹자. 밥 먹자. 밥 먹자…… 이안이 내게 밥 먹자고 한다. 꿀꺽 침을 삼키다가 사레가 들렸다. 콜록콜록 기침을 하면서도 휴대폰에서 눈을 떼지 못한다.

맙소사. 이거야말로 '오 마이 맙소사'다.

그날 하지 않은 '얘기'란 걸 할 참인가? 아니면 '괴롭힘'에 대한 보복? 괴롭힘 당한 적 없다고 했지만, 그건 거짓말일지도 모른다. 아무튼, 뭐든 좋다. 이안이랑 밥을 먹다니. 이건 가문의 영광이다.

그래, 이쯤에서 솔직해지기로 하자. 이실직고하자면, 회원들에게 털어놓지 않은 비밀이 하나 더 있다.

지난 금요일 회원들을 다 내보내고 직원 휴게실에 둘만 남았을 때, '할 얘기'란 것을 기다리다 지친 내가 '괜찮아요?'라고 물었을 때, 이안이 이렇게 대답했다.

'전화번호 알려 줘.'

담박하기 그지없는 한마디였는데 그 어떤 유혹의 말보다 황홀하게 들렸다. 내 안에 죽어 있던 무언가가 푸드덕 살아나는 기분이었다.

죽여준다, 환상이다, 이런 게 아니라 그냥 심장이 바닥에 툭 떨어지는 느낌. 짝사랑하던 상대에게 먼저 고백받은 그런 느낌. 내가 이 사람을 진짜로 사랑하는 게 아닐까, 착각이 들 정도였다.

나는 오버플로를 좋아하지만 사랑하진 않는다. 나는 그들을 동경한다. 동경은 사랑보다 더 애틋하고 간절한 감정이라고 생각한다. 갖고 싶은 게 아니라 되고 싶은 것. 되고 싶지만 될 수 없는 것. 닿지 않아도 좋은 것.

그런데 닿았다.

신이란 작자가 내 인생에 무슨 짓을 해 버린 게 틀림없다.

신촌역에 도착해 이안에게 전화를 걸었다. 이안의 번호는 내 휴대폰에 '이느님'으로 저장되어 있다.

쿵쿵. 신호음보다 심장 뛰는 소리가 더 크게 들린다.

— 어디야.

신호음이 끊기자마자 대뜸 그런다. 기분 나쁘냐고? 천만의 말씀.

"지금 역에 도착했어요."

— 어디쯤?

"1번 출구 근처요."

— 기다려.

전화를 끊고 3분도 채 지나지 않아 이안이 왔다. 밖에서 본 이안은 금요일 록바에서 본 이안보다 훨씬 더 근사하다. 빈티지한 데님 바지에 흰 셔츠, 검정 롱니트 코트, 그리고 워커를 신었다.

이안의 키는 178센티미터라고 알고 있다. 실제로 본 그는 머릿속에 저장된 프로필보다 더 커 보인다. 워커의 굽이 높아서일지도 모른다.

나는 글짓기 교실에 출근했던 차림 그대로다. 청바지에 흰 셔츠, 크림색 가을 코트를 입고 있다.

11월, 멋쟁이들이 한껏 자신을 꾸미는 계절. 그러나 멋쟁이가 아닌 내겐 옷 입기 애매한 계절일 뿐이다.

인사를 건네고 눈알만 굴리는데 이안이 걷기 시작했다. 나는 총총걸음으로 그를 쫓았다. 거의 뛰다시피 하자 그의 걷는 속도가 조금 느려진다.

이안은 두 손을 코트 주머니에 넣고 어깨를 조금 움츠린 채다. 추운 날씨도 아닌데 어깨를 움츠리다니. 구부정하다기보다는 진짜 추워 보인다.

이안은 밴드 공연할 때도 대부분 이런 모습이었다. 이안 혼자 '슈게이징' 한다고 놀리는 이들도 간혹 있었다. 아주 용감한 부류였는데, 그들은 이안 추종자들에게 걸리는 즉시 반드시 모종의 응징을 당하곤 했다.

오버플로 멤버 중에 가장 얌전한 사람이 이안. 그리고 매니악한 팬을 가장 많이 거느린 사람 역시 이안이다.

"어디 가요?"

"밥 먹으러."

"밥 뭐요?"

"고기."

이런 단답형의 대화를 나누며 이안과 함께 신촌 거리를 걷는다. 너무나 꿈같아서 오히려 긴장이 풀려 버렸다.

지나가는 여자들이 한 번씩 돌아본다. 남자들도 돌아본다. 그중엔 나이 지긋한 아저씨도 있다. 이안을 알아봐서가 아니다. 그가 누군지, 뭐 하는 사람인지, 뭘 했던 사람인지 알지 못해도 사람들은 그를 돌아본다.

　　사람이라면 누구나 자신만의 아우라라는 걸 가진다. 비범한 사람은 언제 어디서나 비범한 아우라를 내뿜는다.

　　이안이 걸음을 멈췄다. 콩나물국밥집 앞이다. 간판을 보고는 1초의 망설임도 없이 들어간다.

　　아까 분명히 '고기'라고 한 것 같은데…….

　　나의 의문은 메뉴판을 보자 금방 해소되었다. 국밥과 고기, 둘 다 파는 집이다. 이안은 내게 묻지도 않고 국밥 두 개와 삼겹살 2인분을 시켰다.

　　좌식 테이블뿐이라 입구에서 신발을 벗고 들어가야 했다. 나는 책상다리를 하고 앉았다가 두 다리를 한쪽으로 겹치는 인어공주 자세로 바꿔 앉는다.

　　좁은 상을 가운데 놓고 마주 보고 있자니 다시금 긴장이 스멀스멀 올라온다.

　　물수건으로 상을 닦는다. 뽀득뽀득. 어찌나 세게 문질렀는지 소리가 난다.

　　"아가씨, 안 닦아도 돼요. 깨끗해."

　　일하는 아주머니가 웃으며 한마디 했다.

　　더러워서 닦는 거 아닌데.

　　아주머니의 오해가 속상하지만 말없이 행동을 멈춘다.

　　"맛있어, 여기."

빌리프
Belif

툭 내뱉는 말에 움찔했다. 어깨만 움찔한 게 아니라 온몸이 들썩일 정도로 움찔. 나는 고개만 두 번 끄덕인다.

한국엔 언제 들어왔을까. 언제 왔기에 이런 식당도 알까. 정모 때 미처 묻지 못했던 것들이 궁금해진다.

"불편해?"

내내 조용하더니 갑자기 정곡이다.

"조금요."

나는 솔직하게 대답했다. 대답이 마음에 들었는지 이안이 조금 웃는다.

"왜 불편해?"

왜냐니⋯⋯.

"오버플로의 이안이 내 앞에 있으니까."

"그게 뭐."

정말로 '그게 뭐 어떻다는 거야'라는 표정이다.

"그런 게 있어요. 오빠는 아마 이해 못 할 거예요."

"왜 내가 이해 못 할 거라고 생각해?"

윽, 이거다. '앤'의 '왜' 공격. 이안은 알까. 내가 그를 괴롭힌 이유가 바로 이 때문이라는 것을.

하지만 뭐랄까, 귀로 들으니 많이 다르다. 그의 목소리로 직접 듣는 '왜?'는 생각보다 나쁘지 않다. 저음의 목소리는 부드럽고, 툭툭 끊어지는 말투도 매력 있다. 곤란하지만 싫지 않다. 조금도 화가 나지 않는다.

"왜냐고 물어도⋯⋯."

"나도 그래."

예상치 못한 말에 그를 보았다. 이안은 양손으로 바닥을 짚고 상체를 뒤로 젖힌 채 시선을 내리깔고 있다. 이마를 덮은 고수머리 때문인지, 알 수 없는 표정 때문인지 왠지 모를 신비한 분위기가 꼭 소년 같다.

'나도 그래.'

이건 '나도 불편해'라는 뜻일까.

"국밥 나왔습니다."

마침 음식이 나와 대화는 중단되고 말없이 식사를 시작했다. 국밥을 3분의 1 정도 먹었을 때 상 위에 불판이 올라왔다.

고기 굽는 건 자신 없는데.

고민이 무색하게 이안이 고기를 굽기 시작한다. 잘 구워진 고기를 내 앞에 차곡차곡 놓아 주기까지 한다.

고기를 불판에 올리고, 집게로 뒤집고, 가위로 자르고, 젓가락으로 집어 내 접시에 올린다. 일련의 동작들이 물 흐르듯 자연스럽다.

영국에서 온 이안이 고기를 굽는다. 기타 치는 이안이 그 기다란 손가락으로 고기를 굽는다. 문제는 그 모습이 비정상적으로 멋있다는 거고, 더 큰 문제는 내 접시에 차곡차곡 쌓여 가는 고기들이다.

솔직히 우리 엄마도 이렇게는 안 한다. 황송하기 그지없지만 먹다가 십중팔구 체할 판이다.

"오빠도 먹어요."

참다못해 한마디 했다.

"먹고 있어."

거짓말이다.

"그만 줘도 돼요."

"왜, 고기 좋아하잖아."

좋아한다, 무척. 너무 좋아해서 사흘에 한 번꼴로 카페 게시판에 고기 먹었다는 글을 올린다. 이안도 그걸 봤을 테니 새삼스럽게 '오빠, 제가 고기 좋아하는 건 어떻게 아셨어요?' 하고 놀랄 일은 아니다.

"그래도 이건 너무……."

"모자라면 더 시키면 돼."

이 남자, 날 죽일 셈인가. 이건 복수일까. 배가 터질 듯 부르니 별별 생각이 다 든다.

"많이 먹어."

"이미 많이 먹었어요."

"체면 차리지 마. 고기는 마시는 거라며."

영국에서 온 사람이 '체면' 같은 고급 단어를 어쩜 저렇게 자연스럽게 구사하며, 고기는 마시는 거라는 내 지론을 어찌 저리 똑똑히 기억하는 거야.

이럴 거면 국밥은 시키지 말든가.

나는 못 먹는 편이 아니다. 35킬로그램이나 불어났던 때에 비하면 반도 못 먹지만, 한국 여성들의 평균 식사량에 비하면 많이 먹는 편이다.

키가 160센티미터도 안 된다는 것을 감안하면 몹시 많이 먹는 편에 속한다.

"말랐어, 너."

"네? 아닌데요."

작지만 마르진 않았다. 그냥 평균이다.

"마르긴 오빠가 말랐죠."

"난, 보통."

보통은 무슨 보통. 알랭 드 보통의 보통? 그 정도 바지 핏이 보통으로 나오면 얼마나 좋게.

"다 먹기 전엔 안 나가."

이안은 무표정한 얼굴로 으름장까지 났다. 나는 울면서 접시 위에 올라오는 2인분의 고기를 혼자 다 먹었다. 고기를 씹느라 긴장할 틈도 없었다. 긴장까지 했다면 이안 앞에서 토하는 불상사가 생겨 버렸을지도 모른다.

마지막 고기 한 점까지 삼키자 그가 계산을 했다. 당연히 해야 할 일을 한다는 표정으로 워낙 신속하게 해치워 '반씩 내자'는 말도 안 나왔다.

식당 밖으로 나오니 9시가 다 되어 있었다. 이안은 식당으로 걸어올 때처럼 코트 주머니에 손을 찔러 넣고 어깨를 움츠렸다. 우리는 다시 지하철역으로 걸었다.

"집이 어디야?"

이안이 묻는다. 나는 조금 망설이다 대답했다.

"논현동요."

"멀어?"

"가깝진 않죠."

혹시라도, 그럴 리 없겠지만 정말 만에 하나라도 데려다준다고 할까 봐 거절의 말을 열심히 골라 놓았다. 하지만 괜한 짓이었다. 지하철역에 도착하자 그는 깔끔하게 돌아섰다.

"그럼."

인사도 없이, '그럼'이란 두 음절만 달랑 남기고 쿨하게 사라졌다.

집으로 돌아오는 지하철 안에서 나는 생각했다. 싫어하는 '왜?'라는 질문을 그의 이상한 행동 하나하나에 던져 보았다. 그리고 결국 알아냈다.

이안이 밥을 사 준 이유는 내가 그의 '비밀'을 지켜 주었기 때문이다. 이안은 내게 '비밀'을 어떻게 알고 있는지 묻지 않았다. 그는 7년 전의 그 여자가 나라는 걸 알고 있는 것이다.

'나는 네가 7년 전에 한 일을 알고 있어'라는 무언의 메시지.

"고맙다고 한 마디 하면 얼마나 좋아."

컴퓨터 앞에 앉아 아이스크림을 퍼먹으며 투덜댄다. 말투와 달리 입은 이미 귀에 걸렸다. '비밀 공유'엔 으레 유대감이라는 게 따르기 마련이다. 그걸 나만 느끼고 있었는데 이젠 이안도 느끼게 되었다.

동경하는 사람과의 유대감이라니……. 으, 소름 돋아.

키보드를 가슴 쪽으로 당겨 아이디와 패스워드를 친다. 카페에 접속해 오늘의 게시글을 작성했다. '고기에 대한 나의 지론이 바뀌었다'라는 제목이다.

내용은 달랑 한 줄.

여러분, 고기는 마시는 게 아니라 씹는 겁니다.

판타지아

분수 앞 광장은 오늘도 사람들로 북적인다. 사람들…… 유저가 손으로 조작하는 게임 캐릭터들이다.

온갖 장비로 한껏 멋을 낸 그들 사이에 유독 눈에 띄는 여자 캐릭터가 있다. 엉덩이까지 내려오는 풍성한 금발, 초록 눈에 방긋 웃는 입 모양, 게임 내 최고가를 자랑하는 황금 갑옷을 입고 등 뒤엔 레전드 아이템인 광전사의 검까지 멋들어지게 메고 있다. 올 스킬 마스터로 유명한 이 캐릭터의 이름은 '크리스 러버'. 10년 가까이 꾸준히 키워 온 나의 분신이다.

마우스 커서를 바쁘게 움직여 캐릭터를 이동시킨다. 광장에 펼쳐진 노점들을 꼼꼼히 구경하고 비교적 한적한 기사 수련소로 들어간다.

수련소 뒤쪽 공터는 우리 '판타지아 길드'가 점령하고 있다.

길드 아지트랄까……. 반년 전 주인 잃은 이 구역을 정당한 PVP 승부로 쟁취해 냈다. 일등 공신은 물론 크리스러버. 바로 나다.

나무 앞에 멀거니 서 있던 적발의 청년이 내게 인사한다.

그래서: 왔냐.

적발 적안에 검정색 전신 타이즈를 입은 이 볼썽사나운 남자 캐릭터는 카페 부매니저이자 길드의 부길드장, 오중기 오빠다. 게임 캐릭터 이름은 카페 닉네임과 마찬가지로 '그래서'다.

크리스러버: 그래서 옵. 가게 안 바빠?
그래서: 바쁘다. 손님 많아.
크리스러버: 근데 여기서 뭐 해?
그래서: 논다.
크리스러버: …….
크리스러버: 소영 언닌?
그래서: 사냥.

길드창을 열어 온라인 표시가 된 길드원들을 훑는다. 나와 중기 오빠, 소영 언니, 그리고 파라파라 님 이렇게 넷이다. 파라파라 님은 부산에 사는 30대 직장인이다.

크리스러버: 둘이 그렇게 노는데도 손님이 많다니 세상 참 요지경
　　　　　이야.
그래서: 일은 애들이 하지. 그러라고 월급 주는데.

　상상이 된다. 직원들이 손님 상대하느라 바쁜 동안, 사장 부부는 록바 구석에 나란히 설치된 두 대의 최신형 컴퓨터 앞에 앉아 게임을 하고 있을 거다. 오붓하게 PC방 데이트라도 즐기는 것처럼.
　중기 오빠가 갑자기 귓속말을 걸어 왔다.

@그래서: 이안은 요새 통 안 들어오네. 뭐 아는 거라도 있어?

　'Aan'이 이안이라는 사실을 우리는 비밀에 부치기로 했다. 그날 정모에 참석했던 회원들에겐 여러 번 입단속을 시켜 두었다. 다른 회원들에겐 미안하지만 고심 끝에 내린 결정이었다. 카페 분위기를 위해서나 이안을 위해서나 그러는 게 좋을 것 같았다.

@크리스러버: 나도 모르지.
@그래서: 정말 몰라?
@크리스러버: 몰라.

　거짓말이 아니다. 이안이 게임이나 카페에 접속하지 않는 이유는 나도 모른다. 연락처를 알려 주고, 문자메시지를 주고

받고, 밥도 한 번 얻어먹었지만 그뿐이다.

정 궁금하면 물어볼 수야 있겠지만, 귀찮음을 유발할지도 모를 그런 행동을 할 만큼 궁금하진 않다. 나는 스타의 사생활이나 캐는 저급한 팬이 아니다.

@크리스러버: 그동안 꾸준히 활동했다는 게 더 놀라운 일이지.
@그래서: 그래서 더 미스터리란 말이야.
@크리스러버: 뭐가?

중기 오빠는 내가 묻길 기다렸다는 듯 순식간에 글자들을 토해 내기 시작했다.

@그래서: 자, 봐 봐. 이안이 한국에 왔어. 무슨 일인지는 모르겠지만 개인적인 사정으로 한국에 온 거야. 온 김에 오버플로를 검색해 봐. 이미 쫑난 밴드를 왜 검색한 건지는 모르겠지만 아무튼 검색을 한단 말이야. 그렇게 우리 카페를 알게 돼. 호기심에 가입도 해. 여기까진 그냥저냥 이해가 되거든.
@크리스러버: 근데?
@그래서: 근데 판타지아 계정은 왜 만들었고, 접속하는 족족 너한테 맞아 죽는데 줄기차게 접속은 또 왜 했으며, 정모엔 또 왜 나왔냐고.
@크리스러버: 그야…….

모르겠다. 'Aan'이 이안이었고, 솜이가 유혈 사태를 일으켰고, 이안이 내 번호를 따 갔다는 사실 외엔 아무것도 깊게 생각하지 않았다. 그럴 정신이 없었다.

@그래서: 그래, 백번 양보해서 이것도 그렇다 쳐. 우리 카페가 너무 마음에 들고, 막 열심히 활동하고 싶고 그래서 그랬다 치잔 말이야.

중기 오빠는 타자 치는 걸 잠시 멈췄다. 누군가 말을 걸었거나 힘들어서 쉬고 있거나 둘 중 하나다. 나는 잠자코 다음 말을 기다렸다.

@그래서: 그런데, 그렇게 열심히 하던 사람이 정모 이후부터 발길을 딱 끊은 이유가 뭐냔 말이야.
@크리스러버: 바쁘겠지.
@그래서: 아니야. 타이밍이 수상해. 뭔가 있어. 냄새가 나.
@크리스러버: 마음 상하는 일이라도 있었거나.

이건 그냥 해 본 말이다. 그런 눈치가 조금이라도 있었으면 내가 몰랐을 리 없다.
전신 타이즈를 입은 중기 오빠의 캐릭터가 크리스러버 주위를 한 바퀴 빙 돈다. 형사가 용의자를 취조하는 모양새다.

@그래서: 너 솔직히 불어. 이안이랑 뭔 일 있지?

이 오빠가 또 시작이다.

@크리스러버: 왜 또 그래. 해명하고 다 끝난 일을 가지고.
@그래서: 납득이 가야 말이지. 납득이 안 가잖아, 납득이.

중기 오빠는 매사 의심부터 하고 보는, 자칭 합리적 음모론 자다. 헛다리도 많이 짚지만 소 뒷걸음질 치다 쥐 잡는 격으로 사건이나 사물의 숨은 진실을 밝혀낼 때도 적잖이 있다. 이게 이 오빠의 무서운 점이다.

이안이 요즘 뜸한 것과는 아무 관련이 없지만, 이안과 나 사이에 무슨 일이 있었던 것만은 틀림없다. 아니라고 강하게 부정하면 중기 오빠의 의심만 더 깊어질 거다. 이 상황을 어떻게 타개하나 고심하고 있는데 전화벨이 울렸다. 흘긋 보니 발신자 란에 '이느님'이라고 적혀 있다.

이느님, 이느님이라…… 잠깐, 이느님?

의자에 두 발을 올리고 있던 나는 하마터면 바닥으로 고꾸라질 뻔했다. 이안과 밥을 먹은 지 2주일이 지났다. 고맙다, 잘 먹었다는 내용의 인사치레 문자메시지를 보낸 이후 연락이 뚝 끊긴 참이다.

당연하다고 생각했다. 이후 영원히 그와 연락이 닿지 않더라도 나는 섭섭해하지 않을 자신이 있었다. 크리스를 만나지 못한 것이 못내 아쉽지만 팬으로선 차고도 넘칠 만큼의 행운이었다. 게다가 짧은 시간이나마 가졌던 그와의 유대감은 언제 어디서든 나를 행복하게 만들어 줄 거였다.

이안이 나를 10년에 한 번꼴로 떠올리든, 아예 잊든 그런 건 상관없었다. 우리에게 남다른 인연이 있었다는 사실만큼은 변하지 않을 테니까. 그런데 또 전화가 걸려 왔다. 나는 휴대폰을 신줏단지 받들듯 두 손 위에 공손히 올렸다.

무조건반사처럼 맥박이 빨라지고 호흡이 흐트러진다. 손바닥에 식은땀도 솟았다.

호랑이도 제 말 하면 온다더니, 이안 오빠도 양반은 못 되는구나.

아무렇지 않은 척 후후 웃어 보지만 전부 허세다. 실제 내 속은 놀람 80퍼센트에 긴장 20퍼센트다.

더 이상 시간을 지체하면 끊길지도 몰라 목소리를 가다듬고 전화를 받았다.

"여보세……."

— 늦어.

"네?"

— 늦다고.

"아, 네……."

전화를 늦게 받았다는 뜻인 것 같다. 이거 사과를 해야 하나…….

— 자고 있던 거면 끊고.

"아뇨, 안 잤어요."

진짜 끊으면 어떡하나 조마조마한 마음으로 모니터 하단의 시계를 봤다. 이미 11시 반을 훌쩍 넘겼다. 자정을 향해 가는 깊은 밤. 그래서인지 이안의 목소리가 한층 낮게 울린다.

"게임하고 있었어요."

잠시 조용하더니 생각났다는 듯 '아, 그거…….' 한다.

─ 그거 재미없어.

말투와 목소리는 그렇지 않은데 말의 내용 때문인지 조금 불퉁하게 들렸다. 의외의 귀여움이다. 나만의 착각일지도 모르지만 새로운 발견을 했다는 기쁨에 바보처럼 배시시 웃는다.

"죄송해요. 저 때문에 재미없었을 거예요. 다음에 접속하면 재밌게 놀아 드릴게요."

다음은 없어도 좋다고 생각했는데, 막상 목소리를 들으니 욕심이 생긴다. 다음에도 보고 싶다. 내가 쓴 카페 게시글에 달린 이안의 댓글이 보고 싶고, 레벨 10도 되지 않는 이안의 꼬꼬마 캐릭터도 보고 싶다. 정모 때 이안과 함께 오버플로의 전곡을 듣고 싶다. 또 전화 통화 하고 싶다. 또 만나서 밥 먹고 싶다.

이안이 침묵할수록 마음은 간절해진다. 아무런 이유 없이 그저 분위기에 취해 눈물이 날 것 같다. 이런 건 좋지 않다.

나는 짐짓 쾌활하게 묻는다.

"전화는 왜 하셨어요?"

여전히 묵묵부답이다. 침묵 사이로 잠깐씩 차 소리가 들리는 걸로 봐서 밖인 것 같다. 사람들의 웃음소리가 커졌다 사라진다.

─ 시끄러워서.

한참 뒤, 이안이 말했다. 단순히 시끄럽다는 뜻이 아니다. 이건 왜 전화했냐는 나의 물음에 대한 답이다.

'전화는 왜 하셨어요?'

'시끄러워서.'

이상한 대답이다.

– 여긴 너무 시끄러워.

이번엔 내가 침묵할 차례다. 뭐라고 대꾸할 말이 없다. 어딘데요? 뭐가 그렇게 시끄러워요? 하고 물을 수가 없다. 그런 질문은 맞지 않다는 생각이 든다. 수다 떠는 건 자신 있는데 어째 목구멍이 콱 막힌 것 같다.

그때 수화기 너머 멀리서 '교수님, 뭐 하세요'라는 젊은 여자의 목소리가 어렴풋이 들렸다. '설마 애인?' 묻고는 하하 웃는다. 술 취한 목소리다.

– 잘 자.

그 말을 끝으로 전화는 뚝 끊겼다. 나는 끊긴 전화를 망연히 바라보았다. 지금 무슨 일이 있었지? 하는 기분이다. 꼭 도깨비에 홀린 것같이 어리둥절한……

모니터의 게임 화면에선 중기 오빠의 볼썽사나운 캐릭터가 아름다운 나의 크리스러버를 인정사정없이 공격하고 있다. 쌍검으로 신나게 때리며 말풍선을 띄운다.

그래서: 뭐 하냐. 자냐. 어디서 자는 척이야. 불어. 빨랑 불어.

여운에 젖어 있을 틈도 주지 않는다. 이래서 판타지아에선 잠시도 한눈을 못 판다.

나는 순식간에 임전 태세로 전환해 마우스를 쥐고 키보드

단축키를 두드렸다. 3분도 지나지 않아 검정색 전신 타이즈를 입은 중기 오빠의 캐릭터가 회색 연기가 되어 사라졌다.

동시에 알림창이 뜬다.

그래서 님이 신비한 전사의 무복(타이즈형) 아이템을 떨어뜨리셨습니다. 전리품으로 획득하시겠습니까?

떨어뜨려도 하필 이걸······.

고심 끝에 '아니오'를 눌렀다. 갖고 싶지 않다. 그래픽 쪼가리라도 그냥, 더럽다.

친구네 집 비누에 머리카락이 붙어 있으면 비누를 못 본 척하고 물로만 손을 씻는다. 우리 집 비누에 머리카락이 붙어 있으면 비누에 붙은 머리카락을 떼고 비누로 빡빡 손을 씻는다. 나에게 가족은 비누에 붙은 머리카락이다. 비누에 붙은 머리카락을 봐도 더럽다고 생각하지 않는 마음이다.

초등학교 3학년 학생이 쓴 '가족'에 대한 글이다. 나는 이 글을 한 번 읽고, 다시 한 번 더 읽는다. 투박하지만 솔직하고 좋은 글이다.

이 학생은 이번 달부터 글짓기 교실에 다니기 시작했다. 학교 성적도 좋지 않고 늘 멍하고 도대체 무슨 생각을 하는지 모르겠다고, 아이의 어머니가 말했던 기억이 난다.

'잘하고 있으니 걱정 마세요.'

빙긋 웃으며 속으로 말하고 '별 많이' 도장을 쾅 찍는다. 나는 단박에 이 아이가 좋아졌다.

가끔 있다. 성실하지도, 영리하지도, 조숙하지도 않은데 좋은 글을 쓰는 아이들이. 대개는 많이 느끼는 아이들이다. 남들보다 많이, 깊이, 특별하게 느끼는 것도 재능이다. 그것이 재능이라는 사실을 스스로 깨닫지 못한다면 소용없지만…… 그래도 그 아이들은 남들보다 훨씬 풍성한 인생을 살게 될 것이다. 어쩌면 그보다 훨씬, 훨씬 더 고독해질지도 모르지만.

작문 종이들을 정리해 파일에 끼우고, 교실을 나와 계단을 오른다. 한 층 위인 4층엔 언니와 형부가 공동으로 운영하는 논술 학원이 있다. 내가 일하는 글짓기 교실도 언니 부부가 관리하고 경영한다.

말하자면 나는 스물일곱이 되어서도 제대로 된 홀로서기를 못 하고 있는 철부지 아가씨다. 가족이라는 이유만으로 언니 부부 밑에서 편하게 일하고, 집도 없어서 원장실 옆 빈 사무실을 오피스텔 형식으로 개조해 살고 있다.

원래도 숙식이 가능한 구조였기에 크게 손볼 곳은 없었으나, 언니의 개인 공간을 싼값에 빌려 쓴다는 점에서 폐를 끼치고 있음은 분명하다. 때문에 경보장치 관리 같은 자잘한 일은 누가 시키지 않아도 알아서 도맡아 한다. 그 정도 양심과 눈치는 있다.

겨우 계단 몇 개 올라왔을 뿐인데 공기부터 다르다. 아래층

과는 전혀 다른 세계. 효율과 합리와 사고를 중시하는 세계다. 나는 한때, 내가 이 세계에 속해 있다고 믿었던 적이 있다. 아니, 어디에 속해 있든 세상은 내게 한없이 관대하다고 믿었던 적이 있다. 순진했다. 순진하다는 건 진짜 인생을 모른다는 거다.

논술 고사도 끝나고 입시생들이 대거 빠져나간 터라 지금 시간은 조용하다. 며칠 후면 겨울방학 특강이 시작될 테지만, 그 전까진 좀 한가롭겠지.

커스터드크림색 벽을 따라 걷다가 복도 끝, 'ㄱ' 자로 꺾이는 위치에 잠시 멈춰 섰다. 어쩐지 춥다 했더니 창문이 열려 있다.

창문을 닫으려다가 문득 눈을 비빈다. 내 눈이 침침해서가 아니다. 창밖에 진짜 눈이 내리고 있다. 갓난아이의 주먹 같은 눈송이가 어지럽게 날리고 있다.

올해의 첫눈. 나이를 먹고 더 이상 순진하지 않아도 첫눈엔 가슴이 설렌다. 이럴 땐 누군가 만나고 싶다. 함께 있으면 기분 좋은 사람.

갑자기 이안이 떠올라 손바닥으로 이마를 세게 쳤다. 빡! 소리가 날 만큼 인정사정없이.

"처제, 뭐 해?"

원장실 쪽으로 난 복도에 형부가 놀란 얼굴을 하고 서 있다.

"아무것도 아니에요. 말도 안 되는 게 떠올라서 그만."

"처제, 그거 알아?"

"뭐요?"

"처제 그럴 때마다 정말 무섭다는 거."

나는 멋쩍게 하하 웃었다.

"웃을 게 아니야. 그냥 하는 소리가 아니래도. 처제는 평소엔 천사 같은데 가끔 그럴 때 있잖아."

"그럴 때요?"

"이상하게 대범해진다고 해야 하나. 꼭⋯⋯."

"미친 사람처럼요?"

"응응."

형부의 표정이 진지하다. 진지한 표정이 아니라도 형부가 농담하는 게 아니라는 것쯤은 안다. 그렇다고 악의가 있는 건 더더욱 아니다. 형부는 이제껏 내가 만나 본 사람들 중에 가장 순진한 성인 남자다. 순진한 남자. 다시 말해 세상과 인생을 모르는 남자. 엄청난 희귀종이다.

가족 상견례에서 형부를 처음 봤을 때 생각했다. 세상을 모르고 사는 것이 허락된 어른도 있구나, 하고.

조금 얄밉기도 하고, 한편으론 고맙기도 하다.

독선적이고 기가 센 언니에겐 안성맞춤인 남자다. 머리숱 없는 건 흠도 아니다.

"이번 주말에 장모님, 장인어른 뵈러 갈 거지?"

주말에 밥이나 한 끼 먹으러 오라는 엄마의 전화를 오늘 아침 눈 뜨자마자 받았다. 이상하리만치 친근해서 오히려 멀게 느껴지던 엄마 목소리.

아침 햇살에 반짝이는 먼지를 보며 '봐서'라고 잠결에 대답했지만, 가지 않을 것을 엄마도 나도 안다.

"아뇨."

나는 귀 뒤로 머리카락을 넘기며 싱긋 웃었다.

"처제, 그러지 말고."

"전 안 가요. 그러는 편이 좋다는 거 형부도 잘 아시잖아요."

지난 추석, 형부는 아버지와 내 눈치를 살피며 밥을 꾸역꾸역 삼키다가 급체하는 바람에 응급실까지 실려 갔다.

"뭐든, 그게 아무리 당연한 거라도 억지로 하는 건 좋지 않아요."

말하고 다시 조금 웃고 창밖을 봤다. 펄펄 날리는 눈. 역시 누군가 만나고 싶다. 그게 누구라도 상관없을 것 같다.

아플 때나 바쁠 땐 만나자는 사람이 많다. 반대로 한가하거나 외로울 땐 만나자고 해도 만나 주는 사람이 없다.

"배신자들."

나는 PC방에서 빼빼로를 오독오독 씹으며 시간을 죽이고 있다.

형부에게 약속 있다고 거짓말을 하고 나온 터라 다시 들어갈 수도 없다. 이럴 땐 하루라도 빨리 독립해 버리고 싶다. 문제는 돈이 부족하다는 거다. 교정교열 아르바이트라도 다시 시작해야 하나⋯⋯.

구인 사이트를 열어 페이지를 휙휙 넘긴다. 뭐 특별한 게 없다. 사이트를 닫고 카페 게시판을 한번 둘러본 후 판타지아에 접속했다. 오후 5시. 접속한 길드원은 아무도 없다.

중기 오빠와 소영 언닌 첫눈이라고 오랜만에 분위기 잡고 있을지도 모른다. 선욱인 학원에 있을 시간이고(실용음악 학원에 다닌다), 솜인 또 소개팅을 하려나……. 그 외 한수 오빠를 비롯한 대부분의 회원들은 직장에 있을 시간이다.

길드 채팅창에 '심심해'라고 친다. 아무도 보는 사람이 없는데 괜히 그래 본다. 이번엔 '놀자, 나와'라고 친다.

앞니로 빼빼로를 오독오독 씹으며 작게 한숨을 내쉬었다. 뭐 하는 짓인가 싶다.

에라이, 던전이나 돌자.

무기를 점검하고 단축키에 스킬과 포션을 장착했다. 오늘은 어디서 어떤 몬스터를 학살할까 콧노래를 흥얼거리며 고민한다. 오랜만에 필드 보스나 잡을까. 그때 갑자기 길드 채팅창에 글이 뜬다.

Aan01: 어디야?

오독오독 경박한 소리와 함께 줄어들던 빼빼로가 키보드 위로 툭 떨어졌다. 한 번 더 채팅창을 확인한다. 확실히 있다. '어디야?' 하고, 그 글을 쓴 주인의 얼굴만큼이나 덤덤한 글자들이.

길드창을 열어 접속 회원을 다시 훑었다. 나 외엔 아무도 없다.

크리스러버: 지금 오프라인으로 해 놓고 접속한 거예요?

소름 끼치게 반가운 주제에 대뜸 이것부터 묻는다.

Aan01: 어.

'그게 뭐 어때서'라는 이안의 표정이 자연히 떠오른다.

크리스러버: 접속한 채로 오프라인 설정하는 거 금지예요. 길드 공
　　　　　지 안 읽었어요?
Aan01: 알아, 읽었어.
크리스러버: 근데 왜…….

이건 경고감이다. 경고가 누적되면 여러 가지 불이익을 당
한다. 상대가 이안이라고 해서 봐줄 생각은…….

Aan01: 너 기다렸어.

갑자기 숨이 콱 막히는 바람에 입안 가득 든 **빼빼로**가 튀어
나올 뻔했다.

Aan01: 다른 사람이 말 거는 거 귀찮아.

내 마음은 이미, '초범인데 한 번만 봐줄까'로 격렬히 기울고
있다.

Aan01: 재미있게 놀아 준다며. 어디야.

그래, 눈 질끈 감고 딱 한 번만 봐주자.
기뻐 춤추는 손가락으로 날듯이 키보드를 두드린다.

크리스러버: 오빠, 일단 쩔부터 받으실래요?

던전을 돌고 필드 보스를 잡고 또 던전을 돌았다. 쩔(파티 사냥
을 통해 고레벨 유저가 저레벨 유저의 레벨을 올려 주는 것)의 기본은 속전
속결이다. 시간이 곧 경험치!
던전을 한 바퀴 더 돌려는데 컴플레인이 들어왔다.

Aan01: 잠깐.

나는 모든 행동을 당장에 멈추고 다소곳이 대답했다.

크리스러버: 네?
Aan01: 이제 그만. 됐어.

이제부터가 시작인데 됐다니. 아직 몸풀기도 안 끝났다. 하
지만 난 이번에도 다소곳이 대답한다.

크리스러버: 네.

마우스를 조작해 캐릭터를 바닥에 앉혔다.

크리스러버: 잠시 쉴까요?

이안의 캐릭터가 옆으로 다가오더니 말없이 앉는다. 앉는 모습이 심장에 직격이다.

귀엽다. 할 수만 있다면 꼭 안아 주고 싶을 정도로 울트라 짱 귀엽다.

이안의 캐릭터는 그야말로 꼬맹이다. 검은 머리에 검은 눈, 크리스러버의 허리에도 미치지 않는 작은 키.

이 캐릭터를 처음 봤을 때, 나는 '앤'이 쇼타콤이라고 생각했다. '앤'의 실체를 알고 이성적으로 찬찬히 되짚어 보고서야, 캐릭터 생성시의 기본 외형이란 것을 알 수 있었다. 그러니까 이안은 기본 외형에서 아무것도 바꾸지 않고 캐릭터를 만든 것이다.

Aan01: 그거, 크리스 닮았어.

그거……는 아마도 내 캐릭터를 뜻하는 것일 테다.
입술 끝이 절로 말려 올라간다.

크리스러버: 맞아요. 일부러 닮게 만들었어요.

이안과 크리스는 20년지기다. 길드원 중 누구도 말하기 전엔 알아보지 못했는데…… 20년 친구 이안은 역시 알아보는구나. 기쁘다. 왠지 모르게 뿌듯한 것 같기도 하다. 나는 채팅창에 '데헷' 하고 쳤다. 평소엔 잘 하지 않는 귀여운 척이다.

Aan01 : 크리스 닮은 여자라니, 기분 나빠.

'데헷'을 쳤던 손가락에 핏기가 싹 가시며 순식간에 창피해지고 말았다.

남자 닮은 여자는 기분 나쁘단 소린가. 그런 건가?

이안이 직설 화법을 구사한다는 사실은 진작 알고 있었다. 하지만 이건 거의 독설 수준이다.

기분 나쁘게 해서 미안하네요, 라고 쳤다가 지운다. 그간 들었던 온갖 루머가 떠오르며 이안과 크리스의 사이가 진짜 나쁜가? 라는 불안한 의심이 고개를 치켜든다.

두 사람의 불화설엔 대부분 '여자'가 끼어 있었다. 밴드 멤버끼리, 그것도 20년지기 친구끼리 치정 싸움이라니…… 싫다. 믿고 싶지 않다.

나는 얼른 화제를 바꿨다.

크리스러버 : 절 기다렸다고 했는데, 얼마나 기다렸어요?
Aan01 : 2시간쯤.

예상보다 긴 시간. 기쁘면서 동시에 미안해진다. 마음이 찡하고 울린다.

크리스러버: 다음엔 미리 연락 주세요. 그럼 안 기다려도 되고, 약속
　　　　　도 잡을 수 있고.

연락처도 아는데 굳이 기다릴 필요 없다. 아이들 수업 시간
만 아니면 언제든 접속할 수 있으니까.

Aan01: 아니, 이제 됐어.

됐다니, 설마.

Aan01: 오늘로 확실히 알았어.
크리스러버: 뭘요?
Aan01: 이 게임 재미없어.

아아, 역시나.
　이안은 알까. 지금 자기 눈앞에 있는 캐릭터가, 크리스를 닮
아서 기분 나쁘다고 악담을 했던 캐릭터가 게임 내에서 가장
유명한 캐릭터 중 하나란 사실을. 그런 캐릭터가 자진해서 노
예가 돼 주겠다는데, 됐다니. 지난달엔 랭킹 100위 안에 등록
됐다고, 흥.

Aan01: 나가자.
크리스러버: 네, 아쉽지만 할 수 없죠. 재미없으시다니……
Aan01: 나가자고.

크리스러버: 오빠 먼저 나가세요. 전 좀 더 하다가.

Aan01: 페이퍼돌 공연 안 봐?

뜬금없이 페이퍼돌이라니. 그보다 오늘 페이퍼돌 공연이 있던가.

Aan01: 첫눈 왔잖아, 오늘.

아! 맞다! 저도 모르게 또 이마를 빡! 쳤다.

그래, 오늘 첫눈이 왔다. 페이퍼돌은 매년 첫눈 오는 날 게릴라 공연을 한다. 작년엔 사정이 있어서 가지 못했다. 올해는 무슨 일이 있어도 가리라 작정했는데 그걸 잊고 있었다니. 그보다 이거, 같이 가자는 소리 맞지? 아니, 잠깐, 아닌가?

크리스러버: 가야죠. 오빠도 가시게요?

넌지시 물어봤다.

Aan01: 7시, 홍대.

이거 만나자는 소리 맞지 싶다.

얼른 시계를 봤다. 지금부터 날아가도 빠듯하다.

Aan01: 먼저 나간다.

이안의 꼬꼬마 캐릭터가 제 주인처럼 쿨하게 사라진다. 나는 얼른 접속을 끊고 계산을 치렀다.

건물 밖엔 여전히 눈발이 날리고 있다. 목도리를 두르고 가방을 든 채 지하철역을 향해 달리기 시작했다.

차들과 사람들과 가로수가 스쳐 지나가고, 자전거가 스쳐 지나가고, 거리의 입간판도 아슬아슬 스쳐 지나간다. 숨이 턱까지 차올랐지만 속도를 늦추지 않았다.

날리는 눈발에 머리카락이 젖어 들지만 전혀 춥지 않다. 이 대로 뛰어서 홍대까지 갈 수 있을 것 같다. 숨을 내뱉는데 자꾸만 웃음이 샜다. 웃음소리처럼 쏟아지는 뜨거운 숨이 하얀 눈송이에 섞여 차츰차츰 쌓여 간다.

첫눈 오는 날, 이안을 만난다. 첫눈 오는 날, 이안과 함께 페이퍼돌의 공연을 보러 간다.

"미쳤어."

달리면서 중얼거렸다. 미쳤어, 미쳤어라고.

미친 게 난지, 이안인지, 신인지 알 수 없지만, 아무튼 미쳤다. 살다 보면 이런 일도 있는 법이라지만, 그래도 이건 너무 하잖아.

"저녁은?"

역 앞에서 만난 이안이 대뜸 물었다.

오늘도 이안은 멋있다. 티셔츠와 남방 위에 커다란 라이더 재킷을 입은 모습이 복슬복슬 헝클어진 머리칼과 묘하게 밸런스를 맞추고 있어 귀엽기까지 하다. 나는 잠시 그를 올려다보다가 주린 배를 쓸어내리며 대답했다.

"아직요."

"시간 있으니까 먹자."

말하고 성큼 앞서간다. 지난번과 같은 패턴이다. 다른 게 있다면 처음부터 보속을 맞추고 있다는 것.

우리는 간단히 타코를 먹기로 했다. 내가 타코와 감자튀김을 흡입하는 동안 이안은 맥주를 마셨다.

한 모금 한 모금 천천히 마시며 내가 먹는 모습을 지켜본다. 부담스러운 시선. 하지만 두 번째라 그런지 이전만큼 불편하지는 않다. 배가 많이 고프기도 하고.

"페이퍼돌은 어떻게 알아요?"

입안 가득 든 음식을 삼키고 물었다.

"카페에 글 올라온 거 보고."

나는 고개를 끄덕였다.

페이퍼돌에 관련된 글은 카페 회원들이 종종 올린다. 꽤 오래된 밴드고, 꾸준히 활동해 온 만큼 고정 팬도 많은 편이다.

"재작년엔 길거리에서 했는데, 올핸 그래도 공연장을 잡은 모양이에요."

첫눈이 언제 내릴지 알 수 없으니, 공연장을 미리 예약할 수 없다. '첫눈 공연'은 공연 당일, 팬 사이트에 시간과 장소가 공지된다.

"눈, 쌓일 것 같죠?"

이번엔 이안이 고개를 끄덕였다. 맥주를 한 모금 마시고 창밖을 본다. 맥주를 삼킬 때 울렁이는 목울대가 섹시하다. '아,

남자구나'라는 느낌. 그 새삼스러운 사실에 발가락 끝이 움츠러들었다.

이안을 우상이자 스타로 의식하는 것과 남자로 의식하는 것은 비슷한 듯 전혀 다르다. 스타 앞에서 나는 팬이지만, 남자 앞에선 여자다. 그 당연한 사실에 괜히 웃음이 나서 조금 웃었다.

내가 웃는 걸 모르는지 이안은 여전히 창밖을 보고 있다. 섹시한 목울대를 가진 남자의 옆얼굴은 더할 나위 없이 단정하다. 그 불균형이 조금 위험해 보인다. 마치 우리 사이 같다.

순진함과 결별하고 더 이상 어린애가 아니게 되었을 때, 분명하게 깨달은 것이 있다. 확연하고도 명료하게 구분할 수 있게 된 것. 그것은 내게 허락된 것과 허락되지 않은 것 사이의 간극이다.

내가 가질 수 있는 것과 가질 수 없는 것, 내 힘으로 어떻게 할 수 있는 것과 할 수 없는 것, 그 사이에 슬프도록 적나라하게 파인 경계선. 선은 선명한 색채를 띠고 굵고 힘차게 파여 있다. 지금 이안과 나 사이에도, 또렷이.

올겨울 내 인생에 무슨 일인가 일어났음은 분명하지만, 그것은 깜짝 선물, 이상도 이하도 아니다.

오버플로를 알고 듣고 좋아하게 된 지도 벌써 10년이 훌쩍 넘었다. 10년이 넘도록 죽자 사자 좋아하면 운 좋게 이런 선물도 받는 거다. 내가 아이들에게 찍어 주는 '별 많이' 도장처럼, 신이 내게 찍어 준 도장. 흥분해서 선을 넘어 버리는 등신 짓은 하지 않는다. 그 정도의 분별력과 자존감은 있다.

"겨울은 싫지만 눈 오는 건 좋아요."

타코 접시를 깨끗하게 비우고 남은 감자튀김을 먹으며 말했다. 이안의 검은 눈동자가 다시 나를 본다.

"왜?"

"슬프잖아요. 아련하고, 왠지 모르게 고귀한 것 같기도 하고. 그냥 소녀감성 같은 거지만……."

"슬픈 게 좋아?"

날 똑바로 응시하는 그의 두 눈이 너무 가까이에 있는 것 같아서 나는 어깨를 살짝 뒤로 뺐다.

"네."

"왜?"

눈을 가늘게 뜨고 이안을 살짝 흘겼다가 물을 삼키고 대답한다.

"알면서 묻지 마세요."

이안의 한쪽 눈썹이 살짝 비틀린다. 심기가 불편한 것 같기도 하고 정말 몰라서 어리둥절한 것 같기도 하다. 뭐가 맞는지 모르겠다. 애초에 이안은 표정이 풍부한 사람이 아닌 데다, 몇 안 되는 표정조차 그다지 명쾌하지 않다. 알기 어려운 사람이다.

이렇게 생각하고 보니 그의 직설 화법은 미덕인 것 같기도 하다. 저런 표정에 말까지 간접적으로 어물어물하는 사람이었다면 의사소통에 꽤나 문제가 있었을지도 모른다.

"슬픈 게 왜 좋냐, 이건 정말 바보 같은 질문이에요. 그런 건 제대로 대답할 수도 없고, 대답한다고 이해할 수도 없어요.

왜, 하고 물을 때 어렴풋이 떠오르는 거, 그게 답이에요. 알면서 묻지 마세요, 정말."

아, 그간 쌓아 놓았던 말을 해 버렸더니 해묵은 체증이 내려간 듯 속이 다 시원하다. 진작 이럴걸. '앤'한테도 진작 말했더라면, 유치하게 괴롭히고 자시고 할 것도 없었을 텐데.

"그 말은, 내가 알고 있는 걸 너도 알고 있다는 뜻?"

나는 마지막 감자튀김을 입안으로 털어 넣으며 고개를 끄덕였다.

"제가 느끼는 걸 오빠도 느낀다는 뜻이기도 하죠."

이안이 슬쩍 시선을 비끼더니 이내 입술 끝을 말아 올리며 웃었다. 재미있다는 듯, 혹은 즐겁다는 듯.

반응이 나쁘지 않은 것 같으니 이참에 쐐기를 박기로 했다.

"오빠가 '왜'하고 물을 때, 오빠 안엔 이미 정답이 있어요. 그렇죠?"

"아마도."

이안이 순순히 수긍했다. 심상하게 대답하며 다시 시선을 맞추는데, 맙소사, 눈이 웃고 있다. 크지 않은 눈. 하루에 12시간은 자는 사람처럼 흑백 대비가 뚜렷한 맑디맑은 눈동자에 표정이 실리니 그 인상이 실로 강렬하다.

벌떡 일어나 차려 자세를 취하는 심장을 가만가만 눌러 앉히고 얼른 해치우자는 심정으로 이어 말했다.

"그럼, 그게 맞아요. 그리고 그게 아니라도 달라질 건 없어요. 사람은 결국 자기가 아는 만큼만 느껴요. 느끼는 만큼만 알고. 그러니까 왜냐고 묻지 마세요. 오빠가 알고 느끼는 거,

그게 언제나 옳고, 정답이니까."

냅킨에 손을 닦고 자리에서 일어나며 씩 웃었다. 아, 후련해. 그런 웃음.

"하하."

그리고 이안도 웃었다. 내 싱그러운 웃음 따위 초라해 보일 만큼 유쾌하게. 크진 않지만 분명한 울림을 가지고 하하……. 웃음소리마저 낮고, 절제되어 있고, 단정하다.

우리는 거리로 나와 공연장으로 걸었다. 여전히 날리는 눈. 늘 그렇듯 넘쳐 나는 사람들. 몇몇은 우산을 쓰고 있다.

나는 인파 속을 바쁘게 걸으며 뭐 마려운 강아지처럼 가방에 손을 넣었다 뺐다 한다.

"됐어, 넣어 둬."

재킷 주머니에 손을 넣고 어깨를 움츠린 이안이 나지막하게 말했다.

땅만 보는 것 같더니, 이런 건 또 눈치가 엄청 빠르다.

"저번에도 고기 사 주셨잖아요."

"내가 먹자고 했잖아."

"그래도."

"다음에 사, 그럼."

'다음'이란 단어 때문에 주춤하는 순간, 마주 오던 사람과 부딪쳤다.

"아, 아파! 뭐야, 정말! 똑바로 좀 보고 다녀요!"

우렁찬 목소리만큼이나 덩치 큰 젊은 여자가 과하다 싶을 정도로 성을 냈다.

나만 잘못한 게 아닌 것 같은데……. 조금 어리둥절했지만 "죄송합니다." 하고 정중히 사과했다.

"괜찮아?"

이안이 비스듬히 끼어들며 묻는다.

"네, 괜찮아요."

고개를 끄덕이며 가방을 고쳐 메는데 어깨가 조금 아픈 것도 같다. 워낙 세게 부딪쳤다. 안 넘어진 게 천만다행이다.

"놀라서 잘 못 느끼는 걸 수도 있어. 천천히 확인해 봐. 저쪽이 저렇게 요란 떨 정도면 넌 더 아파야 정상이야. 어디, 어깨뼈에 금이라도 간 거 아니야?"

농담이지? 싶어서 이안을 보는데 눈빛이 진지하다.

반응은 나보다 저쪽에서 먼저 나왔다.

"뭐예욧?"

보라색 코트를 입은 덩치 큰 여자가 이안을 한 대 칠 기세로 다가서며 버럭 소리를 질렀다. 여자는 왕년에 운동을 좀 했는지 어깨가 떡 벌어지고 하이힐까지 신은 탓에 키가 180이 넘어 보인다. 재킷 주머니에 손을 넣고 어깨를 움츠린 이안 따위 한 방에 날려 버릴 수 있을 것 같다.

평소엔 인식하지 못했는데 이 남자, 연약해 보인다. 여자의 보호 본능을 자극하는 타입이다.

나는 얼른 입을 열었다.

"정말 괜찮아요."

"정말?"

미간을 찌푸리고 눈을 내리까는 모양새가 딱 '못 믿겠다'여서 팔까지 휘휘 돌려 가며 확인시켜 주었다.

"아프면 참지 말고 말해."

아무런 감정도 느껴지지 않는 조용한 음성이지만 진심은 충분히 전해졌다. 나는 바쁘게 고개를 끄덕이며 앞서 걷는 이안을 뒤따랐다. 제발 아무 일 없기를 바라며……. 그런데 보라색 코트의 여자는 나와 생각이 달랐던 모양이다.

"저기요!"

한달음에 쫓아온 여자가 이안 앞을 가로막고 섰다.

"금방 뭐라고 했어요!"

이안이 여자를 물끄러미 본다. 눈의 위치는 분명 여자가 위인데, 어째 이안이 여자를 깔아보는 것 같다. 두 손은 여전히 재킷 주머니에 꽂은 채다.

저 자세로 한 대 맞기라도 했다간…… 윽, 상상하기도 싫다. 잘못 맞아 뒤로 넘어지기라도 하면 십중팔구 뇌진탕이다.

"그쪽한테 내가 무슨 말을 했던가."

이안이 무표정하게 물었다.

"했잖아요!"

"뭐라고."

"요란 떤다 어쩐다, 또 뭐랬지? 그래, 어깨뼈에 금이 가요? 그거 나 들으라고 한 소린 거 모를 줄 알아요? 어깨뼈에 금이 가도 내가 가요. 그 여자가 아니라!"

이안이 작게 한숨을 내쉬었다.

"그래서 기분 나쁘니 사과를 받고 싶다?"

"네, 사과하세요!"

여자는 한껏 도도한 표정을 지으며 팔짱까지 꼈다. 하지만 내 눈은 못 속인다. 슬쩍슬쩍 이안을 훔쳐보는 눈길에 이미 호기심이 철철 흐른다. 남자에게 갖는 여자의 호기심. 그것은 호감의 다른 이름이다.

"그건 안 되겠는데."

"그쪽이 실언했고, 그에 합당한 사과를 받겠다는데, 도대체 뭐가 안 된다는 거죠?"

"난 실언이 아니라 사실을 말했을 뿐이고, 그 사실에 기분 나쁜 건 그쪽 사정이니까."

이안의 말투는 시종일관 차분하다. 어찌 보면 피곤한 듯도 하다. 늘 겪는 일이라 익숙하고, 익숙한 만큼 또 지겹기도 한……그런 어투와 표정.

"쫓아오든 말든 그건 그쪽 자유지만, 이제 말은 안 걸었으면 좋겠어."

이안과 나는 여자를 뒤로하고 다시 걸었다. 다행히 쫓아오는 기적은 없다. 하지만 방금 있었던 소란이 사람들의 이목을 끈 모양이다. 11시 방향, 커피숍 앞에 서 있는 여자가 우리 쪽을 유심히 본다.

여긴 음악 좋아하는 사람들이 많이 놀러 오는 동네다. 이안은 한때 음악으로 유명했던 사람이다. 그것도 세계적으로 유명했던 사람. 게다가 우린 지금 음악을 들으러 음악 좋아하는 사람들이 더욱 밀집된 곳으로 가는 중이다.

나는 걸음을 딱 멈췄다. 몇 걸음 걷다가 이안도 따라 멈춘다. 잠시 망설이다 두르고 있던 목도리를 풀어 이안에게 다가

갔다.

"고개 좀 숙여 봐요."

이안은 몇 초 생각하는 듯하더니 순순히 고개를 숙였다. 뜻
대로 하라는 듯 무방비하게 내민 목에 검정색 목도리를 친친
감았다. 입과 코까지 가리고 눈만 보이게 한 후, 매듭을 야무
지게 지었다.

"갑갑해."

고개를 들고 이안이 말했다.

"참아요."

매정하게 대꾸하고 다시 걷기 시작했다.

"더워."

덥다니, 난 춥다.

"추울까 봐 매 준 거 아니에요. 그러니까 참아요."

"나 그다지 안 유명해. 그냥 다녀도 알아보는 사람 별로 없
어."

그건 대한민국에 록 마니아가 소수라서 그렇다. 그 소수의
사람들이 이 동네에 대거 몰려 있다.

"오빠 무지 유명해요. 그냥 다니면 사람들이 다 알아봐요."

대꾸가 없어 올려다보니 이안의 눈이 또 웃고 있다.

윽, 쓸데없이 반짝인다. 컴컴한 밤에 눈이 다 부시다.

공연은 예상보다 성황이었다. 시끌벅적했다는 게 아니다.
사람들이 콩나물시루처럼 빼곡했다는 거다. 페이퍼돌은 슈게
이징을 표방하는 포스트록 밴드로, 연주자들도, 연주에 묻혀

드는 나직한 보컬도, 그리고 관객도 기본적으로 얌전하고 조용하다. 밴드 연주와 시 낭송이 번갈아 이어지고 간간이 토크를 했다. 그런 공연이었다.

공연이 끝나고 나오자 거리에 눈이 쌓여 있었다. 여기저기서 사람들이 환호성을 올렸다. 대학생으로 보이는 남자 두 명은 벌써 눈싸움을 시작했다.

공연은 만족스러웠고, 그 만족스러운 공연을 이안과 함께해서 더욱 감동했다.

'행복하다'라는 게 실재하는 무엇이라면, 나는 지금 더할 나위 없이 행복하다.

이안과 나란히 걷기 시작했다. 말없이, 아마도 지하철역으로.

공연을 보는 내내 흥분한 모양인지 체온이 올라 전혀 춥지 않다. 내 얼굴은 아마 잘 익은 홍시처럼 빨개져 있을 거다.

대로로 나오니 커피숍이 보였다. 이대로 집으로 가기엔 조금 아쉽다. 커피라도 한잔 하자고 할까. 아니면 술?

나는 술을 잘 못한다. 맥주 한 병이면 아슬아슬하게 주량이다. 그래도 마시자고 할까.

고민하느라 땅만 보고 걷는데 누군가 어깨를 툭 쳤다. 행복에 취해 붉게 물든 얼굴로, 아마도 미소까지 지으며 돌아봤다.

그리고 다음 순간 후회했다. 돌아보지 말 걸 그랬다고 자책했다. 내 어깨를 친 남자의 얼굴을 확인하고, 확인하자마자 그가 누군지 알아 버리는 나 자신에게 거의 절망적인 기분이 되었다.

"혹시나 했는데, 맞구나, 너."

하얀 입김을 풍풍 뿜어내며 괴괴할 정도로 반갑게 인사를 건네는 남자는 윤여준이다. 내가 처음으로 사귀었던 남자. 3년 동안이나 올곧게 좋아했던 남자.

사랑했냐고 묻는다면, 우묵한 어금니가 판판해질 정도로 이를 사리물고 그렇다고 인정할 수밖에 없을 정도로 좋아했던 남자. 내가 첫키스를 했던 남자. 내게 처음으로 수치심을 안겨줬던 남자.

"나 모르겠어?"

자신감 넘치는 여준의 환한 얼굴이 옆으로 살짝 기울어졌다. 여준에게 찰싹 붙어 팔짱까지 끼고 있는 여자가 "누구야?" 하고 작은 목소리로 묻는다.

"고등학교 때 친구."

그래, 같은 고등학교를 다닌 남자이기도 했다.

"어, 오랜만이네."

나는 최대한 평정심을 유지하며 말했다. 붉게 달아올랐던 뺨이 순식간에 식어 내렸다. 행복의 정점을 찍었던 기분도 바닥으로 곤두박질친다.

"좋아 보인다. 너무 예뻐져서 못 알아볼 뻔했어. 우리 거의 8년 만이지?"

"어, 뭐……."

"어째 하나도 안 반가운 표정이네. 난 굉장히 반가운데."

아마도 진심일 거라고 생각한다. 가식을 떨지 않아도 될 만큼 자신과 확신에 찬 사람이었다. 지금도 그래 보인다. 그 모습이 좋았다. 한때 그 모습에 반했었다.

"나도 반가워. 굉장히는 아니고."

그땐 나도 가식 같은 건 모르는 사람이었다. 하지만 지금은 아니다. 지금은 가식도 떨고, 필요하면 거짓말도 한다.

기억이 삭제되기라도 한 것처럼 반가워하는 옛 남자 친구에게 '네가 날 어떻게 찼는데, 그 낯짝으로 반갑다는 소릴 하니'라고 시시콜콜 따지고 들 만큼 나는 과거에 얽매여 있지 않다. 그 정도로 열정적인 사람이 아니고, 그 정도로 구차하지도 않고, 그러고도 아무렇지 않을 만큼 강한 사람도 아니다.

그가 잊었다면 나도 잊은 척하면 된다. 그가 모른 척하는 거라면 나도 똑같이 모른 척해 주겠다.

"여긴 어쩐 일이야? 근처에 살아?"

여준은 오랜만에 만난 동창을 대하는 양, 정말로 스스럼없이 묻는다.

"아니, 밴드 공연 보러 왔어. 공연 끝나고 가는 길."

그래서 나도 장단을 맞춰 준다.

"여전히 음악 좋아하는구나."

"그렇지, 뭐."

"그런데, 뒤에 누구? 남자 친구?"

뒤에, 뒤에…… 아! 뒤에!

나는 깜짝 놀라 뒤돌아보았다. 이안을 잊고 있었다니. 아무리 짧은 시간이었다지만, 어떻게 이안을 잊을 수가.

이안은 내가 해 준 목도리를 친친 감은 채 눈만 내놓고, 주머니에 양손을 찌른 자세 그대로 서 있다.

이안의 눈동자가 날 본다. 밤, 가로등 빛 아래 있어도 흑백이 분명한, 또렷한 눈동자. 아무 생각 없이 멀뚱멀뚱 보는 것 같기도 하고, 다 안다는 듯 꿰뚫어 보는 것 같기도 하다. 순간적으로 소름이 올라와 어깨를 떨었다.

"아니, 이 사람은……."

뭐라고 설명하지. 친구? 지인? 아는 오빠? 기타 치는 이안?

지금 상황이 정말 엿 같아서 적당한 게 떠오르질 않는다. 그때 이안이 주머니에서 손을 빼고 내 뒷목을 손가락으로 꾹 찔렀다. 그 따뜻하고 짜릿한 감촉에 또 어깨를 떨었다. 줄곧 주머니에 손을 넣고 있더니 보람이 있긴 있구나 싶고, 왜 찔렀지 싶고.

휙 올려다보니 이안이 나직이 중얼거린다.

"목에 소름 돋았어."

그러더니 목도리를 풀어 내 목에 친친 감기 시작했다. 내가 했던 것처럼 코와 입까지 가리고 어깨 부근에서 질끈 묶었다. 그러곤 그대로 손을 뻗어 날 끌어안는다. 뒤에서 덮치듯이 안고 정수리에 턱을 올린다.

나는 속으로 소리 없는 비명을 올렸다. 갑작스럽게 이루어진 과도한 접촉에 뭍에 올라온 생선처럼 심장이 펄떡펄떡 뛴다.

여준과 여자가 신기한 생물이라도 보듯 이안을 본다. 여준의 표정은 살짝 굳었고, 여자의 표정은 발그레 상기되어 있다.

"뭐, 더 볼일이라도."

이안이 말했다. 아마도 여준을 보며 말했을 것이다. 보이진 않지만 그렇게 느껴졌다.

한동안 굳어 있던 여준의 얼굴이 풀어지며 피식 웃는다. 그러곤 이안이 아닌 날 보며 말한다.

"방해한 건가. 미안해서 어쩌지. 그래도 이렇게 헤어지긴 섭섭한데 번호라도 알려 줄래?"

뻔뻔한 자식. 자존심이 하늘을 찌르는 자식. 분위기가 묘하게 변해 버려 그냥 물러나기 싫은 거다. 소심한 방해꾼처럼 조용히 꺼져 주는 건 성에 안 차는 거다. 연락처를 알려 줘도 어차피 전화하지 않을 거다. 그런 녀석이다.

나는 여준에게 손을 내밀었다.

"폰 줘 봐."

여준이 넘겨준 휴대폰에 학원 번호를 찍어 건넸다. 번호를 확인한 여준의 얼굴에 살짝 불만이 스친다.

"핸드폰 없어?"

"있어."

"흐음…… 아무튼 오케이. 연락할게."

여준은 이안에게 눈인사를 하고 손을 흔들며 멀어져 갔다. 따뜻하고 포근해 보이는 아이보리색 캐시미어 코트를 입은 여자와 함께.

나는 그들의 뒷모습을 멀거니 보다 입을 열었다.

"언제까지 그러고 있을 거예요."

"됐다고 할 때까지."

"됐어요."

말이 끝나기가 무섭게 이안은 떨어졌다. 이안이 떨어지고서야 그의 품이 얼마나 따뜻했는지 알 수 있었다. 목도리를 돌려 받았는데도 전신으로 한기가 파고든다.

"춥다. 술 사."

이안이 말했다. 우리는 왔던 길을 거슬러 골목으로 걸었다.

"그거 알아요? 괴테는 빗소리를 싫어했대요."

사케 두 잔에 나는 이미 취한 상태다. 재난이라 부를 만한 윤여준과의 조우에 조금 무리를 해 버렸는지도 모르지만, 상관 없다.

"《젊은 베르테르의 슬픔》 같은 소설을 쓴 감성 터지는 남자 가 빗소리를 싫어했다는 게 말이 돼요? 그건 《소나기》를 쓴 황 순원이 소나기와 무와 소녀와 도라지꽃과 잔망스러운 걸 싫어 했다는 말이나 같아요."

검지를 쭉 뻗어 좌우로 흔들며 "말이 안 되지, 암……." 하고 중얼거린 나는 조그마한 가스버너 위에서 보글보글 끓고 있는 어묵 국물을 연거푸 떠먹었다.

"하지만요, 어쩌면 괴테는…… 귀가 아주 예민한 사람이었 는지도 몰라요. 빗소리조차 감당할 수 없을 만큼 아주아주 예 민한 사람이었는지도 모른다고요. 그렇다면 또 말이 되죠."

응, 그렇다면 또 얘기가 다르지, 하고 혼자 북 치고 장구 치 고 실실 웃기까지 하는 내 앞에 앉은 이안은 어묵탕엔 손도 대 지 않고 술만 홀짝홀짝 마시며 물끄러미 나를 본다. 테이블 위 에 팔꿈치를 올리고, 그 손에 턱까지 받치고, 인형 같은 무표 정을 지은 채다.

그 모습이 영 마음에 들지 않아 나는 인상을 썼다.

"오빠, 오빤 그래서 살이 안 찌는 거예요. 팍팍 먹어요, 좀. 팍팍."

이안의 앞 접시를 가져와 국물과 건더기를 한가득 퍼 담아 건넸다. 곤약과 파만 수북하게 담겼지만 의도한 바는 아니다. 이안은 눈만 내리떠 그것을 보더니 옆으로 슬쩍 밀어 놓는다.

"하여튼, 마른 것들은 이래서 안 돼. 오빠도 예민하죠? 오빠도 빗소리 싫어하죠? 빗소리 때문에 잠 못 자죠?"

나는 "안 돼, 안 돼." 하며 절레절레 고개를 젓고 커다란 어묵 하나를 크게 베어 물고 우적우적 씹었다.

이안을 앞에 두고 이런 막말을 하고 있는 나는 분명 만취했지 싶다. 하지만 아직은 괜찮다. 삐뽀삐뽀 경광등을 울리며 집으로 격리 조치될 정도는 아니다. 적어도 '내가 취했구나'라는 의식은 있는 상태니까.

약 40여 분 전, 우리는 근처에서 가장 가까운 이자카야에 들어왔다. 주문을 하고 술이 나오고 술 한 잔이 들어가자 본격적인 질의응답이 시작됐다.

한국엔 왜 왔어요? 일 때문에. 무슨 일요? 학생들 가르치는 일. 뭘 가르치는데요? 영문학. 에…… 아, 맞다. 오빠 영문학 전공했죠? 어디더라? 케임브리지. 맞다, 케임브리지. 거기 영문학과 졸업했다는 얘길 들었지, 참.

이안은 〈슬램덩크〉의 서태웅이 북산고에 입학한 것과 같은 이유로 케임브리지에 진학했다. 무려 케임브리지씩이나 되는 대학을, 단지 케임브리지에 살고 있다는 이유 하나만으로 선택한 남자.

하여튼 천재들이란.

천재들에 대해 열변을 토하다가 영문학 얘기가 하고 싶어졌는지도 모른다. 그래서 괴테 얘기를 꺼냈다. 괴테는 독일 작가인데. 바보 같다.

나는 잠시 말을 멈췄다가 다시 묻는다.

"이제 음악은 안 해요? 작곡도, 기타도, 밴드도…… 아무것도 안 해요?"

날 잡은 김에 그간 궁금했던 걸 다 털어 버릴 작정이다.

이안은 술잔을 기울여 한 모금 머금고는 덤덤히 대답했다.

"안 해."

"그렇구나…… 이제 정말 안 하는구나."

나는 슬퍼서 중얼거렸다. 알고 있었는데, 그래도 너무나 슬퍼서 가슴이 옥죄듯 아팠다.

"크리스 오빠는요?"

이안은 아주 잠시 멈칫했다가 "크리스도." 하고 대답했다.

오버플로가 해체하고 1년도 지나지 않아, 베이시스트였던 닉과 드러머였던 미첼은 따로 밴드를 꾸렸다. 이안과 크리스만이 5년이 지난 지금까지 소식 한 점 제대로 들려주지 않은 채 은둔했다.

무정한 사람들.

그들은 이제 음악은 하지 않는단다. 재능을 가졌고, 기회도 가졌고, 성공과 명예도 가졌던 사람들이 그것을 놓아 버렸을 때는 그만한 이유가 있었을 거다.

내가 모르는 무언가, 내가 이해할 수 없는 무언가.

"애초에 재미로 시작한 밴드였고, 졸업하면 그만둘 생각이었어. 계획보다 오래 했던 거야."

신께 받은 재능을 너무도 쉽게 파기해 버리는, 그럴 수 있는 사람들의 이해할 수 없는 무언가.

"음악이 더 이상 놀이가 아니게 된다는 사실이 견딜 수 없었어. 그렇게는 살 수 없으니 선택을 해야만 했지."

이안은 평소보다 많은 말을 하고 있었다. 조금 취했는지도 모르지만, 경계가 뚜렷한 검은 눈동자는 여전히 맑디맑고, 몸짓도 변함없이 단정하고, 얼굴색도 평소와 같다.

이안은 마치 내게 변명이라도 하는 듯하다. 이해를 바라는 것 같다.

이해할 수 없지만, 이해한다는 듯 고개를 끄덕였다.

"그럼 이제 음악은 취미로만 하는 거네요."

"응, 그런 셈."

나는 웃는다. 아예 그만둔 건 아니구나, 왠지 모를 안도를 느꼈다. 사고가 나서 신경을 다쳤다거나, 손가락이 잘렸다거나 하는 이유로 음악을 못하게 된 것보다는 백배 낫다고 생각한다.

좋아하는 일을 취미로만 즐겨야 하는 마음이라면 나도 알고 있다. 나의 경우는 재능의 부재에 따른 어쩔 수 없는 선택이지만.

이안도 아마 어쩔 수 없었을 거다. 어쩌면 나보다 더 절실하고 고통스러웠는지도 모른다.

내내 들고만 있던 젓가락을 내려놓고 이안과 시선을 맞췄다. 마음이 전해지길, 진심의 반의반이라도 전해지길 바라며 입을 열었다.

"그래도 오버플로는 대단해요. 앞으로도 많은 사람들이 들을 거고, 얘기할 거고, 그리워할 거고, 그리고 역시 대단했었지, 하고 회상할 거예요. 너바나처럼요."

"너바나는 좋은 밴드지."

이안이 빙그레 미소 지었다.

"핑크 플로이드처럼요."

"음……."

이안의 한쪽 눈썹이 살짝 들린다.

아부처럼 들릴지 모르지만 그래도 할 수 없다. 나는 내처 한 술 더 떴다.

"비틀스처럼요."

"비틀스를 싫어하는 사람은 없어. 바흐나 모차르트를 싫어하는 사람이 없는 것처럼."

"오버플로를 싫어하는 사람도 없어요."

"그건 아닐 텐데."

"제가 그렇다면 그런 거예요."

"하하……."

이안이 웃었다. 유쾌하게. 유쾌하면서도 단정하게. 또 나직하게.

"마지막으로 몇 개만 더 물어도 돼요?"

술잔을 들어 입술만 살짝 축이고 다시 놓으며 물었다.

"물어."

"미국에서 저 만난 적 있죠?"

"응, 있어."

역시 기억하고 있었다. 일개 팬을. 무서운 기억력.

"언제 알아봤어요?"

"그날 바에서 너와 처음으로 눈이 마주쳤을 때."

바꿔 말해, 날 보자마자……란 소리다. 심장이 기분 좋은 소리를 내며 크레셴도와 프레스티시모로 속도를 높인다. 나는 기회를 놓칠세라 바쁘게 다음 질문을 이었다.

"우리 카페엔 왜 가입했어요?"

"찾을 게 있어서."

의외의 대답이다.

"뭘 찾는데요?"

이안은 으음, 하고 고민에 잠겼다가 고양잇과 동물의 나른한 움직임처럼 상체를 길게 빼고 내 눈을 빤히 들여다보았다.

"Belief."

"네?"

갑작스럽게 튀어나온 본토 발음에 나는 멍하게 되물었다. 뒤늦게 '그래, 이안은 영국 사람이었지'라는 바보 같은 생각을 하며 뇌세포에 저장된 영어 단어들을 죽죽 넘겼다.

빌리프. 확신.

별 두 개짜리라고 밑줄까지 그어 놨다.

"찾았어요?"

우리 카페에서 찾을 확신이란 게 도대체 뭔지 감도 잡지 못

하면서 물었다.

이안이 눈을 내리깔며 미간에 주름을 만든다. 북슬북슬 고수머리, 진지하게 고민하는 듯 아래를 향한 시선, 술에 젖어 매끈한 입술, 관능적이다 싶을 정도로 적당하게 솟아오른 입술산.

진짜 고양이 같다. '이래 보여도 난 사실 길고양이야'라고 주장하는 자존심 센 집고양이. 이 얘길 이안에게 하면 화를 낼까. 미간을 찌푸릴지도 모른다. 그런 생각을 하며 취기에 달아오른 양 볼을 봉긋 부풀리고 웃음을 삼키는데 어느새 날 보고 있던 이안과 눈이 딱 마주쳤다.

크지 않은 눈. 짧지도 길지도 않은 속눈썹과 무서울 정도로 짙은 검은 눈동자. 눈동자가 눈꺼풀에 살짝 올라붙은 게, 삼백안 기가 없지 않아 있다.

또 뭐가 있으려나……. 다른 사람들은 모르는 나만의 것을 발견하기 위해 골몰하는데 이안의 얼굴이 불쑥 가까워진다. 그리고 눈 깜빡할 사이에 입술이 부딪쳤다.

촉, 하는 소리와 함께 입술은 금세 떨어졌다. 어안이 벙벙했다. 몸에서 힘이 빠져나가며 어깨가 축 늘어졌다. 바보처럼 입까지 벌렸는지도 모르겠다. 너무 마셨다는 생각을 했다. 하지만 나는 그럴 시간에 숨이라도 한 번 더 쉬었어야 했다.

잠시 물러났던 이안이 다시 입술을 부딪쳐 왔다. 순식간이었다. 묘한 각도로 고개를 기울이고 입을 크게 벌리더니 말 그대로 내 입술을 삼켰다. 부드럽게 입술을 빨고, 아주 살짝 이가 부딪치고, 이미 벌어진 입안으로 너무나 매끄럽게 혀가 들어왔다.

기절할 것 같았다. 고개를 뒤로 빼려고 했지만 꼼짝도 하지 않았다. 인식하지 못한 새 이안의 손이 내 뒤통수를 받치고 있었다. 입천장을 쓸고 치열을 더듬고 내 혀를 감아 자신의 입안으로 끌어들인다.

이토록 맑은 눈을 가진 남자가, 이토록 담백하고 덤덤한 남자가 이런 키스를 하다니. 이렇게 야한 키스를, 그것도 나한테…….

어지럽고 눈앞이 캄캄하다. 숨을 쉬지 못해 딱 죽을 것만 같을 때, 이안의 입술이 떨어졌다. 테이블의 반 이상을 넘어왔던 이안의 상체가 다시 제자리로 돌아간다. 입안을 휘젓던 강인한 혀도 이안의 입속으로 말끔히 사라졌다.

키스는 차갑고 뜨겁고 쓰고 달콤했다. 어쩌면 착각인지도 모르겠다. 정말은 아무것도 느끼지 못했는지도 모른다. 단지 상대가 이안이었다. 그 사실 하나만으로 키스에 대한 나의 모든 기억이 뒤집어졌다.

맞은편에 앉아 아까처럼 한 손으로 턱을 받치고 날 보는 이안.

나는 멍하니 입을 벌리고 가까스로 물었다.

"왜?"

이안의 눈썹이 위로 슬쩍 들리며 이마까지 흘러내린 앞머리 속으로 사라졌다 나타난다. 여유로운 몸짓. '뭐 그런 걸 묻냐'는 표정.

"왜, 라고 물으면서 네가 방금 떠올린 거. 그게 답이야."

저녁 먹으면서 내가 했던 말이다. 바보 같다. 무책임하다. 장난치냐고 따지고 싶다. 하지만 화가 나지 않는다. 갑작스럽고 일방적이었지만 억지로 한 건 아니었다. 좋았다. 머리가 텅텅 비어 버릴 정도로 좋았다. 겁이 날 정도로 좋았다.

　"키스하면 사귀는 거예요."

　덤덤하게 말했다.

　그러니 일시적인 기분으로 한 거면 당장에 실토하는 것이 신상에 좋을 것이다, 하는 눈으로 이안을 봤다.

　이안이 웃는다. 눈이 조명을 받아 보석처럼 반짝반짝 빛난다.

　"그래."

　이안은 눈초리까지 휘며 이제껏 본 중에 가장 환한 미소를 지었다.

소문은 SNS를 타고 1

첫사랑에 실패한 후, 세 번의 연애를 했다. 그 사람 때문에 잠 못 들고, 생각만으로도 행복해지고, 평생을 함께하고 싶다 소망하는, 그런 사랑은 아니었다.

그런 사랑이 아니어도 연애는 가능했다. 아주 조금이라도 '좋구나'라는 느낌이 오면 되는 거였다. 이를테면 웃는 얼굴. 이를테면 목소리나 말투. 그리고 또 이를테면 걸음걸이나 사고방식, 옷 입는 취향, 손발의 생김새 같은 거……

'문정아.' 하고 이름을 불러 줄 때, 갑자기 손을 잡거나 머리를 쓰다듬을 때, 예쁘다거나 귀엽다는 말을 속삭일 때 가슴이 설렌다면 오케이다.

키스가 싫지 않은 남자. 분위기가 무르익으면 아래쪽에 슬그머니 반응이 오는 남자. 나는 그런 남자들과 세 번의 짧은 연애를 했다. 그중 두 명과는 같이 잠도 잤다.

이안은 그들 중 누구와도 다르다. 사랑? 물론 첫사랑의 느낌과도 전혀 다르다. 모든 걸 다 떠나서 도무지 현실감이 없다. 실감이 나질 않으니 그저 허상이다. 허깨비 같다. 로또에 당첨됐다면 손에 증거용지라도 남았을 텐데, 이건 숫제 아무것도 없다.

첫눈 내린 기적 같았던 그날 이후, 이안으로부터 문자메시지 한 통 없다. 쌓였던 눈은 벌써 녹았고, 학원 입구엔 조그마한 크리스마스트리가 설치되었고, 며칠 전엔 겨울방학 특강도 시작되었다.

무르고 싶은 걸까, 하는 생각을 해 본다. 아니, 그건 아니다.

이건 확신이다. 이안이란 사람에게 갖는 밑도 끝도 없는 확신. 그날 일이 실수였고, 그래서 없던 걸로 하고 싶은 거라면 연락이 와도 벌써 왔을 거다. 인정할 건 인정하고 사과할 건 사과해서 깔끔하게 끝냈을 거다.

만난 횟수가 다섯 손가락도 채 못 채울 정도지만 알 수 있다. 한 번의 만남만으로도 알 수 있는 것들이 있다. 평생을 함께했어도 모르는 것들이 있는 것처럼.

그날 우리는 자정이 넘어서야 술집을 나왔다. 대로변까지 걸어와 택시를 탔다. 이안이 처음으로 나를 집까지 바래다주었다.

학원 건물 앞에서 여기가 집이라고 했을 때 힐끗 올려다보던 그의 표정이 지금도 똑똑히 기억난다. 정확히 어디냐고 물어서 그를 데리고 건물 뒤까지 돌아가 4층 맨 구석 창문을 손가락으로 가리켰다.

'위험하지 않아?'라고 걱정해 주었다. 그때 찌푸려지던 그의 미간. 경비 시스템이 있어서 괜찮다고 말하던 내 목소리.

건물 입구에서 인사하고 돌아서는 나를 이안이 잡았다. 한 팔로 목을 꽉 감고 뒤에서 키스했다. 맛있는 음식이라도 먹듯 감미롭게 빨아올리던 그의 입술과 혀. 밤하늘을 향해 잔뜩 치켜 올라갔던 내 턱과 그 꿈같았던 기분.

하지만 그와 나 사이의 경계선은 여전히 존재한다. 넘어오는 건 자유지만, 내 발로 넘는 짓은 할 수 없다.

"선 선생님, 윤여준이란 남자분한테 또 전화 왔어요."

3층으로 내려가는 나를 사무직원인 영현 씨가 불러 세워 말한다. 사적인 전화를 왜 학원으로 걸려 오게 하냐는 불만 섞인 표정이다.

"또 폰 번호 물어봐요?"

"네, 안 알려 줬어요. 학원 위치도 물어봐서, 그건 알려 줬어요."

영현 씨는 잠시 머뭇거리다가 다시 입을 열었다.

"저기, 자꾸 전화 오면 곤란해요……. 원장님이 누구냐고 물으시더라고요. 둘러대긴 했지만."

나는 영현 씨에게 미안해진다. 여준이 이렇게 나올 줄은 몰랐다. 사적인 이유로 남자에게 전화가 걸려 온 사실을 원장, 즉 언니가 알면 나는 최소 사망이요, 영현 씨도 불호령을 면치 못할 것이다.

"또 전화 오면 그냥 번호 알려 주세요. 미안해요."

나는 정말 미안해하는 표정으로 한 번만 더 부탁한다고 말하고 계단을 마저 내려온다. 이따 저녁에 커피라도 한 잔 사 드려야겠다. 마카롱이나 조각 케이크도 같이.

오후 수업을 2시간 연속으로 했다. 저학년 기초 다지기반은 발표 수업을 했다. 한 명씩 돌아가며 자신이 쓴 글을 읽고, 그 글에 대한 감상을 자유롭게 말하도록 하는 수업이다.

감상을 말하는 것뿐인데도 정답을 찾기 위해 고심하는 아이들이 매년 몇 명씩 있다. 상대를 기쁘게 하고 칭찬을 이끌어 내기 위해 최선을 다하는 것이다.

그 아이들의 노력이 안타깝지만, 그래도 나는 모두에게 공평한 칭찬을 해 준다. 더 마음에 드는 대답이 있더라도 그것을 드러내지 않는다. 아이들은 어른의 말 한 마디, 작은 표정 하나에도 무척 민감하다. 안 그래 보이는 아이들도 알고 보면 다 그렇다.

수업이 끝나고 아이들이 교실을 나간다. 색색의 외투, 목도리와 장갑, 방울 달린 털모자, 그리고 귀마개들이 먼지를 날리며 활개 친다. 와자그르르 시끄럽다. 조심히 가! 뛰지 말고! 소리쳐 봐야 소용없다. 방학이라 그런지 더욱 활기차다.

모두 나가고 나도 나갈 채비를 하는데 아직 남아 있는 남학생이 있다. 남학생은 창가 구석에 앉아 고집스럽게 입을 꾹 다물고 있다. 연필과 지우개도 아직 챙겨 넣지 않았다. 집에 갈 생각이 없는 모양이다.

초등학교 3학년. 내년이면 4학년이 될 남자아이의 이름은 영원이다. 개인적으로 '비누 소년'이라는 별명을 붙여 준 아이.

비누에 붙은 머리카락으로 멋진 글을 쓴 아이다.

"영원아, 집에 안 가?"

물어도 대답이 없다. 원래도 조용하고 무표정한 아이지만 오늘 분위기는 왠지 심상찮다.

"집에 가기 싫어?"

한참 있다가 고개를 끄덕인다.

이것 참, 난감하다. 이제껏 이런 일은 없었는데…….

"왜, 집에 무슨 일 있어?"

대답이 없다.

"엄마 아빠랑 싸웠어?"

역시 대답이 없다.

"아니면, 엄마랑 아빠랑 싸웠나?"

여전히 묵묵부답.

이안보다 더 과묵하다. 이 녀석, 이다음에 커서 결혼하면 마누라 속 좀 썩이겠다.

나는 주머니에서 막대사탕 두 개를 꺼냈다. 하나는 까서 입에 넣고, 다른 하나는 까서 영원의 손에 쥐여 준다.

"먹어."

잠시 쭈뼛쭈뼛하다가 사탕을 입에 문다. 한쪽 볼이 볼록 솟아오른다. 귀엽다.

만약 '먹을래?' 하고 물어봤다면 고개를 저었을 거다. 껍질을 까지 않고 그냥 주었다면 쳐다만 보면서 고사 지냈을 거다.

나는 잠시 영원을 보다가 "선생님 잠깐 나갔다 올 테니까, 어디 가지 말고 여기 있어." 하고 교실을 나왔다. 4층으로 가

학생기록부를 꺼내 들고 영원의 집 전화번호를 찾는다.

신호음이 들리길 잠시, 여보세요? 하는 영원 어머니의 목소리. 인사를 하고 영원이 집에 가기 싫어한다는 얘길 한다.

깊은 한숨 소리가 들리더니 영원 어머니의 푸념이 이어진다. 걱정과 한탄이 섞인 목소리로 '아니 글쎄, 우리 영원이가' 하면서 말꼬를 튼다.

영원의 이번 성적표는 눈 뜨고 못 볼 지경이었다고 한다. 앉혀 놓고 뭐가 문제인지 물어봐도 도통 대답을 하지 않아 속이 썩어 가던 차에, 어떻게든 공부는 시켜야겠다는 생각으로 가정 방문 교사에게 개인 과외까지 부탁하고 하루 3시간 이상씩 책상 앞에 앉아 있게 했단다.

처음엔 싫어하던 영원도 어머니의 강압이 이어지자 공부하는 시늉이라도 내더라고, 그래도 그게 어디냐면서 그러다가 익숙해지면 자연히 공부도 하게 되는 거 아니냐고 어머니의 말은 이어졌다.

— 그런데 어제 한참 저녁 준비하다가 방문을 열어 보니 글쎄, 이 녀석이 온 방 안을 어질러 놓고 찰흙을 만지고 있잖아요. 대체 뭘 만드는지 불러도 대답이 없고 너무 속이 터져서 그만……. 그러면 안 되는 걸 알면서도 손찌검을 좀 했어요. 가지고 놀던 찰흙도 다 내다 버리고. 그랬더니 저녁도 안 먹고 말 한 마디 안 하고 오늘까지 그러고 있네요. 답답해서 원……. 내 속으로 낳았지만 당최 속을 알 수가 없어요. 고집은 또 얼마나 센지. 동생은 안 그런데, 누굴 닮아 그런지…….

나는 일단 알겠다고 어머니의 말을 끊고, 아이와 얘기를 해 보겠다고 했다.

통화를 끝낸 후 영원의 집 전화번호와 어머니의 휴대폰 번호를 내 휴대폰에 저장시키고 다시 교실로 돌아오니 영원은 아까 그대로 앉아 창밖을 보고 있다. 입엔 사탕을 물고, 지우개를 만지작거리면서.

　나는 통화 내내 들고 있던 막대사탕을 입안에 쏙 넣었다가 빼고 밝게 물었다.

　"배 안 고파?"

　지우개를 만지던 손이 잠깐 멈칫했을 뿐 역시 대답은 없다.

　"선생님은 배고픈데. 같이 먹을 사람이 없어서 어쩌나 했거든. 영원이랑 같이 먹을까?"

　이번엔 날 돌아본다. 말없이 빤히.

　너무 속 보였나 싶어 괜히 뜨끔했다. 곧 열한 살이 될 아이에겐 무리한 멘트였나. 내가 저를 꼬이고 있다는 걸 눈치챘을까.

　"어른이 왜 혼자 밥도 못 먹어요?"

　휴, 아니구나.

　"어른도 혼자 밥 먹으면 쓸쓸해."

　때론 쓸쓸함이 지나쳐 창피하기도 하지.

　영원은 잠시 생각하는 듯하더니 고개를 끄덕였다. 그러곤 가방을 싸서 일어난다. 나는 영원의 손을 잡고 밖으로 나왔다.

　뭘 먹을까 생각하면서 걷는데 전화가 울린다. 무심히 보다가 놀라서 사레가 들리고 말았다. 입안에서 이리저리 굴러다니던 막대사탕을 빼고 한참 기침을 한 후에야 전화를 받았다.

　"여보세요."

영원이 그런 나를 올려다본다. 내 얼굴, 지금 엄청 이상할 거다. 좋아 죽으면서 점잔 빼는 얼굴이란 원래 그렇다.

— 지금 어디야?

"학원 앞요."

— 학원?

"그날 데려다주셨던 우리 집이요."

— 저녁 아직이지?

왠지 예감이 좋지 않다.

"아직이긴 한데……."

— 그럼 기다려. 바로 갈게. 근처니까 금방 도착할 거야.

대답도 하기 전에 끊겼다. 아니, '대답을 머뭇거리는 사이'라고 해야 맞다.

어쩌죠, 오늘은 안 되겠는데.

왜 이 한마디를 못할까, 왜.

휴대폰을 쥔 손으로 머리를 팍! 때렸다. 날 보던 영원의 눈이 놀라 벌어진다. 나는 멋쩍게 웃고 왔던 길을 되돌아 걷기 시작했다.

"저기, 영원아. 선생님 친구도 밥 같이 먹을 사람이 없다는데…… 그래서 자기도 끼고 싶다는데…… 괜찮을까?"

싫다고 하면 어쩌지 하는 걱정 반, 설마 그러진 않겠지 하는 믿음 반.

"네, 괜찮아요."

믿음의 승리다.

"누구야?"

차 안에서 이안이 대뜸 물었다.

"학원 학생인데 같이 저녁 먹기로 했어요."

싫은 내색을 하면 이쪽이 선약이라는 걸 내세우려 준비하고 있었다.

"타."

쓸데없는 걱정이었다.

나는 영원과 함께 뒷좌석에 앉으려다 그림이 좀 이상한가 싶어 뒷좌석 문을 닫고 조수석에 앉았다. 이안은 앞만 보면서 "벨트 매." 하고 말한다.

오랜만에 보는 이안의 얼굴. 이안을 상대로 '오랜만'이라는 말을 한다는 것 자체가 도무지 적응되지 않지만, 어쨌든 오랜만에 마주하는 그의 얼굴에 심장이 소란스러워진다.

그동안 왜 연락 안 했어요? 하고 묻고 싶은 걸 참는다. 우리 진짜 사귀는 거예요? 하고 묻고 싶은 것도 참는다. 영원이 벨트 매는 걸 확인하고, 나도 벨트를 매면서 대신 다른 걸 물었다.

"오빠, 차 있었어요?"

목소리는 산뜻하게, 표정은 평소와 같이.

"빌렸어."

대답하고 이안은 차를 출발시켰다.

차를 빌릴 만한 지인이 한국에 있구나, 하는 생각을 한다. 어쩌면 같이 일하는 동료일지도 모른다. 영문학을 가르친다고 했는데 어디서 가르치는 걸까. 그날 그렇게 많은 질문을 했음에도 아직 모르는 것이 한가득이다.

"이름이 뭐야?"

이안이 백미러를 보며 물었다.

"최영원이요."

영원이 작은 목소리로 또박또박 대답했다.

"뭐 먹을래?"

이번에도 영원에게 물었지 싶다. 영원은 대답이 없다.

"1번 고기, 2번 피자, 3번 초밥, 4번 떡볶이, 5번 아무거나."

이안의 입에서 아무렇지 않게 흘러나온 단어들에 나는 살짝 놀란다. 아이를 대하는 게 자연스럽다.

뒤돌아보니 영원은 이안의 뒤통수에 시선을 고정하고 있다. 고민하는 눈치다.

"시간 지났어."

오, 하고 나는 또 놀라 버렸다.

이안이 '시간 지났어'라고 말한 순간, 영원의 표정이 변했다. '읔' 혹은 '우씨' 하는 표정. 천진한 아이 같은 표정. 하루 종일 무표정이더니 무슨 조화일까⋯⋯.

그건 그렇고, 뭐 먹겠냐고 나한텐 묻지 않는구나.

조그만 남자아이한테 질투가 나려 하는 내 마음은 또 무슨 조화인지⋯⋯.

가까운 퓨전레스토랑 주차장에 차가 멈춰 섰다. 이안은 운전을 아주 잘했다. 과속방지턱을 지날 때, 커브를 돌 때, 신호를 받은 차가 멈췄다 출발할 때, 옆 차선에서 다른 차가 끼어들 때, 차는 아무런 긴장 없이 아주 매끄럽게 움직였다. 그게 몸으로 느껴졌다. 물론 이안은 주차 솜씨도 무척 좋았다.

우리는 각자 하나의 메뉴를 골라 나눠 먹기로 했다. 내가 그러자고 했다. 그래야 영원이 자신의 의사를 밝힐 것 같았다.

아무거나 시켜도 결국은 먹겠지만, 먹고 싶은 게 따로 있는데 말하지 못한 거라고 생각하면 역시 마음이 쓰이기 때문이다.

이안은 파스타, 나는 스테이크, 영원은 피자를 선택했다.

"글짓기 교실 재밌어?"

음료를 빨대로 들이켜고 물었다. 영원은 고개를 두 번 끄덕끄덕한다.

"영원인 이번 달에 새로 온 아이예요."

이번엔 이안에게 말했다. 이안도 고개를 두 번 끄덕끄덕한다.

그런데 글짓기 교실 얘기를 그에게 했던가. 하지 않았던 것 같다. 이안이 물은 적 없으니 당연히 하지 않았겠지.

이안은 내게 개인 신상에 대한 질문은 일절 하지 않았다. 단 하나 전화번호만 빼고. 아, 집도 물어봤구나.

전화번호와 주소는 아는데, 나이는 모른다니……. 착잡해지는 기분을 달달한 자몽에이드로 달래고 영원에게 시선을 주었다.

"집엔 왜 가기 싫어?"

이유를 알지만 한 번 더 물었다. 영원의 입으로 직접 들어야 여러 가지 다른 얘기를 꺼낼 수 있다.

조개처럼 입을 꾹 다문 영원을 보며 인내심을 발휘하는데 엉뚱한 곳에서 대답이 들려온다.

"집에 가기 싫은 이유는 하나밖에 없어."

나와 영원의 눈이 동시에 이안을 향했다.

"몸이든 마음이든 아니면 둘 다든, 집이 바깥보다 불편하니까. 그리고 집이 불편한 이유는 십중팔구 사람 때문이지. 같이 사는 사람. 혹은 같이 살지 않는 사람."

영원은 음료에 꽂힌 빨대를 만지작거리다가 고개를 끄덕였다.

"누가 영원일 불편하게 하는데?"

영원은 나를 한 번 보고 이안을 봤다. 말할까 말까 고민하는 것 같다. 믿을 수 있는 사람인지 아닌지 재는 것 같기도 하다.

"네가 불리해질 말은 아무한테도 안 할게. 너희 엄마한테도 안 해."

내가 그렇게 다짐을 하고서도 한참이 지나서야 영원은 입을 열었다.

"엄마."

"엄마가 공부하라고 해서?"

"공부하기 싫지만, 그것 때문은 아니에요."

"그럼, 엄마가 막 혼내고 야단쳐서?"

영원이 나를 빤히 보더니 다시 고개를 숙이고 '엄마가 내 맘을 몰라줘요'라고 대답했다.

엄마가 내 맘을 몰라준다.

세상에 이보다 더 슬픈 건 없다는 듯이 들렸다. 누군가…… 세상 누구보다 중요하고 소중한 그 누군가가 내 마음을 몰라준다. 이보다 쓸쓸하고 서글픈 말이 있을까.

"영원이 마음이 어떤데?"

"엄마가 절 미워하지 않았으면 좋겠어요."

영원은 대답하고 눈물 한 방울을 뚝 떨어뜨렸다. 그 닭똥 같은 눈물을 보는데 갑자기 감정이 북받쳤다. 나는 얼른 냅킨을 뽑아 영원의 눈물을 닦아 주고 등을 쓸어내렸다. 울지 않으려고 몇 번이나 눈을 깜빡였다.

"엄마는 영원이 안 미워해. 오늘도 선생님이랑 통화하면서 얼마나 걱정을 하셨다고."

이 말이 눈물을 더 부채질했는지, 영원은 수도꼭지 틀어 놓은 것처럼 눈물을 줄줄 흘리기 시작했다.

"엄마한테 그런 말 한 적 있어?"

"아, 아뇨……."

엉엉도 아니고 흑흑 하고 울면서 영원이 대답했다.

"엄마가 몰라주면 말하면 되는 거야. 그러면 되는 거야. 말하기 힘들면 글로 쓰자, 우리. 응? 괜찮아, 괜찮아……."

내가 눈물을 참으며 아이를 달래는 동안 차례차례 음식이 나왔다. 이안은 말없이 각자의 접시에 음식을 배분했다. 내 접시에 가장 많이. 영원과 자신의 접시엔 나머지를 반으로 나눠서.

이 남자는 나를 먹보로 아나. 혹시 잘 먹는 여자가 취향인가. 아, 몰라. 그냥 주는 대로 먹자.

나는 포크를 영원의 손에 쥐어 주고 접시를 먹기 좋은 위치에 놓아 주었다.

"자꾸 울면 얼굴 못생겨져."

"원래…… 윽, 못생겨서…… 괜찮아요."

"누가 그래? 못생겼다고."

영원은 코를 훌쩍 들이켜고 "동생도 그러고 친구들도 그래요." 하고 새삼 서럽다는 듯이 말했다.

엄마가 내 마음을 몰라주는 것도 슬픈데 못생기기까지 했으니 이제 나는 정말 어쩌면 좋으냐, 딱 이런 투다.

영원은 또래에 비해 키가 작고 머리도 작은 편이다. 반곱슬인 머리칼은 항상 뻗쳐 있고 눈도 작은 편. 하지만 아주 귀엽게 생긴 남자아이다.

맞은편의 이안을 건너다봤다. 벌써 먹고 있다. 천천히 소리도 없이.

영원의 눈물을 양손으로 말끔히 닦아 내고 귓가에 속삭였다.

"영원이가 보기에 저 형…… 못생겼어?"

'형'이라고 할 때 잠깐 망설였지만, 그래도 뭐 '아저씨'는 절대 아니니까.

영원은 이안을 보면서 고개를 절레절레 젓는다.

"잘생겼지?"

이번엔 끄덕끄덕.

"선생님이 보기에 저 형이랑 영원이 좀 닮은 거 같아."

우느라 얕게 들썩이던 영원의 어깨가 차분하게 가라앉는다.

"아닌데요."

말은 그렇게 하면서 쑥스러운지 고개를 푹 숙인다.

"아니, 진짜야."

"거짓말하지 마세요."

"선생님도 가끔 거짓말하지만, 이건 거짓말 아니고 진짜야."

영원은 대답이 없다. 고개는 여전히 숙인 채, 눈물은 그쳤다.

"무슨 얘기야?"

이안이 먹다 말고 끼어들었다.

"우리끼리 비밀 이야기예요."

웃으며 말하고, 영원에게 "그치?" 했다.

몇 초 있다가 고개를 끄덕끄덕한다. 귀엽다. 이런 아들 있으면 업고 다닐 텐데.

"자, 식기 전에 먹자. 먹고, 선생님이랑 같이 엄마한테 편지 쓰자. 좋지?"

영원은 대답 대신 포크를 들었다. 그리고 무서운 기세로 접시를 비우기 시작했다.

죄송해서 어쩌죠, 하며 미안한 표정을 짓는 영원 어머니에게 나는 괜찮다며 웃어 주었다. 다른 말은 오가지 않았다. 영원이 엄마에게 편지를 전해 주면, 그걸로 다른 말은 필요 없다. 그렇게 생각한다.

영원은 마중 나온 엄마의 손을 꼭 잡고 집으로 들어갔다. 캄캄한 어둠 속에서, 외등 불빛을 받은 두 사람의 그림자가 길게 이어졌다. 나는 그들을 꽤 오랫동안 지켜보았다.

"미안해요."

차에 기대서 있는 이안에게 다가가 말했다. 이안은 살짝 미간을 찌푸리더니 손목의 시계를 본다.

"8시야."

"네."

벌써 그렇게 됐구나.

"그것뿐?"

"네?"

"일단 타."

이안이 차 문을 열었고, 나는 그가 열어 준 문 안으로 들어가 푹신한 시트에 앉았다. 차 문을 열어 준 것뿐인데 가슴이 콩닥콩닥 뛰었다.

내가 익히 알고 있는, 연애하는 남자의 행동 패턴이다. 차 문을 열어 주고, 무거운 짐을 들어 주고, 다정하게 대해 주고, 보호해 주고……. 그런 남자들하고만 사귀었다. 속이야 어떻든 겉으론 한없이 자상하고 배려하고 매너 있는 남자들.

고작 차 문 열어 주는 것 따위, 가슴 뛸 일도 아니다. 고작 연애 한 번 더 하는 것 따위…… 그래, 아무것도 아니다.

"아까 영원이한테 뭐라고 했어요?"

마중 나온 영원 어머니와 인사를 주고받을 때, 이안이 영원에게 뭐라고 귓속말을 했다. 신중한 얼굴로 고개를 끄덕이던 영원. 나와 눈이 마주치자 화들짝 놀라던 모습.

"비밀이야."

설마 아까 당한 대로 되갚아 주는 건가. 그건 아니겠지……

하고 이안의 옆얼굴을 본다. 이안은 벨트를 매려다 말고 고개를 돌려 눈을 맞추더니 상체를 숙이고 키스했다. 짧게, 입술만 닿았다 떨어지는 키스.

"키스하는 거, 좋아하나 봐요."

정면을 보며 최대한 아무렇지 않게 말했다. 키스 받는 것 정도, 익숙한 여자라는 듯.

실제로 두 번째 사귄 남자는 틈만 나면 키스를 해 대는, 귀찮을 정도로 밝히는 사람이었다. 그게 너무 신물이 나서 헤어져 버렸다.

"별로. 보통 아냐?"

"아니에요, 보통."

영국은 어떨지 몰라도 한국은 아니다.

"싫으면 말해."

"네, 싫을 땐 말할게요."

담담한 대답에 이안이 시동을 걸며 흘긋 본다. 살짝 비틀린 눈썹. 무심한 눈동자.

안 된다. 벌써부터 '밀당'을 하려 하다니, 돼먹지 못했다. 그것도 이안을 상대로. 아니, 이안이 상대라서인가.

분위기가 싸늘해진 것 같아 나는 서둘러 화제를 돌렸다.

"영원이가 어제 엄마한테 혼난 이유, 뭔지 아세요?"

"글쎄."

"공부해야 할 시간에 점토로 뭔가를 만들고 있었대요. 그걸 본 영원 어머니가 너무 화가 나서 아이를 혼내고 때렸고요."

"때려?"

"네. 아마 답답해서 그러셨을 거예요."

"답답하다고 애를 때리나."

"물론 그러면 안 되지만, 그럴 수 있어요. 전 이해해요. 아무튼, 여기서 정말 슬픈 게 뭐냐면요, 어제 영원이 만들던 게 엄마한테 생일 선물로 줄 찻잔 세트였다는 거예요. 엄마랑 백화점에 갔다가 봤대요. 그릇 매장에 진열된 값비싼 찻잔 세트를 한참이나 들여다보고 또 들여다보던 엄마 얼굴을요. 그때 엄마 모습을 잊을 수가 없었던 거예요, 영원인…… 그런데 그걸 몰랐던 영원 어머니는 공부 안 한다고 영원일 때리고, 만들던 점토를 내다 버린 거예요."

"비극이네."

"네, 비극이에요."

구구절절 써 내려간 편지 속에 적힌 내용은 아무것도 아니었지만, 동시에 아무것도 아닌 게 이상할 만큼 슬픈 내용이었다.

아이들이 원하는 것은 항상 단순하다. 단순해서 슬픈 것들.

그 슬프도록 단순한 것들 속에 행복이 있다.

"세상은 느끼는 자에겐 비극이지만, 생각하는 자에겐 희극이다."

"월폴이네요."

이안은 의외라는 듯 날 보고, 솔직하게 '의외'라고 말했다. 나는 웃었다.

"명색이 작문 선생님이라고요, 저. 책 좋아해요. 날라리라 그렇게 많이 읽진 않지만."

"게임만 하는 줄 알았지."

"게임도 좋아해요."

이안과 나는 늦은 저녁, 뒤늦은 데이트를 했다. 영화를 보고, 공원을 걷고, 따뜻한 차를 마셨다.

학원 건물 앞에 다시 차가 멈췄을 때는 거의 자정이었다.

모두가 퇴근한 텅 빈 학원.

불빛 하나 없어 무서울 정도로 어둡고 적막하다.

"왜 여기 살아?"

이안이 물었다.

"어쩌다 보니 그렇게 됐어요."

방 얻을 보증금이 모자라다고 말할 수 없었다. 나는 잠시 미적대다가 "학원 구경하실래요?" 하고 물었다.

그냥 보내기 미안해서다. 예정에 없던 아이의 등장에도 싫은 내색 하나 없이 함께해 주었다. 운전해 주고, 밥도 사 주고, 무엇보다 영원에게 스스럼없이 잘 대해 주었다. 그게 고맙다. 하지만 다시 생각해 보니, 늦은 밤 이런 권유는 민폐인가 싶기도 하다. 그래서 얼른 덧붙인다.

"피곤하면 다음에 해요. 아니, 그게 좋겠어요."

이안은 시동을 끄고 차에서 내렸다. 나도 따라 내린다.

"한번 말했으면 끝이야. 무르기 없어."

즐거운 목소리. 웃고 있는 눈. 덩달아 소란스러워지는 내 심장.

우리가 사귄 지 반년은 된 커플이라면, 하다못해 한 달만 됐더라도 나는 아마 그에게 달려가 양 뺨을 붙잡고 키스했을 거다.

사랑스러움에 솟아오르는 충동을 억누르고 이안과 함께 계단을 오른다. 불을 켜고 3층 교실을 보여 주며 "제가 수업하는 교실이에요." 했다.

이안은 교실 구석구석을 꼼꼼히 구경한다. 볼 것도 없는 평범한 공간인데, 아주 특별하게 느껴진다. 이안이 그렇게 보니까. 특별한 눈으로. 특별하게.

순간 깨달았다. 이안이 나에게 연락하고, 나와 만나고, 또 키스하고, 흔쾌히 사귀는 이유. 특별하지 않은 나를 특별한 눈으로 보고 있기 때문이다.

일시적일지라도 내가 그에게 가치 있는 무엇으로 여겨진다면, 나는 충분히 그에 응해 줄 수 있다. 너무 많이 좋아하지만 않으면 된다. 따지고 보면, 연애의 속성이란 원래 다 그런 거니까.

3층의 불을 끄고 4층으로 향했다. 천천히 계단을 오르며 언니 부부가 운영하는 학원이란 얘기를 한다.

입구에서 경보 장치를 해제하고 문을 열었다. 알전구가 반짝반짝 빛나는 크리스마스트리. 그 옆에 커다란 벤저민 화분. 좁고 긴 복도를 걸으며 중간중간 문을 열어 보여 준다. 강의실과 교무실, 상담실, 재미없는 책들이 잔뜩 꽂혀 있는 도서실도 보여 준다.

"여기가 원장실이고, 저 끝에 제가 살아요."

이안은 원장실을 지나쳐 내 방이라 알려 준 문 앞에 섰다. 내 방도 보겠다는 뜻이다.

여기까지 왔으니 당연한가 싶으면서도, 너무 당당한 거 아니야? 싶기도 하다.

"좁아요. 사는 데 지장은 없지만."

나는 열쇠로 문을 열고 먼저 들어가 전등 스위치를 켰다. 형광등의 창백한 불빛 아래 작은 원룸이 드러난다.

싱글 침대와 컴퓨터 책상, 미니 화장대, 붙박이 옷장, 바닥엔 민무늬 러그가 깔려 있고 그 위엔 밥상 겸용인 작은 앉은뱅이 테이블, 반대쪽 벽엔 두 칸짜리 싱크대와 미니 냉장고. 그뿐인 집이다.

이안은 신발을 벗고 성큼 들어온다. 행동에 거침이 없다. 3층 교실을 둘러볼 때처럼 주의 깊게 보다가 침대 앞에 멈춰 섰다. 이안의 시선이 향한 곳. 그곳엔 그것이 있다. 그것, 7년 전 오버플로의 미국 투어 마지막 공연에서 내가 쟁취한 것.

"이거, 뭐야."

이안의 목소리가 평소보다 낮다. 낮고 낮아 바닥으로 가라앉을 것 같은 목소리.

"공연 마지막 날, 대기실에 몰래 들어갔다가 받았어요."

"크리스에게?"

"네."

나는 이안의 옆얼굴을 유심히 보며 대답했다. 화가 난 것 같지는 않다. 뭔가를 생각하는 눈치다.

이안이 뭐냐고 물은 것은 침대 헤드보드 위에 걸려 있는 액자다. 액자엔 셔츠가 들어 있다. 크리스가 직접 사인까지 해서 건네준 크리스의 셔츠. 빈티지한 와인색 셔츠다. 아주 오래되어 보이는 옷.

공연이 끝나고 사람들이 모두 나간 후, 몰래 대기실에 들어갔다가 뜻밖에 크리스를 보았다. 다른 멤버는 없었다. 크리스뿐이었다.

크리스는 악동처럼 웃으며 갈아입으려던 옷을 벗어 사인을 휘갈긴 후 내게 던졌다. 그 직후 경호원에게 걸려 쫓겨났지만, 어쨌든 행운이었다. 저 액자는 내 평생의 보물이다.

이안은 한참 그 액자를 보다가 다시 방 안을 둘러보기 시작했다. 꽤 심각해 보였는데, 아니었나.

나는 고개를 갸웃하고 코트를 벗어 옷걸이에 걸며 묻는다.

"뭐 마실래요?"

"물."

라디에이터를 켜고 따뜻한 둥굴레차를 두 잔 타서 가져간다. 이안은 컴퓨터 책상 위에 놓인 내 사진들을 보고 있다.

찻잔을 건네면서 빙긋 웃는다.

"왼쪽부터 나이순이에요."

"이건 언제야?"

초등학교 운동회 사진이다. 학생 대표로 선서하는 모습.

"열두 살 때요. 부회장이었어요. 옆에 있는 남학생이 회장. 저한테 고백도 했었는데 거절했어요."

"이 정도면 충분히 멋있는데."

"공부만 하고 재미없는 오빠였거든요."

이안이 조금 웃는다.

"이건?"

"그건 중학교 졸업 사진이에요."

엄마, 그리고 언니와 함께 찍은 사진이다. 커다란 꽃다발을 세 개나 들고 활짝 웃고 있는 나.

"이분이 엄마고, 여기 이 늘씬한 여자가 우리 언니예요."

"미인이네."

누구 한 사람에게 한 말이 아니다. 엄마와 언니, 둘 다에게 한 말이다.

"네, 유전자가 좋아요."

특히 언니는 그렇다. 키 크고, 예쁘고, 공부 잘하고, 승부욕 강하고, 명문대 대학원까지 나와 혼자 힘으로 학원을 이만큼 키웠다. 형부? 형부는 덤이다. 원장이라는 직함만 공유하지 실제론 '셔터맨'이나 다름없다. 그래서 아버지가 많이도 반대하셨다. 결국은 결혼해 버렸지만.

"그리고 이건……."

이안이 손가락으로 짚은 건 고등학교 3학년 때 사진이다. 살에 파묻힌 이목구비 때문에 전혀 다른 사람처럼 보인다. 두꺼워서 더욱 짧아 보이는 목과 팔다리, 터질 듯 팽팽한 교복 상의. 심각한 표정으로 로댕의 '생각하는 사람' 포즈를 흉내 내고 있다.

"그건 고등학교 3학년 때예요. 되게 뚱뚱하죠. 이때 살이 얼마나 쪘냐면요……."

"이 사진 본 적 있어."

"기억하는구나……."

7년 전, 피를 보고 쓰러진 이안을 어째야 좋을지 몰랐던 나는 웃긴 거 보여 준다며 이 사진을 들이밀었다.

결과적으로 웃기지도 못하고 신경만 더욱 거슬리게 만들었지만, 그래도 그땐 그만큼 필사적이었다. 구급차도 안 된다, 다른 사람 부르는 것도 안 된다, 너도 썩 꺼져라, 엄청나게 싸늘한 눈초리로 그렇게 말하는 통에 미칠 것만 같았다.

"웃고 싶을 때 떠올리면 효과 있어."

"그땐 안 웃었으면서."

"그때는 웬 미친 여잔가 했지. 무서웠어."

"제가 미친 여자처럼 보였다면, 그건 오빠 때문이거든요."

손가락으로 사진 속의 뚱뚱한 나를 톡톡 치던 이안이 찻잔을 내려놓고 나를 본다.

"방금 그 말."

나는 뜨거운 차를 호로록 마시며 눈으로 '뭐요?' 하고 물었다.

"꾀는 거라면 제대로 적중했어."

농담 같은데 눈은 농담이 아니다. 숨이 막힐 것 같아 나는 하하 웃었다.

"아, 오빠 이런 거 좋아하는구나."

"아니, 그런 거 싫어해."

"에?"

"싫어해. 아주."

이안은 내 손에서 찻잔을 빼앗아 책상에 올리고, 나를 가볍게 들어 마찬가지로 책상 위에 앉혔다. 흘러내린 머리카락을 귀 뒤로 쓸어 넘겨 주며 이마에 입을 맞춘다. 그 행동이 너무나 조심스럽고 다정해서 심장이 간질거린다. 사랑받고 있다는 착각이 든다.

"싫으면 말해."

눈이 저절로 감길 만큼 낮고 부드러운 음성으로 말하고 키스해 왔다. 가볍게 부딪치고 또 부딪친다. 몇 번이나 몇 번이나 쪼듯이 그냥 부딪치는 입술이 안타까워 내 쪽에서 입을 벌리고 그의 입술을 물었다.

이안의 입술은 섹시하다. 뭔가를 마실 때 울렁이는 그의 목 울대만큼이나. 여자들이 가만두지 않았을 거다. 이 입술로 몇 명의 여자와 키스했을까. 몇 명이나 이 입술을 탐했을까.

이안의 아랫입술을 살짝 물었다 놓고, 혀로 그의 치아를 건드린다. 다시 그의 입술을 빨아들인다. 안타깝다. 아무리 키스를 퍼부어도 그의 입은 좀처럼 벌어지지 않는다. 자기가 먼저 시작했으면서.

왠지 조바심이 난다. 이대로 키스가 끝나 버리는 건 싫다. 그렇게 안달이 난 채로 한참이나 이안에게 키스했다. 아마도 몇 분이나.

잠시 입술을 뗐다. 1센티미터도 안 되는 거리, 숨결이 고스란히 느껴지는 거리에서 "왜 그래요?" 하고 물었다.

묻는데 갑자기 눈물이 터졌다. 너무 갑작스러워서 스스로도 당황스러웠다. 눈물을 닦으려 고개를 돌리는 순간, 숨조차 멈춘 듯 가만히 있던 이안이 한 손으로 턱을 잡고 거의 물어뜯듯 내 입술을 덮쳤다.

잡아먹힌다고 생각했다. 입을 벌리고 들어온 혀가 내 속을 온통 휘젓고 또 다급하게 빨아들인다. 내쉬는 숨, 목구멍에서 튀는 신음, 타액과 그 밖의 모든 것까지 이안에게 빨려 들어간다.

정신이 하나도 없어서 눈물이 아직 흐르고 있다는 것도 몰랐다. 이안의 입술이 그대로 미끄러지며 턱을 핥고 뺨을 핥고 속눈썹을 핥는다. 눈물이 흐르면 그의 혀가 곧바로 받아 삼킨다.

야한 키스를 하는 남자라는 건 알고 있었다. 하지만 이렇게 뜨거운 키스를 하는 남자인 줄은 몰랐다.

"이제 그만……."

눈 주위를 맴도는 혀 때문에 간지럽고, 그가 화장품을 먹고 있다는 걱정이 들어 겨우 입을 떼 말했다. 들릴 듯 말 듯 아주 조그만 목소리로, 듣지 못해도 상관없다는 생각을 하며. 하지만 이안은 제대로 알아들었는지 "싫어?" 하고 물어 온다. 키스와 달리 너무나 차분하고 부드러운 목소리.

"웃, 싫어요."

이안의 입술이 눈초리를 타고 내려가 귀에 닿는다. 귓바퀴를 누르는 뜨거운 입술의 감촉에 그의 어깨를 꼭 쥐었다. 등줄기로, 머리끝으로 소름이 내달린다.

귀에 착 달라붙은 이안의 입술이 애무하듯 느릿느릿 달싹인다.

"싫으면 말하라고 했던 거, 그거 거짓말이야."

지독히 낮고 느리고 달콤한 음성. 속삭이는 말끝에 웃음이 묻어난다.

언젠가 잡지에서 읽었던 인터뷰 기사가 떠오른다. 오버플로의 음악을 한 줄로 요약한 것 같았던 문장.

이안은 아주 착하고 섬세하고 여린 녀석이죠. 그리고 악마 같은 녀석입니다.

누가 한 말이더라…… 누가…….
희미한 누군가를 채 떠올리기도 전에 다시 입술이 덮쳐 왔다. 키스하며 다리를 벌리고 들어와 내 엉덩이와 허리를 받쳐 안고 그대로 뒤돌아 책상에 앉는다.
순식간에 위치가 바뀌었다. 나는 이안의 허벅지 위에 다리를 벌리고 앉아 오래도록 키스를 받았다. 되돌릴 틈 따윈 없는 아주 일방적이고 탐욕적인 키스를.

똑똑. 환청 같은 노크 소리. 어젯밤 기억 속을 헤매고 있던 나는 아직 꿈속인 양 현관문을 본다.
어제 이안은 혈색 하나 바뀌지 않은 얼굴로, 무표정하게 저 문을 나갔다. 키스 따위 언제 했냐는 듯 금욕적이고 단정한 얼굴. 옷깃 하나 흐트러지지 않은 몸. 거침없이 신발을 신던, 야속하기까지 한 그 동작들.
인간의 정기를 빼먹는 요물일까, 라는 생각을 했다. 여자를 물색하고, 점찍은 여자를 홀리고, 야금야금 그 몸을 빼앗고,

혼을 빼앗고, 종내는 아무것도 남지 않아 빈껍데기가 된 여자를 버린다.

그렇게 되기 싫다는 강렬한 거부감이 들었다. 논리도 조리도 없는 헛된 상념이 그지없이 확장되어 갈 때 문이 벌컥 열렸다. 검은 머리, 창백한 얼굴의 이안이 정말 요물처럼, 사람 잡아먹는 뱀파이어처럼 열린 문고리를 잡고 서 있었다.

멍청한 얼굴을 하고 있는 날 보고 눈살을 조금 찌푸리더니 문 잠가, 하고 말했다. 그리고 다시 닫히던 문.

똑똑. 똑똑. 빠르게 연속으로 울리는 노크 소리에 머그컵을 놓고 일어나 문을 연다.

"뭐 하고 있었기에 문을 이렇게 늦게 열어?"

이 시간에 누구일까 했는데, 엄마다. 양손 가득 짐을 들고 성큼 안으로 들어온다. 짙은 남색 등산 바지에 붉은색 점퍼. 짐을 내려놓고 점퍼를 벗자, 남색의 골프웨어와 두터운 모직 조끼가 반갑게 드러난다. 엄마가 즐겨 입는 옷.

"설마 여태까지 잔 건 아니지? 밥 먹으러 오래도 안 오고. 매정한 것. 끼니는 때우고 사는 거야? 다 큰 자식 걱정 좀 그만하라고 네 언니는 그러더라만. 내가 너, 네 언니 반만 닮았어도 걱정 안 해, 이것아."

폭풍처럼 몰아치는 잔소리를 해 대며 보자기에 싼 정체 모를 짐을 푼다. 신속하고 정확한 동작으로 갖가지 밑반찬과 김치, 냉동육 등을 꺼내고 보자기를 착착 접어 가방에 넣는다.

5년 전까지 작은 요릿집을 경영하셨던 엄마는 그때의 생활 습관이 몸에 배어 지금도 모든 일을 눈 깜빡할 새에 해치운다.

학창 시절 엄마의 모습은 말 그대로 '슈퍼우먼'이었다. 새벽같이 일어나 아침밥을 하고, 가족들이 아침을 먹을 즈음 서둘러 요릿집으로 출근했다.

그리고 언제나 밤 9시가 넘어야 집에 오셨는데, 그럼에도 집안은 늘 깨끗하게 청소가 되어 있었고, 냉장고 속에는 갖가지 신선한 음식들이 잘 정리되어 있었으며, 옷장엔 항상 청결하게 세탁된 속옷과 양말이 넘쳐 났고, 계절마다 침대 시트와 커튼이 새롭게 바뀌었다.

언니도 나도 아버지도 집안일을 전혀 거들지 않았음에도, 한 해도 거르지 않고 한결같이 그랬다.

"어휴, 냉장고 꼴 좀 봐라."

냉장고 앞에 쪼그리고 앉은 엄마가 작정하고 팔을 걷어붙였다.

"정리해도 그거 다 안 들어가. 넣을 만큼만 넣고, 나머진 언니네 갖다 줘."

"네 언니는 벌써 와서 한 보따리 가져갔어. 이것저것 얼마나 챙겨 넣던지 트렁크 문이 다 안 닫히더라. 그러게 엄마가 진즉 냉장고 바꾸라고 했지? 뭐니, 이게. 쬐끄매서. 소꿉장난하는 것도 아니고."

잔소리가 쟁쟁 울린다. 예순이나 먹은 아줌마가 생기가 아주 넘쳐 난다.

엄마와 함께 있으면 현실과 생활이 피부로 생생하게 느껴진다.

쉴 새 없이 움직이느라 약간 상기된 엄마 얼굴. 현실감과 함께 몰고 온 바람 냄새와 활기.

꿈과 망상은 저만치 물러나 얼씬도 못 하고 있다.

가져온 음식을 마술처럼 모조리 쑤셔 넣고, 대신 썩어 가던 야채와 유통기한 지난 레토르트 음식들을 꺼내 쓰레기봉투에 담는다.

"엄마도 커피?"

"아니, 난 됐다. 금방 또 가 봐야 돼."

"어디 가는데?"

"계모임에서 등산 가기로 했어. 먼 데는 아니고, 가까운 데. 내려와서 막걸리도 한잔하고 노래방도 가고 하게. 어휴, 여편네들이 어찌나 가자고 보채는지."

"조심해. 또 저번처럼 넘어지지 말고."

"알았어, 이것아. 그건 그렇고, 너 정말 집에 안 올 거야? 벌써 몇 년째니, 이게."

"올 추석에 갔잖아."

"밥도 제대로 안 먹고 그냥 갔잖아. 그날 나 서방 때문에 정신없어서 너 가는데 내다보지도 못하고. 나 서방은 왜 그렇게 사람이 칠칠치 못하니."

급체로 바닥을 뒹굴던 형부 얼굴이 생각나 킥, 웃는데 엄마가 내 손을 잡았다.

"내가 너한테 지은 죄가 많다. 미안한 게 참 많아."

엄마의 주름진 눈가가 어느새 촉촉이 젖어 들었다. 이런 말 잘 안 하는 분인데, 나이가 드셨나.

"엄마가 미안할 게 뭐 있어."

나는 울지 않으려 눈을 몇 번 깜빡이고 억지로 웃어 보인다.

"너희 아버지 눈치 보느라, 제대로 네 편 한 번 못 들어 주고."

솔직히 원망 한 번 없었다면 거짓말이다. 아버지와 다툴 때면 늘 아버지를 거들던 엄마. 아버지와 있을 땐 내게 눈길 한 번 안 주던 엄마.

하지만 이제 그것도 다 지난 일이다. 시간은 흐르고 마음은 무뎌진다. 이해할 건 이해하고 버릴 건 버리게 된다.

"엄마 입장에선 그럴 수 있지. 나 때문에 속상해 말고 아버지랑 잘 지내요. 그리고 형부한테 잘해 줘. 형부 같은 남자 또 없어. 언니 성격 다 받아 주고 살 남자가 어디 그렇게 흔한가."

"영 미덥지 못하잖니. 능력도 없고, 그렇다고 얼굴은 뭐 볼 거 있니? 머리는 까져 가지고. 나는 네 언니가 배우같이 잘 생긴 놈이나, 돈 많은 사업가쯤 되는 놈 잡아다 시집갈 줄 알았다."

"형부, 집안은 좋잖아."

부모님과 삼촌, 고모까지 다 의사고, 형부의 여동생인 사돈 처녀는 잘나가는 변호사라고 하니, 상위 1퍼센트까지는 아니더라도 그 근처쯤 되는 집안일 거다.

"집안 좋으면 뭐해. 제가 잘나야지."

"언니가 잘났잖아. 그럼 됐지, 뭐."

아버지의 자부심이자 자존심. 아버지의 유일무이한 자랑거리. 한 가지 흠이 있다면, 그건 형부 같은 남자와 결혼을 했다는 거다. 형부가 집안까지 별 볼 일 없는 남자였다면, 아마 끝까지 반대하셨겠지. 그래도 언니가 결혼을 강행했다면, 언니도 내치셨으려나. 나처럼…….

"시간이 벌써 이렇게 됐네."

엄마는 잡고 있던 내 손을 놓고 자리에서 일어났다.

"너 좋아하는 걸로만 몇 가지 해서 넣어 놨으니까, 밥 꼬박 꼬박 챙겨 먹고."

"응, 그럴게."

"소고기는 먹기 전날 냉장실에 넣어 해동하고. 돼지고기는 찌갯거리니까 알아서 해 먹어. 어째 요즘 더 말랐니."

말랐다.

이안도 했던 소리다.

"안 말랐어. 보통이야."

"차라리 뚱뚱했을 때가 보기 좋았지."

"그건 좀 아니지 않아?"

밉지 않게 눈을 흘기자, 그제야 엄마 얼굴에 웃음이 떠오른다.

"여자는 좀 통통하니 살이 오른 게 보기 좋아. 너도 곧 시집 가야지. 만나는 남자는 있어?"

"엄마, 바쁘다며."

"그래, 내 정신 좀 봐라. 그럼 밥 잘 챙겨 먹고, 추운데 옷 잘 입고 다니고, 엄마 이만 간다. 또 올게."

엄마는 서둘러 웃옷을 챙겨 입고 가방을 들고 신발을 신었다. 그리고 "나오지 마." 하고는 문을 열고 나갔다. 들어올 때처럼 순식간이었다.

"선생님, 이거 엄마가 선생님 갖다 드리래요."

수업이 끝난 후, 자리로 찾아온 영원이 불쑥 내민 것은 투명한 봉지에 예쁘게 포장된 수제 쿠키다. 어제 일에 대한 감사 표시인 것 같다.

영원의 밝은 얼굴을 보아하니 엄마와 제대로 화해한 모양이다. 나는 웃으며 받고 "잘 먹겠다고 전해 드려."라고 말했다.

영원의 귀가 빨갛게 물드는 게 귀엽다.

"선생님."

"응?"

"어제 그 형……."

"그 형이 왜?"

"선생님 애인이에요?"

나는 잠시 생각하다가 "응." 하고 대답했다.

"그건 왜 물어?"

쭈뼛쭈뼛하던 영원이 "그냥요." 하더니 교실 입구로 달려간다.

"빨리 좀 와!"

오늘도 핑크색 리본을 달고 있는 수영이 허리에 손을 얹고 영원을 재촉하고 있다.

수영과 영원은 같은 초등학교에 다니는 동갑내기다. 여자아이인 수영이 영원보다 키가 한 뼘은 더 크다. 둘이 언제 저렇게 친해졌을까. 떨어진 지우개도 서로 안 주워 주더니.

쿠키는 강사들과 나눠 먹었다. 커피와 차를 마시며 이런저런 얘기를 했다. 사는 얘기, 집안 얘기, 친구 얘기, 학생 얘기,

최근 개봉한 영화 얘기.

여준 때문에 마음고생 한 영현 씨에게 전문점에서 사 온 조각 케이크를 건네고 학원 밖으로 나왔다. 오랜만에 서점이나 갈까 생각한다. 서점에서 이안에게 먼저 연락을 해 볼까.

보도에 서서 목도리를 여미고 운동화 끈이 제대로 묶인 것까지 확인하고 고개를 든다. 조금 떨어진 곳에 한 남자가 서 있다. 가만히 서서 날 보고 있다. 훤칠하게 큰 키에, 자신감 넘치는 환한 얼굴. 양복에 회색 코트까지 껴입은 남자가 미소를 짓더니 성큼 다가온다.

"얼굴 한번 보기 힘드네. 번호 따긴 더 힘들고."

그러지 않으려 해도 어쩔 수 없이 표정이 굳는다.

"뭐 할 말 있어?"

내가 저를 달가워하지 않는다는 사실은 진작 눈치챘을 거다. 만나는 걸 피하고 있다는 것도. 그럼에도 찾아왔다는 건 할 말이 있어서겠지.

"어디 들어가서 얘기하자. 나 여기서 1시간이나 기다렸어. 10분 더 기다려도 안 나오면 전화하고 쳐들어가려고 했다, 진심."

나는 말없이 앞장서 걷는다. 피식 웃은 여준이 나란히 붙어 선다. 그의 팔에 어깨가 닿아 조금 떨어졌다. 여준은 또 피식 웃고 내가 떨어진 만큼 붙는다.

점점 차오르는 과거의 기억을 꼭 붙잡아 두며 걸음을 빨리했다. 넘치지 않게, 둑을 더 높이, 더 견고히 쌓아 올리며.

가장 가까운 카페에 들어가 유자차를 시켰다. 차가 나오기도 전에 입을 뗐다.

"할 말 있으면 해."

"차갑다, 너."

"할 말 없으면 일어서고."

잠시 날 보던 여준이 얼굴에서 웃음기를 지운다.

"보고 싶었어."

기가 막혀 헛웃음이 흘렀다. 여준은 그런 날 보면서도 표정 변화 없이 말을 잇는다.

"나, 너 정말 많이 보고 싶었다."

"할 말이 그것뿐이야?"

"너와 헤어진 거 후회했어. 머리 한쪽에선 실수했다고 떠드는데, 내가 그걸 인정하기가 힘들었어. 알잖아, 나…… 지기 싫어하고 앞만 보는 거."

"아니, 모르는데."

알지만 모른다. 알았지만 잊었다.

"그날 길에서 우연히 널 보는데, 솔직히 아무 생각도 나지 않더라. 네 얼굴 보고 확실히 깨달았어."

여준은 예전과 다름없는 얼굴로 날 본다. 자신감 넘치는 눈, 확신에 찬 표정. 원하는 건 모조리 손에 넣고 살아온 남자의 얼굴.

"우리 다시 만나자."

물 잔의 물을 저 뻔뻔한 얼굴에 끼얹어 버리고 싶었다. 이런 격정이 내 안에 아직도 남아 있다는 사실이 절망스러웠다. 그 것이 단순한 분노에 불과할지라도, 여준에겐 감정의 자그마한

파편조차 남기고 싶지 않았는데.

"그럴 일 절대 없으니까, 앞으로 찾아오지 마."

말을 끝내자마자 자리에서 일어났다. 점원이 차를 내왔지만 무시하고 계산서만 집어 들었다.

"그 남자, 애인이야?"

"알 거 없어."

돌아서 가는데 여준이 여유롭게 뒷말을 잇는다.

"아니지? 애인. 낯이 익어서 좀 찾아봤더니, 놀라운 인물이더라. 이안 안. 네가 죽고 못 살던 밴드의 기타리스트. 약력이 엄청나던데? 케임브리지 영문학 학사에, 석사. 뭐, 박사까지 땄다는 소문도 있지만, 그냥 소문이겠지. 어떻게 만난 사이인지는 모르겠지만, 너도 이제 어린애 아니잖아. 꿈은 그만 좇고 현실을 봐야 할 나이지."

한 걸음, 두 걸음 내딛던 걸음을 멈추고 뒤돌아봤다. 언젠가 여준이 그랬던 것처럼 두 눈 가득 경멸을 담고 말했다.

"꿈? 꿈이라 그랬니, 지금? 나와 다시 만나고 싶다고. 그게 꿈이야. 알아? 너나 꿈 그만 꾸고 정신 차려."

카운터로 걸어가 계산하는 등 뒤로 웃음소리가 들렸다. 웃음소리는 카페를 나와 백 걸음, 이백 걸음 이상 걸을 때까지도 끈질기게 나를 따라왔다.

넌 아직도 내가 그렇게 우습니? 아직도 세상이 그렇게 쉬워? 뭐가 그렇게 즐거워?

등신같이, 아무것도 모르면서.

첫사랑이란 대체로 애매모호하다. 어떤 기억을 첫사랑이라 불러야 할지 고민하게 되는 것이다. 보통은 그렇다. 곰곰이 생각해 보고 나서야 '그때 그게 첫사랑이었던 것 같아'라고 말한다.

그리고 간혹 있다. 첫사랑을 뭣같이 하는 인간들이. 그 뭣같은 인간들 중 한 사람이 바로 나다.

처음 본 순간 반했다. 이유 같은 건 없었다. 그 애가 내 눈에 들어왔고 그 순간 난 이미 영혼을 빼앗기고 말았다. 그때가 열일곱이었다.

밥도 못 먹을 정도로 끙끙 앓다가 고백을 했다. 여준은 그 말간 얼굴로 환하게 웃으며 나도 널 좋아한다고 말했다. 그건 정말 경험해 보지 못한 사람은 죽을 때까지 알지 못할 기분이다. 그 기쁨이나 그 떨림 같은 것.

순간적으로 죽어도 좋다고 생각했다. 아니, 지금 죽어 버렸으면 좋겠다고 생각했다. 그러면 완전할 텐데, 라고.

많은 것들을 여준과 함께했다. 여준은 멋있고 재밌고 똑똑하고 당당했다. 아주 특별한 소년이었다. 다른 남학생들처럼 지저분하거나 유치하지도 않았다. 욕설을 내뱉지도, 시시껄렁하게 몰려다니지도, 허세를 부리느라 거친 행동을 하지도 않았다.

무엇보다 날 소중하게 여겼다. 손을 잡고 껴안고 키스하고, 남자의 그것을 본 것도 여준이 처음이었다. 그렇게 짙은 애무를 하면서도 자신을 절제할 줄 아는 소년이었다. 첫 경험은 졸업 후에. 섹스에 가까운 페팅을 하고 나면, 나를 꼭 껴안고 여준은 항상 그렇게 중얼거렸다.

그땐 여준도 나를 좋아했다고 생각한다. 내가 그를 사랑했듯이 그도 나를 사랑했다고 생각한다. 그 무렵 나는 여준과 결혼하게 되리라 믿었다. 그의 심장이 아프면 내 심장이라도 뽑아 줄 수 있었다. 그게 얼마나 치기 어린 얕은 감상인지 그땐 알지 못했다.

살이 찌면서부터 모든 것이 변했다. 우습지만 그랬다. 여준은 나를 피했고, 만나도 늘 딴생각이었고, 가끔은 짜증을 냈다. 입시 스트레스 때문이라고 생각했다. 그만큼 그를 믿었다.

강력한 믿음은 사람의 눈을 멀게 한다. 나는 눈이 먼 채로 영문도 모르고 그에게 차였다. 실감이 나지 않아 며칠을 쫓아다녔다. 그 시절, 같은 학교에 다녔던 학생들은 키 작고 뚱뚱한 여자가 훌쩍이며 걸어가는 모습을 자주 목격했을 거다.

수능 일주일 전에 차이고, 수능 전날까지 여준을 쫓아다녔다. 그리고 입시에 실패했다. 언니와 비교하며 가끔 나무라기는 했지만, 그래도 막내라고 나를 귀여워해 주시던 우리 아버지. 아버지의 다른 얼굴을 본 것도 그 겨울이었다.

나는 아마 아버지의 기준에 간신히 미치는 못난 딸이었던 모양이다. 간신히든 뭐든 닿아 있을 땐 괜찮았다. 바닥으로 곤두박질치는 순간, 버려졌다.

너한테 환멸을 느낀다고 말했다. 아버지가 나에게. 대학 가서 빼면 되니 공부나 열심히 하라던 아버지의 입에서 몸뚱어리가 그게 뭐냐, 그래 가지고 시집이나 가겠냐, 꼴 보기 싫으니

방에서 나오지 말아라, 하는 소리까지 들었다.

그날 아버지의 눈빛을 잊지 못한다. 아마 평생 잊지 못할 거다. 아버지의 말대로 그건 '환멸'의 눈빛이었다.

나의 진짜 인생은 그때부터 시작되었다고 생각한다. 이제야 비로소 제대로 된 인생에 참여했구나. 축하한다. 신이 내게 웃으며 말했다.

그날 이후, 많은 것들이 변했다. 변한 게 나인지 아니면 세상인지 그땐 알지 못했으나, 지금은 안다. 변한 건 나다. 내 마음이 변했다.

"다시 만나자고? 미친놈."

명동 거리를 혼자 돌아다니고, 서점에서 책도 읽고, 그래도 기분이 풀리지 않아 엽기 떡볶이를 우적우적 씹으며 소주를 마셨다. 병을 4분의 1쯤 비우니 기분이 좋아졌다. 나는 실실 웃으며 막차를 타고 학원으로 돌아왔다.

"윤여준, 이 미친놈."

내뱉고 코를 훌쩍인다. 술은 금세 깨 버렸다. 좀 더 마실 걸 그랬다고 후회한다. 편의점에 들러 팩소주라도 살까? 잠시 유혹을 느꼈으나 피부를 생각해 참기로 했다.

이안 오빠한테 예쁘게 보여야지.

생각하고 웃는다. 이안은 오늘도 연락이 없다. 내일도 없을까. 그럼 내가 해야지.

인적 드문 밤거리를 종종걸음으로 걸어 학원 앞에 도착했다. 춥다. 바닥만 보며 걷다가 딱 멈춰 선다. 시야에 신발이 잡힌다. 그것도 커다란 남자 신발.

놀라서 헛바람을 삼켰다. 묻지 마 범죄, 그건가? 아니면 변태? 인신매매? 눈을 꼭 감았다가 뜨고 고개를 든다.

"어?"

"너, 뭐 하는 녀석이야."

녀석이라니. 이안이 내게 이런 식으로 말한 적이 있던가. 그보다 얼굴이 왜 저래?

"전화는 왜 안 받아."

"전화했어요?"

휴대폰을 꺼내 홈 버튼을 눌렀지만 불이 들어오지 않는다. 배터리가 방전된 모양이다. 게임을 너무 많이 했나. 언제 꺼졌지?

"죄송해요. 꺼진 걸 모르고."

"도대체 이 늦은 시간까지 뭘 하다 온 거야."

이안은 화를 내고 있었다. 얼음장 같은 얼굴로.

어둠 속에서도 그의 얼굴이 무척 추워 보인다. 횅하게 드러난 목도.

기다란 코트를 입고 있지만, 겨울바람에 펄럭이는 코트 안은 달랑 얇은 니트 한 장뿐인 듯하다.

언제부터 있었지? 언제 전화했지? 휴대폰은 대체 언제 꺼진 거야?

나는 얼른 그에게 다가가 물었다.

"얼마나 여기 있었어요?"

"먼저 대답해."

"그냥 여기저기 다녔어요. 원래 혼자 잘 다녀요, 저."

"지금까지 혼자 있었다고?"

"네."

"너 돌았구나."

"이제 오빠가 대답할 차례예요. 언제부터 여기 있었어요?"

"앞으론 혼자 돌아다니지 마."

"알았으니까……."

"늦게 다니지도 마. 전화도 꺼뜨리지 마."

"알았어요. 알았으니까 언제부터 여기 있었는지 빨리 말해요."

"넌 알 거 없어."

아, 이 이기적인 고집쟁이.

"들어가. 간다."

뭐?

하마터면 야! 하고 소리칠 뻔했다.

완전 꽁꽁 얼어 가지고, 새파랗게 질려 가지고 간다고?

벌써 저만치 가는 이안을 달려가서 붙잡았다.

"그 상태로 가긴 어딜 간다 그래요?"

"놔."

"지금 지하철도 끊겼다고요."

"택시 타면 돼."

"안 돼요. 못 보내요."

나는 이안 앞에 딱 버티고 섰다.

"못 보내면 어쩌자는 건데. 같이 잠이라도 자겠다는 건가."

가로등에 비친 이안의 얼굴. 어젯밤엔 사람 잡아먹는 요물 같더니 지금은 화난 야차 같다.

차게 가라앉은 눈동자가 짓누르듯 쏘아본다. 무섭다. 그를 화나게 했다는 사실이 무섭고, 그로 인해 내가 싫어졌을까 봐 무섭다.

하지만 마음을 다잡는다. 피하지 않고 검은 눈동자를 마주 쏘아본다. 그 속에 자리하고 있는 고집, 또 그 속에 웅크리고 있는 다른 무엇도 찾아내려 애쓴다.

"자는 게 뭐 대수라고."

불쑥 중얼거렸다.

이안은 미동도 없다. 차가운 눈동자도 그대로다.

"오빠 그냥 가면 저도 여기 있을 거예요. 아침까지, 또 밤까지. 얼어 죽어 버릴 거예요. 못할 거 같죠. 한다면 해요. 저 가끔가다 미쳐요. 오빠도 그랬잖아요. 그때 웬 미친 여잔가 했다고. 제가 미치는 거 보고 싶어요?"

그의 눈을 보며 말했다. 읽고 싶어서, 하지만 읽을 수가 없어서 답답했다.

이안의 손이 주머니에서 빠져나와 내 눈을 가린다. 어찌나 차가운지 눈알이 급속 냉동될 것 같다.

"그렇게 보지 마."

이안의 낮은 음성이 암흑 속에서 울렸다.

"죽겠다는 말, 함부로 하지 마."

추위 때문인지 목소리 끝이 조금 떨리는 것처럼 들렸다. 왠지 모르게 가슴 한구석이 아파 왔다.

"하지 말라는 게 왜 이렇게 많아……."

통통 부어서 불만스럽게 중얼거렸다. 어쩐 일인지 내 목소리까지 떨려 나왔다.

"안 갈 테니까, 좀…… 울지 마."

눈이 가려진 채 끌려가 안긴다. 단단하고 차가운 몸이 가슴에 닿는다.

그를 마주 안으며 내 몸이 더 컸으면 좋았을 거라는 생각을 한다. 그랬다면 품에 꼭 안아서 따뜻하게 해 줄 수 있을 텐데. 그랬다면 이런 실랑이 할 것 없이 그를 번쩍 들어 집으로 데려갔을 텐데. 내가 좀 더 컸다면…… 내가 더 큰 사람이었다면…….

그렇게 한참을 부둥켜안고 있다가 우리는 집으로 들어왔다. 이안은 밥을 먹고 차를 마신 후, 곧바로 택시를 타고 돌아갔다.

내가 쾌속으로 지은 쌀밥과 엄마의 밑반찬을 천천히 씹어 삼키는 모습은 거의 감동이었다. 맛있죠? 우리 엄마 요리 잘해요. 내가 말했고. 넌 눈물이 헤퍼. 이안이 말했다. 행복했다. 그리고 늦잠을 자고 일어났을 때, 카페 회원들로부터 문자메시지 폭탄이 와 있었다.

"와 진짜, 이 여우."

솜이가 날 빤히 보면서 툭 내뱉었다. 눈빛이 곱지 않다. 거의 표독스럽다.

"언니한테 그게 무슨 말버릇이야. 솜이 너 혼난다."

소영 언니가 엄한 눈길로 솜이를 나무라고 귀띔이라도 해 주지 그랬냐며 섭섭한 표정을 짓는다.

"뭔가 있을 줄 알았지. 알긴 알았는데, 예상보다 크다. 커도 너무 커."

중기 오빠는 날 보자마자 희대의 불가사의라며 혼자 구시렁대더니 아직도 저 소리다.

나는 테이블 위에 놓인 솜이의 휴대폰을 다시 한 번 들여다보았다. 어젯밤 학원 앞에 있던 이안과 내 모습이 고스란히 찍혀 있다. 마주 보는 장면, 내가 이안을 붙잡는 장면, 둘이 껴안고 있는 장면, 아주 골고루 다 있다.

"그러니까 이 사진이 어디에 맨 처음 올라왔다고?"

"록 마니아 카페. 락신이란 사람이 오늘 새벽에 올렸더라고. '제가 보기엔 오버플로의 이안 같은데 여러분 눈에도 그렇게 보이나요?'라면서. 다행히 언니 얼굴은 모자이크 처리했더라. 여자 얼굴 보자는 댓글이 장난 아니게 많아. 울면서 칼 가는 애들도 많을걸? 한국에선 크리스보다 이안이 더 인기 많잖아. 솔직히 나만 해도 울고 싶은 심정이라고. 먼 타국에서 쏼라쏼라 꼬부랑 말 하는 여자랑 스캔들 나는 것과 이건 완전 얘기가 다르지."

"넌 이게 난 줄 어떻게 알았어?"

"그걸 내가 왜 못 알아봐. 저 하늘색 코트 하며, 목도리 하며, 숄더백 하며, 딱 언니 취향인 데다 결정적으로 쬐끄맣잖아."

작은 편이긴 하지만, 그게 결정적이었다는 건 다소 어폐가 있다. 한국에 작은 여자가 얼마나 많은데.

"그리고 다리."

"다리?"

"다리 보고 알았어."

다리에 이름 쓰고 다니는 것도 아니고 어떻게 다리만 보고 아냐고 따지고 싶은 걸 참는다. 어제 그냥 바지 입을걸, 날도 추운데 치마는 괜히 입어 가지고. 자책하며 가슴을 치는데 소영 언니가 손을 뻗어 내 무릎을 살살 만진다.

"우리 문정이, 다리 예쁘지."

야릇한 손길과 진심 어린 칭찬에 그럴 분위기가 아님에도 어색하게 웃었다.

"예쁘긴. 짧지."

짧은 다리가 예뻐 봤자지, 라는 뒷말을 내뱉기도 전에 솜이가 신경질적으로 탁자를 두드렸다.

"그래서 둘이 진짜 사귀어? 키스는 했어? 잠은 잤어? 진짜 내 거 하기로 했어?"

솜이의 얼굴에 부정의 대답을 바란다고 적혀 있다.

"내 거는 모르겠고, 사귀기로 한 건 맞아."

솔직히 인정했다.

"와…… 나 진짜, 어이가 없네."

솜이가 쓰러지듯 소파 등받이에 상체를 기댔다. 웃는 건지 우는 건지 피식피식 공기 새는 이상한 소리까지 낸다.

어이가 없는 일…… 맞다. 그래서 가능한 한 알리고 싶지 않았다. 더 주의했어야 했는데 생각이 짧았다.

"이게 나라는 거 또 누가 알아?"

"여기 우리 세 사람이랑 선욱이까지 해서 넷만 알아."

솜이에게 물었는데 소영 언니가 대신 대답했다.

"미안한데, 다른 사람들은 몰랐으면 좋겠어."

착잡한 심정으로 부탁했다.

"미안하긴. 섭섭하다는 건 괜한 투정이고, 언니는 문정이 입장 충분히 이해해. 말 안 나게 조심할게."

소영 언니가 손바닥으로 내 손등을 두드리며 "솜이도 놀라서 저러는 거야."라며 안심하라는 듯 웃어 준다.

"고마워, 언니."

상냥한 마음씨에 코끝이 찡해졌다. 다른 접점 없이 오직 오버플로를 통해 만난 사람들. 지난 5년간 내겐 친구고 동지였던 고마운 이들이다. 잔뜩 뿔이 난 솜이도 좋은 아이라는 것을 안다.

"사진이 퍼지는 건 막지 못할 거야. 벌써부터 여기저기로 퍼나르고 있고, 영국까지 가는 건 시간문제일걸. 촬영한 사람이 악한 마음으로 공개하지 않는 한 우리만 입 다물면 언니 신상은 지켜지겠지만, 이안 오빠는 달라. 밴드가 해체했어도 오버플로는 오버플로니까."

솜이가 소파에 기댄 채 천장을 보며 말했다. 한숨과 체념이 묻어나는 말투다.

"좀 귀찮은 정도겠지, 별 타격 있겠냐. 한창 활동할 때도 스캔들 빵빵 터트리고 눈 하나 깜빡 안 하드만."

정신을 차린 중기 오빠가 평소처럼 심드렁하게 끼어들었다.

"조심해, 언니."

솜이가 눈을 게슴츠레 뜨고 날 본다.

"언니 얼굴 보겠다고 영국에서 날아오는 여자도 있을지 모르니까."

"야야, 넌 그냥 악담을 해라, 악담을 해. 이래서 여자들 질투는 무섭다니까."

중기 오빠의 너스레가 이어졌지만 귀에 들어오지 않는다. 솔직히 이런 건 아무래도 상관없다. 소문이 나든, 누군가 해코지를 하겠다고 덤비든, 그런 것들은 큰 문제가 아니다.

이안과의 관계가 그런 난리를 부를 만큼 대단한가, 라는 것이 문제다. 대단하지 않은 걸 대단한 것처럼 부풀리는 것만큼 무서운 것도 없다.

이안과의 관계는 성냥개비로 쌓아 올린 탑이나 과자로 만든 집 같다. 언제 무너지고 사라질지 알 수 없으니 쓸데없는 간섭이나 낭비 없이 온전히 느끼고 누리고 싶다. 내 손에 닿아 있는 시간만이라도.

"심심한 사람들이군."

사진이 인터넷에 돌고 있다는 얘기를 하자 이안이 말했다.

"호기심 많은 사람들일지도요."

"자기 인생이 신나고 재밌고 바쁘면 남의 인생에 관여하지 않아."

맞는 말이다. 하지만 인생을 신나고 재밌고 바쁘게만 사는 사람이 몇 명이나 될까.

"조심하는 게 좋을까요?"

조심하는 게 마땅하다고 생각하지만 일단 물었다. 이안은 내 눈을 무심히 보고 눈썹을 조금 찌푸렸다. 마땅찮다는 표정이다.

"네가 곤란하다면."

말하고 탁자 위로 엎어지며 손을 쭉 뻗는다. 유연한 동작. 셔츠 위로 드러나는 어깨 골격과 남자다운 목덜미, 옷에 가려 언뜻 보이는 뒷목의 타투, 기다란 팔, 늦은 오후의 햇살을 잔뜩 머금은 손목과 손, 그리고 그 모든 것들의 음영이 믿을 수 없을 만큼 아름답다는 생각을 하며 조용히 대답했다.

"곤란해요."

"그럼 조심할게."

이안이 나른하게 웃는다. 나는 손을 들어 그의 손끝을 조금 건드렸다. 장난처럼 툭툭 치자 이내 잡아 온다. 찹쌀떡처럼 작고 동그란 내 손이 그의 커다랗고 아름다운 손 안으로 마법처럼 사라진다.

골목 사이에 숨은 한적한 찻집. 데미안 라이스의 노래가 흐르고, 우리는 그 노래를 들으며 구석진 자리에 앉아 시간을 보내고 있다.

카모마일차에서 뿜어져 나온 향긋한 온기가 공기를 채우고, 길게 파고드는 오후 햇살은 겨울 같지 않게 포근하다. 긴장을 풀면 이대로 잠이 들 것 같다.

이안은 정말 사랑에 빠진 남자처럼 보인다. 조금씩 천천히 자기 발로 걸어 들어오는 것처럼 보인다. 그를 둘러싼 바리케이드가 하나둘 사라지는 게 손끝으로 느껴지는 것 같다.

연애를 한다고 해서 다 사랑하는 건 아니다. 나는 그 차이를 알고 있다.

"크리스마스이브는 비워 둬."

내 손을 꼭 쥐고 이안이 말했다. 말끝에 가만히 감기는 눈. 팔을 베고 잠든 듯한 모습이 신화에 나오는 아도니스 같다.

크리스마스이브는 이안과 함께. 생애 최고의 크리스마스가 될 거라고 예감한다.

그리고 기적 같았던 올 한 해도 끝나겠지.

Contradiction

오래전, 뜻밖의 장소에서 낯선 여자로부터 뜻하지 않은 도움을 받았다. 그 여자의 이름을 기억하고 있다면 기회가 닿았을 때 한 번쯤 찾아보는 것이 그리 이상한 행동은 아닐 것이다.

하지만 자신의 행동은 그것만으로는 설명되지 않는 불가해한 구석이 분명 있었다. 그 사실을 스스로도 충분히 인지하고 있을 만큼.

"영화 재밌었다, 그죠."

휘핑크림이 잔뜩 올라간 커피를 빨대로 빙빙 저으며 문정이 빙그레 웃는다. 김이 올라오는 머그를 가만히 내려다보던 이안이 시선을 들고 "그런대로."라고 말을 받는다.

이안을 바라보는 문정의 표정이 짐짓 골똘해진다. 대답이 시원찮으니 진의를 파악하고자 함이다. 옅은 쌍꺼풀이 진 부드러운 눈매가 살짝 들리고 빙글빙글 빨대를 돌리는 속도가 늘어진 테이프처럼 느릿해진다.

의중을 파악하겠다는 속내를 숨기지도 않고 고스란히 내보이는 밝은 밤색 눈동자. 살짝 입술을 빼물고는 장난스럽게 "흠……." 그러곤 아무래도 상관없다는 듯 고개를 기울이더니 이내 빙긋.

포기가 빨라.

이안은 속으로 나지막이 불평한다. 귀찮게 굴지 않는 것이 불만이라니. 가끔 실소가 비어져 나오지만 이것이 현재 그의 진심이다. 그를 아는 다른 사람이 이 속마음을 들었다면 뒷목 잡고 기함할 일이다.

무심함을 가장한 그의 두 눈은 문정의 사소한 표정 하나, 작은 행동 하나도 놓치지 않고 주시한다. 그는 바라봐지는 것 못지않게 바라보는 것에도 익숙하다.

사물과 인간과 사회와 현상, 그 시간의 흐름까지 관찰하는 것이 인문학의 기초다. 하지만…… 그렇다. 그 다양하고 수많았던 관찰의 내력에도 불구하고 단 하나의 인물에 이토록 집중했던 적은 일찍이 없었다.

"감독이 뻔뻔스러울 정도로 구라를 잘 쳤어요. 그래서 되게 황당한 내용이었는데도 '앗' 하는 사이 설득당해 버린 거 있죠."

말하면서 조그만 두 손으로 머그를 감싸고 크림에 입술을 묻는다. 선홍색 혀가 입술에 묻은 크림을 깔끔하게 핥고 들어

간다.

살짝 시선을 내린 이안이 잔을 들어 커피를 마신다. 커피는 무맛, 그리고 무취다. 물론 실제 그러할 리는 만무하고, 그의 신경이 온통 그녀에게만 쏠린 탓이다.

그는 문득 문정의 혀에 고여 있을 달콤한 크림을 맛보고 싶어진다. 선홍색의 작은 혀를 비틀어 물고 타액과 함께 삼키면 크림 본연의 맛보다 훨씬, 대단히 달콤할 것이다. 눈앞의 여자는 상상도 못 할 생각을 무표정한 얼굴 뒤에 숨기고 입으로는 태연히 다른 질문을 한다.

"구라라는 건 거짓말?"

문정은 눈을 동그랗게 떴다가 이내 고개를 끄덕인다.

"네, 맞아요. 거짓말. 거짓말을 믿게 했으니까 감독은 사기꾼."

말하고 조금 웃는다.

"그런 의미에서 예술 하는 사람들은 사짜 기질을 타고난다고 봐요."

쾌활하게 덧붙이며 이안을 올려다본다. 오빠도 예술가잖아요라고 하는 듯.

그런 문정을 물끄러미 살펴보는 이안의 입가가 슬쩍 말려 올라간다. 그녀는 웃음을 참지 못하게 한다. 도무지 참을 수가 없다.

인터넷 커뮤니티 사이트에서 쓸데없는 잡담이나 하고, 휴일 대부분의 시간을 재미없는 게임에 할애하고, 록 밴드에 심취하고, 지나치게 심취한 나머지 해외 투어 공연까지 따라다닌 전력이 있는, 팬으로선 감사하지만 그저 그뿐인, 평소의 그라면 한 번 돌아볼 여지조차 없는 여자.

그러나 그녀는 처음부터 흥미로웠다. 당황스러울 만큼 자극적이기도 했다. 그의 머리와 눈과 혀를, 심장을, 아무렇지도 않게 자꾸만 쿡쿡 찌르고 들어왔다.

지금 그녀가 내뱉은 말도 그렇다. 배워 아는 게 아니다. 들어 아는 게 아니다. 그냥 아는 것. 그냥…… 그녀 자신의 말대로 그가 느끼고 아는 것을 그녀도 당연히 알고 있다는 듯.

1 더하기 1은 2다. 이것에 의문을 가지는 사람은 없다. 1 더하기 1이 3이라고 했을 때, 사람들은 호기심을 가지고 주의 깊게 그것을 들여다본다.

1 더하기 1을 3이 되도록 하는 것. 그것이 예술이며, 그리하여 모든 예술가들은 궁극적으로 사기꾼 기질을 가지고 태어나는 것이다.

그러니 그들을 믿지 말라. 너 자신을 믿으라. 네가 보는 것, 네가 듣는 것, 네가 아는 것, 네가 느끼는 것. 네가 옳다고 생각하는 것이 결국 옳다.

그리고 선문정, 그녀는 언제나 옳다.

왜 이렇게까지 빠져 버렸는지 그도 처음엔 의아했다. 7년 전의 그녀를 한국에서 찾고자 했을 때, 그는 다만 불쾌감을 떨어버리고 싶었다.

단 한 번의 사소한 도움을 받았을 뿐인 여자. 다시 만날 일이 없는 여자. 그 여자가 잊히지 않는다는 건 분명 불쾌한 일이었다. 아이처럼 조그맣고, 심지어 제정신이 아닌 것 같았던 여자. 이안은 한국에 온 김에 그 여자를 찾기로 했다. 찾아서 확인을 하고 불쾌감을 떨어내기로.

포털 사이트에 여자의 이름과 오버플로를 함께 검색했다. 여자가 개설한 인터넷 커뮤니티 카페를 손쉽게 찾아낼 수 있었다.

해체한 지 이미 오래인 밴드를 그녀가, 그녀가 모아들인 사람들이 아직도 그리워하며 기다리고 있다는 데, 그의 마음이 아주 조금 느슨해졌는지도 모를 일이었다. 그리고 그 느슨해진 마음은 카페 게시판을 돌아다니는 사이 물에 빠진 김처럼 하늘하늘 풀어져 오히려 불쾌함을 배가시켰다.

바짝 조였던 마음이 느슨해지다 못해 풀어졌다. 이것은 물론 '기분 좋다'에 가까운 표현일 것이고 실제로도 그랬으나 동시에 불쾌하기도 했다.

좋지만 싫다. 기쁘지만 불쾌하다. 서로 상충되는 모순된 감정. 어린 시절의 그를 예민한 청력만큼이나 괴롭혔던 혼란함. 그것은 양극단을 동시에 느끼는 경우가 지나치게 잦다는 것이었다.

하고 싶지만 하기 싫다. 좋지만 나쁘다. 옳지만 틀렸다. 아끼고 싶지만 망가뜨리고 싶다. 그래서 그는 변덕스러운 소년이었고, 예민하고 까다로운 아들이었고, 다루기 어려운 학생이었다.

성격이나 정신의 문제가 아니라는 것을, 한꺼번에 너무 많은 정보를 받아들이고 동시에 사고하는 탓이라는 것을 그는 나이를 조금 더 먹은 후에야 알게 되었다. 모두 옳고 모두 진짜지만 전부 표현할 수 없다는 것도 깨달았다. 그러므로 어떻게든 하나를 골라내야 했고, 그것은 몹시도 피곤한 작업이었다.

'넌 감정이 없어'라고 때때로 힐난받지만 기실 그는 감정이 없는 게 아니다. 너무 복잡해서 가지치기를 하다 보면 어느새 흩어져 사라지거나 차분히 가라앉는다. 그러다 보면 어느 게 진짜인지 모호해지고 표현하기 귀찮아지는 것이다.

표현하기 전에 생각한다. 그 습관이 굳어져 무표정이 고착되었다. 감정이 없는 게 아니다. 복잡한 것이다.

그리고 그것을 문정은 카페 공지문에 이렇게 표현해 놓았다.

'밴드 오버플로의 오리지널리티는 양극단을 동시에 가진다는 데 있다.'

이때 그녀는 그로부터 이미 원 포인트 따냈다.

그 후 이안은 문정에게 시시때때로 질문을 했다. 궁금하니까. 왜 그렇게 생각하는지, 도대체 무슨 생각을 하는지, 왜 자신으로 하여금 이렇듯 비생산적인 행동을 하게 하는지.

정모에 참석해 문정과 재회한 날, 그녀는 기다렸다는 듯 그로부터 연속으로 포인트를 따냈다. 눈이 마주친 순간 아무런 이유 없이 원 포인트. 그의 혈액공포증을 여전히 기억하고(심지어 확신하고) 걱정하고 있다는 데서 원 포인트. 다시 듣게 된 그 목소리에 또 원 포인트.

그렇게 한 번, 두 번, 세 번 만나는 동안 그는 결국 '기브 업'을 선언했다. 그녀에 대해 제대로 알고 싶다고 두 손 들고 인정했다. 머릿속부터 몸속까지, 가능하면 아주 깊은 곳까지 속속들이 알고 싶다고.

그때, 자신의 욕구를 인정한 바로 그 순간, 그의 심장이 어떤 리듬과 강도로 박동했는지 그녀는 알지 못한다. 이것이 그에겐 얼마나 획기적인 일인지도. 사소했을 것이 분명한, 어쩌면 오지랖이었을 7년 전의 도움이 그에게 어떤 파장으로 영향을 끼쳤는지도.

"어?"

머핀을 다 먹고 케이크를 입으로 옮기던 문정이 멍한 감탄사를 터뜨린다. 의아한 듯 놀란 듯, 그러나 역시 멍한 목소리. 포크에 얌전히 올라앉아 있어야 할 케이크 덩어리가 그녀의 상의에 툭 떨어져 흔적을 남기고 더 낮은 곳으로 곤두박질쳤다.

칠칠치 못한 여자. 평소의 이안이라면 당연히 이렇게 생각했을 것이다. 하지만 지금 그의 검은 눈동자 속엔 알 듯 모를 듯 애매한 미소만이 들어앉아 있다.

민망함도 당황도, 그렇다고 짜증이나 한숨도 없이 문정은 차분한 동작으로 옷에 묻은 크림을 닦는다. 별일 아니라는 듯. 먹다 보면 흔한 일 아니겠냐는 듯. 이안의 시선을 의식하고 있는 게 분명한데도 별다른 동요가 없다.

지금 내 모습을 보고 한심하다 여긴다면, 그런 생각을 하는 당신이 더 한심하다고 하는 듯.

문정은 얼룩이 진 상의를 잠시 내려다보다가 "화장실 다녀올게요." 하고는 자리에서 일어났다. 그러곤 빙긋 웃으며 가방을 들고 카운터를 지나 반대편으로 사라진다.

크림 산이 높게 솟았던 달달한 커피는 이미 반 이상 사라졌고, 머핀 두 개도 이미 사라졌고, 케이크는 한쪽 귀퉁이가 무너진 채 테이블 위에 남아 있다.

많이 먹고 잘 먹는 여자다. 하지만 어째서인지 살이 붙지 않는다. 많이 움직이는 탓일까. 움직이지 못하도록 잡아 두면 살이 찔까. 아무래도 상관없지만 그녀의 마른 몸은 어쩐지 그를 초조하게 만든다.

지금껏 만난 여자 중에 이렇듯 작고 마른 여자는 없었다. 이렇게 가늘어서야 마음 놓고 안을 수도 없다. 이토록 가늘고 조그만데 전에 없이 욕구를 자극당하고 있다는 것도 초조함의 원인이다. 그게 스스로도 어이가 없을 지경이라 자신의 성벽조차 의심스럽다.

옅은 한숨을 내쉰 이안이 머그를 들고 커피를 마신다. 이번엔 맛과 향이 제대로 느껴진다. 그게 또 우스워 비스듬히 미소를 짓는데, 머리 위에서 "실례지만……." 하고 낯선 여자의 목소리가 울린다.

굽 높은 하이힐이 또각또각 바닥을 치는 소리가 점점 가까워 오는 것을 아까부터 듣고 있었다. 이안이 시선을 들어 여자를 본다. 20대 중후반으로 짐작되는 세련되고 청초한 미인이다.

이만큼이나 차가운 기운을 풍기는 남자에게, 그것도 연인과 함께 있는 남자에게, 연인이 자리를 비운 틈을 타 말을 걸어올 정도로 외모에 자신이 있는 여자.

"실례지만 전화번호 좀 알 수 있을까요."

이안은 여자에게서 시선을 거둔다.

"아뇨."

수줍음 속에 당당함과 자신감을 단단한 씨앗처럼 품고 있던 여자는 의외의 냉담함에 조금 당황스러워진다. 거절의 가능성을 예상하지 못한 것은 아니나 이런 식은 아니었다. 자신 정도 되는 여자가 말을 걸었으면 적어도 '기쁨'이나 '미안함', 하다못해 '아쉬움' 쯤은 비쳐야 할 게 아닌가.

여자는 돌아서는 대신 용기를 내 남자의 앞자리에 앉았다. 2~3분 전까지 조그마한 여자가 마치 식사라도 하듯 커피와 머핀을 먹으며 앉아 있던 자리.

연인이라기엔 어색하고 그렇다고 친구나 동료로 보기에도 부자연스러웠다. 남자의 반응으로 보아 역시 연인인 걸까…….

그러나 여자는 좀체 만나기 힘든 독특한 분위기의 남자에게 다시금 말을 건다.

"아까부터 쭉 지켜보고 있었어요. 이런 식으로 말 거는 거 처음이라 저도 조금 당황스러운데…… 그냥 지나치면 나중에 후회할 것 같아서요. 전화번호를 묻는 것뿐인데도 정말 싫으세요?"

"네. 싫습니다."

여자를 향한 남자의 시선은 무감하다. 불편함이나 귀찮음의 조각조차 없다. 그럼에도 여자는 등줄기가 조금 서늘해진다.

"함께 있던 여자분이…….."

목소리를 가다듬고 다시 입술을 뗐을 때, 그녀를 향했던 남자의 시선이 사선으로 들린다. 그리고 찾아든 찰나의 정적.

"저기, 저 좀 이따 올까요?"

10대 소녀의 것처럼 앳된 음성이 여자의 등 뒤에서 차분히 흘러들었다. 동시에 시종 무감하던 남자의 얼굴에 표정이란 것이 떠오른다. 황당함, 언짢음, 그리고…….

"안 일어납니까."

등 뒤를 향했던 남자의 시선이 다시 여자에게로 꽂힌다. 여전히 무감한 눈동자. 억양 없이 낮은 음성. 그러나 여자는 말이 떨어지기가 무섭게 자리에서 일어난다. 자존심을 세우고 오기를 피울 대상이 아님을 그간의 경험과 육감으로 깨달은 탓이다.

"실례 많았습니다."

빠르게 내뱉고 돌아서다 등 뒤에 멀뚱히 서 있던 여자와 눈이 맞는다. 자신보다 한 뼘 이상 작은 여자. 시선이 마주친 순간, 키 작은 여자의 동그란 눈매가 살짝 벌어지며 빙그레 미소를 짓는다. 경계심이라곤 없다. 적의도 없다.

역시 연인이 아닌 건가.

빠른 걸음으로 자리로 돌아와 핸드백을 집어 드는 여자의 머릿속은 복잡하다.

연인이 아니라면, 남자의 반응을 뭐라고 설명할까.

꼬리를 물고 이어지는 의문은 카페를 나설 즈음 한 가지 결론에 도달했다.

남자 혼자 열을 올리는 상대.

"설마."

여자는 코트 깃을 여미며 고개를 젓고 구겨진 자존심을 회복시킬 장소로 얼른 걸음을 옮겼다.

문정은 자리에 앉아 이안을 말끄러미 올려 본다.

"오버플로 팬은 아니죠?"

"아니야."

곧바로 튀어 나간 대답이 조금 뚝뚝하다.

그도 그럴 게, 문정은 분명 '좀 이따 올까요?'라고 물었다. 머리털 나고 들은 말 중에 가장 황당했다고 해도 과언이 아니다. 삐쳐서 '난 빠져 줄 테니 둘이 얘기하시라'는 뜻으로 한 말이 아니었다. 차라리 삐치기라도 했다면 좋았을 것을. 선문정이라면 얼마든지 달래 줄 용의가 그에겐 있었다.

문정은 고개를 끄덕이며 빙그레 미소 짓는다.

"머리 넘긴 이후로 알아보는 사람 없죠? 나라도 그냥 스쳐 지나가면 못 알아볼 것 같아요. 존잘이안 님도 못 알아볼걸요? 헤어스타일 하나로 이미지가 이렇게 바뀐다는 게 신기해요."

"할 말이 그것뿐이야?"

담담한 질문에 문정의 얼굴에서 웃음기가 빠진다.

"왜 화를 내요?"

그는 화내지 않았다. 하지만 '화 안 냈어'라고 대꾸하지 않는다. 화를 내지는 않았으나 화가 난 것은 분명하므로.

문정은 언제나 그랬듯 이번에도 그의 기분을 민감하게 알아차린다. 기분뿐일까. 가끔은 속을 들여다보는 게 아닐까 싶을 정도다. 다 알면서 놀리는 게 아닐까 싶을 정도.

말하지 않은 것을 안다. 육감 혹은 직관. 그것이 무엇이든 그의 흥미를 자극하는 것만은 분명하다. 아니, 단순한 흥미 따위가 아니다. 이쯤 되면 감동이다. 이 정도로 그의 마음을 움직인 사람은 없었다.

　그리고 그것은 이미 확신이 되었다.

　"무슨 얘기 했는지 안 물어?"

　"방금 그 여자요?"

　문정은 단정하게 정리된 눈썹을 슬쩍 밀어 올리며 손가락으로 다 식은 커피 잔을 만지작거린다.

　"뭐, 전화번호라도 물었겠죠. 아니에요?"

　"맞아."

　이안은 담담히 대꾸하고 옅은 한숨을 내쉬었다.

　질투하지 않는 여자. 그렇다는 것은 그와의 관계에서 슬그머니 한 발을 빼놓고 언제든지 나머지 한 발도 빼낼 준비를 하고 있다는 것이다.

　도대체 이 여자는 무슨 생각을 하고 있는 것일까.

　'키스하면 사귀는 거예요.'

　그런 귀여운 소릴 해 놓고, 일주일이 넘도록 연락하지 않은 그에게 아무런 반응도 보이지 않던 여자다.

　학회 때문에 나흘간 미국에 다녀왔다. 처음엔 바빠서, 다음엔 재미로, 나중엔 오기로 여자에게 먼저 연락하지 않았다. 연애하는 평범한 남자의 보통 심리. 그러나 그에겐 난생처음 겪는 유치한 소모전이었고, 처음으로 체감한 초조함이었고, 또한 심리적 줄다리기에서의 첫 패배였다.

먼저 연락하지 않으면 만날 생각조차 없다. 오랜만에 만나도 별다른 질문을 하지 않는다. 하물며 밥 먹자는 말에 낯선 꼬마를 대동하기도 한다. 게다가 여자는 크리스의 팬이다.

한국에 와서 그가 찾은 '확신'이라는 것이 이렇듯 까다롭고 맹랑하다. 먼저 다가가는 연애라는 것을 처음 해 보는 그로선 그녀가 유지하는 거리를 어디까지 좁혀 나가야 할지 늘 골치가 아프다. 그저 최대한 부드럽게. 최대한 천천히. 나름대로 조절을 하고 있을 뿐.

"나가요."

포크를 내려놓고 문정이 말한다.

케이크는 한쪽 귀퉁이가 무너진 그대로 더 이상 작아지지 않았다.

"마저 안 먹어?"

"안 먹을래요."

고개를 저으며 말하고 장난스럽게 웃는다.

이럴 땐 차라리 울리고 싶다. 눈물을 보는 것이 도리어 흡족할 듯하다. 제 안에 잠들어 있던 10대가 이제 와 깨어나기라도 하는 것일까.

비뚤어진 애정과 충족되지 않는 갈증. 잔인해지고 싶은 충동 같은 것. 언젠가, 아니 조만간 이 충동에 져 버릴 것 같다는 예감이 든다.

그는 자리에서 일어나 먼저 걸음을 옮긴다. 그녀로부터 너무 멀어지지 않도록 천천히 속도를 조절하며.

몇 걸음 걷지 않아 쫓아온 문정이 나란히 붙어 선다. 그러곤 잠시 머뭇거리다가 팔짱을 껴 온다. 때를 같이하여 그의 심장이 기분 좋은 소리를 내며 쿵쿵 뛰어오른다.

몹시, 참기 힘들 정도로 사랑스러워서 오히려 잔인해지고 싶은 기분이다.

언젠가 그는 이 모순된 충동에 그녀를 울리고 말 것이다. 아마도 조만간.

소문은 SNS를 타고 2

이안이 사람들의 눈을 피하는 방법. 그것은 의외로 간단했다.

숱 많은 고수머리를 왁스로 깔끔하게 넘겨 버린 것이다. 모자나 마스크를 생각하고 있던 나는 허를 찔리고 말았다. 남자답게 쭉 뻗은 눈썹과 시원한 이마, 잘생긴 귀가 드러나자 전혀 다른 사람처럼 보였다. 슈트를 빼입고 총까지 들면 딱 제임스 본드랄까.

나는 '올빽'으로 머리를 넘긴 이안과 자유롭게 거리를 돌아다녔다. 신기하게도 알아보는 사람은 없었다. 내가 자리를 비운 사이 전화번호를 묻는 여자는 있었지만, 그건 복슬복슬 헝클어진 머리일 때도 심심찮게 있던 일이니 아무렴 어떤가.

며칠에 한 번씩 생각났다는 듯 연락을 하고 찾아오던 이안은 이제 매일 나와 만난다. 전화 통화도 하루에 한 번 이상은 꼭 하게 되었다.

구속받는 것만큼이나 구속하는 것도 싫어하는 것처럼 보이던 이안은 의외로 나의 동선과 귀가 시간에 민감했다. '혼자 밤늦게까지 돌아다니는 안전 불감증 여자'라는 인식이 박힌 탓인 것 같다.

'오기사' 카페에는 매일매일 새 글이 올라오고, 사람들은 여전히 오버플로의 음악을 듣는다. 솜이는 '아직 안 깨졌어?'라는 문자메시지를 이틀이 멀다 하고 보내고, 중기 오빠는 '앤더러 카페 활동 좀 하라고 해'라며 조만간 잘라 버릴 거라고 협박을 해 왔다. 그리고 선욱은 이안을 자신이 다니는 실용음악 학원에 일일 강사로 초빙할 수 있겠냐며 은근한 부탁을 했다.

상냥한 소영 언니는 이안 얘기를 전혀 꺼내지 않는다. 중기 오빠는 전생에 나라를 구한 게 분명하다. 하다못해 논개처럼 적장을 안고 동반 자살이라도 했을 거다. 그러니 소영 언니 같은 여자를 만났지.

이안과 찍힌 사진은 한동안 록 관련 사이트를 뜨겁게 달궜다. 온갖 댓글이 달렸고 개중엔 이런 것도 있었다. '저분 E여대에 새로 오신 영어영문과 교수님 같은데요.' 이안에게 확인해 보니 계약직이라고 고개를 끄덕이며 대답했다.

시간 강사나 그 비슷한 일을 하고 있을 거란 예상은 했으나, 맙소사 E여대라니. 그게 여태 알려지지 않은 것도 이상하거니와 여대라고 하니 괜한 심술이 불쑥 솟기도 했다. 대놓고 티내진 못했지만 아무튼 그랬다.

그렇게 눈 깜빡할 사이에 크리스마스이브가 되었다.

전날 밤부터 추적추적 비가 내리더니 이브 날도 비는 하루 종일 그치지 않는다. 루돌프 인형이 달린 연필과 귀여운 미니 공책을 아이들에게 한 세트씩 선물하며 하루 이르지만 '메리크리스마스'라고 인사했다.

영원은 내게 초록 리본이 묶인 노란색 막대사탕을 답례로 주었다. 상큼한 레몬 맛을 예상했으나 의외로 바나나 맛이었다.

약속한 6시에 이안을 만났다. 평일 디너조차 한 달 전부터 예약을 해야 겨우 먹을까 말까 한다는 유명 이탈리안 레스토랑에서 저녁을 먹으며 선물을 교환했다.

내가 준 건 검정색 목도리와 검정색 가죽 장갑. 그리고 받은 건 오버플로의 미공개 곡들이 담긴 세상에 단 하나뿐인 앨범이다. 앨범을 손에 쥔 순간 말할 수 없이 기뻐서 발까지 동동 굴렀다.

레스토랑도 그렇고 정성이 담긴 선물까지, 대체 언제부터 준비했는지 궁금했지만 묻지 않았다.

이안은 기뻐하는 내 얼굴을 보며 조용히 미소 지었는데, 그 얼굴이 조금 피로해 보였다. 흑백 대비가 분명한 그의 맑은 눈이 평소보다 가라앉아 있었다. 무거우면서도 날카로운 눈빛. 처음엔 기분 탓인가 했는데, 레스토랑 밖으로 나왔을 땐 확신이 들었다. 기분이 좋지 않구나, 컨디션도 꽝이구나, 하는.

그럼에도 이안은 약속을 지켜 주었고 아무렇지 않게 웃어 주기까지 한다. 고맙고 미안하고 또 안타까운 기분으로 비 내리는 밤거리를 걷는다. 크리스마스이브의 밤, 각자 우산을 쓰고 말없이, 나란히.

이안은 오늘 나의 요청대로 검정색 슈트를 입고 왔다. 타이는 매지 않은 채, 그 위에 검정색 코트를 입고 나에게 선물 받은 검정 목도리와 검정 가죽 장갑을 착용하고 있다. 씻은 달처럼 말갛고 흰 얼굴만 제외하고 온통 검다.

왁스로 말끔하게 넘긴 머리 덕에 정갈한 선이 그대로 드러나는 잘생긴 얼굴. 무슨 생각을 하는지 정면을 보는 눈.

내가 한 열 살쯤 더 먹었고, 육욕에 불타는 농염한 여성이었다면 당장에 자빠뜨리고 싶을 정도로 섹시하다. 지금의 이안을 두고 이런 생각을 하는 내가 한없이 나쁜 사람 같다.

조금 걷다가 헤어져야지, 다짐한다. 집까지 바래다준다고 해도 거절해야지.

간밤에 잠을 설쳤는지, 아니면 남모를 걱정이 있는지, 혹은 그냥 기분이 좋지 않은 건지 묻고 싶지만 묻지 않는다. 어디가 아파 보이진 않는다. 단지 그것에 안도한다.

어렸을 때, 아마 고등학교를 다닐 때까지도 나는 비 오는 날을 좋아했다. 비가 내리면 우비를 입고 우산까지 챙겨 들고 무조건 밖으로 나갔다. 무릎까지 올라오는 장화를 신고 내리는 빗속을 꺄꺄 웃으며 뛰어다녔다.

비가 이렇게 내리는데, 물웅덩이를 이렇게 철벅철벅 뛰어다니는데 내 머리와 몸과 발은 젖지 않는구나. 그런 생각을 하면 행복했다.

아버지와 다투고 돈 한 푼 없이 집에서 쫓겨나 내리는 빗속을 저녁 내내 배회하면서야 비로소 알게 되었다. 비라는 건 춥고 우울하고 참 거추장스러운 거구나, 하고.

지금도 그렇다. 우산 두 개의 크기만큼 이안과의 거리가 벌어졌다. 지나가는 사람들과 부딪치지 않기 위해 우산을 이리저리 움직이느라 팔이 아프다.

비가 내리지 않았으면 좋았을 텐데, 비가 그치면 좋을 텐데, 하고 생각한다. 이안의 기분이 저조한 건 비 때문인지도 모른다.

이안과 처음 만났던 날도 비가 내렸다. 입시에 실패하고 아버지로부터 투명인간 취급을 받으며 독서실과 집을 오가던 스무 살 재수 시절. 불행에 면역이 없던 나는 그 정도의 비참함과 굴욕도 참아 내지 못하고 있었다.

문득 이렇게는 안 된다는 생각이 들었고, 그래서 15년 동안 모아 온 저금통장을 탈탈 털어 무작정 미국행 비행기에 올랐다.

맨땅에 헤딩하는 행동이었지만 믿는 구석이 없지 않아 있었다. 미국엔 3년 전부터 알고 지낸 친구가 있었다. 밀워키에서 펜팔 친구 로빈을 만나 한동안 그녀의 집에 머물렀다.

웨이트리스로 일하며 포크송 가수를 꿈꾸던 로빈. 옅은 밤색 머리에 짙은 회색 눈을 가진, 나보다 두 살 많은 여자였다. 우리는 영어와 한국어, 손짓 발짓을 섞어 가며 많은 대화를 나눴다. 술을 마시며 노래를 부르고 로빈의 친구들을 만나 밤새 놀았다.

그 여름, 로빈과 의기투합하여 오버플로의 미국 투어를 따라다녔다. 로빈의 차를 타고 닥치는 대로 돈을 벌며 햄버거 하나로 끼니를 때우곤 했다.

위험한 순간도 여러 번 있었다. 한밤의 도로에서 차가 퍼져버리기도 했고, 강도를 당할 뻔하기도 했다. 그래도 즐거웠다. 사는 것 같았다. 나는 이토록 자유로운데 괜찮지 않은 장소에서 괜찮지 않은 사람과 왜 괜찮지 않은 채 살아야 하는가라는 의문이 들었다.

이렇게나 자유로운데, 어디로든 갈 수 있는데, 무엇이든 할 수 있는데, 괜찮아야 할 권리가 있는데. 그러다가도 어느 밤이면 엄마를 생각하며 조금 울기도 했다.

미국은 익히 알던 대로 넓은 나라였다. 밴드 멤버들은 비행기를 타고 눈 깜빡할 사이에 아주 먼 도시로 이동해 있기도 했다.

당연한 말이지만 투어를 따라다닌다고 해서 모든 공연을 볼 수 있는 건 아니었다. 그날도 그랬다. 표를 구하지 못한 우리는 근처 도시에 머무르며 세차 아르바이트를 했다. 오랜만에 차가 아닌 숙소에 짐을 풀었다.

싸구려 호스텔이었지만 몸을 반듯하게 누일 공간이 있다는 것만으로도 기뻤다. 장거리 운전과 노동에 지친 로빈은 일찍 곯아떨어졌고, 나는 잠이 오지 않아 홀로 밤거리를 돌아다녔다.

한참을 걷고 있는데 머리 위로 가느다란 빗방울이 떨어졌다. 개의치 않고 비를 맞으며 걸었다. 낯선 도시의 낯선 사람들. 얼마나 걸었는지 알 수 없었다.

이제 그만 돌아가야겠다고 생각했을 때 어수선한 광경이 눈에 들어왔다. 두세 대의 자동차가 어지럽게 서 있고, 사람 한 명이 그 앞에 쓰러져 있었다. 교통사고라도 난 것 같았다.

감당 못 할 끔찍한 장면이라도 볼세라 얼른 지나치려는데 아스팔트에 죽은 듯 쓰러져 있던 남자가 갑자기 몸을 움직였다. 힘겹게 일어나더니 비틀비틀 걷기 시작했다. 제지하는 사람을 뿌리치고, 마치 분명한 목적이라도 있는 것처럼 도로를 벗어났다.

밤이었고, 비가 내리고 있었음에도 남자의 깨진 이마에서 흐르는 핏물이 너무도 선명했다. 그 광경이 기이해서 나는 꼼짝 않고 남자의 행동을 눈으로 좇았다.

남자는 다른 한 남자 앞에서 멈춰 섰다. 몰려든 사람들로부터 벗어난 곳에 조용히 서 있던 남자. 바지 주머니에 손을 넣고 있는 그는 나처럼 비를 맞고 있었다. 사고를 당한 남자가 주머니에 손을 꽂은 남자의 양팔을 움켜쥐더니 끌어안을 것처럼 앞으로 쓰러졌다.

이마에서 철철 흘러내리는 피가 꼼짝 않고 선 그의 셔츠 속으로 스며들었다. 어두워 정확한 색을 알 수 없는 셔츠가 피 얼룩으로 순식간에 난잡해졌다.

그는 쓰러지는 남자를 부축할 생각은 않고 뒤로 두어 걸음 물러났다. 남자가 다시 바닥에 엎어졌고 사람들이 달려왔다. 셔츠에 피 얼룩이 묻은 남자는 뒤돌아 골목으로 들어갔다. 나는 쓰러진 남자를 지나쳐 그를 좇아 달렸다. 내 눈이 미친 게 아니라면 그는 오버플로의 기타리스트 이안이었다.

한참 달린 끝에 골목 구석에서 그를 찾았다. 그는 담벼락에 기대앉아 떨고 있었다. 중독자가 금단 증상이라도 일으키듯 무섭게 떨리는 손으로 셔츠를 잡아 찢듯이 벗어 던졌다.

축축한 셔츠가 내 발치에 툭 떨어졌다. 비에 젖어 늘어진 머리칼, 바닥으로 숙이고 있어 제대로 보이지 않는 얼굴, 빗물에 젖어 가는 벗은 상체. 내가 대체 무엇을 보고 있는 건지 언뜻 파악되지 않았다.

더럭 겁이 났다. 못 본 척 돌아갈까 생각했다. 이 남자는 이안이 아닐지도 모른다. 그래, 잘못 본 건지도 몰라.

그렇게 갈등이 길어지고 있을 때 어디선가 찬송가가 들려왔다. 반주도 없이 끊어질 듯 이어지는 가느다란 미성. 어렴풋하던 노랫소리가 점점 커지고, 그가 갑자기 두 손으로 귀를 틀어막았다.

I once was lost, but now I'm found
Was blind, but now I see

상념을 뚫고 흘러든 노랫소리에 걸음을 멈췄다. 〈어메이징 그레이스Amazing Grace〉의 도입부. 이상한 일도 다 있다고 생각하며 노래가 흘러나오는 멀티숍을 물끄러미 바라본다. 7년 전 일을 회상하고 있었는데…… 그 밤도 이렇게 비가 내렸고, 어디선가 〈어메이징 그레이스〉가 들려왔는데…….

한두 걸음 더 걸어가던 이안도 돌아와 내 곁에 섰다. 왜 멈춘 거냐고 묻지 않는다. 올려다본 그의 얼굴이 무섭도록 고요하다. 나처럼 7년 전을 떠올리고 있을까. 나에겐 추억일지라도 그에겐 고통일지 모른다. 잊고 싶은 기억일지도 모른다.

한참을 보는데도 그는 내 시선을 알아차리지 못한다. 노래와 함께 시간이 멈춘 듯하다. 나와 함께 있는 이 시간을 멈춰 놓고, 그는 지금 어디를 헤매고 있을까. 7년 전일까. 아니, 7년 전이 아닌 것만은 확실하다. 왠지 그것만은 확실히 알 수 있다.

크리스마스이브. 행복할 거라 예감했고 분명 행복했는데, 갑자기 조금 슬퍼졌다.

손에 쥐고 있어도 내 것이 아니라는 거리감을 느낄 때가 있다. 그건 물건에서도 사람에서도 어떤 장소나 말 한마디에서도 느낄 수 있다. 그런 느낌을 주는 것들은 언젠가 반드시 내 곁을 떠난다.

그도 나를 떠날 것이다. 어쩌면 오늘, 어쩌면 내일, 어쩌면 다음 주…… 늦더라도 내년을 넘기진 않겠지.

가슴이 아파서 눈을 몇 번 깜빡였다. 이름 모를 여자 가수가 부르는 노래는 어느덧 클라이맥스로 향해 가고 이안은 여전히 먼 곳을 보고 있다.

충동적으로 손을 뻗었다. 내가 선물한 목도리를 움켜쥐고 힘껏 당겼다. 그제야 그의 눈동자에 내가 비친다. 나는 그 눈을 똑바로 보며 발뒤꿈치를 들고 키스했다. 부드럽고 차가운 입술. 잠깐 닿았다 떨어질 뿐인 입맞춤.

놀란 듯 커지는 그의 동공을 보며 웃었다. 두 볼이 빵빵해지도록 활짝 웃으며 작은 목소리로 말했다.

"방금 마법 걸었어요."

안다. 유치한 거. 하지만 상관없다. 유치하지 않은 연애는 진짜 연애가 아니다. 이것은 연애에 대한 나의 지론이다.

이안의 표정이 조금 난감해지는 것 같더니 "무슨 마법?" 하고 물어 온다. 나는 여전히 생글생글 웃으며 대답했다.

"비 내리는 날 이 곡을 들으면 무조건 날 떠올리게 돼요. 오빠가 누구와 있든 뭘 하고 있든 상관없이, 10년 뒤에도 20년 뒤에도 100년 뒤에도 무조건."

비 내리는 날 〈어메이징 그레이스〉를 우연히 들을 확률 같은 건 알지 못한다. 뭐, 경험상 7년에 한 번쯤 되겠지. 그 정도로 충분하다. 7년에 한 번꼴로 날 기억해 주면, 그걸로 족하다.

"그러니까 우리 재밌고 즐거운 거 잔뜩 해요."

날 떠올리면 오빠가 웃을 수 있게.

뒷말은 굳이 하지 않는다. 대신 쓰고 있던 우산을 접고 그의 우산 속으로 쏙 들어갔다. 좀 불편하면 어떤가. 그깟 비 좀 맞으면 어떤가. 이렇게 하는 게 훨씬 즐겁다.

이안이 불현듯 하, 하고 웃었다. 기가 막힌다는 듯, 혹은 어이가 없다는 듯. 아주 즐거운 것 같기도, 조금은 허탈한 것 같기도 한 웃음소리.

고개를 들어 보니 손으로 눈을 덮고 있다.

뭔가 기대했던 반응이 아니다. 우산을 다시 쓰는 게 좋을까.

손에 쥔 우산을 다시 펼치려 할 때 이안이 내 손을 잡고 성큼성큼 걷기 시작했다. 사람들을 헤치며 도로로 나가 택시를 잡는다. 택시가 잘 잡히지 않자 영어로 뭐라고 내뱉는다. 자세히 들어 보니 욕 같다. 이안이 욕설을 내뱉는 건 처음 봤다. 가슴이 두근두근 뛰고, 무언가 잘못되었다는 생각이 든다.

이윽고 택시가 멈추자 뒷좌석 문을 연 이안이 나를 태우고 곧장 따라 탔다. 장갑을 벗고 다시 손을 잡아 오며 합정동으로 가 달라고 한다. 거긴 갑자기 무슨 일이냐고 물으니 집, 하고 짧게 대답했다. 우리 집은 아니니 아마 그의 집이겠지.

이안의 집. 가고 싶다.

심장이 무섭게 뛰는데, 그럼에도 가고 싶다는 마음이 간절해진다. 그리고 지금 가고 있다는 사실에 저절로 미소가 떠올랐다. 그의 집은 어떤 분위기일까, 그와 같은 분위기일까 상상하며 어둠이 내린 차창 밖을 내다본다.

한창 달리던 중 기사 아저씨가 갑자기 라디오를 틀었다. 그제야 택시 안이 숨 막히게 고요하다는 사실을 인지한다. 조용하고 좁은 공간에 디제이와 게스트의 수다 소리가 서서히 차오른다.

여전히 잡혀 있는 손. 땀 때문에 손바닥이 축축하다. 손을 빼려 하자 그의 손이 바투 잡아 오더니 아예 깍지를 껴 버린다. 심장이 또 철렁했다.

이상하다. 무언가 잘못되었다. 하지만 다른 한편으로 잘못되어도 상관없다고 생각해 버렸다. 무릎이 떨리고 오금이 저리는 이 긴장감을 알고 있다. 숨 쉬는 게 의식되고, 그 바람에 숨을 어떻게 쉬어야 할지 알 수 없어져 버리는 긴장감.

잡힌 손에 힘을 주니 이안이 나를 본다. 마주 보고 웃어 주었다. 이안의 얼굴에 난감한 빛이 스치더니 고개 숙여 키스해 왔다. 입술을 빨고 이내 혀가 들어온다.

어흠! 기사 아저씨의 헛기침 소리에 고개를 뒤로 뺐더니 틈도 주지 않고 쫓아와 또 키스를 퍼붓는다. 젖은 피막이 서로 달라붙었다가 떨어지는 소리가 좁은 택시 안에 적나라하게 울린다. 귀에서 열이 나고 얼굴이 터질 것 같다. 그의 가슴을 있는 힘껏 밀어 간신히 떨어뜨린 후 고개를 푹 숙였다. 민망해서 앞을 못 보겠다.

이안이 웃는다. 소리 없이. 소리 없는 웃음이 잡힌 손의 진동으로 전해진다. 그는 지금 무슨 생각을 하는 걸까. 갑자기 이러는 이유가 뭘까. 내가 무슨 짓을 한 걸까. 아니면 그가 그 자신에게 무슨 짓을 한 건가.

택시에서 내려 우산도 쓰지 않고 성큼성큼 걷는 그를 뛰듯이 쫓았다. 얼마 걷지 않아 주차장이 환하게 밝혀진 건물로 꺾어 들더니 입구에서 카드 키를 대고 문을 열었다.

지은 지 얼마 되지 않은 듯 깨끗하고 세련된 건물. 엘리베이터를 타고 맨 위층으로 올라가니 복도에 문이 하나뿐이다.

하나뿐인 문. 여기가 이안의 집이구나.

그를 쫓느라 숨이 찬 와중에도 뿌듯하게 감동이 몰려왔다. 연인의 집을 방문한다는 감동보다 단순히 '이안'의 집이라는 데서 오는 감동이 훨씬 더 크지만 행복의 감정이라는 것은 같다.

입구에서와 마찬가지로 카드 키로 문을 연 그가 잡은 손을 끌어당긴다. 자연스럽게 끌려 들어가자 등 뒤로 문이 닫혔다. 동시에 센서 등이 들어와 현관을 밝힌다.

슬리퍼 하나 없이 깨끗한 현관 바닥. 오른쪽 벽은 전신거울이고 왼쪽 벽은 전체가 다 붙박이장이다. 어느새 손을 놓고 구두를 벗는 그를 따라 나도 신발을 벗었다. 목도리와 코트를 차례차례 벗으며 안으로 들어가는 그를 나 역시 목도리를 풀며 따른다.

집은 예상보다 넓었다. 두 개의 기둥이 천장을 받치고 있고, 안쪽 벽에 침대가 있는 걸로 봐서 원룸 형식인 듯하다.

나는 가만히 서서 천천히 집 안을 훑었다. 크기에 비해 가구는 조촐한 편이다. 네다섯 명은 너끈히 앉을 수 있을 법한 흰색 가죽 소파가 우선 눈에 들어왔다. 소파 앞엔 낮은 유리 테이블.

생활감 없이 널따랗기만 한 부엌엔 눈부시게 새하얀 싱크대, 그리고 붙박이 냉장고, 어울리지 않을 정도로 조그마한 식탁. 식탁 의자는 달랑 하나뿐인 듯하다.

침대는 아주 커다랗고 창가엔 책상이 있다. 책상 위엔 컴퓨터와 노트북. 침대 반대쪽 구석엔 어림잡아도 열 개는 될 듯한 기타들이 세워져 있고, 신디사이저와 앰프, 조그마한 오디오 세트, 한눈에 봐도 비쌀 거라 짐작되는 스피커 등이 어지럽게 널려 있다. 그리고 나머지 공간은 온통 책이다. 한쪽 벽면은 천장까지 책으로 빽빽할 정도.

이 많은 책들을 영국에서 가져온 건가. 설마, 하는 생각이 들었다.

입을 딱 벌리고 책들을 보는데, 어느새 슈트 상의까지 벗어 버린 이안이 새하얀 셔츠 차림으로 내 앞에 섰다.

"뭘 보기에 그렇게 놀라."

소름이 돋을 정도로 부드러운 목소리로 물어 왔다.

"책이요."

나는 멍하니 대답하고 이어 물었다.

"영국서 가져온 거예요?"

"반은."

대답하는 그의 손이 내 코트를 벗긴다.

"나머지 반은 한국에 와서."

말하면서 정수리에 키스했다.

"한국엔 언제 왔는데요?"

이걸 지금에서야 묻다니.

미소를 삼키며 그의 가슴에 이마를 댔다. 시원한 향이 코끝을 은은하게 맴돈다. 체향과 섞여 어쩐지 기분이 야릇하다. 아니, 모든 것이 야릇하다. 눈앞에 펼쳐진 순백의 셔츠조차 몹시 선정적으로 느껴진다.

"일곱 달쯤 전에."

이안은 일곱 달 전에 한국에 왔고, 한국에서 E여대의 영어영문학과 교수이고, 책 욕심이 많다.

생각하는 동안 정수리를 지나 귓바퀴를 타고 내려온 입술이 귓불을 건드린다. 온몸이 간지러울 정도로 살짝살짝 건드리더니 갑자기 이를 세워 물었다. 터지려는 신음을 간신히 참고 그에게 바싹 다가서며 허리를 껴안았다.

짜릿함이 머리를 울리고 발끝까지 내려온다. 뭉근한 열기와 함께 하반신이 조여든다. 오랜만이니까. 오랜만이라서. 스스로 생각하기에도 지나치게 민감한 반응에 변명처럼 되뇐다.

대학 졸업반 때 1년 후배와 마지막 연애를 했다. 두 달의 짧은 기간. 그 후 3년이 지났다. 나는 여자치고도 담백한 편이다. 섹스에 있어서는 노멀하고도 포멀하다. 그러니까 지금은 다른 이유 없이 워낙 오랜만이라서, 그래서다.

　호흡이 거칠어지려는 걸 겨우 억누르고 색색 받은 숨을 내쉬었다. 단단한 허리를 휘어감은 팔에 힘을 뺐다.

　이안은 집요하게 왼쪽 귀만 애무한다. 입술로 건드리고 이로 문다. 왼쪽 상반신이 긴장과 자극으로 부들부들 떨릴 지경이다.

　이러다 마비되는 거 아닌가 싶을 때, 그의 혀가 귓속을 파고들었다. 숨을 크게 들이켜며 그의 허리를 감은 팔에 다시금 힘을 주었다. 아까보다 더 세게. 눈물이 찔끔 날 만큼 놀라서, 내가 놀랐으니 너는 좀 아파 보라고 아주 힘껏.

　그 서슬에 그의 하반신이 배에 닿았다. 군살 없이 단단한 허리보다 더 단단한 것. 숨소리 하나 흐트러지지 않은 채 장난처럼 왼쪽 귀만 지분거리는 남자의 것이라고는 생각할 수 없을 만큼 흥분해 있다.

　초조한 듯 택시를 잡아탔을 때, 끈끈하게 땀이 찬 손으로 깍지를 꼈을 때, 택시 기사도 아랑곳 않고 키스를 해 왔을 때, 그가 무슨 생각을 하는지 알고 있었다. 하지만 피부로 생생하게 느껴지는 그것은 오히려 비현실적이다. 그가 정말로 나를 원하고 있다. 이안이 나로 인해 흥분하고, 그 모습을 내가 보고 있다.

　"무슨 생각 해."

낮은 목소리로 묻는다. 입술은 여전히 왼쪽 귀에 바짝 붙인 채.

나는 왼쪽 어깨를 움츠리며 고개를 들었다. 귀에서 입을 뗀 이안이 나를 굽어본다. 머리칼을 말끔히 넘겨 훤히 드러난 이마와 눈썹과 턱과 귀. 여전히 읽히지 않는 두 눈동자는 검고 어둡다. 열기로 붉어진 입술만이 지금의 상황을 현실이라 설명한다.

"씻을래요."

처음 방문한 집에서 욕실을 쓰겠노라 당당히 말했다. 씻지 않은 상태로 하고 싶지는 않다. 그랬던 적이 없다. 나는 남자들에게도 하기 전엔 반드시 씻을 것을 요구했다. 씻지 않은 남자와는, 그가 아무리 원해도 하지 않았다. 하지만…… 이안은 아무래도 상관없다. 상관없다, 이안만은.

최대한 침착하게 대답을 기다렸다. 기다림이 길어질수록 긴장감이 커진다. 피부가 따갑고 입안이 마른다. 이안은 대답 없이 날 보고만 있다.

분위기 깼다고 생각했을까. 그래도 어쩔 수 없다.

"욕실이……."

어디 있냐고 물을 참이었다. 말을 끝내기도 전에 이안이 입을 열었다.

"난 지금 어때 보여."

상황과 맞지 않는 뜬금없는 질문이라 대답할 말을 금방 찾을 수가 없다.

"네가 씻고 나올 때까지 느긋하게 기다릴 수 있을 것처럼 보여, 아니면 참고 또 참고…… 그래서 이제 한계에 다다른 것처럼 보여."

이안이 작게 웃었다. 눈은 그대로인 채 입술만 당겨 올리는 웃음. 듣기에 맞은 듯 심장이 쿵 소리를 냈다.

"물론 전자겠지."

들을 것도 없다는 듯 대신 대답하고 무릎 뒤에 손을 넣더니 번쩍 안아 올렸다. 그러곤 성큼성큼 침대로 걷는다. 잠시 패닉에 빠졌던 나는 이내 몸을 뒤틀었다.

"내려 주세요."

들은 척도 않는다.

"싫어요, 진짜."

섹스 자체엔 담백하지만 남자의 반응엔 민감하다. 잠자리에서 남자가 조금이라도 싫은 내색을 하는 건 참을 수 없다. 그런 상황은 미연에 방지한다. 성생활이랄 게 딱히 없어 강박증이라 하기도 뭣하지만, 내겐 이런 묘한 불안함이 있다.

버둥거림을 간단히 묵살한 채 목적지에 도착한 이안이 그대로 나를 침대에 내려놓는다. 누워 있는 나를 타고 올라 키스한다.

정신이 없다. 이대로는 싫다는 생각뿐이다. 입술을 피해 이리저리 고개를 저었다.

문득 이안이 행동을 멈췄다. 그리고 긴 한숨을 내쉬었다. 이게 아닌데라는 생각과 동시에 눈꼬리를 타고 눈물이 흘렀다.

이런 적은 처음이라 혼란스럽다. 씻겠다는 말을 무시한 남자도 처음이고, 하는 중간에 한숨 쉬는 남자를 보는 것도 처음이다.

내 잘못이라는 생각은 들지 않는다. 그냥 억울하다. 억울함 때문에 화가 난다. 피곤한 여자고, 그래서 흥이 식었다면 어서 내려가 주면 좋을 텐데. 다른 남자였다면 벌써 발로 뻥 차서 떨어뜨렸을 거다.

"미안, 울지 마."

다정한 음성과 함께 꼭 안겼다. 상체를 지탱하던 양팔이 내 어깨와 머리를 소중히 감싸 안는다. 그 탓에 그의 체중이 온전히 내 몸 위로 전해졌다. 무겁다. 그리고 따뜻하다. 땅속으로 꺼질 것 같다. 목덜미에 얼굴을 묻은 이안이 조용히 중얼거렸다.

"택시 안에선 네 안에 들어가고 싶다는 생각뿐이었어. 초조해서 정신이 없을 정도였는데, 지금은 어째야 좋을지 모르겠어."

억울하고 화났던 감정이 눈 녹듯 사라진다. 조용하고 낮은 음성. 고해성사라도 하듯 진지하고 진실한 말투. 하지만 그 말뜻은 머리끝까지 달아오를 정도로 낯 뜨겁다. 열정적인 고백이라도 받은 것같이 심장이 뛴다.

"모르겠어. 널 어떻게 해야 할지. 어떻게 해야 널 울리지 않을지."

바보 같은 말이다.

"씻고 싶다고 했잖아요."

그의 어깨가 조금 들썩인다. 웃는 듯.

"못 씻게 했다고 울 줄은 몰랐지."

운 건 그 때문이 아니다.

"한숨 쉬었잖아요."

잠시 침묵하던 그가 "끔찍해서."라고 작게 내뱉었다.

그의 등에 가만히 올려놓았던 손끝이 굳었다. 끔찍하다니. 뭐가. 누가.

"처음이야. 혼자서만 맛이 가 버리는 거. 혼자 미쳐서 안달하는 기분, 몰랐는데 꽤 끔찍하네."

또다. 또 낯 뜨거운 고백. 발가락 끝이 간질거려 조금 뒤척였다. 날 안은 팔에 더욱 힘이 들어가고 목덜미의 얼굴이 더 깊숙이 파고든다. 놓지 않겠다는 듯.

사랑스럽다. 이안이라서가 아니라, 그냥 지금 내 품에 있는 이 남자가 사랑스럽다. 그가 아무도 아니라도, 아주 보잘것없는 사람이라도 사랑스럽다.

등에 팔을 둘러 마주 안고 천장을 본다. 눈처럼 하얀 천장. 한가운데 조도를 조절할 수 있는 조명이 달려 있다. 레몬의 속살처럼 흐린 조명.

"갑자기 왜 그런 거예요? 아무런 이유 없이도 그럴 수 있지만……."

조용히 물었다. 내내 저조하던 그가 갑자기 그럴 기분이 된 이유. 그의 표현을 빌리자면 정신없이, 미쳐서, 안달할 정도로 갑자기 욕구가 생긴 이유. 알고 싶다.

"걸었잖아, 마법."

에, 설마……

농담인가 싶어서 조금 웃었다. 하하, 웃고 있는데 얼굴을 든 이안이 나를 본다. 조금 흐트러진 머리칼과 검게 가라앉은 눈빛.

"네가 건 마법이 저주도 풀어 버릴 만큼의 치명타라면, 그 순간의 희열이 생전 처음 느끼는 감정이었다면, 그래서 짐승 같은 욕구가 치밀었다면…… 믿을래?"

아니, 믿지 못하겠다. 마법과 저주를 믿지 못하는 게 아니다. 그사이 저렇게 다채로운 감정의 변화를 겪었다는 사실을 믿지 못하겠다. 그 자리에 내가 있었으니까. 내 눈으로 봤으니까.

하지만 이안의 눈이 말문을 막는다. 읽을 수 없는 눈. 아무것도 없어서가 아니라 너무 많은 것들이 있어서 읽지 못할 눈이다.

"동화는 믿어요. 믿어서 손해 볼 게 없으면 믿어요. 그러니까 그 말도 믿어요."

결국 애매모호한 말을 해 버렸다.

"말도 안 되지만 손해 볼 건 없으니 믿어 주겠다는 얘기로군."

이안이 눈썹을 휘었다. 나는 고개를 두 번 끄덕였다.

"아직도 씻고 싶어?"

어라? 하는 눈으로 이안을 봤다. 분위기는 진즉 깨진 줄 알았는데 아직 진행 중이었나.

"아직도 미칠 것 같아요?"

조금 짓궂은 마음으로 물었다. 눈을 내리깐 이안이 무심한 얼굴로 내 손을 잡고 하체로 가져간다. 정장 바지 위로 솟은 단단한 존재가 적나라하게 손바닥을 누른다.

내내 간질간질하던 배 속이 단단하게 뭉치며 긴장감이 전신을 훑는다. 그는 조금도 수그러들지 않았다. 조금도. 그 사실만으로 젖는다. 터질 듯 달아오른 얼굴에 낭패감마저 어린다.

"씻을래?"

내 손목을 그대로 잡은 채, 한 번 더 묻는다.

"땀 흘렸을지도 몰라요."

막힌 목구멍을 억지로 열고 겨우 말했다. 짓궂게 도발하던 게 누구냐는 듯 가늘게 떨리는 목소리다.

혼자 흥분하는 건 끔찍하다고 이안은 말했다. 혼자 흥분한 게 아니라도, 평소와 다르다는 사실만으로도 나는 끔찍해진다.

"냄새 날지도 몰라요."

겨울인데 땀이 나 봐야 얼마나 났겠는가. 그래도 미리 알려둔다. 선택은 당신이 하는 거야. 여지를 준다.

하지만 결국은 나의 패배다. '네, 씻을래요'가 아닌 다른 말이 나온 시점에서 나는 이미 졌다. 흔들리는 순간 게임은 끝났다. 이 남자에겐 어쩔 수 없이 약하다. 벌써 여러 번 경험했다.

"그게 더 좋아."

하체에 대고 누르던 손을 입으로 가져가 손목에 키스하며 말했다.

"오히려 약해."

손목에 깊게 키스하고 머리 위로 올려 결박한다.

"여름 정도가 적당하지."

체취가 있는 편이 더 흥분된다는 말을 하는 남자의 얼굴은 지나치리만큼 무표정하다. 조그마한 감정 변화는 비교적 잘 드러나는 편이다. 드러나지 않는 건 커다란 것. 어쩌면 복잡한 것. 그도 아니면 익숙한 것일까…….

이안은 무표정한 얼굴로 집요한 키스를 시작했다.

깊게 뒤엉켰던 혀가 떨어졌다. 나도 모르게 떨어지는 것을 쫓아 머리를 든다. 그 행동에 반응하듯 다시금 입술이 부딪쳐 온다.

이안과의 키스는 늘 혼이 나갈 것 같다. 급한 듯 여유롭고 거친 듯 부드럽다. 무엇보다 놀랄 만큼 탐욕스럽다. 이 남자가 나를 이토록 원하고 있구나. 그런 생각에 취해 창피한 것도 모르고 더 해 달라고 조르게 된다.

숨이 막힐 듯 혀를 빨아들이고 급하게 목을 문다. 한 손으로 블라우스 단추를 풀며 따끔할 정도로 피부 곳곳을 빨아들인다. 그의 입술이, 혀가, 치아가 흔적을 남길 때마다 온몸에서 불길이 인다.

겹쳐 입었던 카디건은 이미 벗겨져 어디론가 사라졌다. 블라우스마저 벗겨지자 그의 손이 가슴을 감싸듯 덮어 브래지어를 목까지 밀어 올린다. 그것을 머리 위로 빼내는 사이 길고 긴 키스로 붉게 물든 입술이 서슴없이 유두를 삼켰다.

튀어 오르는 신음을 억누르며 양손으로 그의 머리를 감쌌다. 애처로울 정도로 부들부들 떨리는 손아귀 아래에서 그의 새까만 머리카락이 엉망으로 흐트러진다.

이렇게 느끼는 건 처음이다. 그것이 내 마음 때문인지 아니면 그가 유난한 테크니션이기 때문인지 알지 못하겠다. 알 수 있는 건 지금 내가 가슴을 온전히 드러내고 있다는 사실. 샤워도 하지 않은 채, 희미한 조명 아래에서 난잡한 창부처럼 몸을 뒤치고 있다는 사실. 그리고 나를 그렇게 만든 것이 다른 누구도 아닌 이안이라는 사실.

이안은 키스만 집요한 게 아니다. 애무까지 집요하다. 머리 끝부터 내려오며 눈과 손이 닿는 모든 곳에 입술과 혀를 댄다. 내 것이 분명한 단단한 살점이 그의 뜨거운 입속에서 사탕처럼 굴려진다. 이로 깨물리고 혀로 굴려지고 이내 아플 정도로 빨아들여진다.

"읏……."

참지 못한 신음이 결국 입술 밖으로 흐르고 말았다. 순간 그의 어깨가 경직되며 모든 행동이 일시에 멈춘다. 하지만 착각이라는 듯 뜨거운 입술은 곧이어 배로, 또 옆구리로 이동한다.

열기로 흐려진 눈 때문에 시야가 좁다. 좁은 시야 속의 이안은 셔츠 단추 하나 풀지 않은 상태다. 헝클어진 머리카락을 제외하곤 모든 것이 단정하다.

갈비뼈를 타고 오르는 그의 머리를 억지로 떼어 내며 일어나 앉았다. 원하는 대로 순순히 물러나는가 싶더니 어깨에 입술을 묻고 곧 키스해 온다.

또다시 시작되려는 넋을 빼앗는 키스. 나는 이를 악물고 그를 떼어 낸 후 서둘러 스타킹을 벗었다. 길고 집요하고 정성스런 애무를 싫어하지 않는다. 전희도 뭣도 없이 무작정 밀고 들어와 자신의 욕구만 채우려는 남자를 싫어한다. 이안은 놀라울 정도로 내 취향의 전희를 선사하는 남자다.

하지만 모르겠다. 본인의 말대로 그는 너무 참고 있다. 보고 있는 사람이 애달 정도로 여유롭다. 씻을 시간조차 주지 않겠다는 남자의 행동이 아니다. 여자 쪽이 먼저 몸을 들썩이게 만들다니 한편으론 어처구니가 없다.

부들부들 떨리는 손으로 이안의 셔츠 단추를 푼다. 하나 둘 셋…… 단추가 열릴 때마다 그의 몸이 노출된다. 일자로 곧게 뻗은 쇄골이 남자다운 목선과 어우러져 마치 그림같이 아름답다. 이어 드러나는 근육 잡힌 단단한 가슴과 갈색의 작은 유두, 군살 없이 탄탄한 배와 오목한 배꼽.

미국에서 이 몸을 본 적이 있다. 단 한 번, 경황이 없어서 기억에 남아 있지 않지만 그래도 어렴풋하게 떠오르는 실루엣.

어떤 공연에서도, 어떤 사진에서도 탈의를 하지 않던 남자의 몸은 예상 밖의 탄성을 자아냈다. 옷을 입으면 말라 보이는 타입이구나, 멍하니 생각한다. 손끝이 닿을 듯 말 듯 그의 피부에 스칠 때마다 척추를 타고 소름이 돋는다.

마지막 단추까지 모조리 풀고 바지 버클에 손을 대려는 순간 손목이 잡혔다. 헝클어진 머리와 구겨진 미간. 아플 정도로 손목을 강하게 틀어쥔 그의 손등에 푸른 핏줄이 불거졌다.

"너 지금 후회할 행동 하고 있어."

이안이 경고하듯 낮게 말했다. 이런 순간조차 목소리는 차분하다. 그게 얄밉고 야속하고 못마땅해 뿌리치듯 잡힌 손목을 빼냈다. 아니, 빼내려 했다. 그러나 그의 손은 흔들림 없이 굳건했고, 그 탓에 애먼 팔만 빠질 것처럼 아프다.

인상을 찌푸리는 순간 상체가 밀리며 침대에 눕혀졌다. 내 위에 올라탄 이안이 커프스단추를 풀고 셔츠를 벗어 버린다.

희미한 조명에 온전히 드러난 상체는 선 하나하나가 놀라울 만큼 섬세하다.

그 섬세한 뼈가, 섬세한 근육이 거침없이 움직여 바지 버클을 열고 발기한 중심을 꺼낸다. 아래에서 올려다본 그 모습은 모든 것이 적나라하다. 검은 눈동자와 붉은 입술. 헝클어진 머리와 창백한 피부. 그의 손안에서 이미 터질 듯이 발기한 페니스.

이안은 내가 본 중 가장 진한 색의 음모와 가장 연한 색의 성기를 가진 남자다. 그 대비가 위험할 정도로 아찔해서 눈을 질끈 감았다. 호흡은 이미 더할 수 없이 흐트러졌고 가슴은 불규칙적으로 오르내린다.

"오빠……."

나도 모르게 그를 불렀다. 보채는 것처럼 들렸을까. 그의 상체가 갑자기 겹쳐지며 손이 치마 속을 파고들었다. 가슴과 가슴이 맞닿는 느낌에 전류라도 흐르는 듯 몸을 떨었다.

"미리 말해 두는데……."

나직하게 말하며 목을 길게 핥아 올린다. 손바닥으로 음부를 한번 쓸어내리고 이내 팬티를 벗겼다. 이미 젖은 입구를 손가락으로 지그시 누르며 귓가에 입을 바짝 붙인다.

"선문정."

이름을 불린 것만으로 허리를 뒤틀었다. 힘없이 흐느적대는 다리가 자꾸만 뒤치며 시트를 밀어낸다.

처음으로 불렸다. 이런 순간 이름을 부르다니, 그는 역시 인간의 정기를 빼먹는 귀신이다.

"이제 울어도 소용없어."

말이 끝남과 동시에 그의 것이 입구를 열고 침입했다.

콘돔 없이 삽입한 첫 번째는 체외 사정을 했다. 안전한 날이
니 괜찮다고, 정신이 나간 채 중얼거렸지만 그는 들은 척도 하
지 않았다.

체외 사정도 불안한데 안전한 날이라고 부추기기까지 하다
니. 그런 말을 한 나도 미쳤지만, 머리 한구석으로 이안의 아
이라면 낳아 보고 싶다고 생각한 나는 더 미친 게 틀림없다.

7일 밤과 낮을 좁은 방 안에 틀어박혀 남자와 알몸으로 지냈
다는 대학 시절 동기가 있었다. 인문학부에서도 알아주는 미인
이었는데, 그 애가 누구와 사귀는지는 아무도 몰랐다. 그저 끝
내주는 남자와 사귀는 모양이라고 뜬소문만 무성했을 뿐.

그 애는 남자와 일주일을 보낸 어느 가을밤, 술도 마시지 않
은 맨정신으로 울며 말했다. 자기가 미쳐 가는 것 같다고.

미치는 데 일주일이나 필요할까, 라는 생각을 한다. 오르가
슴은 소설 속에나 등장하는 환상이라고 막연히 넘겨짚고 있었
다. 섹스는 생식 활동, 혹은 연인끼리의 보다 친밀한 교감 행
위라고 단정 짓고 있었다. 숨이 넘어갈 듯한 쾌감 따윈 없다고
자신만만하게 코웃음 치고 있었다.

내가 틀렸다.

손발이 저리고 공중으로 떠올랐다 곤두박질치는 쾌감이란
존재한다. 그걸 왜 이제껏 몰랐을까. 섹스를 좋아하는 인간들
은 모두 이런 걸 느끼는 걸까. 이안은, 이안도 느꼈을까. 만약

느꼈다면 그건 나와 했기 때문일까. 아니면 누구와 해도 그런 걸까. 만약 느끼지 못했다면 그건 왜일까.

왜, 그리고, 만약……. 상념은 끝도 없이 이어진다. 죽은 듯 잠이 든 이안 옆에서, 얼핏 든 선잠에서 깨어나. 몇 시인지 알 수도, 알아볼 의지도 없다. 창밖은 아직 어둡고, 비는 어느새 그쳤다.

두 번째부터는 둘 다 알몸이 된 채였다. 불을 꺼 달라는 나의 애원을 무시하고 이안은 집요하게 내 안을 탐색하고 헤집었다. 그토록 느리고 섬세한 애무를 하던 남자라곤 믿을 수 없을 정도로 격렬하고 용서 없이 부딪쳐 왔다.

굳은 얼굴에 표정은 없었다. 다만 나의 사소한 몸짓 하나하나에도 아주 민감하게 반응했다. 특히 신음을 흘릴 때면 어깨를 굳히고 행동까지 멈춘 채 주의 깊게 그 소리를 들었다.

우리는 앞으로도 뒤로도 몇 번이나 얽혀 들었다. 셀 수도 없을 만큼 키스했다. 체력이 완전히 바닥나 손끝 하나 움직이기 힘들 때까지 나를 놓아주지 않았다.

쾌감에 흔들리면서도, 힘들다고 죽어 가는 소리를 하면서도 울지 않았는데, 지금 눈물이 난다. 사랑 없이도 이런 쾌감을 느끼는가 싶다. 바보 같은 소리고 맹추 같은 생각이다. 당연히 사랑 없이도 느낄 수 있는 몸의 감각이다.

하지만 이미 깨달았다. 나는 내 옆에 곤히 잠든 이 남자를 사랑한다. 그의 모든 것이 좋다. 이미 좋다. 너무 좋다. 걷잡을 수 없이 좋다.

귓바퀴를 구른 눈물이 베갯잇을 적신다. 팔을 들어 눈을 가

렸다. 손목에 닿은 눈두덩이 홧홧하게 뜨거워지더니 서서히 물
기로 젖어 든다.

또다시 사랑이 시작되었다.

☂

"신정에도 안 온다고 엄마가 많이 속상해하시더라."

뜨거운 커피를 소리도 없이 한 모금 삼키고 언니가 말했다.

"구정엔 한번 들를 거야."

청록색 머그잔을 감싸 쥔 언니의 손톱을 보며 대꾸했다. 큐
티클이 말끔히 제거되어 깨끗한 손톱. 타원형이고 반질반질 윤
이 난다.

"아버지 안 계실 때 도둑처럼 몰래 들렀다 가려고?"

언니는 올해 서른여덟이 되었다는 게 믿기지 않을 정도로
젊어 보인다. 긴 생머리를 올려 단정히 하나로 묶었고, 채도
높은 코발트블루 스웨터를 세련되게 입고 있다.

나는 대답 대신 머그잔을 들고 호로록 커피를 마신다. 너무
뜨거워서 소리 없이 마시는 게 여의치 않다.

"아버지도 아버지지만, 너도 참 너다."

한숨과 함께 내뱉은 말은 거의 한탄스럽다는 투다.

"네가 좀 굽히고 들어가면 될 거 아니야. 아버지 비위도 좀
맞춰 드리고, 역정 내시면 대들지 말고 고분고분 들어 드리고,
생신도 챙겨 드리고, 용돈도 드리고, 무엇보다…….'

언니는 말을 끊고 질책과 걱정이 담긴 눈으로 가만히 나를

본다.

"무엇보다 뭐든 좀 열심히 해서 보란 듯이 인정받으면 될 거 아니야."

화목한 가정을 파탄 낸 장본인으로서 항변할 말은 없다. 하지만 '열심히'라는 부분에서 조금 의아해진다. 뭘, 얼마나, 어떻게 해야 '열심히 했다'라고 말할 수 있는 걸까.

재수 시절, 미국에서 돌아온 직후부터 수능 전날까지 독서실에만 박혀 살았다. 학원이라도 끊으라는 엄마의 말에도 고집스럽게 독학을 해서 목표한 대학에 합격했다. 이제 아버지도 조금은 인정하고 기뻐해 주시겠지, 생각했다. 수고했다는 말 한 마디라도 하실 줄 알았다. 하지만 돌아온 건 싸늘한 무시와 모멸스런 한마디.

'겨우 그 정도 대학을 재수씩이나 해서 간단 말이냐.'

'일류 명문대는 아니지만 그래도 자랑스러워하실 만한 데예요, 아버지.'

'시끄럽다.'

'저 정말 열심히 했어요, 아버지.'

대답 없는 등을 향해 '아버지'라고 열 번도 넘게 불렀다.

대학 1학년 때부터 닥치는 대로 아르바이트를 했다. 가능한 한 장학금도 놓치지 않았다. 첫 번째 등록금을 제외하곤 집에다 손 벌린 적이 없었다. 그 첫 번째 등록금마저 졸업하고 바로 갚았다.

악착같이 살았다. 집도 없고 부모도 없는 고아처럼. 작고 냄새 나는 자취방을 전전하다 친구 집과 언니 집에 신세 지는 한

이 있더라도 집에는 들어가지 않았다.

그렇게 대학을 졸업했더니 수중에 빚만 남고 돈 한 푼이 없었다. 국문과를 나와 취직한다는 건 생각만큼 쉬운 일이 아니었다. 그리고 내겐 나름의 꿈이 있었다. 이루기엔 너무도 지난한 꿈이라는 것이 문제였다.

언니는 머그잔을 기울여 커피를 다시 삼키고 조용히 묻는다.

"너 쓴다는 동화는 이제 아예 접은 거야?"

"그냥 머리 좀 식히는 거야."

아예 접고 말고 할 것도 없는 일이다. 언제든 마음 내키면 시작할 수 있고, 또 끝낼 수 있는 일. 다르게 말해, 평생을 그렇게 질질 끌며 매달릴 수도 있는 일이다.

"요즘도 게임에 빠져 사니?"

날 보는 언니의 눈초리가 한층 매서워졌다.

"취미니까, 틈날 땐 해."

"그래서 넌 안 되는 거야."

또다시 내쉬는 한숨.

대학생 땐 게임할 시간도 없었다. 가끔 한 번씩 접속해서 스트레스만 푸는 정도였다. 대학 졸업 후 2년 동안도 그랬다. 하루 5시간 이상씩 빠져 산 건 작년 봄부터 여름까지. 출판사와 신문사에 보낸 원고가 서른다섯 번째 물을 먹은 직후였다.

"실속 좀 챙기고 살아. 넌 쓸데없는 데 신경을 너무 많이 써. 카펜지 뭔지도 아직 운영해? 그거 하면 누가 돈이라도 주니? 너 대학 다닐 때 밤새 공부하고 눈이 벌게 가지고도 거기 접속하는 거 보고 내가 기함을 했다. 그럴 시간 있으면 잠이라도 자."

실속을 잘 챙겨 성공한 언니는 큰 학원을 운영하며 억대로 돈을 번다. 하지만 그건 언니 인생이고, 내겐 나의 인생이 있다.

"실속 없어도 하고 싶은 건 하면서 살고 싶어. 만날 듣는 잔소리, 언니 입만 아파. 그만해."

말하고 조금 웃었다.

"그래, 차라리 아버지 앞에서 그렇게 웃기라도 했으면……."

언니는 조금 누그러진 목소리로 말하고 살짝 눈을 내리깐다. "어릴 때 넌 진짜 귀여웠는데." 중얼거린다.

"지금은 안 귀여워?"

볼을 빵빵하게 부풀리고 싱긋 웃었다.

"어쭈, 이게 어디서 애교야? 하나도 안 귀여워."

말하면서 눈을 흘기다가 "그건 뭐니? 못 보던 거네." 한다.

언니가 가리킨 건 가슴에서 반짝 빛을 발하고 있는 목걸이다. 크리스마스 다음 날인 12월 26일, 이안에게 받았다. 이안이 직접 도안을 그린 가네샤가 섬세하게 세공되어 있다. 이안은 이것과 같은 문양을 뒷목에 새기고 있다. 이안의 심벌인 뒷목의 타투.

원래는 크리스마스에 맞춰 주려고 했던 거란다. 세공사가 기간 안에 목걸이를 완성하지 못했다고 짐짓 불만스럽게 말했다. 그 입술에, 볼에, 턱에 점프까지 해 가며 쪽쪽 뽀뽀했다. 참을 수 없이 사랑스러워서. 과한 선물이 눈물 나게 고마워서.

"받았어."

"누구한테?"

잠자코 있자 "너 남자 생겼니?" 한다.

"뭐……."

얼버무리려다가 고개를 끄덕끄덕했다.

"그 남자 돈 많니?"

아줌마 되더니 돈독이 더 올랐나. 갑자기 웬 돈타령인가 싶다.

"그건 왜."

"보석 박혀 있잖아."

펜던트 가장자리에 다섯 개의 보석이 박혀 있다.

"이거 그냥 시그니티야."

목을 빼고 한참 골똘히 보던 언니가 "잠깐 이리 줘 봐." 한다.

나는 목걸이를 풀어 언니에게 넘겼다.

언니는 창가로 가 눈이 빠져라 펜던트를 들여다보고, 형광등 아래서도 이리저리 빛의 각도를 바꿔 가며 한참 들여다보더니 다시 돌려주고 조용히 자리에 앉았다. 그러곤 생각에 잠긴 표정으로 머그잔을 기울인다.

"왜 그래?"

"나 안목 높은 거 알지."

"알지."

언니는 비싼 거라면 귀신같이 알아본다.

"대학 때 잠깐이지만 주얼리 숍에서 일한 것도 알지."

"알지."

정말 잠깐이었다.

"암만 봐도 그거, 다이아야."

놀라서 눈을 동그랗게 떴다가, 이내 웃으면서 손사래를 쳤다. 그리 작지도 않은 알갱이가 다섯 개나 박혀 있다. 다이아몬드일 리가 없다.

"크기를 봐선 5부짜리고, 다섯 개나 박혀 있으니 가격이 만만찮겠네. 세공도 웬만한 장인은 흉내도 못 낼 솜씨야. 누구야, 그 남자?"

네가 믿든 믿지 않든 상관없다. 언제 내 말이 틀리는 거 봤냐. 딱 그런 눈으로 묻는다.

"그냥 만나는 사람이야. 그리고 이거 언니가 말하는 그런 거 아니야. 주면서 그런 말 없었어."

"맹추야, 어떤 남자가 선물 주면서 물건의 금전적 가치를 말해? 그냥 여자가 딱 보면 아는 거지. 그렇게 멋없는 남잔 돈이 워렌 버핏만큼 많고 얼굴이 알랭 들롱처럼 잘생겼어도 사귀는 게 아니야."

알랭 들롱이라니. 너무 옛날 배우다.

"네 말대로 그냥 가볍게 만나는 사인데 그런 선물을 했다면 무조건 돈 많은 남자겠지. 아니면 너한테 제대로 빠졌거나. 뭐, 둘 다일 수도 있고. 어느 쪽이든 얼굴 한번 보자."

언니는 "어디서 그런 남잘 물었대?" 하면서 남은 커피를 조용히 마셨다.

"다음에 봐서."

나는 목걸이를 다시 걸고 펜던트를 유심히 살피며 건성으로 대답했다.

오후 6시. 이안은 세 번째 전화도 받지 않는다. 휴대폰이 꺼져 있는 모양인지 자꾸만 안내 음성이 흘러나왔다.

이런 적은 처음이다. 문자메시지를 보내면 빛의 속도로 답장을 주고, 전화를 걸면 신호음이 몇 번 울리기도 전에 받았다. 특히 요즘은 매일같이 붙어 있는 데다 사흘에 한 번꼴로 함께 밤을 보낸다.

그런데 어젯밤부터 지금까지 연락 두절이다.

바쁜 일이라도 있는 거겠지, 생각하려 해도 자꾸만 불안이 생긴다. 혹시 아픈 거면 어떡하나. 혹시 또 쓰러진 거면 어떡하나. 엄한 데서 피라도 본 거면 어떡하나. 걱정은 끝도 없이 이어진다.

저녁 먹고 잠시 카페에 접속했다가 9시쯤 이안의 집으로 향했다. 연락도 없이 가는 건 처음이지만 혼자 속앓이하는 것보다 낫다.

일주일 전에 받고서 아직 한 번도 사용하지 않은 카드 키로 건물 입구 문을 연다. 엘리베이터를 타고 마지막 층으로 올라간다. 문 앞에 서서 잠시 망설이다 초인종을 눌렀다.

30까지 세고도 안 나오면 직접 열고 들어가자, 생각하고 속으로 숫자를 센다. 1, 2, 3, 4, 5……

천천히 12까지 셌을 때 문이 열렸다. 걱정 끼친 것에 대한 질책보다 안심과 반가움이 먼저다. 환하게 웃는 얼굴로 열리는 문을 바라본다. 얼마 지나지 않아 빵빵하던 양 볼에서 스르륵 웃음이 빠져나갔다.

"누구?"

커다란 눈의 여자가 내게 묻는다. 갈색 눈, 갈색 머리, 허벅지가 훤히 드러나는 반바지에 브래지어가 비칠 정도로 얇은 티셔츠.

"뭐야, 너. 벙어리야?"

오만한 표정으로 짜증을 내는 인형 같은 외모의 여자.

낯이 익다.

"로즈?"

멍하니 묻자, 여자의 가지런한 눈썹이 휙 올라간다.

오버플로의 드러머였던 미첼이 우스갯소리로 늘 하던 말이 있다.

'이안과 크리스가 있는 곳엔 반드시 로즈도 있다. 세 사람은 친구가 아니라 연인이다. 마치 폴리아모리처럼.'

눈앞의 여자는 오버플로에 열광하는 모든 여성들의 적, 로즈 미녜다.

"이안 오빠, 집에 없어요?"

당황한 속내를 감추고 물었다. 집주인 없냐고. 집주인도 없는데 너는 왜 거기 있냐고. 그것도 이 시간에 그런 차림으로.

로즈는 아래위로 나를 한번 훑더니 콧방귀 뀌듯 웃었다.

"사진에 찍힌 애가 너구나?"

소문으로 접한 대로 한국 사람이라 해도 믿을 만큼 한국말을 잘한다.

"들어와."

로즈는 제집인 양 쿨하게 말하고 문을 열어 놓은 채 안으로 들어갔다.

'언니 얼굴 보겠다고 영국에서 날아오는 여자도 있을지 모르니까.'

솜이 말대로, 영국에서 여자가 날아왔다.

숨은 마음 찾기

이 집은 크기에 비해 가구가 너무 없다. 이안과 함께 있을 땐 불편함을 전혀 느끼지 못했는데 처음 만나는 외국 여자와 함께 있으려니 곤혹스럽기 짝이 없다.

로즈는 이 집에서 가장 아름다운 가구인 흰색 가죽 소파에 드러누워 잡지를 팔랑거리고 있다. 나에게 남은 선택지는 식탁 의자와 책상 의자, 그리고 침대와 바닥뿐이다. 짧은 고민 끝에 식탁 의자를 선택했다.

"뭐, 마실 거라도 줘?"

로즈가 큰 소리로 묻는다.

"아뇨."

사흘이 멀다 하고 이 집에 드나들던 사람으로서, 지금 로즈의 말과 행동은 언짢기도 또 귀엽기도 하다.

이안과 동갑이니 나보다 두 살 많다. 올해로 서른. 만으로 계산해도 스물여덟이나 스물아홉.

"네가 열세 번째야."

소파 팔걸이 너머로 비죽 뒤통수만 반쯤 보인 채, 로즈가 지겹다는 투로 말했다.

"그래요."

무슨 말을 하려는지 알 것 같다. 그런 얘기 나도 지겹게 들었다. 그런 기사도 수없이 봤다. 사람들은 남 말 하길 좋아한다.

"안은 원래 그래. 아무하고나 쉽게 사귄다니까."

안. 로즈는 이안을 안이라고 부른다. 이안의 패밀리 네임. 혹은 애칭일까.

"걘 착하고 다정한 여자에게 약하거든."

탁. 잡지 덮는 소리가 들리고 로즈가 고개를 돌려 나를 본다.

"너도 그래?"

"착하고 다정하냐 묻는 거라면, 그냥 보통이에요."

차분한 목소리가 지나치게 가라앉았지만 멀리 떨어져 있는 로즈에게 충분히 들린 모양이다. 로즈는 엎드린 채 소파 팔걸이에 손을 올리고 그 손에 턱을 괬다.

"네 인성을 묻는 게 아니야. 네가 안에게 어떤 식으로 접근했는지를 묻는 거지. 그렇잖아? 여자는 멋있는 남자 앞에선 얼마든지 착하고 다정하게 변할 수 있어. 물론 그걸 거짓이라 폄하하는 건 아니야. 좋은 것 앞에서 너그러워지는 건 인간 본성이니까."

"어떻게 만났는지를 어렵게 묻는 것 같은데, 굳이 제가 대답할 필요는 없을 것 같아요."

궁금하면 이안 본인에게 물어라.

그런 뜻으로 로즈를 향해 웃어 주었다.

이안과 연락이 되지 않은 건 아무래도 저 여자 때문인 듯하다. 그에게 별일 없다는 걸 알았으니, 그걸로 충분하다. 그렇게 생각했더니 언짢은 마음이 싹 가셨다. 언짢음을 제하니 귀여움만 남는다.

그래, 귀엽다. 귀엽지 않을 건 또 뭔가. 날 이안의 겉모습만 보고 접근한 여자라고 생각하는 모양인데, 내가 오버플로를 좋아한 역사는 10년이 넘었다. 이안과 크리스에 대한 것은 물론, 너에 대한 것도 웬만한 정보는 주워들어 알고 있다.

지금은 정보화 시대라고.

"내 이름은 어떻게 알아?"

잠시 틈을 두고 "혹시 안한테 들었니?" 한다. 아닌 척하지만 짐짓 기대하는 목소리.

미안한 얘기지만, 이안은 로즈의 '로' 자도 꺼낸 적이 없다.

"로즈 미네 씨, 유명인이잖아요."

로즈의 오만한 듯 아이 같던 표정이 싸늘하게 굳는다.

"오버플로를 알아? 알고 접근했니? 세상에…… 안은 왜 너 같은 앨……."

날카롭게 쏘아보며 뭐라고 더 하려다 갑자기 벌떡 일어난다. 그러더니 내가 앉은 식탁으로 무섭게 걸어온다. 그 기세가 제법 흥흥해 엉거주춤 자리에서 일어났다. 바싹 다가선 로즈는 나보다 10센티미터는 더 커 보인다. 로즈의 손이 가슴의 펜던트를 낚아채더니 힘주어 당겼다.

"뭐니? 이거!"

펜던트를 들여다보며 날카롭게 외쳤다. 너무도 서슬 퍼런 목소리에 고막이 징 울린다. 무례한 행동에 화가 난다기보다 당황스럽다. 뭐에 저토록 흥분한 건지 알 수 없으니까.

"뭐냐고! 이거! 너 도둑이니? 남의 디자인 훔치는 거, 그것도 절도인 거 몰라? 몰래 사진이라도 찍었니? 오버플로에 대해 아는 거 아녔어? 안이 타투 사진 찍히는 거, 끔찍하게 싫어한다는 거 몰라?"

안다. 아니까 선물 받고 감동했다. 이안의 뒷목에 타투가 있고, 그 문양이 직접 디자인한 가네샤라는 것만 알려졌을 뿐, 그게 정확히 어떤 모양인지 상세히 아는 팬은 없다. 돌아다니는 사진이나 영상도 멀리서 찍어 죄 희미하거나 옷에 가려 3분의 1만 드러난 것들뿐이다.

"주세요."

손을 내밀며 말했다. 격분해 외치고 거친 숨을 몰아쉬던 로즈가 큰 눈으로 사납게 쏘아본다. 영국인 어머니와 일본인 아버지 사이에서 태어난 여자는 지나치게 다혈질이다.

"선물 받은 거니까 돌려주세요."

다시 한 번 차분하게 말했다.

"선물?"

로즈의 눈썹이 뾰족하게 휘어 올라간다.

"이안 오빠가 준 거예요. 그러니까 그만하고 줘요."

"거짓말하지 마! 이게 누굴 속이려 들어!"

"로즈 씨, 절도는 지금 당신이 하고 있어요."

"웃겨! 뺏긴 거 다시 찾아오는 게 어떻게 절도야?"

로즈는 펜던트를 쥔 손에 힘을 주었다. 억지로 뺏을까 하다가 관두기로 했다. 괜한 실랑이로 망가뜨리느니 이안이 올 때까지 기다리는 게 현명하다.

나오려는 한숨을 애써 참았다. 로즈는 "형편없어!" 하더니, 다시 소파로 가 기대앉았다.

"그거 알아? 안은 쉽게 사귀는 만큼 쉽게 헤어져. 뭐든 쉬워, 갠."

거짓말이다. 뭐든 쉬운 사람은 없다. 이안도 마찬가지다. 뭐든 쉬운데, 빗속에 주저앉아 떨고 있었을 리 없다.

"너같이 파렴치한 애는 어차피 오래 못 가. 오늘 당장이라도 헤어질 수 있을걸."

로즈는 다혈질에 언동이 무례하고 오만하다. 고집스럽고 질투 많고 아이 같고 그것을 숨기지 않는다.

헤어지라고 아예 고사를 지내라.

속으로 쏘아붙이고 냉장고 문을 연다. 며칠 전에 사다 놓은 커피 우유가 그대로 있다. 우유를 꺼내 입구를 열고 꿀꺽꿀꺽 들이켠다.

이안과 크리스를 둘러싼 가십 기사엔 항상 로즈가 등장한다. 이안과 크리스의 엑스들은 하나같이 로즈를 싫어했다. 세 사람은 한 동네에서 함께 자랐다고 한다.

미첼이 '연인'이라고 표현한 세 사람의 관계. 이안과 로즈의 관계.

300밀리리터나 되는 우유를 한 번에 들이켜고 빈 우유갑을 식탁에 올렸다. 동시에 현관문 열리는 소리가 들렸다. 반가운 마음이 드는 것도 잠시, 소파에서 튕기듯 일어난 로즈가 "안!" 하고 큰 소리로 그를 불렀다.

"글쎄 이것 좀 봐! 맹랑하지 않니? 어떻게 이런 짓을 해?"

로즈가 손가락에 목걸이를 걸어 펜던트를 늘어뜨리며 현관을 향해 말했다. 나는 식탁 옆에 서서 이안이 모습을 보이기를 기다렸다.

이윽고 현관과 이어진 복도를 지나 이안이 소파까지 걸어왔다. 집 안을 훑듯 보다가 나와 눈이 마주쳤다. 나는 어깨를 으쓱하며 조금 웃어 보였다.

로즈가 그의 눈앞에 대고 펜던트를 흔들었다. 식료품이 든 종이봉투를 바닥에 내려놓은 이안이 로즈의 손에서 펜던트를 회수했다. 말없이, 빠르게.

"몰랐지? 어떻게 이런 짓을 말도 없이 할 수가 있어? 저 여자, 네 팬인 건 알아? 분명 의도적으로 접근한 거야. 얌전하게 생겨 가지고 기가 막혀서!"

"시끄러워."

이안이 조용히 말했다.

"안!"

여전히 화나고 신경질적이고 당당하다 못해 뻔뻔스런 표정과 말투지만 묘하게 분위기가 바뀌었다. 안! 하고 호소하듯 외치는 로즈는 어쩐지 슬프고 절박해 보인다.

이안은 그런 로즈는 아랑곳 않고 걸어와 내 목에 목걸이를 걸어 준다.

"손님 있는 줄 몰랐어요."

이런 상황인 줄 알았다면 찾아오지 않았을 거라 말한다.

"걱정이 돼서 왔어요."

걱정할 상황은 아니니 다행이라 말한다.

"자기 물건에 대한 애착이 없나?"

이안이 조금은 나무라듯 물었다.

"돌려 달라고 했지만 막무가내였어요. 그렇다고 몸싸움을 할 수는 없으니까……."

펜던트를 상의 속으로 집어넣어 감추었다. 사람 손 타는 건 나도 싫다.

"다른 일은?"

"없었어요."

"언제 왔어?"

"30분 안 됐을 거예요."

그제야 원래의 이안으로 돌아와 내 머리를 살짝 쓰다듬고 품에 가두어 안았다.

이안에게서 바깥바람 냄새가 난다. 차고 건조한 겨울 냄새. 가슴 깊숙이 얼굴을 묻을수록 코가 아니라 뇌와 심장으로 맡아지는 그의 향기.

"그 여자 뭐니?"

로즈가 소파 앞에 굳은 듯 서서 우리를 보고 물었다.

기막힌 표정으로, 믿지 못할 광경이라도 보는 듯이.

나는 이안의 품에서 빠져나와 식탁 위에 두었던 빈 우유갑을 재활용 봉투에 담았다. 손님도 있고, 시간도 늦었고, 슬슬 돌아갈까 싶었다.

"한국에서 뭐 나쁜 거라도 먹었니? 병이라도 걸렸어? 왜 안 하던 짓이야!"

"소리 지르지 마. 머리 울려."

정말로 거슬린다는 듯 이안의 미간이 찌푸려진다.

이안과 함께하는 시간이 길어질수록 자연히 알게 되는 것들이 있다. 그의 습관이나 식성, 좋아하는 것과 싫어하는 것. 이를테면 하루 1시간 이상 기타를 연주한다는 것. 책은 속독 후 정독을 한다는 것. 텔레비전을 보지 않는다는 것. 달리기와 축구를 좋아한다는 것. 실제 하프 마라톤 정도는 거뜬히 뛸 수 있는 지구력을 가지고 있다는 것. 체지방량이 적은 건 그 때문이라는 것. 그리고 소리에 굉장히 민감하다는 것.

이안은 내가 듣지 못하는 소리를 듣는다. 그는 이상하리만치 내 목소리를 좋아한다.

"시끄러워도 할 말은 해야겠어. 그래, 네가 한국행을 결정한 건 나도 이해해. 네 부모의 나라고, 어쨌든 너에게도 한국인의 피가 흐르니까. 그런데 이건 뭐야? 치가 떨릴 정도로 자기 건 공유 안 하던 네가, 한국 들어온 지 얼마나 됐다고 고작 그런 여자에게 그걸 줘? 한국 여자랑 결혼이라도 할 셈이야? 한국 여자라고 뭐 다를 것 같아? 지금 넌 진짜 마음에 안 들어! 차라리 옛날이 나아! 인간 같지도 않던 그때가 차라리 낫다고!"

로즈는 거의 울듯이 소리를 지르고 쿵쿵 발소리를 내며 현관으로 갔다. 이안은 표정 변화 없이 얕은 한숨을 내쉰다.

로즈와 이안은 서로 알아 온 시간만큼이나 사이가 좋은 줄 알았는데 아니었나 싶다. 둘이 함께 찍힌 사진은 늘 연인처럼 다정해 보였다. 실제 열애 기사가 난 적도 있었다.

현관문 열리는 소리가 들리고, 동시에 "로즈?" 하고 부르는 남자 목소리가 들린다. 요란하게 울리다 점점 멀어지는 신발굽 소리. 그리고 현관문 닫히는 소리.

로즈가 사라진 벽 너머로 금발 남자가 나타나며 유창한 영어를 내뱉는다. '무슨 일이야?'라고 하는 듯.

큰 키에 건강한 체격, 짧은 금발, 멀리서도 눈에 띄는 초록 눈. 두근두근 심장이 너무 뛰어서 속이 울렁거릴 지경이다.

남자의 초록빛 눈동자가 나를 발견한다. 그러곤 아무런 의문도 놀람도 없이 아주 자연스럽게 미소 짓는다.

"안녕……하세요?"

맙소사. 크리스가 나에게 '안녕하세요.' 하고 인사했다. 발음은 조금 어눌하지만 그것마저 죽여주게 멋있다.

"아, 안녕하세요."

기쁨을 최대한 억누르며 조신하게 인사했다. 오빠한테 셔츠도 선물 받는데 혹시 기억하세요? 묻고 싶다. 3년만 어렸더라도 보자마자 달려갔으리라.

매력적인 미소를 지우지 않던 크리스가 시선을 이안에게 돌리며 "어서 나가 봐." 한다. 그러곤 다시 날 보며 "손님 상대는 내가 할 테니."라며 또 웃는다. 어눌하지만 분명하게 들리는 한국말. 이건 이미 감동을 넘어섰다. 황송함에 어찌할 바를 모르겠는데 이안이 앞으로 나오며 내 손을 잡았다.

"뭔가 착각하는 것 같은데, 손님은 너야, 크리스."

덤덤한 말투.

크리스는 납득했다는 듯 고개를 끄덕이며 소리 내어 웃었다. 이안이 그런 크리스에게 뭔가를 던졌다. 웃던 와중에도 크리스는 잽싸게 그것을 받았다. 크리스의 손에 들린 건 카드 키다.

"늦을 거야."

벗어 놓은 내 코트와 가방을 챙겨 든 이안이 짧게 말했다.

"로즈가 나갔다고."

웃음기를 지운 크리스가 불만스럽게 대꾸했다.

"걱정되면 네가 찾아."

그 말을 끝으로 이안은 내 손을 잡고 집을 나왔다. 마지막까지 덤덤한 말투.

"그럼 전 손님이 아닌 거네요."

이안의 손을 꼭 쥐고 아이처럼 붙어서 종알거렸다. 크리스를 만난 탓인지 어조가 흥분되었다. 엘리베이터 버튼을 누른 이안이 손을 놓고 내게 코트를 입혔다.

"목도리는?"

"깜빡했어요."

찌푸려지는 미간. 자신이 하고 있던 목도리를 풀어 내 목에 감는다. 크리스마스이브에 내가 선물했던 검정색 머플러.

"오늘 추워."

나는 코트 단추를 다 잠그고 다시 이안의 손을 잡았다.

"로즈 씨는 반바지 입고 나갔어요. 티셔츠도 아주 얇았어요. 속옷이 비칠 만큼."

추운 날 그러고 나갔으니 얼어 죽기 십상이다. 보다 최악의 경우, 나쁜 사람을 만나 봉변을 당할지도 모른다. 인형처럼 예쁜 외국 여자가 몸매까지 끝장이라면…… 윽, 위험한 상상을 하자 갑자기 겁이 났다.

"알고 그런 거야. 그렇게 나가면 당연히 찾으러 올 걸 알고서. 자기 몸 하난 어떻게든 챙기는 애니까 넌 걱정할 거 없어. 게다가……"

엘리베이터 문이 열려 잠깐 끊겼던 말은 엘리베이터 안에서 다시 이어졌다.

"크리스가 있으니까, 괜찮아."

시종일관 덤덤하고 무심하던 음성이 끝에 가서 살짝 흐려졌다. 아주 살짝.

말은 저렇게 해도 걱정하는구나 싶다. 당연하다. 이안은 따뜻한 사람이니까.

우리는 주차장에 주차된 흰색 승용차에 탔다. 지난달 영원과 함께 탔던 차다.

"또 빌렸어요?" 묻자 "응." 하고 대답한다.

"누구 차예요?"

"대학원생."

"음…… 여자?"

여대 대학원생이면 여자일 확률이 90퍼센트 이상이다. 여제자에게 차를 빌리는 남교수라……. 상식 밖일 것까진 없지만 묘하다. 묘하게 일반적이지 않다. 그런 생각이 질문에 고스란히 묻어났는지 이안이 '그게 뭐?' 하는 표정으로 나를 본다.

"그 여자분…… 되게 착한가 봐요. 필요할 때마다 차도 빌려주고."

'걘 착하고 다정한 여자에게 약하거든.'

갑자기 로즈의 목소리가 툭 튀어나온다.

"별로."

꽤 진지하게 생각하더니 미간까지 찌푸리며 대답한다. 하하, 나는 소리 내어 웃었다. 차를 두 번이나 빌려줬는데 '별로'라니. 이안에게 '착하다'의 기준은 무척 높은 모양이다. 아무하고나 쉽게 사귄다던 로즈의 말은 거짓이다. 로즈에 대한 정보가 하나 더 추가된다.

금방 들킬 거짓말을 잘 함.

웃음이 멈추지 않아 손으로 입을 꾹 누르는데 이안이 그 손을 떼어 내고 입을 맞췄다. 가볍게 두어 번 닿았다 떨어진 입술이 곧 다시 부딪치며 혀가 치아를 건드린다.

노크를 하듯 두드리는 혀끝. 입을 열고 반갑게 그것을 맞이한다. 치열을 쓸고 입천장을 건드리고 잇몸을 구석구석 맛보고 혀뿌리를 자극하고 타액을 마신다. 그 사랑스러운 혀를 붙들어 감싸 안자, 그의 손이 급하게 내 뒤통수를 잡고 상체를 밀어붙인다.

더욱 깊이 엉키는 혀. 아플 정도로 빨아들이는 통에 신음이 흘렀다. 언제까지나 계속될 것 같던 키스는 갑자기 멎는다. 뒤통수의 손이 떨어지며 이안이 운전석에 등을 기댔다.

정면을 향해 얕은 한숨을 내쉰다. 턱관절에 힘이 들어가고, 그 탓에 그의 단정한 턱이 떨리듯 작게 움직인다. 섹시한 목울대가 천천히 오르내린다. 타액에 반질거리는 붉은 입술과 함께 그 모습은 치명적일 정도다. 키스만으로 몸이 달아올랐다. 차분한 그의 한숨 소리조차 나를 달콤하게 만든다.

사랑하면 무섭게 빠져든다. 그걸 몰랐을 땐 경계심도 없이 너무 깊이 들어갔다. 그 깊숙한 곳에 혼자 버려져서는 끝난 줄도 모르고 허우적거렸다. 이미 끝났다고 하는 남자의 얼굴을 보며 믿지 못해 당황하고 그래서 웃어 버리기까지 했다. 그런 바보짓은 이제 하지 않는다. 두 번째니까.

나는 침착하게 숨을 내쉬고 흘러내린 머리칼을 귀 뒤로 쓸어 넘겼다.

"전화했었어요."

"전화기 망가졌어."

말하고 시동을 건다.

"어쩌다가요?"

"어제, 로즈가 창밖으로 던져 버렸어. 자기 전화를 받지 않는다면서."

상황이 대충 머릿속에 그려진다.

"로즈 씨와 크리스 오빠는 언제 온 거예요?"

"어제저녁에 말도 없이 불쑥 쳐들어왔어."

말끝에 심난함이 묻어난다.

"그럼 정신없을 만도 했네요."

이해한다는 듯 말했다. 하루 동안 애태운 건 내 노파심 탓이다. 괜한 걱정을 한 내 탓.

"혼자 있을 시간이 없었어. 오늘 밤엔 무슨 일이 있어도 전화하려고 했어."

"그럼 그때까지 기다릴 걸 그랬어요."

나 때문에 로즈가 집을 나가기도 했고, 이래저래 괜히 왔구나 싶다. 크리스를 본 건 럭키지만.

혼자 있는 시간을 굳이 만들어 전화하려 했다는 건, 로즈와 크리스에게 나를 소개시키기 싫었다는 얘기일 수 있다.

그의 화려한 친구들. 신경질적이고 오만한 로즈. 하지만 이안은 내가 크리스의 팬이라는 걸 안다. 알면서도 소개시킬 생각이 없었다니. 이건 좀 섭섭한 것 같기도 하다.

"전화 몇 번이나 했어?"

전방을 주시하며 묻는다.

"세 번이요."

잠시 말이 없더니 "겨우?" 하고 불쑥 내뱉는다.

"네, 겨우."

나는 고개를 끄덕이며 진지하게 대답했다.

"더 분발해."

"뭘요?"

"날 생각하는 마음. 질과 양, 모두."

차창 밖, 빠르게 스치는 불빛들을 보며 미소 짓는다. 이미 지나치게 높다. 질과 양 모두.

"모자라요?"

"한참."

"얼마나 원하는데요?"

"전부."

무심한 한 마디가 심장을 제대로 친다. 말로 때려도 심장은 아프다. 인체의 미스터리다.

전부를 주면 그걸 책임질 수 있는지 묻고 싶다. 영원히 책임지겠다고 한다면 전부가 아니라 그 이상도 줄 수 있다. 남자들은 모른다. 저런 말 한 마디가 언젠가는 자신의 발목을 잡는다는 사실을.

나는 즐겁다는 듯 하하 웃었다.

"로즈 씨가 그러던데, 내가 열세 번째라면서요? 연애를 그렇게 많이 해 봤으면서도 몰라요? 전부는 주는 게 아니에요. 그건 아무것도 모르는 초짜나 하는 짓이지."

내 웃음소리와 말소리가 멎자 차 안은 무서울 정도로 고요해진다. 괜히 어색해서 가방끈만 만지작거렸다.

"이걸로 분명해졌네."

이안이 문득 말했다. 낮은 음성이 조금 냉담하게 들렸다.

"뭐가요?"

"넌 초짜가 아니고, 난 초짜고."

"음?"

그건 아니지 않아요? 하려다 만다. 이 화제는 여기서 끝내는 게 좋겠다. 분위기 흐려지는 건 싫다. 즐겁고 재밌는 거만 잔뜩 하기로 했다.

"휴대폰 새로 사야죠?"

"사야지."

"언제 살 거예요?"

"내일."

"내일 일찍 끝나니까 같이 가요."

여전히 전방을 주시한 채, 이안은 "그래." 하고 나지막하게 대답했다.

아침, 출근 준비를 하고 있는데 낯선 번호로 전화가 왔다. 가뜩이나 늦잠을 자서 난리를 피우는 통에 전화벨까지 울리자 정신이 없다. 받지 말까 하다가 혹시 이안일까 싶어 받았다.

"여보세요."

어깨와 머리 사이에 전화를 끼우고 스타킹을 신는다.

"여보세요, 말씀하세요."

잘못 걸린 전환가 싶어 끊으려는데 "나야." 한다. '나'가 누군 데. 당연한 의문이 들어야 마땅한데 그렇지가 않다. '나야' 하는 순간, 그 '나'가 누군지 알아 버렸다. 아랫입술을 지그시 물고 스타킹을 서둘러 올린다.

— 여준이야.

혹시라도 내가 모를까 봐 친절히 알려 준다. 아침인데, 목소리가 어둡다. 짜증이 인다. 아침부터 왜 이래, 정말? 소리라도 지르고 싶다.

"너랑 할 얘기 없으니 끊을게."

말이 끝나기가 무섭게 "끊지 마." 한다. 그 말 한마디에 전화를 끊지 못한다. 미련이나 감정이 남아서가 아니다. 그래서가 아니라도 신경이 쓰인다. 목소리가 너무 지쳐 있고 또 어둡다. 머리카락을 박박 빗다가 빗을 바닥에 내던졌다.

"나 지금 바빠."

이를 악물고 말했다.

– 문정아.

"바쁘단 얘기 못 들었어?"

– 내가 어떻게 할까.

한숨처럼 내뱉은 말에 웃음이 흘렀다. 이제 와서 어떡하긴 뭘 어떡해.

– 어떻게 하면 돌아올래.

비웃는 소리가 들렸을 텐데도 동요 없이 꿋꿋하게 자기 말을 한다. 남들 반응보다 자기 생각이 우선인 사람. 누구에게 잘 보이겠다는 개념 자체가 없는 사람. 그러고도 늘 호감을 이끌어 내는 사람. 그래서 상처받지 않는 사람. 그런 그가 상처받을까 봐 쓸데없이 전전긍긍했던 건 오히려 나였다.

"네가 어떻게 해도 지난 시간은 못 돌려. 돌릴 수 있대도 내가 싫어. 어울리지 않는 짓 그만하고 그냥 너답게 살아. 앞으로 전화하지 마."

빠르게 주워섬기고 전화를 끊었다. 휴대폰 화면에 낯선 번호가 떠올랐다가 금세 사라진다. 사라지기 전 뒷자리 숫자 네 개가 눈에 들어와 박혔다.

돌연 실소가 흘렀다. 8년 전에 헤어진, 그것도 볼 장 다 보고 헤어진 남자의 생일을 아직도 기억하고 있다. 처음이란 이래서 무서운 거다.

수업 내내 저기압이었다. 수업이 끝난 후, 선생님 기분 안 좋아요? 하고 영원이 물었다. 나는 뜨끔해서 아니 왜? 하고 웃어보였다. 영원은 그냥요, 했다. 그러곤 선생님 울면 안 돼요, 하고 진지하게 타이르듯 말했다.

묘한 일이지만, 아침부터 걸려 온 여준의 전화 때문에 내내 꼬여 있던 기분이 영원의 '울면 안 돼요' 한마디에 날아가 버렸다. 울 생각도 울 기분도 전혀 아니었는데, 이상하기도 하다.

"아유, 얼굴도 예쁜 아가씨가 한국말까지 참 잘하네. 어디서 왔어요?"

이쑤시개로 닭강정을 찍어 먹으며 연신 맛있다고 환호성을 올리는 로즈에게 아주머니가 함박웃음을 지으며 묻는다.

"영국요. 저 여자 빼고 다 영국에서 왔어요."

여기서 '저 여자'란 나다. 로즈는 아주머니가 건네는 닭강정 봉지를 손에 들고 이안의 팔짱을 야무지게 낀다. 이안이 한 번 뿌리쳤지만 막무가내로 다시 매달린다.

아까부터 반복되는 광경이다. 이안은 뿌리치고 로즈는 잡는다. 로즈를 뿌리친 이안이 내 손을 잡기라도 하면 그 사이를 어떻게든 비집고 들어와 나와 이안을 떼어 놓는다.

나는 이미 두 손 두 발 다 들었다. 하는 짓이 하도 유치해서 화도 안 난다. 서른이나 먹은 여자가 어쩜 저럴 수 있는지 경이로울 지경이다. 로즈가 하는 행동은 딱 그거다. 브라더콤플렉스인 여동생이 오빠 여자 친구에게 부리는 심술.

"화 안 내네요."

크리스가 나란히 걸으며 말했다. 발음이 어눌하고 모르는 어휘가 다소 있을 뿐, 크리스의 한국어도 상당히 수준급이다. 한국말을 왜 그렇게 잘해요? 라고 물었더니, 이안 때문에요, 하고 대답했다. 이들 셋은 이안의 집에서 자주 어울렸고, 이안의 부모님은 집 안에서 영어를 쓰는 것을 허락하지 않았다고 한다.

"한국 여자들은 원래 그렇게 너그러워요?"

정말 이상하다는 듯이 크리스가 물었다.

"아니요. 전혀 안 너그러워요."

특히 사랑하는 남자에게 꼬리 치는 여자에겐 가차 없다.

"그런데 화가 안 나요?"

놀랍다는 듯 크리스가 짧은 감탄사를 뱉어 낸다.

"로즈 씨 말고 이안 오빠를 봐요. 그럼 화가 안 나요."

대답하고 작게 웃었다.

좀 잡혀 줄 만도 한데 이안은 지치지도 않고 로즈를 쳐 내고 있다. 게다가 걷는 중간중간 멈춰 서서 날 돌아본다. 표정 없는 얼굴. 알 듯 모를 듯 불만 어린 눈초리.

귀엽다. 화가 나려야 날 수가 없다. 더욱이 나란히 걸으며 대화를 주고받는 사람이 다름 아닌 크리스다. 이런 상황을 상상이나 해 봤을까. 화가 나긴커녕 재밌고 신나고 즐겁다.

"확실히…… 저런 안은 처음 보지만."

앞서 걷던 이안이 돌아보는 순간, 크리스가 내게 귓속말을 했다.

"경계심을 갖는 게 좋아요. 로즈는……."

말이 끝나기도 전에 크리스의 입술이 귓가에서 떨어졌다. 무표정한 이안이 크리스의 뒷덜미를 잡아챘다. 자기보다 키도 크고 덩치도 큰 사람을.

크리스가 내게 윙크하며 씩 웃는다. 괜히 얼굴이 붉어졌다. 크리스가 웃었기 때문이 아니다.

"저녁 먹고 호텔 잡아."

이안이 질투해서다.

"안 그래도 그럴 생각이야."

크리스가 어깨를 으쓱이고 이안의 손에서 빠져나온다. 공격적으로 눈을 치뜬 로즈가 코앞까지 다가와 나를 빤히 본다.

"너도 다른 여자들이랑 똑같아. 아닌 척해도 결국 똑같아."

"무슨 말이에요?"

"그거 알아? 안의 여자들은 결국 크리스에게 반해 버렸다는 거."

"로즈."

이안이 드물게 화난 음성으로 로즈의 이름을 불렀다. 내 시선을 받은 크리스가 난 억울해, 하고 장난스럽게 웃었다.

"왜, 내가 뭐 없는 말 했어? 사실이잖아."

로즈의 목소리가 송곳처럼 날카롭게 공기를 찔렀다. 지나가는 행인들이 우리를 힐끔거린다.

이안의 연인이었던 여자들은 결국 크리스에게 반했다. 다시 말해, 버려진 건 늘 이안이었다는 뜻이다. 갑자기 코끝이 찡해지고, 뭐라 말할 수 없이 가슴이 아파 왔다. 눈가가 뜨거워져 눈꺼풀을 몇 번 깜빡였다.

한숨을 내쉰 이안이 내 손을 잡고 성큼성큼 걷기 시작한다. 눈물의 징조를 그도 느낀 탓이다. 이렇게 세심하고 상냥한 사람을. 누구보다 멋있고 똑똑하고 다정하고 사랑스러운 사람을.

나는 이안의 손을 놓고 로즈에게 돌아갔다.

"전 원래 크리스 오빠 좋아했어요."

큰 소리로 말했다. 시장 한가운데서 할 소린 아니지만, 마음만 먹으면 나도 얼마든지 얼굴 두꺼워질 수 있다.

"뭐?"

뭐 이런 게 다 있냐는 듯, 로즈의 표정이 표독스러워진다.

"지금은 이안 오빠 좋아해요. 무슨 말인지 알아요?"

"무슨 말이긴. 너 스스로 인정한 거잖아. 그 싸구려들이랑 동급이라고."

"아니요, 로즈 씨 생각보다 말귀 어둡네요."

"누구더러 말귀가 어둡대. 너 내가 누군지……."

"반대라고요. 그 여자들이랑 전 반대예요. 아마 모든 게 다 반대일 거예요. 처음부터 끝까지 다 반대일 테니까, 그렇게 알고 있으라고요."

기막혀하는 로즈를 두고 다시 이안에게 돌아와 손을 잡았다. 몇 걸음 앞서 걸으며 "오빠도 잊지 말고 기억해요." 하고 말했다.

"반대라는 거?"

이안이 평소와 같은 음성으로 물었다. 나는 고개를 끄덕였다.

"그러니까 헤어질 땐 오빠가 말하는 거예요."

마주 오는 사람을 피하며 조용히 중얼거렸다.

"내가 말하지 않으면?"

"안 헤어져요."

"그거 프러포즈인가."

나는 걸음을 딱 멈췄다. 얘기가 어떻게 하면 그쪽으로 튀는지.

"절대 아니거든요."

눈에 힘을 주고 인상을 찌푸리자 이안이 웃었다. 웃으면서 녀석들이 이렇게 귀찮게 느껴지긴 처음이라고 말했다. 그 어투에, 말처럼 귀찮은 기색은 없었다. 애틋할 정도로 친근한 울림에 오히려 질투가 날 정도였다.

이안의 새 휴대폰을 사고, 시장을 한 바퀴 돌고, 집으로 돌아와 저녁을 먹었다. 밥은 물론 내가 했다.

시장에서 그런 일이 있었는데 분위기가 전혀 어색하지 않다. 나를 향한 로즈의 적개심이 한층 깊어졌을 뿐.

원래는 이안과 둘이서만 외출할 계획이었다. 퇴근 후 그의 집에 도착했을 때, 세 사람이 여전히 함께 있는 바람에 어쩔 수가 없었다.

내일은 수업이 없으니 평소라면 이대로 이안의 집에 머물렀을 것이다. 그의 품에 안겨 키스를 받으며 잠이 들었을 것이다. 하지만 오늘은 아무래도 안 되겠다. 이틀이나 묵었으니 이제 슬슬 호텔에 가겠다는 크리스와 달리 로즈는 요지부동이다.

문 달린 방이 따로 있는 것도 아니고, 침대도 달랑 하나뿐인 집에, 그것도 여자가, 대체 무슨 상식과 배짱으로 저러는지 모르겠다.

그들에겐 그들만의 허용 범위와 지내 오던 방식이 있을 테니 그냥 모른 체할까 했다. 하지만 결국 로즈를 데리고 우리 집에 가기로 했다. 호텔은 죽어도 싫다던 여자는 우리 집에 가자는 말엔 못마땅해하면서도 따라나섰다.

크리스를 근처 호텔에 내려 준 이안은 나와 로즈를 학원 앞까지 태워다 주었다. 흰색 승용차는 오늘도 주인에게 돌아가지 않았다. 차 주인은 필시 대인배임이 틀림없다.

이안을 보내고 건물로 들어가 계단을 올랐다.

"뭐니, 여긴."

로즈의 투덜거림이 조용한 계단에 웅웅 울린다.

2층 층계참에서 3층으로 꺾어질 때, 잠시 침묵하던 로즈가 진지한 목소리로 입을 열었다.

"널 따라온 건 할 말이 있어서야."

"네, 하세요."

지금 건물엔 아무도 없다. 1층에 24시간 영업하는 동물병원이 있지만 여기서 비명이라도 지르지 않는 한 거기까지 들리지 않는다. 그러니 무슨 말이든 해도 좋다.

"넌 안에 대해서 잘 안다고 생각하겠지만 사실은 조금도 몰라."

"잘 안다고 생각하지 않아요."

"네가, 너 같은 여자가 감당할 수 있는 사람이 아니야. 무슨 말인지 알아?"

"저 같은 여자가 어떤 여잔데요."

"감당할 수 없단 게 무슨 뜻인지 아냐고."

4층에 다다라 잠시 멈췄다.

"지나간 열두 명의 여자처럼 저도 이안 오빠를 떠나게 된다는 뜻이겠죠."

돌아보지 않고 말했다.

열세 번째. 13은 불길한 숫자다. 12로 맞아떨어지는 우주의 법칙에서 튕겨 나간 숫자. 초대받지 못한 것의 상징. 공포의 하위 카테고리. 속설로 떠도는 예수의 처형일.

"안은 결국 내게 돌아와. 그럴 수밖에 없어."

로즈가 이안을 좋아한다는 건 알고 있었다. 모를 수 없게 행동했으니까. 하지만 지금 그녀의 목소리는 발아래 파인 구덩이 같다. 학원 문을 열고 그 안으로 들어가는데 허방을 디딘 듯 발밑이 푹 꺼진다. 꺾이려는 무릎을 바로 세우고 어두운 복도를 걷는다.

"그럼 기다려요. 결국 로즈 씨에게 돌아갈 그때까지."

손에 쥘 수 없는 사람이라는 건 애초부터 알고 있었다. 로즈에게 유난하다는 것도 눈치채고 있었다. 긍정이 아니라 부정의 유난함. 그는 로즈를 유난히 피한다. 자연스러움으로 가장하고 있지만 느낄 수 있다. 내가 그를 좋아하니까.

"이미 충분히 기다렸어."

등 뒤의 로즈가 낮고 분명한 어조로 말했다. 철없는 여자의 칭얼거림이 아니다. 인내의 쓴맛을 아는 여자의 나지막한 고백.

열쇠로 문을 열고 작게 심호흡했다.

"더 기다려요."

"싫어."

"왜요?"

참으려 했지만 결국 돌아섰다.

왜 지금. 왜 하필 나한테. 이어지려는 말을 목구멍 안으로 삼킨다. 목소리를 높이지 않기 위해 안간힘을 썼다. 흥분하면 휘둘린다. 휘둘리지 말자고 스스로를 다잡는다.

"말했잖아. 이미 충분히 기다렸다고. 한국엔 안을 데리러 왔어."

로즈는 "안 없인 안 떠나." 하고는 문을 열고 집 안으로 들어갔다.

역시 제멋대로인 여자다. 예의라곤 눈곱만큼도 없다. 이안이 결국 자기에게 돌아올 거라고? 왜 지금 돌아가지 않는 건데. 왜 여태 잡지 못한 건데. 그렇게 확신하면서 왜.

이를 악물고 문을 벌컥 열었다. 신발을 아무렇게나 벗어 놓고 방 안으로 들어간다. 로즈는 이 방에 처음 왔던 이안이 그랬던 것처럼 침대 맡에 서서 벽에 걸린 액자를 보고 있다. 크리스의 셔츠가 들어 있는 액자.

"이거 어디서 났어?"

낮게 뇌까리는 목소리가 섬뜩하다. 로즈의 것 같지가 않다. 위화감에 소름이 돋았다.

"지금 그게 중요해요?"

그게 뭐든 대답하기 싫다. 그런 짜증이 일었다. 이안과 같은 행동을 하는 저 여자가 싫다.

'넌 안에 대해서 잘 안다고 생각하겠지만 사실은 조금도 몰라.'

내가 모르는 무언가를 알고 있는 여자. 내가 모르는 무엇을 이안과 공유하고 있는 여자.

저 셔츠가 뭐기에. 저건 그냥 크리스에게 받은 거다.

로즈는 말없이 꼼짝 않더니 갑자기 침대 위로 올라가 액자를 떼어 냈다.

"지금 뭐 하는 거예요?"

한달음에 달려가 로즈의 손에 들린 액자를 마주 잡았다. 아무리 힘껏 당겨도 꿈쩍도 않는다.

"갑자기 왜 이러냐고요. 이것 좀 놔요."

"어디서 났냐고! 이걸 왜 네가 가지고 있냐고! 왜!"

왜! 하고 외치는 로즈의 음성은 공기를 찢을 듯 날카롭다. 이렇게 직설적이고 공격적이고 비이성적인 사람을 달리 알지 못한다.

함께 있으면 아슬아슬 불안한 사람. 이안이 이 여자와 함께 있겠다고 하면 온 힘을 다해 뜯어말릴 테다. 차라리 다른 여잘 만나라고 부탁이라도 할 테다. 그녀의 새된 목소리는 무딘 내 귀에도 거슬린다. 액자를 놓고 귀를 막고 싶을 정도다.

"이게 대체 뭔데 그래요!"

결국 나도 소리를 질렀다.

"역시 넌 도둑이었어! 도둑년!"

실랑이 끝에 액자 틀을 움켜쥔 손이 미끄러졌다. 제 힘에 못 이긴 로즈가 뒤로 엉덩방아를 찧는다. 그녀 손에 들린 커다란 액자가 벽에 부딪치며 유리가 산산조각으로 깨졌다. 침대 위로 날카로운 유리 파편들이 비산했다.

잠시 정적이 흘렀다. 아주 잠시. 3초도 채 안 되는 시간. 유리 파편에 맞은 모양인지 로즈의 볼에 핏방울이 비친다.

그러나 더 심각한 건 그녀의 팔목이었다. 액자에 반쯤 걸쳐진 채 칼날처럼 날카롭게 튀어나온 유리 조각이 그녀의 얇은 팔목을 그었다. 길게 벌어진 상처에서 멈추지 않고 피가 흐른다. 주머니에서 손수건을 꺼내 그녀 팔목에 감았다.

"그대로 움직이지 말아요."

황망히 말하고 서둘러 걸음을 뗐다. 두 걸음도 채 걷지 않아 오른쪽 발뒤꿈치에 통증이 일었다. 떨어진 유리 조각이라도 밟은 모양이지만 신경 쓸 틈이 없다.

현관 근처에서 가방을 찾아 휴대폰을 꺼낸다. 덜덜 떨리는 손으로 119에 전화를 건다. 침착하려 애쓰지만 머릿속이 하얗다.

굳이 119에 전화를 하지 않더라도 지혈을 하고 유리를 치우고 택시를 타고 응급실에 가면 된다. 안다. 하지만 생각보다 큰 상처면 어쩌지, 하는 불안함이 엄습한다. 로즈의 말대로 이안이 결국 돌아가야 할 장소가 그녀라면 어쩌지. 그런 그녀를 내가 다치게 한 거면 어쩌지. 이안이 나를 탓하면, 용서하지 않으면, 그러면…….

혼란스런 머릿속과 달리 구급대원과의 통화는 침착하게 진행된다. 전화를 끊고 다시 그녀에게 걸어가 더 두꺼운 천으로 팔을 꽁꽁 묶는다.

"팔, 머리 위로 들고 있어요."

로즈는 내 말은 귓등으로도 듣지 않고 깨진 액자 속에서 꺼낸 셔츠만 들여다본다.

"크리스?"

크리스의 사인을 발견한 그녀가 묻는다.

"크리스가 줬어? 어디서? 어떻게?"

이봐, 당신 지금 다친 거 알아? 아프지도 않아?

하나에 꽂히면 다른 건 눈에 들어오지 않는 타입인가 보다. 집중력이 상상을 불허하는 타입.

그래도 그렇지, 이 정도면 미쳤다. 이 여자는 미쳤다. 나 같은 건 명함도 못 내밀 정도로 미쳤다.

새벽의 응급실. 로즈가 의사에게 처치를 받는 동안 크리스가 묵는 호텔로 전화를 걸었다. 이안에게는 알리지 않았다. 응급실로 그를 부를 수는 없으니까.

하지만 어쩐 일인지, 크리스보다 이안이 먼저 도착했다. 창백하게 굳은 얼굴로 로즈는? 하고 물어 와 그녀가 누워 있는 침대로 그를 안내하는 수밖에 없었다.

피와 신음 소리가 당연한 현장. 입구 근처는 교통사고로 실려 온 환자들로 북새통을 이루고 있다. 나는 그들을 빠르게 지나친다. 이안은 소리도 없이 차분히 따라왔다. 괜찮아요? 묻고 싶은 걸 몇 번이나 참는다. 대신 의사에게 전해 들은 로즈의 상태를 빠르게 얘기했다.

"깊은 상처라 위험할 뻔했지만 다행히 수술이 필요한 정도는 아니래요. 열다섯 바늘 꿰맸고, 지금 수액 맞고 있어요."

이안은 대답이 없다. 눈가가 뻑뻑하고 목구멍이 따끔거린다. 걸을 때마다 발바닥이 욱신거렸다. 다리를 절지 않도록 신경을 곤두세우는 것만으로도 벅찼다. 체력이라면 자신 있는데, 오늘 하루는 죽을 만큼 피곤한 것 같다.

로즈는 얌전히 누워 눈을 감고 있었다. 손엔 와인색 낡은 셔츠를 들고, 담요를 가슴까지 올려 덮고 있다. 인형 같은 얼굴이 창백하다. 피를 흘렸으니 그럴 만도 하다.

기척을 느꼈는지 로즈가 눈을 뜬다. 이안을 발견하고 상체를 일으킨다. 로즈의 상의에 검붉은 얼룩이 넓게 퍼져 있다. 접어 올린 소매도 마찬가지. 기괴한 형상으로 말라붙은 피 얼룩이 내 눈에도 선뜩하다.

눈길이 어쩔 수 없이 이안을 살핀다. 이안의 창백한 얼굴은 일말의 동요도 없다. 그의 눈이 보는 것은 피가 아니라 로즈다. 로즈의 얼굴, 로즈의 다친 팔, 오롯이 그녀를 향한 시선.

주머니에 꽂혀 있던 손을 꺼내 붕대 감긴 로즈의 손목을 살며시 쥔다. 깨어질까 두렵다는 듯 조심스런 동작.

"셔츠 찾았어."

로즈가 갈라진 음성으로 말했다.

"알아."

이안이 담담하게 대꾸한다.

"크리스 자식, 죽여 버릴 거야."

"크리스 잘못 아니야."

"넌 왜 매번 그 자식을 감싸고돌아."

"그럴 만하니까."

"이번엔 용서 못 해."

"로즈."

로즈라는 발음이 이렇게 부드러운 건지 미처 몰랐다. 달래 듯 낮게 울려 퍼지는 그 이름에 가슴이 물결친다. 내 이름도 아닌데 주책이다.

저들의 대화 속에 나는 없다. 엄연히 셔츠의 현재 주인임에도.

피곤한 눈을 느리게 깜빡인다. 로즈의 손목을 쥐었던 손이 천천히 움직여 그녀의 머리를 쓰다듬는다. 문득, 수액을 다 맞을 때까지 내가 여기 있을 필요가 있을까 하는 생각이 든다.

"로즈!"

등 뒤에서 들린 또 다른 '로즈'가 상념 속에 빠지려는 나를 깨운다. 달려온 건지 거친 숨을 몰아쉬는 장신의 남자가 침대로 바짝 다가섰다.

이안이 비키자 그 자리를 차지하고 서서 로즈를 향해 빠르게 영어를 쏟아 낸다. 정확히 알아들을 수 없지만, 상태를 묻는 것 같다. 로즈의 얼굴에 붙은 작은 반창고를 보고도 열을 올린다.

가만히 듣고 있던 로즈가 갑자기 크리스의 뺨을 후려쳤다. 로즈의 커다란 눈에 눈물이 고인다. 거기까지만 보고 조용히 자리를 빠져나왔다.

응급실 밖 자판기에서 뜨거운 율무차를 뽑았다. 목구멍이 자꾸 따끔거리고, 밖은 너무나 춥다.

나는 더위도 추위도 많이 탄다. '참을성이 없어서 그래'라고 언니는 말했다. 그럴지도 모른다. 나는 싫고 불편한 걸 진득하게 참아 내질 못한다. 늘 재미있고 즐거운 걸 찾아다닌다. 좋아하는 것만 보고 즐기면서 살고 싶다. 괜찮지 않은 채로 살아야 할 이유가 없다. 괜찮지 않으면 괜찮게 만들면 된다.

지금도 봐라. 잠깐 바깥바람을 쐰 것뿐인데 기분이 한결 좋아졌다.

응급실 앞 플라스틱 의자에 앉아 뜨겁고 달달한 율무차를 조금씩 마신다. 크게 다친 게 아니라니 정말로 다행이라는 생각을 한다. 셔츠는 아깝지만…… 사연이 있는 것 같으니 모른 척하기로 한다.

이런저런 생각을 하며 종이컵의 율무차를 반 정도 마셨을 때, 누군가 곁에 와서 섰다. 올려다보니 이안이다.

"가자, 데려다줄게."

나는 고개를 끄덕이고 자리에서 일어났다.

차는 멀찌감치 주차되어 있었다. 대학원생에게 빌렸다는 흰색 승용차. 익숙한 시트에 몸을 묻는 내게 이안이 묻는다.

"넌 다친 데 없어?"

너무 바보 같은 질문이라 그만 웃어 버렸다. 그런 건 얼굴 봤을 때 처음으로 물었어야죠. 속으로 말하고 이안을 향해 빙긋 웃는다.

"없어요. 말짱해요."

"놀랐지?"

"그냥 조금요."

나보다 그가 더 놀랐을 거다.

"미안해. 내 불찰이야."

"오빠가 미안할 게 뭐 있어요."

"네 집에 그 물건이 있다는 걸 잠시 잊었어. 로즈를 보내는 게 아니었는데."

그 물건. 소유권을 주장할 수도 없는 그 물건이 이 밤을 피곤하게 만든다.

"괜찮아요. 오빠가 잘못한 건 없어요. 잘못은 내가 했으니까."

"넌 잘못 없어."

"그 자리에 오빤 없었잖아요."

"안 봐도 알아."

이안이 안 봐도 아는 건 내가 아니라 로즈다. 로즈가 어떻게 행동했을지 안 봐도 빤하다는 뜻.

"아뇨, 안 봤으니까 몰라요. 진짜 내가 그랬어요. 내가 밀었어요. 사고였지만."

살짝 위악을 떤다. 가해자가 되는 쪽이 오히려 덜 비참할 때가 있다.

이안은 대꾸 없이 묵묵히 운전을 했다. 나는 시트에 기대 가만히 눈을 감는다.

"질문 없어?"

왜 질문을 하지 않느냐고 책망하는 것 같다.

"네."

잠결인 듯 나른하게 대답했다.

"네 방에 걸려 있던 그 셔츠는……."

"다음에 들을게요. 오늘은 좀 피곤해서요."

사실은 '궁금하지 않아요'라고 말하고 싶었다. 실제로 궁금하지 않으니까. 하지만 그 말은 어떻게 해도, 아무리 부드러운 어조로 웃으며 말해도 나쁘게 들린다.

그 뒤로 대화는 없었다. 우리는 집에 도착할 때까지 침묵했다.

시동이 꺼지고서야 나는 눈을 떴다. 내리는 나를 따라 이안도 내린다.

"어서 들어가세요."

"유리는 치웠어?"

근심 어린 얼굴로 묻는다. 그 다정함에 빙그레 미소가 떠올랐다.

"네, 깨끗하게 치웠어요."

거짓말이다. 큰 파편만 대충 쓸어서 모아 놨다.

웃으며 말했는데도 그의 굳은 얼굴은 좀체 풀리지 않는다.

"오빠, 은근 잔걱정 많은 거 알아요? 추워요, 어서 들어가요. 그래야 나도 쉬어요."

두 손을 그의 등에 대고 민다. 꿈쩍도 않고 버티던 그가 돌아섰다. 한 손으로 팔을 잡고 다른 한 손으로 이마를 짚어 온다. 이마를 따뜻하게 데우던 손이 뺨으로 스르륵 미끄러진다. 그 커다랗고 따뜻한 손바닥에 고양이처럼 볼을 비볐다.

"아무래도 안 되겠어. 다시 타."

"피곤해요."

손바닥에 키스하며 말했다.

"내 집에서 자."

그의 손을 두 손으로 잡아 내리고 한 걸음 뒤로 물러났다.

"저 진짜 들어가서 쉬고 싶어요. 그리고 아침 일찍 엄마 오실 거예요."

물론…… 이것도 거짓말이다.

더는 붙잡지 않는 그에게 손을 흔들고 뒤돌아 건물 안으로 들어왔다. 그는 아직 건물 밖에 서 있다. 밖에서 보일 리도 없는데 씩씩하게 계단을 오른다. 계단 몇 개를 오르기가 무섭게 발바닥의 통증이 시작된다. 결국 난간에 기대 잠시 통증을 가라앉혔다.

오늘은 유난히 피곤한 하루다. 침대 없이도, 이불 없이도, 분명 잘 잘 수 있을 거다.

꿈도 꾸지 않고 잤다. 싱크대 앞에 전기장판을 깔고 두툼한 다운재킷을 입고 담요를 덮고. 망가진 액자와 깨진 유리는 그대로 방치한 채 타월을 베개 삼아 누웠다.

그렇게 자고 일어났더니 몸살 기운이 있다. 발바닥 상태도 썩 좋지 않다. 자세히 들여다보니 오른쪽 뒤꿈치 외에 자잘한 상처가 몇 개 더 있다.

몸이 아파도 할 일은 해야 한다. 배즙 두 봉지를 씩씩하게 뜯어 마시고 두툼한 수면 양말을 꺼내 신고 근처 편의점에서 대형 쓰레기봉투와 마대를 사 왔다.

깨진 유리 조각을 마대에 담고 침대 시트를 쓰레기봉투에 넣는다. 진공청소기를 돌리고 물걸레질을 두 번 했다. 움직였더니 몸이 좀 풀리는가 싶다. 이제 곧 언니가 출근할 시간이다.

학원에서 거주하는 불편함은 꽤 여러 가지가 있다. 일단 숙직의 기분을 떨치기가 힘들다는 것. 퇴근을 해도 퇴근한 것 같지가 않다는 것. 온전히 혼자 있으려면 학원 불이 꺼질 때까지 기다려야 된다는 것. 그리고 수업 없는 쉬는 날에도 아무렇게나 하고 나갈 수가 없다는 것이다.

쉬는 날, 근처 편의점에 가려고 해도 옷을 갖춰 입고 머리를 단정히 해야 한다. 내가 쉰다고 학원 전체가 쉬는 게 아니다. 문밖으로 나가면 눈들이 수십 수백 개다. 직장 안에서의 생활이란 그런 거다.

잠시 고민하다가 외투를 껴입고 약국에 갔다. 연고와 밴드를 사서 돌아오는 길에 형부와 마주쳤다.

"처제, 굿모닝."

"네, 형부도 굿모닝이에요."

"얼굴이 왜 그래? 어디 아픈 사람처럼."

"화장을 안 해서 그래요."

헤헤 웃고 서둘러 계단을 오른다.

"그게 아닌 것 같은데? 진짜 어디 아픈 거 아니야?"

"세수도 안 해서 그래요!"

소리치고 부리나케 잰걸음을 놀린다. 이마에선 식은땀이 흐르고 발바닥은 욱신욱신 쑤신다. 뭐라도 대충 먹고 어서 약 바르고 누워야겠다. 자고 일어나면 낫는다. 항상 그랬다.

간단하게 계란국을 끓여 찬밥과 함께 해치운다. 연고를 짜서 발바닥에 바르고 반창고까지 야무지게 붙인다. 시트까지 싹 걷은 매트리스에 얇은 패드를 깔고 누웠다. 담요는 두 장이나 겹쳐 덮는다.

알람을 오후 5시로 맞춰 놓고 눈을 감았다. 좋아. 면역세포와 재생세포를 활성화시킬 시간이다.

활성화는 개뿔!

알람이 울리기도 전에 눈을 떴다. 눈을 뜨는 순간 알아차렸다. 젠장, 편도가 부었구나!

입을 열어 '아' 소리를 냈는데 웬 영감 소리가 난다. 단순 몸살이 아니라 감기 몸살이다. 이게 대체 몇 년 만의 감기지? 하도 오랜만이라 감기일 거라 생각도 못 했다.

침대 밑으로 손을 뻗어 휴대폰을 집어 들었다. 부재중 전화 표시가 먼저 눈에 들어온다. 다섯 통의 전화 모두 '이느님'으로부터 걸려 왔다. 두 통의 문자메시지도 함께 와 있다.

[어머니 가셨어? 어디야. 왜 전화 안 받아.]

[확인하는 대로 전화 줘.]

목소리가 맛이 가서 아무래도 전화는 힘들 듯하다. 대신 장문의 문자메시지를 작성했다.

[오랜만에 본가 왔어요. 전화할 상황이 아니에요. 로즈 씨는 좀 괜찮아요? 어제 꽤 심각해 보였는데, 별일 아니었으면 좋겠어요. 저녁 맛있게 먹고 잘 자요. 내일 전화할게요.]

최근 거짓말이 늘고 있다. 아픈 걸 알리고 싶지 않다. 이안 뿐만이 아니라, 가능하면 모두에게.

언제나 그렇듯 답장은 곧바로 왔다.

[목소리 듣고 싶어.]

눈으로 보는 게 아니라 귀로 듣는 것 같은 문장이다. 가슴이 찡하고 울렸다.

목소리, 나도 듣고 싶다. 정갈하게 잘생긴 얼굴도 보고 싶다. 손으로 만져 확인하고, 든든한 가슴에 푹 안기고 싶다.

떠올리자 조금 괴로워진다. 침을 삼키는데 목이 너무나 아프다. 아직 4시 반. 이 몰골로 나가도 되는 시간이 아니다. 어쩔 수 없이 언니에게 SOS를 보냈다.

[감기 몸살 약 좀 사다 줘.]

30분쯤 후 답장이 왔다.

[왜, 만나는 남자가 속 썩여? 넌 꼭 연애하면 아프더라.]

내가 그랬나. 그랬던 것 같기도 하다.

하지만 이안은 속 썩이지 않는다. 과분할 정도로 내게 잘해 준다. 이런 남자는 내 평생 다시없을지도 모른다. 아니, 분명히 다시없겠지.

언니가 사 온 죽과 약을 먹고 다시 한숨 잤다. 일어났더니 밤 11시가 넘어 있었다.

차도가 있는 모양인지 몸이 한결 가벼워진 것 같아 뜨거운 물에 샤워하고 옷을 갈아입었다. 유자차를 마시려고 물을 끓이던 중에 전화벨이 울렸다.

뜻밖에도 로즈였다. 그녀는 학원 근처라고 했다. 많이 좋아졌다고는 해도 샤워 후 바로 겨울바람을 맞을 정도는 아니어서 올라오라고 했다. 입구까지 나가 경보 장치를 해제하자 기다란 갈색 머리를 풀어 헤친 로즈가 파리한 얼굴로 인사도 없이 말했다.

"할 얘기가 있어."

앉은뱅이 테이블에 김이 모락모락 올라오는 유자차를 올려 두고 우리는 마주 앉았다.

"다친 덴 좀 괜찮아요?"

"형식적인 인사말은 사양이야."

날 똑바로 보며 로즈가 대답했다. 늦은 밤, 찹찹하게 가라앉은 음성과 달리 눈빛은 시릴 정도로 냉랭하다.

나는 고개를 끄덕였다. 그녀 말대로 형식적이었던 것 같다. 형식이 필요 없는 사람이라니, 한편으론 반갑기도 하다. 어쨌든 늦은 시간이고, 가능하면 빨리 내보내고 싶다.

유자차를 한 모금 마시고 쉬어 버린 목소리를 억지로 쥐어짰다.

"로즈 씨는 언제나 제게 할 말이 있네요. 난 로즈 씨와 할 얘기가 없는데."

형편없는 목소리가 거슬리는지 로즈의 미간이 살짝 찌푸려진다.

"어제 일은…… 내가 지나쳤어."

오만한 어투다.

"네."

"사과하는 건 아니야."

사과라고 도무지 착각할 수 없는 태도다.

"네."

"다만, 아무것도 몰랐던 네겐 재난이었을 거라 생각해."

재난이었을까. 나는 고개를 갸웃한다. 아닌 밤중에 홍두깨 같은 일이었다. 황당무계했다. 그리고 무서웠다.

"네가 가지고 있던 그 옷은……."

로즈는 말을 하다 말고 앉은 자세가 불편한지 기다란 다리를 모아 무릎을 세웠다. 발목까지 올라간 바짓단 아래로 하얀 복사뼈가 드러난다. 어색하게 앉은 자세와 빗질도 하지 않은 머리칼, 그리고 찡그린 얼굴이 귀엽다.

첫인상이 틀리지 않았다는 생각을 한다. 역시 이 사람은 귀여운 구석이 있다. 지금부터 저 입에서 어떤 생급스런 말이 흘러나와도 놀라거나 당황하지 않으리라 다짐한다. 그리고 화도 내지 않으리라.

이안에 대해 당당하게 자기 사람이라 주장하는 여자다. 더 황당할 게 있겠나 싶다.

"그건 할머니의 유품이야. 내 엄마의 엄마가 죽기 전에 남긴 거."

로즈는 말을 하고 나를 빤히 본다. 제대로 알아들었는지 확인하려는 듯하다. 나는 고개를 끄덕였다.

엄마의 엄마. 즉 외할머니.

저 말이 사실이라면 로즈가 내게 그토록 화내고 얼토당토않게 도둑 취급까지 한 것이 어느 정도 이해됐다.

"그건 할머니 평생 가장 소중한 물건이었어. 액운을 막고 행운을 가져온다고 믿었지. 내게 주기로 약속한 물건이었지만 돌아가시기 직전, 안에게 주셨어."

가느다란 손가락으로 찻잔을 들고 뜨거운 차를 한 모금 마신다. 향기를 맡듯 입가에 찻잔을 대고서 느릿하게 뒷말을 이었다.

"이언 커티스의 셔츠야."

흘리듯 던진 무심한 한마디. 순간 뒷덜미에 소름이 돋았다. 분명 낯익은 이름인데 언뜻 떠오르지 않았다. 멍하니 허공을 응시하다가 로즈와 시선이 마주쳤다.

"이언 커티스 몰라?"

머리보다 입이 먼저 반응했다.

"조이 디비전의 이언 커티스?"

"그래. 그 이언의 셔츠야. 정확한 경위는 모르겠지만 훔친 물건인 건 분명해. 믿어져? 평생 죄라곤 짓지 않고 살아온 선량한 여자가 자기보다 한참이나 어린 남자의 옷을 훔쳤다는 게. 심지어 할머닌 음악을 좋아하지도 않으셨어."

조이 디비전은 70년대 후반에 활동한 영국 밴드다. 이언의 자살과 함께 끝나 버린, 그 생명이 너무도 짧았던 밴드.

자살로 생을 마감한 남자의 셔츠를 행운의 부적이라 여겼다니, 어지간히도 이언 커티스를 흠모했던 모양이다.

"그건 손녀인 나를 뒷전으로 밀고서라도 남기고 싶었던 그녀의 마음이야. 진심으로 안이 행복해지길 바라셨거든. 그런데 크리스가……."

여전히 분이 풀리지 않는 듯 로즈의 갈색 눈에 냉기가 어렸다.

"망할 크리스 자식이 안의 가방에서 멋도 모르고 그 옷을 꺼내 갔어. 그게 뭔지도 모르면서. 그리고 재수 없게 네 손에 들어간 거야. 기가 찰 노릇이지."

'재수 없다'니……. 뭐, 잃어버린 입장에선 그럴 수 있다.

크리스의 사인이 들어간 이언 커티스의 셔츠. 경매에 내놓으면 얼마에 낙찰되려나.

나는 현실감 없이 그런 생각을 했다.

지난 7년간 애지중지 간직해 오던 물건. 집에 불이라도 나면 가장 먼저 챙겨 나올 평생의 보물. 하지만 깨닫고 보니, 소유권을 주장하긴커녕 내 것이었던 적조차 없다.

"안에겐 특별한 의미가 있었어. 잃어버린 후 꽤 자책했지. 그건 아마 죄의식 비슷한 거였을 거야. 그런데 그걸 네 방에서 발견했어. 그때 안이 무슨 생각을 했을 것 같아?"

"글쎄요."

나는 남의 얘기라도 하듯 중얼거렸다.

내 방에서 셔츠를 발견한 그는 로즈처럼 화가 났을까. 멀쩡히 잘 있는 걸 봤으니 그걸로 됐다고 안심했을까. 분실의 자초지종을 알게 되어 죄의식이 사라졌을까.

이안은 감정을 잘 숨긴다. 마음만 먹으면 얼마든지 감쪽같이.

"운명이라고 생각했겠지."

로즈는 얼굴을 잔뜩 일그러뜨린 채 뾰족하게 내뱉었다.

"이안 오빠가 그래요?"

운명이라고?

웃고 싶은데, 여의치가 않다. 잔뜩 쉬어 빠진 목소리로 묻고 나 역시 얼굴을 일그러뜨렸다. 목구멍이 여전히 아프다.

"아니."

이번엔 확실히 웃었다. 조금 비웃는 것처럼 보일지 모르겠으나 어쩔 수 없다. 제삼자의 입으로 그런 근거 없는 얘기를 듣는 상황이 참을 수 없이 웃기다.

"안의 생각 정돈 듣지 않아도 알 수 있어."

하지만 웃음은 길게 이어지지 못했다.

"그것 참……."

대단한 우정이네요.

뒷말은 부어오른 목구멍 아래로 삼켰다.

이야기가 길어질수록 의문이 든다. 굳이 찾아와서 내게 이런 얘기를 하는 이유가 뭘까. 로즈의 말대로라면, 나는 조만간 이안과 헤어질 처지인데. 그런 내게 다리품 팔고 시간까지 할애하며 하는 얘기라는 게, 참 무가치하게 여겨진다.

로즈는 그런 내 생각 따윈 관심 없다는 듯 다시 자세를 고쳐 앉았다. 아이처럼 두 다리를 쭉 펴고 등을 침대에 기댄다. 문득 웃음을 흘리더니 "안의 첫 번째가 누군지 알아?" 하고 묻는다.

나는 어깨를 으쓱했다. 내가 그걸 어찌 알까. 솔직히 궁금하지도 않다.

"내 엄마의 동생이야."

나는 가만히 생각하다가 "이모." 하고 말했다.

"그래, 이모 말이야."

로즈가 고개를 끄덕였다.

"그 여잔 안보다 스무 살이나 많았어. 살아 있다면 지금쯤 쉰이 되었겠지."

스무 살 연상이란 것보다, '살아 있다면'이라는 가정이 훨씬 더 강렬하게 뇌리에 박혔다. 이미 죽은 여자. 죽은 첫사랑이란 무엇으로도 대체할 수 없는 절대적인 기억이다.

"지독한 알콜홀릭이었거든. 결국엔 자살했지. 나이프로 자기 목을 찔렀어. 믿어져? 손목이 아니라 목이라고. 완전 미친 여자였지. 하지만 안은 그 여잘 좋아했어. 둘이 같이 잤는지도 모르지. 정말 그랬는지도 몰라."

자조적으로 들리던 로즈의 목소리는 끝으로 갈수록 점차 젖어 들었다. 우는가, 했는데 그건 아닌 모양이다.

로즈는 손에 쥔 찻잔을 차갑게 내려다보고 있다. 그런 그녀를 향한 내 눈도 차갑게 식는다. 나이프로 자기 목을 찔러 자살한 여자. 얼마나 잔인한 일인지 모르겠다. 얼마나 잔혹하고 독한지……

"그때 안은 고작 열여섯이었어."

느리게 눈을 깜빡이던 나는 결국 눈물 한 방울을 뚝 떨어뜨렸다.

알고 싶지 않다. 듣고 싶지 않다. 이 여자가 발품을 팔고 시간까지 할애해 가며 내게 이런 얘기를 하는 이유를 이제는 알 것 같다.

이 미친 여자는 나를 괴롭히고 있는 거다. 내가 이안에게서 떨어질 것 같지 않으니까 화가 나서. 안달이 나서. 질투가 나서.

　"안은 너를 좋아해. 네가 내 앞에서 당당한 이유는 그래서겠지."

　"할 얘기는 이제 끝났나요."

　손바닥으로 눈물을 닦아 내고 조용히 말했다.

　"아니. 이제부터가 본론이야."

　로즈는 식어 버린 찻잔을 테이블에 올리고 도전적으로 나를 봤다.

　"안이 너를 좋아한대도 상관없어. 나는 그와 잘 거야."

　"자다뇨."

　"섹스, 하겠다고."

　어처구니가 없어서 헛웃음이 흘렀다.

　"불가능해요."

　무릎을 접은 로즈가 내 쪽으로 가까이 다가왔다.

　"아주 확신하는 모양이네. 내가 말했지? 너는 안에 대해 조금도 모른다고."

　부연 안개처럼 끼는 불안을 애써 지우며 피하지 않고 로즈의 시선을 받았다.

　"가족들 모두 부당할 정도로 나를 구속하고 걱정해. 왠 줄 알아? 난 이모를 닮았거든. 나이가 들수록 닮아 간대. 내 생각도 그래."

　로즈의 입술 끝이 새뜻하게 말려 올라갔다. 내가 남자였다면 유혹한다고 착각할 법한 미소다. 공격적이고도 야릇한.

"안의 두 번째는 말이지……."

내게 시선을 고정한 로즈가 얼굴에서 웃음기를 지웠다.

"나야."

웃는 남자 VS 우는 여자

흔히 말하는 흙탕물이다. 하수구 속 구정물. 나는 나도 모르는 새 그 속에 들어가 있었다.

나쁘게 생각하면 그렇다. 인간관계가 복잡한 건지 여자관계가 복잡한 건지 아니면 인생 자체가 복잡한 건지 콕 집어 뭐라 정의할 수 없는 혼잡함이다.

자리에서 일어서기 직전, 로즈는 말했다.

'이 속으로 들어올지, 알아서 빠질지 현명하게 판단해.'

판단할 필요 없다고 생각했다. 이안에게 들은 얘기가 아니다. 이안에게 판단하길 요구받은 게 아니다. 현명하라 종용한 여자는 우둔하기 짝이 없다.

로즈를 보내고 우두커니 앉아 있던 나는 첫차가 다닐 즈음 자리에서 일어나 주섬주섬 옷을 껴입었다.

어제 오후, 이안이 그랬다. 목소리 듣고 싶다고.

듣고 싶다. 지금 당장. 만나고 싶다. 얼굴 보고 이런 일이 있었다고 다 이르고 싶다. 그의 입으로 무슨 말이든 듣고 싶다.

신경 쓸 거 없다고 한마디만 해 주면 된다.

발바닥의 밴드를 갈고 두꺼운 양말을 신었다. 밑창이 푹신한 운동화를 꺼내 끈을 다시 묶었다. 사이즈가 커서 걸을 때마다 뒤꿈치가 벗겨지지만 꼭 맞는 신발보다 상처에 무리가 덜 간다.

전철을 타고 그의 집 근처 역에 내렸을 때도 동은 트지 않았다. 어두운 새벽길을 느릿느릿 걸었다.

더디지만 그침 없이 이어지던 행동은 현관문 앞에서 잠시 정지했다. 망설이다가 초인종을 누르는 대신 카드 키를 꺼냈다. 사위가 고요한 어둠 속에 잠금장치 풀리는 소리가 요란하다.

자고 있더라도 충분히 깰 소리다. 그는 잠귀도 무척 예민해서 내가 내는 조그만 기척에도 금세 눈을 뜨곤 한다. 그게 미안하고 안쓰러워 잠은 따로 자려 했지만 그건 또 그것대로 그가 달가워하지 않는다. 나는 하는 수 없이 인형처럼 조용히 안겨 있다 까무룩 잠이 들곤 했다.

센서 등이 들어오고 신발을 벗는다. 복도를 걷는 사이 센서 등이 꺼진다. 잠에서 깬 그가 불을 켜고도 남았을 시간이건만 실내는 여전히 어둡다.

묘한 긴장감에 사로잡혀 조심히 걸음을 옮겼다. 몇 걸음 걷지 않아 이질적인 소리가 고막을 자극한다. 한 번 들린 소리는 무섭도록 청력을 집중시키고 캄캄하게 차단된 시야가 그것을 더욱 증폭시킨다.

나는 제자리에 멈춰 서서 도둑처럼 그 소리를 들었다. 거칠게 호흡하는 소리와 높은 신음 소리, 살들이 마찰하는 소리. 그리고 그 모든 소리들과 어우러지는 내 심장 소리.

목구멍으로 어렵게 침을 삼켰다. 소리만으로는 아무것도 확실치 않다. 다시 걸음을 떼려 할 때, 높은 신음을 흘리던 여자가 '안' 하고 또렷하게 이름을 불렀다. 열락에 겨운 목소리로 도저히 못 참겠다는 듯 튀어나온 이름.

순간 지금 상황이, 내가 서 있는 위치가 희극처럼 느껴졌다. 이 새벽에 좀도둑처럼 이걸 확인하려고 여기까지 왔구나 싶자 자기혐오로 몸이 떨려 왔다.

떨리는 몸을 추스르고 돌아섰다. 커다란 신발에 아무렇게나 발을 꿰고 들어올 때처럼 조용히 문을 열고 나왔다. 잠금장치 돌아가는 소리는 어둠 속 두 사람의 열기에 찬 신음에 비해 초라할 정도로 작았다.

역 근처 멀티플렉스 극장에서 조조로 영화를 보았다. 화끈한 액션을 보고 났더니 우울한 기분이 조금 가셨다.

상황은 단순하다. 첫째, 내가 오해했거나 둘째, 이안이 바람 피웠거나.

첫째 상황은 우스운 해프닝에 불과하고 둘째 상황은 조금 심각하다. 나는 팝콘 통을 들고 플랫폼에 서서 머리를 굴렸다. 감정적이 되어서야 결과는 빠르다. 이럴 땐 되든 안 되든 무조건 이성적으로 밀어붙여야 한다.

흔들리는 전철 속에서 굴러가지 않는 머리를 억지로 굴리다 기운이 다 빠져 돌아왔더니 학원 앞에 여준이 서 있다.

머릿속은 여전히 복잡하고, 감정적이 되지 않으려 애쓰는 것만으로도 빠듯한데 눈앞에 여준의 얼굴까지 보이자 뒷골이 당겼다. 지독한 숙취에 시달릴 때처럼 뇌수가 출렁이고 관자놀이가 뻐근하다.

"어딜 다녀와?"

조금 여윈 듯한 얼굴로 여준이 웃었다.

"너 백수야? 일 안 해?"

화가 나 소리쳤건만, 목소리에 공기가 90퍼센트다. 여준은 놀란 듯 침묵하더니 시선을 돌렸다.

"연차 썼어."

"연차 쓰고 하는 짓이 고작 이거야?"

쏘아붙이고 근처 커피숍으로 향했다.

"화정 누나 봤어."

화정은 언니 이름이다. 그 입으로 잘도 '누나'라고 부르는구나.

"용케 거기 서 있었네. 언니 성격에 소금 뿌려 내쫓았을 텐데."

"못 알아보더라."

걸음을 내딛는 무릎이, 목도리에 감싸인 목이, 움츠린 어깨가 뻣뻣하게 굳었다.

그래, 못 알아보는 게 당연할지도 모른다.

'넌 쓸데없는 데 신경을 너무 많이 써.'

쓸데없는 데 신경 끄고 사는 언니는 그렇게 예뻐했던 여준의 얼굴조차 잊었다.

"시간 되면 밥 먹자. 점심시간쯤 전화하려고 기다리고 있었어."

"시간 없어."

뿌리치듯 말하고 커피숍 문을 열고 들어갔다. 커피를 주문하고 창가 자리에 앉아 여준을 건너보았다.

양복을 입지 않은 그는 지난번 봤을 때보다 어려 보인다. 그리고 역시 조금 야위었다.

"이렇게 보는 거 오늘이 마지막이야."

나는 진심으로 피곤하다는 듯 말했다. 여준이 습관처럼 픽 웃는다.

"만나는 사람, 있어?"

의미 없는 질문이다. 있든 없든 달라질 건 없다. 그 사실을 여준도 알고 있다.

"있어."

새벽, 이안을 부르던 여자의 음성을 떠올리며 입술을 깨물고 대답했다.

"그때 그 사람?"

"그래."

"그럼 내가 실수한 거네."

"알았으면 시간 낭비 그만해."

"시간 낭비라고 생각하지 않아."

여준은 옛날 같은 눈으로 나를 본다. 열여덟 소년으로 돌아간 것처럼.

"널 꼭 한 번은 만나고 싶었어. 만나서 다시 시작하자고 말하고 싶었어. 만나서, 또 말해서 속 시원하다."

미련 없다는 얼굴로 말했다. 전화를 걸어 매달린 건 자기가 아니라는 듯이.

안 된다고 판단되면 쉽게 마음을 접는다. 이성적 인간. 지극히 합리적인 사고형 인간. 굳이 분류하자면, 여준은 언니와 같은 부류이다. 하지만 달리 생각하면, 역시 그 정도밖에 안 되는 미련이었던 거다.

"할 말이 그것뿐이니?"

살이 빠져 추워 보이는 얼굴이 홀가분하게 밝아지는데, 그 얼굴을 보는 내 마음은 검고 매캐한 연기로 자욱하게 차올랐다.

"넌 아니더라도 난 시간 낭비였어. 더 할 말이 있지 않아?"

의외의 반응이라는 듯, 여준의 기다란 눈이 크게 벌어진다. 조금 생각하다가 날 보고 "미안해." 하고 말했다. 작은 음성은 흔들림 없이 덤덤했지만, 그럼에도 내 가슴은 쥐어짜듯 아팠다.

"뭐가 미안해?"

떨리는 목소리를 숨기지 못하고 물었다. 감정을 잘 다스려야지, 매번 다짐하는 인간은 항상 이렇게 숨기지 못하고 제 마음을 질질 흘린다. 다스려야지, 숨겨야지, 이성적인 인간이 되어야지, 하는 시점에서 이미 그른 거다.

"시간 낭비하게 해서 미안해."

"또."

"다시 만나서, 싫은 기억 떠올리게 했다면 미안해."

"또."

여준은 곤란한 표정을 지으면서도 나의 억지스런 요구에 성실히 응한다. 한때 이런 모습을 좋아했었다. 내게만 보이는 관용과 양보를, 그 우위가 주는 황홀함을.

"그때 널…… 그렇게 모질게 대해서 미안해. 많이 울게 한거, 상처 준 거, 내 손으로 망가뜨린 거 전부…… 삶의 순간순간마다 죽을 만큼 후회했어. 그땐 내가 너무 어렸고, 서툴렀고, 어리석었어."

헤어지자 말하던 날에도, 쫓아다니는 날 야멸치게 내치던 날에도, 다시 만났던 날에도, 돌아오라 애원했던 날에도 듣지 못한 말을 이제야 한다. 끝끝내 듣지 못하리라 포기했던 말.

바들바들 떨리는 입술을 꼭 물었다.

이 말을 8년 전에 들었더라면 무언가 변했을까. 모르겠다. 일어나지 않은 일에 대해 상상하는 건 이미 일어난 일을 후회하는 것만큼이나 어리석은 짓이다.

여준은 가만히 날 보다가 표정을 무너뜨리듯 웃었다.

"지금 너 안고 싶다. 그러니까 그런 얼굴 하지 마."

그 말이 방아쇠가 된 것처럼 나는 자리에서 일어났다.

"잘 가. 그리고 잘 살아."

커피숍 문을 열고 나오는데 기어코 눈물이 흘렀다.

언제나 조금은 그런 편이지만, 어제와 오늘은 모든 것이 엉망진창이다.

하루 더 쉬라는 언니의 배려에도 수업을 진행했다. 내 목소리를 들은 아이들은 놀란 얼굴을 하더니 신기한 거라도 발견한 양 까르르 웃었다. 웃지 않는 건 영원뿐이었고, 수업이 끝난 후 영원은 쭈뼛쭈뼛 다가와 "울지 마세요, 선생님." 했다.

　"선생님 안 우는데?"

　허스키한 목소리로 어깨를 으쓱하자, 영원이 고개를 갸웃했다.

　"그냥요. 혹시나 해서."

　"선생님 울까 봐 신경 쓰여?"

　영원은 파란색 목도리에 입을 파묻고 생각에 잠겼다가 고개를 끄덕했다.

　"수업하는 데 방해될까 봐?"

　이번엔 도리도리다.

　"그 형이 그랬어요. 선생님 울리지 말라고. 우나 안 우나 잘 보라고."

　"그 형?"

　묻는데 입가가 절로 일그러졌다.

　"선생님 애인요."

　영원은 잠시 머뭇대다 "그 형 또 놀러 안 와요?" 물었다. 나는 모르겠다고 대답하며 잔뜩 찌푸린 얼굴로 웃었다.

　그토록 모질게 버림받고, 그래서 상처받고, 죽도록 미워하기까지 했어도 '미안해' 한 마디에 무너진다.

　이안이라고 안 그럴까.

바람피우는 남자는 쓰레기다. 하지만 그 남자를 사랑한다. 이율배반적이다.

오늘의 일이 오해가 아니라면 그의 입으로 실토하길 바란다. 그것이 '헤어지자'는 말로 귀결될지라도 그래 주길 바란다.

하지만 다른 한편으론 그가 정말 그렇게 나올까 봐 겁이 난다. 얼마든지 그럴 수 있는 사람 같아서 전화벨이 울릴 때마다 흠칫흠칫 놀란다. 역시 모순이다.

수업을 겨우 끝내고 복도를 걷는데 언니와 마주쳤다.

"내일도 골골거리면 멱살 잡고서라도 병원 갈 테니 그리 알아."

"잘 거니까 방해나 하지 마셔."

골골대는 목소리로 겨우 내뱉고 방으로 들어왔다. 들고 있던 외투와 가방을 현관 근처에 아무렇게나 놓고 냉장고 문을 연다.

생수병을 꺼내는데 때맞춰 전화벨 소리가 희미하게 들렸다. 어깨가 굳고 머리끝이 쭈뼛 선다. 생수병 뚜껑을 열고 물을 따라 마신 후에야 전화를 받았다.

"여보세요."

─ 목소리가 왜 그래?

전화 건 사람은 그렇게 기다리고, 또 두려워하던 이안이다.

"감긴가 봐요."

─ '봐요'는 또 뭐야. 병원 안 갔어?

"고작 감긴데요, 뭘……."

수화기 너머는 고요하다. 숨소리조차 들리지 않아 휴대폰을 귀에 바짝 붙였다.

– 수업, 마쳤어?

"네."

– 지금 갈게. 기다려.

곧장 전화를 끊으려는 것 같아 급히 그를 불렀다.

"오빠."

입은 닫고 성대만 울리는 대답 소리가 "응." 하고 들려왔다.

"어제 로즈 씨 왔었어요."

잠시 기다렸지만 대꾸가 없어 느릿하게 이어 말했다.

"저한테 사과했어요. 셔츠에 대해서도 말했어요. 그리고 오빠가 절 좋아한대요."

애쓰지 않아도 목소리는 차분히 흘러나갔다. 형편없이 쉬어 빠져 듣기 좋은 건 아니겠지만……. '절 좋아한대요'라고 말한 뒤엔 조금 웃기도 했다.

– 만나서 얘기해.

"아뇨, 지금 할게요. 로즈 씨가 오빠 첫사랑 얘기도 해 줬어요. 듣고 싶지 않았는데……."

– 문정아.

이름을 불린 것뿐인데도 현기증이 일었다. 심장에서 피가 싹 빠졌다가 한꺼번에 밀려드는 감각이다.

섹스하지 않을 때 불리는 건 처음이다. 그래서인지 지금 기분은 성적 흥분과도 닮았다.

'안.'

절정에 다다른 듯 흐느끼던 목소리.

그건 분명 로즈의 것이었고, 로즈는 그를 '안'이라 부른다. 장소는 그의 집이었고, 그녀는 그와 섹스하겠다고 내게 친절히 언질했다. 오해일 수도, 아닐 수도 있다.

"오늘 새벽, 오빠 집에 갔었어요."

이안은 말이 없다가 옅은 한숨을 내쉬고 "새벽엔⋯⋯." 하고 입을 열었다. 나는 빠르게 그의 말을 끊었다.

"헤어지자는 말은 오빠가 하는 거라고 했는데, 없던 걸로 하고 싶어요. 무를게요, 그 말."

결정적인 순간에 이기적으로 변한다. 착하지 않아서, 인성이 못돼 먹어서가 아니다.

약해서 그렇다. 약한 사람은 자주 잘못된 선택을 한다. 안다고 고칠 수 있으면 세상은 훨씬 더 평화롭고 온유하고 아름답겠지.

— 그래, 물러.

짧은 틈을 두고 들려온 음성은 숨이 멎을 정도로 서늘하다. 무거운 돌덩이가 가슴을 짓누르고, 그리고 전화는 거짓말처럼 끊겼다.

한동안 가만히 앉아 있었다.

"윤여준, 나쁜 새끼."

갑작스레 튀어나온 이름은 엉뚱하다. 하지만 여준을 향해 치솟은 분노는 쉬이 사그라지지 않는다.

나쁜 기억은 저주에 가깝다.

10년 전의 나였다면, 이런 식으로 비겁하거나 소심하지 않았다. 현장을 발견한 순간 덮쳤겠지. 눈으로 확인하고 그 자리에서 끝장을 봤겠지. 무릎 꿇려 속이 풀릴 만큼 해명을 듣고, 결국 용서했겠지.

지금의 나는 비겁하다. 확실한 건 아무것도 없는데 상처받지 않으려 급급하다. 주의를 기울인 만큼 깊이 빠지지 않아서 다행이라고 생각한다.

이안은…… 이안은 상처받지 않았을 거다. 그래, 차라리 잘된 일인지도 모른다. 터무니없을 정도로 동떨어진 세계에 사는 사람과 줄타기하듯 아슬아슬 만나는 것보다 차라리 이게 낫다.

그렇게 자위한다.

비겁한 나는 비틀비틀 일어나 옷을 한 꺼풀씩 벗는다. 알몸으로 속옷과 수건을 챙겨 들고 좁은 욕실로 들어갔다.

샤워기 아래 서서 떨어지는 물을 맞는다. 미지근하던 물이 점점 뜨거워지고 이내 피부가 붉게 달아오른다. 물이 너무 뜨거워서 화가 난다. 신경질적으로 꼭지를 비틀었다. 물이 멎고 대신 눈물이 흐른다.

헤어짐을 믿지 못해 일주일이나 울면서 쫓아다닌 뚱보가 훨씬 괜찮은 사람인 것 같다. 학생들 앞에서 갖은 모욕을 당하고 수치심에 얼굴을 시뻘겋게 물들이던, 그럼에도 올곧게 하나만 생각하던 그때가 훨씬 사랑받을 자격이 있는 사람이었다.

여준의 탓이 아니다. 이별의 트라우마 따위 개소리다.

재미있고 즐거운 일만 하기로 했다. 그런 기억만 주리라 마음먹었다. 헤어질 때도 아름답게. 무엇보다 상처 주고 싶지 않앗다.

상처받지 않았을 리…… 없는 거다. 이안이 로봇도 아닌데. 아니, 로봇한테도 그러면 안 되는 거다. 최소한 그가 하는 말 정도는 들어 주었어야 했는데.

로즈의 말대로 그는 나를 좋아하니까. 좋아하지도 않는 여자에게 그렇게 다정했을 리 없다. 그렇게 뜨거운 몸으로 안았을 리 없다. 좋아한다고, 한 번도 말한 적 없지만, 그래도 알 수 있다.

흙탕물에서 발을 빼면 고고해지는가 싶다. 구정물에서 뒹굴면 더러워지는가도 싶다. 까짓것 좀 더러워지면 어떤가. 치정 싸움에 나도 같이 얽히고, 그래서 또 상처받으면 어떤가. 내가 상처받더라도 그에겐 상처 주고 싶지 않다.

본심을 깨닫자 마음이 급해졌다. 서둘러 물을 틀고 몸을 씻는다. 뜨거운 물에 달궈진 몸을 타월로 닦고 속옷을 입는다. 빨래 바구니에 젖은 타월을 던지고 욕실을 나와 옷을 꺼낸다.

젖은 머리카락에서 물방울이 뚝뚝 떨어진다. 커다란 면 티셔츠를 입고 바지에 다리를 꿰려 할 때 현관문이 벌컥 열렸다.

"이봐요! 당신 누구냐고 묻잖아!"

엉거주춤 한쪽 다리를 든 자세 그대로 굳어 버렸다.

문밖에 이안이 서 있고, 그 뒤에 화가 머리끝까지 난 언니가 씨근덕거리며 그를 노려본다. 흘끗 나를 곁눈질한 언니가 기함해서 "미쳤니? 어서 옷 입어!" 소리치고 이안의 팔을 붙들었다.

"문정이 보러 온 거라도, 일단 나가요! 나가서 얘기 좀 합시다!"

무슨 일이야? 하는 형부 목소리도 들려왔다.

"당신은 오지 마! 너희들도! 수업 시간 다 됐어!"

언니가 잠시 한눈파는 사이 이안은 손쉽게 언니를 떨궈 내고 방 안으로 들어왔다. 쾅, 문이 닫히고 곧 자물쇠가 채워진다.

나는 여전히 바지를 입지 못한 채다. 신발을 벗은 이안이 빠르게 걸어왔다. 밖에선 문 두드리는 소리가 요란하다.

"문정아! 괜찮니? 문 열어 봐!"

"괜찮아, 언니. 일 봐."

공기 새는 쉿소리로 가능한 한 크게 외쳤다. 밖은 금세 잠잠해진다. 머리 좋은 언니는 눈치도 빠르다. 물론, 후환은 무시 못 할 수준이겠지만.

"문 잠그라고 했잖아."

한 발 거리에 멈춰 선 이안이 낮게 말했다. 무표정. 무감정. 무억양.

처음 내 방에 온 날, 이안은 분명 그런 말을 했었다. 한 번 나갔다가 다시 벌컥 문을 열고는 마땅찮다는 듯.

'문 잠가'라고.

"여기, 그런 식으로 문 여는 사람 없어요. 오빠 말곤."

말하고 바지를 입으려는데 이안에게 손목이 잡혔다.

"그러니까 문 잠그라고."

납작하게 눌린 음성으로 내뱉고 잡은 손목을 끌어당겼다.

그대로 끌려가 안긴다. 쥐고 있던 바지가 바닥으로 떨어졌다. 목덜미에 얼굴을 묻고 크게 숨을 들이켜더니 갑자기 목을 물었다.

"윽!"

눈물이 찔끔 날 만큼 아파 절로 신음이 튀었다. 얼얼한 통증에 그에게서 벗어나려 몸부림쳤다. 움직일수록 조여드는 수갑처럼 그의 팔이 더욱 힘껏 내 몸을 옥죈다. 숨 쉬는 게 힘들고 폐가 찌그러질 것 같다.

목이 뒤로 꺾여 천장이 보인다. 눈에 열이 나는 것 같아 가만히 눈을 감았다 뜬다. 의자 위에 올라가 까치발을 세우고 손을 힘껏 뻗어도 닿지 않는 높은 천장. 눈부신 빛을 발하는 기다란 형광등이 두 개. 조악한 색상의 싸구려 페인트.

역시 상처받았구나…….

천장을 보며 멍하니 생각했다. 나 때문에 상처받았구나. 상처받을 만큼은 좋아하는구나. 내가 정말…… 잘못했구나.

천천히 손을 올려 그의 허리에 두른다. 느리게 눈을 깜빡이며 손이 닿는 모든 곳을 토닥토닥 두드렸다.

몸은 아픈데 마음이 평화롭다. 그가 로즈와 잤대도 괜찮다. 정말 괜찮다.

나쁜 남자에게 빠진 여자들. 그녀들이 범하는 오류, 혹은 착각. 그에겐 내가 필요해. 그는 결국 내게 정착할 거야. 나는 다른 여자들과 달라.

왜 이런 것들이 떠오르는지 모르겠다. 산소가 부족해서인지도…….

"이러다 저 죽어요."

정말 다 죽어 가는 목소리로 말했더니 그의 팔에서 힘이 빠진다. 이를 세워 물었던 피부에 다정한 키스의 비를 내리며 그의 손이 옆구리와 허리를 쓸고 엉덩이로 내려간다. 허리를 바짝 감아올리며 동시에 무릎 아래로 손을 넣는다.

몸이 갑자기 붕 떠, 그의 어깨를 양팔로 끌어안았다.

"얘기부터 해요."

"해."

여전히 목덜미를 지분거리며 말했다.

"무른다고 한 말 다시 무를게요."

"맘대로."

"질문 많이 해도 돼요?"

"그런 걸 왜 묻지?"

빙글 한 바퀴 돌아 나를 침대 위에 내려놓으며 그가 되묻는다.

그러게. 이런 걸 왜 물을까.

그에 대해 너무 많이 알아선 안 될 것 같다는 예감이 들어서다. 가볍게 만나고 연애하고 추억을 만들고 쿨하게 헤어지자. 그러려면 많이 알아선 안 된다. 깊게 알아서도 안 된다. 피상적인 것들만, 눈에 보이는 것들만.

하지만 이미 텄다. 글렀다.

허리를 굽히고 나를 보던 이안은 화장대 옆 바구니에서 드라이어를 가져와 젖은 머리카락을 말려 주기 시작한다. 다리 사이에 나를 앉히고, 드라이어의 바람 세기를 조절하고, 섬세한 손길로 머리카락을 빗어 내리고, 두피를 마사지하듯 문지른다. 나는 허벅지를 간신히 덮는 셔츠 끝자락을 쥐고 고개를 조금 숙였다.

"로즈 씨의 이모는 어떤 사람이었어요?"

"신에 대적할 정도로 부도덕하고, 딱 그만큼의 지성을 갖추고 있던 여자."

드라이어의 모터 소리에 묻히는 작은 목소리에도 그는 반응한다.

"그리고 그것의 열 배로 감성적이었던 여자."

"얼마만큼 좋아했어요?"

그리고 얼마만큼 상처받았어요?

머리카락을 빗어 내리는 이안의 손길이 멎는다. 그러나 이내 부드럽게 쓸어 오며 "좋아한 적 없어."라고 분명한 어조로 말했다.

의아해진 나는 고개를 돌려 그를 올려 보았다. 윙윙 울리던 드라이어의 소음이 멎는다. 그의 검은 눈동자가 지그시 누르듯 보더니 갑자기 키스했다. 쪽, 소리를 내며 떨어지는 입술. 키스 따위 한 적 없다는 듯 무감정한 얼굴.

"첫사랑 아니에요?"

시선을 비끼며 생각에 잠겼던 그가 다시 나를 본다. 미세하게 좁아 든 미간. 지금 보니 미간의 주름마저 섹시한 남자다. 찌푸린 얼굴이 섹시한 사람은 의외로 드물다. 특히 남자 중엔.

"로즈가 그래?"

나는 고개를 끄덕였다.

"미치겠군."

한숨과 함께 내뱉은 그는 내 머리를 원래대로 돌리고 다시 드라이어의 스위치를 올렸다.

"그녀는 내 멘토였어. 그것마저 결국은 지리멸렬해졌지만. 그녀와 많은 시간을 함께 보낸 건 사실이야."

그럼 그녀는 이안의 첫 번째가 아니란 말인가.

"그래도 로즈 씨가 그렇게 생각한 이유가 있을 거 아니에요."

"키스하는 걸 본 적 있어. 억측의 근거라면 그거겠지."

"키스는 왜 했는데요."

"그녀의 변덕에 휘말린 것뿐이야."

"몇 살 때요?"

"잊었어."

"첫 키스?"

드라이어의 소음이 다시 멎었다. 등 뒤로 어둠의 기운이 느껴진다. 그는 지금 인내심을 발휘하고 있는 게 분명하다.

"질문 많이 해도 된다고 했잖아요."

"그런 말 한 적 없어."

그러고 보니 그렇다.

'질문 많이 해도 돼요?' 물었을 때, '그런 걸 왜 묻지?'라고 되물었을 뿐.

"그럼 질문하지 마요?"

다시 돌아보려는데 그의 손이 내 머리를 잡아 고정시켰다.

"해."

나는 다시 정면을 보고 물었다.

"로즈 씨의 이모와 한 게 첫 키스예요?"

"불행하게도 그렇지."

불행하게도라니. 정말 그녀를 좋아하지 않은 모양이다.

"그럼, 로즈 씨와 사귄 적은 있어요?"

"있어."

이안은 손가락 대신 빗으로 머리를 빗겨 주며 대답했다. 가는 모발인 데다 반복된 펌으로 인해 머릿결이 그리 좋지 못하다. 빗질을 할 때면 늘 두피가 당겨 아팠다.

그런데 지금은 조금도 아프지 않다. 너무 살살 빗고 있는 탓이다. 저런 식으로 빗어서야 시간이 얼마나 걸릴지 알 수가 없다.

"언제요?"

"열일곱 살 때 잠깐."

"왜 헤어졌어요?"

"몰라. 로즈한테 차였으니까."

"같이 잤어요?"

"응."

나는 잠시 질문을 멈췄다. 머리카락을 빗어 내리는 이안의 손길은 여전히 더디고 조심스럽다.

"로즈 씨, 좋아해요?"

"좋아해."

대답에 망설임은 없다. 이안에게도 '거짓말'의 개념이 없는 모양이다. 반하고 나니 결국 이렇다. 이런 남자가 취향인가 싶다. 무모할 정도로 솔직한 남자들.

"오늘도 같이 잤어요?"

이전 질문들처럼 평범하게 물으려 했는데, 생각만큼 쉽지가 않다. 목소리는 여지없이 떨리고 심지어 의미심장한 뉘앙스까지 풍긴다. '차라리 거짓말을 해라'라는 듯이.

"어."

너무도 무감정한 대답.

얼굴이 울듯이 일그러진다. 이 남자 혹시 사이코패스인가 싶다. 나는 사이코패스를 사랑하게 된 건가.

사귄 지 얼마 되지도 않은 남자. 그깟 바람 한 번 피운 거 가지고.

하지만 죽을 만큼 아프다. 숨통이 막힐 만큼 아프다. 면도칼로 저미듯, 심장이 아프다.

이…… 저며 낸 심장을 초고추장에 찍어 먹을 놈.

분기가 치밀어 한 대 때리지 않고는 못 배길 것 같다. 몸을 트는데 그가 날 옴짝달싹 못 하게 꽉 끌어안았다.

"놔요!"

몸을 비틀며 목소리를 높였다. 탁하게 쉬고 갈라지고 그럼에도 날카롭게 허공을 찌르는 소리가 고막을 파고든다.

"놓으라고!"

다시 한 번 소리쳤다. 원장실에 사람이 있다면 들릴 수도 있을 만큼 큰 소리다.

괜찮다고 한 것이 불과 십 몇 분 전이다. 사람은 역시 경험해 보지 못한 것에 대해 함부로 말해서는 안 된다. 아무것도 함부로 예단해서는 안 된다.

나를 품 안에 바짝 당겨 안고서 상체를 눌러 온다. 얼굴이 무릎에 닿을 정도로 허리가 접힌다. 마른 머리카락이 바닥으로 쏟아진다.

머리카락을 한쪽으로 넘긴 그가 드러난 귓바퀴를 세게 물었다. 짜릿한 통증. 얼굴과 귀와 턱과 목의 모든 세포들이 부르르 진동한다. 혈관까지, 혈관 속을 흐르는 피까지 떨린다.

"진정해."

내가 지금 진정하게 생겼어?

머리에 피가 쏠리고 눈에 눈물이 고인다.

"내가 아니라 크리스야."

잘근잘근 귓불을 씹으며 낮게 중얼거린다.

"내가 아니라 크리스야."

아예 귀를 씹어 먹을 기세로 빨아들이며 다시 한 번 나직하게 말했다.

뜨겁다. 귀가, 그리고 눈이, 또 머리가, 온몸이.

몸부림이 멎고서도 이안은 같은 말을 두 번 더 반복했다. 내가 아니라 크리스야. 내가 아니라 크리스야. 그러니까 진정해.

억양 없이 무심한 말투는 회를 거듭할수록 다정하게, 또 애틋하게, 마치 애원처럼 변해 갔다.

"이 악마."

무릎 위로 눈물을 떨구고 원망을 실어 내뱉었다.

"천만의 말씀."

귓가에 뜨거운 숨을 불어 내며 이안이 웃었다.

웃는다, 그가. 내가…… 내가 울고 있는데……. 지금 이 상황이 재미있기라도 하다는 것일까.

오늘 하루 내가 어떤 기분이었는데. 지금 내 가슴이 어떤 상태인데. 가슴이 찢어질 것 같다는 게 대체 어떤 심정인 건지…….

"놔요."

묵직한 습기까지 머금은 음성으로 조용히 내뱉었다. 진정하란 그의 주문이 효과를 발휘한 탓인지 뜨거워졌던 머리가 조금씩 식어 내린다. 대신 속이 갑갑하고 명치가 아파 온다. 온종일 제대로 먹은 것도 없는데 갑자기 체증이 일었다.

"놔줘요."

다시 한 번 말했다. 밑으로 누르고 있던 그의 상체가 들리는가 싶더니 날 죄고 있던 팔에 더욱 힘이 들어간다. 갑갑해서 몸을 비틀었다.

"좀 놔 봐요!"

결국 목소리를 높였다. 그럼에도 그는 요지부동이다.

"이대로 있어. 놓을 생각 없으니까."

그의 음성엔 어느새 웃음기가 빠져 있다. 언제 웃었냐는 듯 평소와 같이 낮은 음성. 아니, 평소보다 낮고 무거운 음성.

나는 그의 품에서 빠져나오는 것을 포기하고 꼿꼿하게 등허리를 세운 채 발끝을 내려다봤다.

"새벽에 오빠 집에서 분명히 들었어요."

고집스럽게 내뱉자 이안이 한숨을 내쉰다. 셔츠 자락을 움켜쥔 손에 힘이 들어가고 미풍 같은 한숨이 목덜미를 뜨겁게 데운다.

빌리프

"말했잖아. 그건 내가 아니라……."

"안이라고 불렀어요. 분명히 들었다고요."

오해일 수도, 아닐 수도 있다. 직접 보고 확인한 게 아니니까 오해일 가능성도 얼마든지 있다. 자꾸만 그런 식으로 주입시켰던 건 나 자신이 그렇게 믿고 싶었기 때문이다.

하지만 막상 그의 입으로 오해라고 확인받자 되레 따져 묻게 된다. 그렇게나 듣고 싶었던 말인데, 그가 '아니'라고 확인만 시켜 준다면 모든 것이 괜찮을 것 같았는데, 어째서…… 어째서 사람 마음은 이렇게 간사할까. 어째서 이렇게나 약해 빠졌나.

말없는 그의 입이 떨어지길 기다리며 어째서냐고 자꾸 되뇌는데, '어째서'라고 한 스무 번쯤 되뇌었는데, 그런데도 말이 없는 그 때문에 또다시 눈가가 뜨거워지려 한다.

울지 마라, 선문정. 울지 마. 눈물 헤픈 어른은 어딜 가나 대접받지 못해. 그러니까 제발 좀…….

하지만 눈물은 시야를 가리며 맺히고 결국 볼을 타고 흐른다. 모르겠다. 가끔은 내가 벌써 어른이 되어 버렸다는 게 믿기지 않을 때가 있다. 왜 벌써 나이를 먹어 버렸는지. 사랑에 빠지면 왜 시간이 역행하는지.

"다시 한 번 말하지만 내가 아니야. 원한다면 로즈와 크리스를 불러다 확인시켜 줄 수도 있어. 지난 새벽, 난 집이 아니라 학교에 있었어. 이것도 원한다면 확인시켜 줄게."

그가 거짓말을 한다고 의심하는 건 아니다. 그게 아닌데도 가슴에 얹힌 체증은 가시질 않는다. 상처받지 않으려다 상처 주고, 그가 상처받았단 생각에 가슴 아파하고, 그리고 지금은 또 뭔가. 잘 참고 있었는데, 그가 장난만 치지 않았더라도…….

"처음에 왜 그랬어요. 오늘도 같이 잤냐고 물었을 때, 왜 '어'라고 했어요. 나 놀렸어요? 내가 속으니까 재미있었어요? 그래서 웃었어요? 오빠는…… 나랑 왜 만나요. 왜 나한테 해명해요. 아니라는데 왜 따지냐고, 귀찮다고, 그렇게 귀찮게 굴 거면 그만 만나자고…… 왜 그렇게 말하지 않는데요…….."

생각나는 대로 두서없이 떠들었다. 그가 좋아하는 내 목소리는 형편없이 갈라졌고, 그런 데다 우스꽝스럽게 떨리기까지 했다. 듣기 싫을까. 짜증날까.

말하지 말 걸 그랬다고, 따져 묻지 말 걸 그랬다고, '내가 아니라 크리스야'라고 했을 때 웃으면서 믿는다고 할 걸 그랬다고…… 그렇게 후회하고 있을 때 이안의 한쪽 손이 무릎 밑에 들어오더니 나를 침대 위에 완전히 올렸다. 그러곤 상체를 틀어 마주 보게 한다.

그의 가슴이 크게 한 번 부풀었다 가라앉는다. 단정한 턱에 힘이 들어가고 목울대가 작게 꿈틀댄다. 눈을 보고 표정을 확인하는 게 무서워서 고집스럽게 그의 턱과 목과 가슴만 바라보았다.

갑자기 뻗어 나온 손이 내 턱을 움켜쥐고 억지로 들어 올린다. 그 탓에 정면으로 그와 눈이 부딪쳤다. 한 점 열기 없이 무심한 검은 눈동자. 그럼에도 숨이 막혔다.

"놀린 거 아니야. 재미있지 않았어. 오히려 긴장했어. 웃은 이유는 기뻐서. 내가 외도하면 선문정이 운다는 사실을 확인했더니 웃음을 참을 수가 없었어. 너와 함께 있고 싶으니까 만나. 오해받기 싫으니까 해명하고. 얼마든지 따져도 괜찮아. 귀찮지 않아. 그만 만날 일 없어. 네가 그만 만나자고 해도 내가 그렇게 못 해."

내가 했던 모든 질문에 대한 대답이다. 그 대답을 천천히 뱉어 내는 음성은 낮고도 무겁다. 그 무거운 음성을 따라 눈꺼풀에 아슬아슬 매달려 있던 무거운 눈물도 뚝뚝 떨어진다. 한 손은 여전히 턱을 쥔 채, 나머지 한 손이 뻗어 와 눈물을 훔친다. 그러곤 가만히 닿았다 떨어지는 입술.

"내가 잘못했어. 울지 마."

말끝에 달래듯 또 한 번 가만히 닿았다 떨어지는 입술.

"울지 마. 제발."

제발……. 왠지 모를 간절함을 담은 그 한 마디에 거짓말처럼 체중이 사라진다. 뻣뻣했던 근육이 부드럽게 이완되고 온몸 구석구석으로 따뜻한 피가 퍼져 나간다.

이안은 내가 눈물을 그칠 때까지 '제발 울지 마.' 하고 가만히 나를 달래 주었다.

눈물이 멎고, 그대로 우리는 몸을 겹쳤다. 그가 내 안을 파고드는 순간, 비명을 지를 것 같아 두 손으로 입을 틀어막았다.

이안은 애가 탈 정도로 느리게 움직이며 눈꼬리와 눈꺼풀과 속눈썹과 미간을 혀로 쓸었다. 얼굴 전체가 성감대다. 그렇게 생각할 수밖에 없도록.

"무슨 생각 해?"

굳은 얼굴로 깊은 곳을 찌르며 그가 묻는다.

정념이라곤 없는 얼굴. 욕정을 품은 남자의 얼굴이 아니다. 눈빛은 깊고 낯빛은 창백하다.

"이안 생각."

막고 있던 입술을 열고 그의 얼굴을 들여다보며 가까스로 대답했다. 천천히 빠져나가던 그가 움직임을 멈추고 시선을 비낀다. 생각에 잠긴 듯. 나로서는 짐작도 할 수 없는 어딘가로 떠나 버린 듯. 흘러내린 머리칼이 단정한 이마에 음영을 드리운다.

왠지 모를 안타까운 기분에 손을 들어 그의 머리를 만지려 할 때, 다시 시선을 맞춰 오며 그것을 제지한다. 내 손을 잡아 깍지를 끼고 침대 위로 눌러 움직일 수 없게 한다.

무심히 보는 눈길. 동시에 치고 들어왔다. 고개가 절로 꺾인다. 깍지 낀 손이 부르르 떨릴 만큼 사지 끝에 힘이 들어간다. 나의 사소한 몸짓, 표정 하나까지 세밀히 살피며 조금씩 속도를 높여 간다. 나는 속수무책으로 흔들리며 그가 주는 쾌락에 취하고 또 원하고 애원하는 수밖에 없다.

"나에 대한 무슨 생각?"

절정이 지나가고 내 몸을 꼭 끌어안은 채 그가 물었다.

"영국에서 태어났더라면…… 하고 생각했어요. 오빠와 같은 동네에 살고, 학교도 같이 다니고. 그랬다면 전 분명 철도 들기 전부터 오빠를 좋아했을 거예요. 죽자 사자 쫓아다녔겠죠. 로즈 씨와는 앙숙이었을 거고. 오빠는 귀찮아 죽었을 거예요."

빌리프

말하고 조금 웃었다.

분명 그랬을 거다. 이안이 나의 존재를 알기도 전에 나는 벌써 그를 알아채고 좋아하기 시작할 거다. 물론 처음엔 크리스에게 반할지도 모른다. 하지만 결국 이안을 좋아하게 된다. 분명히.

"확실히, 그건 좀 곤란해."

"그렇죠?"

끌어안긴 채 그의 가슴에 이마를 비비며 또 조금 웃었다. 울었던 탓인지 웃을 때마다 눈가가 당겨 아프다.

좁고 작은 침대. 틈도 없이 밀착해 얽힌 다리. 이안의 냄새. 언제까지나 이러고 있을 수 있다면, 평생을 걸고서 내 남자라고 말할 수 있다면, 정말 그럴 수 있다면 얼마나 좋을까, 라는 생각을 한다.

"어린 너를 임신시켰을지도 모르지."

머리 위로 담담히 흐른 음성에 입가의 웃음이 잦아든다. 저건 무슨 의미일까, 헤아려 보다가 관두었다.

함께 샤워를 했다. 뜨겁게 쏟아지는 물줄기 아래서 짧고 신속하게 각자의 몸을 씻었다. 나른한 후희를 즐긴 후의 행동치곤 어딘가 부자연스러웠으나 이안은 꽤 서두르는 기색이었다.

나와는 시선조차 맞추지 않고 모든 준비를 끝낸 그가 어떻게 찾아냈는지 커다란 여행용 가방을 꺼내 놓고 나를 기다리고 있었다.

"뭐예요?"

"필요한 것들만 간단히 챙겨."

"어디 가요?"

"응."

"어디요?"

"우리 집."

이안의 입에서 나온 '우리 집'은 꽤 생경하다. 그는 늘 '내 집'이라고 했는데.

"오빠네 가는데 짐은 왜 싸요?"

"당분간 같이 지내."

"무슨 이유라도 있어요?"

옷을 입고 머리를 빗으며 물었다.

"여긴 주거지가 아니야. 아무리 생각해도 옮기는 게 좋겠어."

난 또 뭐라고.

서두르기에 무슨 일이 있는 줄로만 알았던 나는 안도의 미소를 지으며 머리를 올려 묶었다.

"익숙해서 괜찮아요."

"알아. 그래도 옮겨. 로즈가 또 무슨 짓을 할지 모르고."

로즈는 오히려 그의 집에 있지 않은가. 그런 의미로 올려다보자 이안의 미간이 살짝 찌푸려진다.

"오후에 내보냈어."

"또 올지도 모르잖아요."

"또 내보내면 돼."

그야 그렇겠지.

어쩔까 싶다. 이안이 말하는 당분간은 방 얻을 보증금이 마련될 때까지일 텐데. 목표액을 채우려면 시간이 조금 더 걸릴지도 모른다. 가능하면 전세로 얻고 싶으니까. 게다가 언니한테는 뭐라고 설명하며, 언니의 입을 거쳐 정보를 입수하게 될 엄마에겐 또 뭐라고 하나.

생각에 잠겨 걷다가 뒤꿈치의 상처에 체중이 실렸다. 통증에 인상을 찌푸리는데 이안과 시선이 마주쳤다. 그의 한쪽 눈썹이 위로 들린다.

"뭐야."

"아무것도 아니에요."

빗을 내려놓고 립스틱을 집는 사이 이안은 이미 내 앞에 서 있다. 눈을 내리뜨고 발을 본다. 살구색 매니큐어가 칠해진 조그만 발톱이 움찔 움츠러든다. 앗, 하는 사이 번쩍 들려 책상 위에 앉혀졌다. 발을 유심히 살피더니 결국 상처를 찾아냈다. 오른쪽 뒤꿈치의 꽤 깊은 상처, 그리고 엄지발가락 아래에 파인 두 개의 상처.

한쪽 무릎을 꿇고 앉아 발바닥을 유심히 살피는 그는 CSI 수사관 같다. 숱 많은 검은 머리를 잔뜩 헝클고 흰 가운을 입히면 매드 사이언티스트.

"다친 곳 없다고 하지 않았어?"

낮은 음성에 위험한 기운이 도사린다. 나는 입술을 오므리고 아무 대꾸도 하지 않았다. 변명을 해 봤자 통하지 않을 분위기다. 묵비권 행사가 좋겠다.

"그날 병원에 갔으면서도 치료를 안 받았어?"

"치료받을 정돈 아니에요. 침 바르면 금세 나아요."

몇 초 유지하지도 못하고 금방 입을 열어 버렸지만.

"또 다친 덴."

"없어요."

힐긋 올려다보는 눈빛이 장난 아니다. 익숙지 않은 분위기에 등줄기로 소름이 돋았다. 휴대폰을 꺼뜨린 채 밤늦게까지 명동을 쏘다니다 돌아온 날보다 더 살벌하다.

"깨진 유리 다 치웠다는 말도 거짓말. 안 다쳤다는 말도 거짓말. 또 무슨 거짓말을 했지?"

책상 모서리를 짚고 있는 손에 힘이 들어간다. 그날 밤, 유리 치웠다는 게 거짓말인 건 어떻게 알았을까. 넘겨짚은 건가.

"왜 그렇게 화를 내요. 별일 아니잖아요."

"로즈를…… 아니, 로즈만 걱정하는 날 보고 무슨 생각을 했어."

스스로도 외면하고 있던 심리. 그 정곡을 찌르는 말에 말문이 막혔다. 아무것도 모르는 것처럼 굴더니 갑자기 모든 걸 아는 것처럼 군다. 그 돌변이 무섭다.

"넌 사람을 돌게 만드는 재주가 있어. 그런 말 자주 듣지 않아?"

발목을 꽉 쥐고 시선을 맞춰 온다.

요전에도 느꼈지만, 감정을 드러낸 이안의 눈은 감당하기 버겁다. 색이 너무 짙고, 또 깊다.

"처음 들어요."

그가 화내고 있는데, 그래서 놀라고 무서운데, 그럼에도 심장이 뛰어서 눈을 내리깔고 조용히 대답했다. 말하지 않은 것,

숨겼지만 알아주길 바란 것, 그것들을 그가 알고 있다.

"내게만 통하는 재주인가 보지."

퉁명하게 내뱉고 "반창고는." 하고 물어 왔다. 나는 손가락으로 책상 위 저쪽을 가리켰다. 아무렇게나 놓여 있는 밴드와 연고. 마땅찮다는 표정으로 그것들을 가져온 그가 다시 발목을 잡았다.

"병원 갈 거니까 약은 안 바를 거야."

다소 누그러진 음성으로 말하고 발목을 당겼다.

찌푸린 얼굴. 역시 섹시하다. 키스하고 싶다고 생각한 순간, 얼굴을 숙인 그가 혀를 내밀어 상처를 핥았다. 기겁해서 발을 뺐지만 어찌나 세게 움켜잡았는지 꿈쩍도 않는다.

"뭐 하는 거예요?"

묻는 어조에 황당함이 고스란히 묻어난다.

"침 바르면 낫는 거 아닌가."

'알면서 묻냐'는 표정을 하고는 다시금 상처를 핥는다. 그의 혀는 상처를 세세하게 건드리고, 상처가 아닌 곳까지 건드린다. 발바닥을 타고 오르는 감각만으로도 미칠 것 같은데, 시각적인 자극까지 더해져 결국 참지 못하고 고개를 뒤로 젖혀 버렸다.

"사람 돌게 하는 재주 있다는 말, 오빠도 은근 듣지 않아요?"

거칠어지려는 호흡을 억지로 가라앉히며 천장을 보고 물었다.

"아니."

발가락 사이를 핥던 그가 발등에 키스하고 대답한다. 그리고 얼마 지나지 않아 뜨겁고 축축한 혀가 쓸고 지나갔던 자리에 차가운 것이 닿는다. 아프지 않게, 너무나 조심스런 손길로밴드를 붙여 준다.

"'은근히'가 아니라 대놓고 들어."

말하고 몸을 일으켜 여전히 천장을 보고 있는 내게 키스한다.

"지금 내 발 핥고 키스한 거예요?"

어이가 없다는 물음에도 키스는 멈추지 않고 한동안 이어졌다.

여행용 가방은 옷장 깊숙한 곳으로 다시 들어갔다. 대신 늘메고 다니는 숄더백에 하루치 짐을 간단히 챙겼다.

이안은 내가 하는 양을 보고도 별말이 없다.

"여기가 불편해 보여도 나름 살 만해요. 장점도 많고."

옷가지들을 챙겨 넣고 지퍼를 닫으며 그를 본다. 대꾸 없는무표정. 시큰둥한 것처럼도 보인다.

"아무리 늦잠을 자도 웬만해선 지각을 안 하거든요. 길에다버리는 시간이 없어요."

가방을 메고 그 앞에 섰다.

"로즈 씨 걱정은 할 필요 없어요. 빤한 수작에 걸렸다는 데에, 오히려 반성 중이니까."

"빤한 수작?"

"오빠랑 섹스할 거라고 하던데요."

싱긋 웃고 그를 지나쳐 신발을 신었다.

"그런 선전포고 비슷한 걸 듣고 오빠 집에 갔더니 그 상황이 잖아요. 웃긴 걸 아는데도 멈출 수가 없었어요. 우스워지지 않고 고고하게 살기란 요원한 일인가 봐요. 특히 나 같은 사람은."

현관문 손잡이를 잡고 뒤돌아본다. 소리도 없이 걸어온 이안이 신발을 신고 내게 시선을 맞춘다.

"너 같은 사람이 어떤 사람인데."

"참을성 없고 진중하지 못한 사람이요."

"직관적이고 즉흥적인 건 네 장점이야."

마주 서서 허리에 팔을 감고 하체를 바짝 붙여 온다. 야릇한 자세다. 정사의 여운이 가시지 않은 몸이 무섭게 반응한다. 엉거주춤 뒤로 물러날 때 이안이 입을 열었다.

"그리고 지난밤 로즈가 유혹해 온 건 맞아. 그게 불편해서 학교로 피신했던 거고."

가볍게 키스하고 손잡이를 잡고 있는 손등 위에 손을 겹치며 문을 연다. 열린 문 밖으로 사라지는 그를 보며 '응?' 하고 멍한 표정을 지었다.

"난 유혹에 약해. 제멋대로고 이기적이지. 너라는 제어장치가 없으면 로즈에게 넘어가는 척이라도 했을 거야."

뒷모습을 보인 채 심술궂을 정도로 심상하게 뒷말을 잇는다.

로즈의 자신감은 영 근거 없는 게 아니었던 모양이다. 솔직함에도 정도가 있지, 굳이 안 해도 될 말을 왜 하는가 싶다. '잘못했어. 제발 울지 마'라고 한 지 아직 2시간도 채 지나지 않았건만.

신경질이 불쑥 솟기도 하고, 어이가 없기도 하다. 빠르게 문을 잠그고 돌아서는데 원장실 앞에 언니가 서 있다. 코트 주머니에 손을 찔러 넣은 이안이 그런 언니를 마주 보고 있다. 수업 시간인 모양으로 복도는 조용하다.

"얘기 좀 하죠."

굳은 얼굴의 언니가 사무적인 어조로 요구했다. 주머니에서 왼손을 뺀 이안이 느긋한 동작으로 시계를 본다.

"시간이 없어서 안 되겠는데요."

언니의 눈가에 미세한 경련이 인다. 화가 많이 났으며 그걸 애써서 참고 있다는 일차적인 표시이자 경고다. 아는 사람들은 저럴 때의 언니를 건드리지 않는다. 특히 형부가 그렇고, 엄마가 그렇고, 나도 그렇고, 학원 강사들도 그렇고, 언니 친구들도 모두 그렇다.

"시간이 없다는 건 어리석은 핑계네요. 그런 건 통할 사람에게나 내세우시고요."

"통할 사람에게 내세우고 있는 중입니다."

"지금 나랑 장난쳐요?"

"설마. 이게 장난으로 보입니까."

차분하게 주고받는 두 사람의 대화는 언제 터질지 모를 시한폭탄 같다.

"선문정."

팔짱을 낀 언니가 한 발 뒤로 빠져 있는 나를 매섭게 노려본다.

"시간 없는 이분은 얼른 보내 드리고 대신 넌 남아."

얘기하나 마나 이안은 눈 밖에 났다는 뜻이다. 골치 아프게 됐다. 하필 언니와 이렇게 맞닥뜨리다니.

"항상 그런 식입니까."

내게 다가선 이안이 커다란 손으로 팔목을 잡아 오며 말했다. 언니의 눈썹이 현란한 곡선을 그리며 위로 솟구친다.

"뭐가 그런 식이라는 건가요."

"상대방의 말을 있는 그대로 받아들이지 않고 자기 식으로 곡해하냐는 뜻입니다."

"내가 무슨 말을 곡해했다는 거죠?"

"시간 없다는 게 핑곕니까."

"물론, 네."

"지금 병원 가는 중입니다만."

언니는 말문이 막힌 듯 입술을 꼭 닫았다. 그러곤 내게 시선을 돌린다.

"너 많이 아파? 당장 치료 안 받으면 죽을 것 같니?"

참 냉소적으로 묻는다. 오기 서린 말투가 조금 안쓰럽기도 하다. 그도 그럴 게, 이안이 빼든 카드는 언니 입장에선 조커나 마찬가지다.

나는 언니를 한 번 보고 이안을 한 번 보고 또다시 언니를 보며 억양 없이 대답했다.

"어, 많이 아파. 당장 안 가면 죽을지도 몰라."

냉랭하게 굳어 있던 언니 얼굴이 별일이라는 듯 아연해지고, 오만하게 가라앉았던 눈동자에 반짝 불이 들어온다. '요것

봐라'라는 듯이.

그런 언니에게 이안이 명함을 건넨다.

"시간 날 때 연락하시죠."

정중한 동작에 무례한 어투.

나는 "내일 얘기해." 하고는 언니를 지나쳐 빠르게 걸었다.

내일…… 나는 죽지 싶다.

"천천히."

계단을 서둘러 내려가는데 이안이 뒷덜미를 잡는다.

"상처 덧나."

무심하게 상냥한 말을 한다. 나는 속도를 조금 줄이고 그의 팔짱을 꼈다.

"우리 언니 마음에 안 들어요?"

소리를 잔뜩 죽여 속삭이듯 물었다.

"그래 보여?"

"네. 많이 그래 보여요."

이안은 무뚝뚝하긴 해도 무례하진 않다. 상대가 먼저 무례했을 경우는 예외지만.

조금 전 상황은 약간 애매하다. 언니에겐 화를 낼 만한 나름의 충분한 명분이 있었고, 그걸 이해 못 할 그가 아니다.

"여동생을 이런 곳에 살게 한다는 게 나로선 이해 불가야."

이안이 차갑게 말했다. 그 차가운 말에 내 가슴은 이루 말할 수 없이 따뜻해진다.

"고집부려서 언니가 져 준 거예요."

원룸이라도 하나 얻어 주겠다는 걸 거절했다. 이래저래 폐를 끼치는 건 매한가지인데, 그럼에도 금전적인 지원은 받고 싶지 않았다. 합의를 본 게 지금 상황이다. 매달 월세를 내고, 사무실 하나를 빌려 쓴다.

"그거야말로 허울 좋은 핑계지."

그의 말이 맞을지도 모른다. 하지만 나는 꽤 고집이 세다. 그 고집을 이안은 모른다. 그에게 부린 적이 없으니까. 가만…… 정말 없나? 고개를 갸웃하는 사이 정문을 나왔다. 바람이 불어와 어깨를 움츠리며 눈을 감는다. "기다려." 하고 잠시 사라졌던 이안이 검정색 SUV를 몰고 나타났다. 나는 눈을 동그랗게 떴다.

"또 빌렸어요?"

"아니."

조수석에 타고서 "그럼, 샀어요?" 하고 묻는다. 묻고 보니 완전 새 차다.

"응."

간단히 대답하고 차를 출발시킨다.

"언제요?"

"오늘 오전. 그동안 별 필요성을 못 느꼈는데, 아무래도 불편해서."

"매번 빌리는 것보다 여건 되면 자가를 이용하는 게 편하긴 하죠."

뒷좌석을 둘러보고 부드러운 가죽 시트도 만져 본다. 흔하디흔한 자동차가 이안의 것이 되어 특별해졌다. 그냥 차가 아니라 이안의 차다.

"가은이 더 이상 못 빌려주겠다고 한 게 결정적이었어."

가은. 이안의 입에서 나온 낯선 이름도 왠지 특별하게 울린다.

"그게 누구예요?"

여자인 건 알겠지만.

"차 빌려준 녀석."

이번엔 '녀석'이다. 어지간히 친한 모양.

"네에."

잠시 침묵하던 이안이 "더 안 물어?" 한다.

"네."

나는 고개를 끄덕이고 시트에 머리를 기댔다. 하나하나 신경 쓰기 시작하면 끝도 없다. 화려한 밤의 도로를 응시하며 "배고파요." 하고 웃었다. "뭐 먹을래?" 물어 와 감자탕이라고 대답했다.

"괜찮은 집 알아?"

"음…… 네."

본가 근처에 단골 식당이 있다. 가족들과 자주 외식을 했던 곳. 고교 시절, 여준과도 여러 번 함께 갔었다.

"병원 먼저 들르고."

무심한 음성이 다정하게 귓가를 간질인다. 안락함에 저절로 눈이 감긴다. 스르르 잠이 들 것 같다.

사랑할수록 외로워지는 건 상대에게 더 큰 사랑을 바라기 때문이다. 그와의 안전선 확보가 점점 더 힘겨워지고 있다. 사랑받고 싶다고 강렬하게 바라게 된다.

내가 그를 생각하는 것보다 더 그가 나를 생각해 주기를. 내가 그로 인해 아픈 것보다 더 그가 나로 인해 아파하기를. 내가 그를 사랑하는 것보다 더 훨씬 더…… 그가 나를 사랑해 주기를.

사랑의 속성이 선하다는 건 흔한 착각이다. 그것은 보다 악에 가까운 감정이다.

응급실에 들러 간단한 처치를 받았다. 혼자 들어갔다 오겠다는데도 그는 끝끝내 곁에서 떨어지지 않았다. 다행히 피가 난무하는 현장은 없었고 그런 환자도 보이지 않았다.

등 뒤에 이안이라는 보호자를 세워 두고 발바닥의 상처를 치료받고 감기를 호전시킬 주사도 맞았다. 그리고 감자탕을 먹으러 예전 단골 식당을 찾았다. 재수 없게도, 그곳에 여준이 있었다.

여준은 술에 취해 있었고, 함께 온 일행에서 떨어져 나와 막무가내로 우리 테이블에 합석했다.

"당신, 문정이에 대해 얼마나 알아? 옆에 있으면 행복하고 따뜻해? 즐거워? 당신도 그걸 느껴?"

내 옆에 앉아 맞은편의 이안을 향해 무례한 질문을 쏟아 낸다. 술에 취한 여준은 처음 보는 터라 조금 당황스럽다.

인연이 악연 되는 건 순식간이구나 싶고, 주사가 있는 놈이라니 헤어지길 백번 잘했다는 안도감까지 든다. 그럼에도 가슴 한구석이 지끈거려 음식 넘기는 게 쉽지 않다.

"취했으면 집에 가. 여기서 이러지 말고."

여준을 상대하지 않는 이안에게 탕을 덜어 주며 조용히 내뱉었다. 통증의 원인이 시종일관 여준을 무시하는 이안 때문인지, 아니면 취해서 주정하는 여준 때문인지 알 수 없다.

분명한 건, 너 따위 알 바 아니라는 그의 태도 덕분에 나 역시 차분할 수 있다는 것.

"안 취했어, 나……."

취한 인간들이 꼭 하는 말이다.

"네 말대로 이젠 너 안 찾아갈라 했어. 그런데 이렇게 만나네."

꼬인 혀로 중얼거리고 씩 웃는다. 이안이 그러듯 나도 그를 무시하기로 작정하고 빈속에 밥을 열심히 욱여넣는다.

"우연이 계속되면 필연이야. 이미 두 번 마주쳤으니, 한 번만 더 만나면 나…… 너 안 놔. 못 놔."

취한 인간이 하는 말은 죄 잡소리다. 헛소리. 개소리. 주정뱅이. 미친놈.

속으로 조용히 되뇌며 밥을 씹어 넘기고 감자를 씹어 넘기고 고기를 씹어 넘긴다.

"낮에 너한테 한 말, 속 시원하다고 지껄인 거, 사실 전부 허세야. 나…… 웃기지 않냐?"

히죽히죽 웃어 대더니 내 얼굴로 손을 뻗는다. 찰싹 소리가 나게 그 손을 쳐 냈다. 조용히, 그리고 천천히 움직이던 이안의 숟가락이 테이블 위에 달칵 놓인다.

아무리 무딘 신경이라도 이 상황에서 밥을 넘기긴 어려울 것이다. 더구나 이안은 무디긴커녕 예민하기 이를 데 없는 사람이다.

"이러지 마. 진상이고 꼴불견이야."

한숨 쉬며 내뱉고 여준의 일행들에게 "와서 이 사람 좀 데려가요!" 소리쳤다. 일행들은 흘긋 넘겨다보는 것 같더니 여준이 손을 휘이휘이 내젓자 다시 고개를 돌린다. 그러곤 비밀 얘기라도 하듯 목소리를 죽여 웅성웅성 떠든다. 간간이 이쪽을 건너보는 모양새가 썩 기분이 좋지 않다.

주문하기 전에 눈치챘어야 했는데. 사각이 많은 식당 구조가 새삼 원망스럽다. 아니, 애초에 여길 오자고 한 게 잘못이다.

여준은 달라붙듯 날 보던 시선을 떼고 다시 이안에게 얼굴을 돌렸다.

"당신, 그거 압니까. 선문정, 원래 내 사람이에요. 뱃속 깊은 곳까지 내가 삼켰던 사람. 당신이 누구든, 문정일 얼마나 만났든, 얼마만큼 알든, 그 사실은 변하지 않아요. 머리끝부터 발끝까지 내 거였다고. 씨발, 내 거였다고……."

거침없이 튀어나온 욕설에 숟가락질이 멈춘다. 윤여준이 욕이라니. 그보다 나에 대해 저딴 식으로 지껄이다니.

"그만 가요."

상대할 가치도 없다. 다시는 안 보면 그만이다. 가방을 챙겨 일어나려는데 상체를 길게 내민 이안이 여준의 뒷목을 잡았다. 친한 친구에게 하듯 자연스럽고 부드러운 동작. 얼굴엔 언뜻 미소까지 비친다.

"뭡니까. 놔요."

여준이 벗어나려 하자 손에 힘을 줘 단단히 붙든다.

"한 번만 말할 테니까 똑똑히 들어요."

취기로 벌게진 여준의 두 눈에 시선을 맞추고 낮은 음성으로 태연히 입을 열었다.

"선문정, 네 거였던 적 단 1초도 없어. 넌 이 여잘 삼킨 적도 입에 넣은 적도 손에 쥔 적도 없어. 그건 전부 너의 착각이자 망상이고, 헛된 바람이야."

잠시의 틈을 두고 "불쌍하게도 말이지." 중얼거린 그가 여준을 놓고 자리에서 일어났다. 무표정한 얼굴로 지갑을 열어 5만 원권 한 장을 테이블에 놓는다.

"알아들었으면 조심히 들어가요."

선생이 학생에게 이르듯 조용히 내뱉고, 날 보지 않은 채 "나가자." 한다. 그러곤 먼저 식당을 나갔다.

경험에 비추어 유추하건대 저건 화가 난 거지 싶다. 그것도 엄청.

혼이 빠진 것처럼 멍해 있던 여준이 갑자기 웃기 시작했다.

"으아…… 한 대 치는 줄 알았네."

아이처럼 키득거리다가 날 보고 "뭐냐, 저거." 한다. 아주 우습다는 듯.

나는 자리에서 일어나 여준을 잠시 내려다봤다. 정수리만 보이고 있던 그가 고개를 들고 시선을 맞춰 온다. 젖은 눈. 하지만 우는 건 아니다.

"그것도 허세야?"

잠긴 목소리로 물으니 "그런가." 하고 애매하게 웃는다.

"낮에 잘 살라고 한 건, 거짓말이었어."

'속 시원하다'는 그의 얼굴을 보고 '넌 좀 더 데여야 돼'라고 생각했다. 좀 더 아파 봐야 해, 라고. '미안해'라던 그의 얼굴을 보면서도 '더 후회해' 하고 생각했다.

"지금 하는 건 진심이야. 진심으로 잘 살아. 무슨 뜻인지 이해해?"

고개를 젖히고 올려다보는 여준의 얼굴이 조금씩 일그러진다. 엉망으로 찌푸린 미간이, 눈가가 미약하게 떨리는가 싶더니 곧 수습하고는 제 일행들에게 했듯 손을 휘이휘이 내젓는다.

가라는 듯.

나는 지체 없이 뒤돌아 식당을 나왔다.

밖은 어둡고 적막하고 춥다. 이안이 보이지 않아 순간적으로 겁이 났다. 온몸의 털이 곤두서고 눈앞이 막막해진다. 다행히 주차장에서 검정색 SUV를 찾아냈다. 나는 서둘러 조수석에 올라탔다.

오른팔을 대시보드 쪽으로 늘어뜨리고 운전대에 엎드려 있던 이안이 "늦어." 하고 불쑥 내뱉었다. 상체를 일으키고 시동을 걸며 "너무 늦어." 하고 한 번 더 말한다. 나지막이, 탓하는 듯 들린다.

그다지 늦지 않았다. 길어도 2분 정도다.

"안 좋은 일 겪게 해서 죄송해요."

여준 때문에 밥도 제대로 먹지 못한 것. 여준에게 듣지 않아도 될 말을 듣게 한 것. 하지 않아도 될 말을 하게 한 것. 그에 대한 미안함이고 사과다.

"넌 내가 어려워? 아직도 불편해?"

갑자기 저런 걸 왜 묻는가 싶다. 혼란스러워 선뜻 대답하지 못한다. 어렵다면 어렵고, 불편하다면 불편하다. 요즘도 가끔 꿈같을 때가 있다. 꿈이 언제 깰까 두렵기도 하다.

잠깐의 침묵이 지나간 후 "죄송해요." 하고 이안이 불쑥 중얼거렸다. 내가 한 걸 그대로 따라 한 거다.

"존댓말, 이제 그만할 수 없나."

내 말투를 거슬려 하는지 몰랐다.

"싫다면 노력할 수는 있겠지만, 당장은 무리예요."

"그럼 노력해."

나는 잠시 입을 다물었다가 "네, 그럴게요." 하고 대답했다.

또 거슬리는 게 뭔지 묻고 싶다. 가능하면 고치도록 노력할 텐데.

옷 입는 거라든가, 머리 모양 같은 거. 사소한 습관이나 행동거지 같은 거. 성격은 무리다. 게임을 그만하라든가 카페 활동을 그만두라는 것도 무리다. 당분간 함께 지내자는 것도 무리다. 또……

생각하는 동안에도 이안은 아무것도 묻지 않는다. 여준에 대해. '그놈은 뭐야.'라든가. '최근에 만났어?'라든가. 왜 만났어, 뭐 했어 같은 거. 옛날에 만나던 놈이야? 언제, 얼마나, 어디까지……

"뭐 더 먹을래?"

상념을 뚫고 들어온 음성이 현실이다.

"아뇨. 오빠는요."

"나도 생각 없어."

또다시 침묵이 지나간다. 나는 몸을 조금 꿈지럭댄다. 오늘은 이안의 집에서 묵으려고 했는데 그냥 학원 앞에 내려 달라고 할까 어쩔까 고민한다. 그러는 사이 그가 다시 입을 열었다.

"오늘 밤, 힘들 거야. 정말 됐어?"

구체적인 무언가를 언급하지 않았음에도 긴장감이 전신을 훑는다. 고개를 돌려 그의 옆모습을 봤다. 왁스로 넘기지 않은 탓에 검은 고수머리가 귀와 이마를 덮고 있다. 얼굴선은 시기심이 일 정도로 단정하다. 검은 눈동자는 차분하게 정면을 주시한다. 특유의 차가움만 제하면 신부神父라 해도 믿을 정도로 금욕적이고 신실해 보인다.

얌전한 남자. 여자의 보호 본능을 불러일으킬 정도로 한편으론 유약해 보이는 남자. 하지만 그는 지금껏 만나 본 그 어떤 남자보다 욕망에 충실하다. 그것을 다루고 즐길 줄 안다고 표현하는 것이 맞을 것이다.

괜찮지 않은 채로 살아야 할 이유가 없다고 내가 생각하듯, 그는 하고 싶은 걸 하지 않고 살아야 할 이유가 없다고 생각하는 것 같다.

우리는 일정 부분 상통한다. 묘하게 그럴 때가 있다. 같은 걸 보고 같은 걸 느낀다고 막연히 직감할 때가.

사실을 말하자면 집에 가고 싶지 않다. 더 솔직해지자면 그와 섹스하고 싶다. 그와 밤새도록 연결되어 있고 싶다. 그가 흥분해서 무너진 모습을 보고 싶다. 다른 누구도 아닌 내가 그렇게 만들고 싶다.

'넌 이 여잘 삼킨 적도 입에 넣은 적도 손에 쥔 적도 없어.'

화가 나서 한 말일지라도 짜릿했다. 발가락이 곱아들고 아랫도리가 불로 지진 듯 화끈거렸다. 지금 당장 하고 싶다고 생각했다.

순진의 반대말은 불순이다. 순진함을 잃은 인간이 불순하다면, 나는 불순하다.

엘리베이터에서부터 키스해 왔다. 입술을 열고 들어온 혀를 반갑게 맞이하며 열렬히 그에 응했다. 평소보다 적극적인 행동 탓에 그의 몸이 살짝 굳는다.

목에 팔을 감고 매달리자 곧 나를 안아 든다. 키스는 엘리베이터에서 내릴 때도, 현관문을 열 때도, 침대에 나를 앉히고 신발을 벗길 때도, 한 꺼풀 한 꺼풀 옷을 벗을 때에도 쉬지 않고 계속됐다.

벌거벗은 몸 위로 그의 완벽한 나체가 꼭 겹쳐 온다. 아무것도 하지 않은 채 목덜미에 가만히 얼굴을 묻는다. 육체적 욕망 따윈 없다는 듯, 플라토닉하고 스토익한 행동.

그는 이런 식으로 안고 심장의 리듬을 듣는 걸 좋아한다. 음미하는 듯도, 극기하는 듯도 하다. 그의 방식을 좋아하지만 가끔 얄미울 때가 있다는 걸 부정할 수 없다. 여자 쪽이 먼저 안달 나게 하는 데는 선수다.

흥분한 중심이 허벅지 안쪽을 눌러 와, 무릎을 살짝 세우고 그것을 세게 문질렀다. 처음 하는 행동. 비행을 저지른 청소년처럼 가슴이 두근두근 뛴다.

움찔, 어깨를 떨고 등줄기를 긴장시킨 그가 갑자기 웃음을 터뜨렸다. 나지막하게 울리는 즐겁고 유쾌한 웃음소리. 두근거리는 심장이 그의 웃음소리와 박자를 맞춘다.

지금 그의 얼굴을 보고 싶다. 어떤 표정으로 웃고 있을까.

섬세한 근육이 자리한 아름다운 등에 팔을 감고 있는 힘껏 끌어안았다. 또다시 움찔 떨리는 어깨. 맞닿은 피부로 미세한 진동이 느껴진다.

"자극하지 마. 샤워할 때부터 참았으니까."

샤워할 때. 내 방에서 몸을 겹치고 함께 샤워를 했을 때다. 이번엔 내가 웃음을 터뜨렸다.

"나 좋아해요?"

처음으로 물었다.

"좋아해."

웃음기가 묻어나는 음성으로 순순히 대답해 준다. 빙그레 미소가 떠오르고 안은 팔에 더욱 힘을 주었다.

"어디가 좋아요?"

깊게 생각한 적 없는데 묻고 보니 궁금하다. 나처럼 평범한 여자, 어디가 그렇게 남달랐을까.

"전부."

침대 위에서 하는 립서비스인가 싶다. 어쩌면 순간적인 진심일 수도 있다. 심술이 일어 "그럼, 사랑도 해요?" 하고 물었다.

'아니'라는 대답이 들려올지도 모른다. 이안이라면 충분히 가능하다. 그런 대답을 들으면 타격이야 당연히 받을 테다.

하지만 한편으로 편안해질 것 같기도 하다. 체념과 포기가 꼭 나쁜 것만은 아니다. 희망이 꼭 좋기만 한 것이 아닌 것처럼.

대답이 늦어지고 있다. 나는 이미 반쯤 체념 상태에 들어갔다. 괜찮다고 되뇌며 그의 숱 많은 머리칼을 가만가만 쓰다듬는다.

"사랑이란 관념을 좋아하지 않아. 너무 상투적이고 모호해. 그런 결론 아무것도 증명하지 못해."

목선을 타고 올라오며 키스를 퍼붓고 귓가에 속삭인다. 그의 갑작스런 행동과 말에 나의 모든 행동이 멎는다. 고개를 든 그가 내게 눈을 맞춰 온다. 세상의 모든 색을 머금은 검은 눈동자. 시선에 숨이 막힌다.

"나는 늘, 보다 명징한 것을 원해."

눈을 내리뜬 표정이 어쩐지 조금 오만해 보인다. 그의 입에서 흘러나온 말을 천천히 반추했다. 인문학을 전공한 사람의 말 같지 않다.

"이를테면요."

숨을 크게 들이쉬었다 내쉬며 조용히 물었다.

"이를테면…… 낙인 같은 거. 나를 위해 태어난 내 것이라는 표시."

말하고 목에 걸린 펜던트에 키스한다. 그가 선물한 것. 씻을 때 외엔 푼 적이 없다.

"조만간 네 몸 어딘가에 새길 거야. 물론, 네 허락이 필요하겠지만."

눈웃음을 짓고 "원하는 답인가?" 물어 온다.

금방 했던 생각을 다시 정정하는 수밖에 없다. 그가 한 말은 너무나 감상적이다. 문학을 전공한 로맨티스트가 할 법한 대사다. 듣는 사람이 다 낯 뜨거울 정도다.

다리 사이에 하체를 지그시 눌러 오며 눈꺼풀에 키스한다. 뜨겁게 달아오른 볼에도, 귀에도, 목에도, 가슴에도…… 그의 집요한 애무가 시작된다.

이 낯 뜨거움에 질 수 없다는 묘한 오기가 생긴다. 다른 건 몰라도 유치함과 창피함은 내가 한 수 위다.

"일본 학생들은 교복의 두 번째 단추를 특별하게 생각해요. 왠 줄 알아요?"

가쁜 숨을 몰아쉬며 묻는다.

배꼽 주위에 붉은 화인을 만들어 가던 그가 "글쎄." 하고 나를 본다. 이마를 덮은 고수머리와 창백한 얼굴. 무표정한 게 분명한데 눈동자가 웃고 있다. 울 것 같은 기분에 휩싸여 시선을 돌리고 천장을 본다.

"심장 가장 가까운 곳에 있으니까."

'흐음' 소리를 낸 그가 아랫배에 얼굴을 묻는다.

"새긴다면 심장 위가 좋겠어요."

천장을 보며 멍하니 말했다.

납작한 배의 연한 살을 잘근잘근 씹던 그가 고개를 든다.

"안 돼."

안 된다고 할 줄은 몰랐다. '왜?'라는 물음표를 띄우고 천장을 보는데 그의 얼굴이 불쑥 시야에 들어찬다.

"심장의 위치는?"

그야…….

"가슴."

"그러니까 안 돼."

부정의 말은 단호하다.

"가슴은 티 없이 뽀얀 게 취향이라거나?"

질문이 마음에 들지 않는 듯 단정한 미간에 섹시한 주름이 잡힌다.

"난 타투이스트가 아니야. 직접 할 수가 없어."

"다른 사람이 내 가슴을 보는 게 싫다거나?"

"정답."

미간의 주름을 펴고 상이라도 주듯 입을 맞춘다.

"타투이스트가 여자여도 안 돼요?"

"여자라도 안 돼."

"그럼 어디다 해요?"

"글쎄, 고민 좀 되겠는데."

나른하게 대답하고 깊게 키스한다. 숨이 막힐 때까지 입술을 빨고 다시 아래로 내려간다. 다리를 벌리고 얼굴을 묻는다. 그의 입술이 음모가 돋아난 둔덕에 닿는 순간 급히 상체를 일으켰다.

"뭐 하는 거예요?"

너무 놀라 자연 목소리가 커졌다.

"보면 모르나."

대꾸는 지나치게 예사로워 뻔뻔하게 느껴질 정도다.

"아니까 묻잖아요."

"혹시 처음이야?"

"당연하죠."

그의 입술 끝이 살짝 말려 올라간다.

"그럼 집중해."

"싫어요."

"왜?"

"알면서 묻지 말라니까요."

물끄러미 보는 그의 시선이 '정말 모르겠다'여서 뒷골이 당겼다.

"창피한 걸 넘어서 수치스럽다고요."

"수치스러운 게 싫어?"

"당연하죠."

"왜?"

이 남자가 진짜!

"오빠가 타인에게 베풀 수 있는 가장 큰 친절은, 수치심을 주지 않는 거예요. 전 오빠가 친절한 남자이길 원해요."

"니체로군."

흥미롭다는 듯 눈썹을 휘고 지그시 시선을 맞추더니 "기각." 하며 나를 도로 눕혔다.

"왜요?"

왜 기각인데!

"아까 말하지 않았나? 나를 위해 태어난 내 거라고. 너는 타인이 아니야. 그러니까 그 말은 네겐 해당되지 않아. 저항의 명분이 성립되지 않으니 자연히 기각."

"정말, 정말로 싫어요."

허벅지가 저릴 정도로 양 무릎을 꼭 붙이고는 고개까지 저었다.

"금방 익숙해져."

무릎에 입술을 붙인 그가 농후한 손길로 다리를 쓸어내린다. 열어 줄 때까지 기다릴 태세다.

"지금까지 이런 적 없었잖아요."

"맛있는 건 아껴 먹는 주의라."

느끼한 아저씨 대사다. 그럼에도 그가 하니 뭔가 색다르다. 기름기를 빼고 수분까지 빼내 바싹 건조시키니 달콤하기까지 하다.

"그냥 들어와요. 아까부터 참았단 말이야……."

이대로라면 그의 뜻대로 될 것 같아 큰맘 먹고 거의 울먹이듯 애원했다.

무릎에 입술을 붙이고 지그시 보던 그가 쓱 시선을 비낀다. 그러더니 "아아……." 하고 고개를 푹 숙였다.

"시도는 좋았어. 하마터면 넘어갈 뻔했으니까."

다시 고개를 들고는 씩 웃는다.

"장난은 여기까지."

말을 끝내기가 무섭게 다리를 벌리고 얼굴을 묻었다. 그동안의 실랑이는 정말 장난이었다는 듯, 힘들이지 않고 너무나

간단히 저질러 버렸다.

나는 두 눈을 꼭 감고 우스울 정도로 다리를 바들바들 떨었다. 창피함에 죽을 수 있다면 지금 당장 죽을 거다. 그렇게 생각했다. 그 정도로 창피했다.

그럼에도 몸은 어쩔 수 없이 쾌감을 느끼고 허리를 뒤튼다. 꼭 감은 두 눈 위에 손등을 올리고 입술까지 꽉 물었다. 가장 은밀한 내부를 파고드는 것이 그의 혀라는 사실 때문에 미칠 것 같다. 오럴섹스를 실제 하는 커플은 많지 않을 거다. 비위 좋은 사람이 그렇게 많기야 하려고…… 엉망이 된 머리로 생각하는 사이 나는 이미 신음을 내지르고 있다.

말도 안 된다, 창피하다, 미치겠다, 그런 생각들이 멀리 달아나고 머릿속이 백지가 되었을 때 입술이 떨어져 나갔다. 그러곤 그의 것이 파고들었다.

천천히 끝까지 삽입한 그가 얼굴을 가린 손을 치우고 코끝에 키스하며 혀를 찼다. 엄지로 아랫입술을 지그시 누르고 "상처 났잖아." 나무란다.

"싫어하지 마."

내 안의 온도를 느끼듯 가만히 자신의 것을 묻고 상처 난 입술에 살짝살짝 입술을 떨어뜨리며 말한다.

"싫어해도 그만두지 않겠지만…… 그래도 가능하면 싫어하는 건 하고 싶지 않아."

"모순 덩어리."

잠긴 목소리로 겨우 뱉어 냈다.

"그게 내 본질이지. 이미 알고 있었잖아."

그래, 이미 알고 있었다. 그가 유명해지기도 전에, 한국에 그 이름조차 알려지지 않았을 때부터 그의 음악을 듣고 알고 있었다.

"그래서, 그 모순 덩어리의 이름은?"

"이안."

대답하고 그의 목에 팔을 휘감는다.

"Right."

침대에서 뒹구는 사이 배가 고파졌다. 속옷도 입지 않은 알몸에 면으로 된 헐렁한 원피스를 걸치고 간단한 토스트와 샐러드를 만들었다. 접시들을 소파 앞 테이블에 내려놓는 사이 음악 소리가 들려온다. 〈어메이징 그레이스〉다. 소년 합창단이 부르는 듯 아주 가느다랗고 고운 미성.

소리가 들려오는 쪽으로 고개를 돌렸다. 상체는 벗은 채 바지만 아무렇게나 걸친 이안이 소리의 근원지인 미니 컴포넌트를 내려다보고 있다. CD를 재생시킨 모양이다.

소파에 앉아 토스트를 반쯤 해치웠을 때 이안이 다가와 느른한 자세로 내게 기댔다. 허리에 팔을 두르고 어깨에 턱을 올린다. 고양이가 애교 떠는 것 같다. 토스트를 집어 입에 대 주자 고개를 젓는다.

"원래 입이 짧아요?"

"그냥 보통."

"거짓말하지 말아요."

밥 한 공기 다 비우는 걸 본 적이 없다. 늘 먹다 말고 내가 먹는 모습을 지켜본다.

접시를 말끔히 비우는 동안 이안은 내게 얌전히 기대 음악을 들었다. 〈어메이징 그레이스〉는 이미 세 번째 재생 중이다.

"이 곡 좋아해요?"

오히려 싫어하는 것 같았는데. 옛 기억을 더듬으며 묻는다.

"지금부터 좋아하려고."

"내가 마법 걸어서?"

"응, 선문정이 마법 걸어서."

볼을 잔뜩 부풀리고 웃음을 참다가 결국 하하 소리 내어 웃어 버렸다. 잔잔히 흐르는 노랫소리 위로 내 웃음소리가 통통 튄다.

"액자 다시 했네요."

소파 옆, 바닥에 놓인 액자를 보며 말했다. 실은 아까부터 눈에 밟혔다. 크리스의 자필 사인이 휘갈겨진 이언 커티스의 셔츠는 다시 액자 안에 들어가 이안의 집 바닥에 아무렇게나 놓여 있다.

"비슷한 액자 찾느라 애먹었어."

"굳이 액자에 넣을 필요 있나요."

나야 뭐…… 때 타지 않게 전시해 놓으려고 그랬지만.

"그럼 셔츠만 가져가."

"나 주는 거예요?"

놀라 물었다.

"원래 네 거잖아."

아니다. 원래 이안 거다. 로즈의 말을 빌리자면, 뭣도 몰랐던 크리스 때문에 재수 없게 내 손에 들어와 버린 거다.

"내 거 아니에요. 잠시 보관하고 있던 거지. 원래 주인 나타 났으니까, 그걸로 됐어요."

말하고 그의 볼에 뽀뽀했다. 헝클어진 고수머리에도 쪽쪽 키스했다.

"사연 많은 물건이야."

어깨에 기대 있던 이안이 허리에 팔을 감은 채 뒤로 당겼다. 푹신한 소파에 두 사람의 상체가 푹 파묻혔다. 그 상태로 이안 은 말을 이었다.

"페이는 심각할 정도로 문제가 있는 여자였어. 기질적으로 그랬는지도 모르지만, 그녀의 아버지는 모든 우환이 바로 저 물건에 있다고 믿었지. 자살한 남자의 것이었으니 무리도 아니 었다고 생각해. 두 번이나 버려졌고, 한 번은 소각될 뻔도 했 어. 물론, 페이의 어머니는 그때마다 물건을 되찾아 왔고."

잠시 말을 멈춘 이안은 나를 물끄러미 보고 "페이가 누군지 안 물어?" 했다.

"로즈 씨의 이모잖아요."

확신에 가까운 대답에 가볍게 목으로 웃고는 조금 전 내가 그랬듯이 정수리에 키스해 왔다.

"페이가 결국 자살했을 땐 난리도 아니었지. 그래도 셔츠는 굳건히 살아남았어. 행운을 가져온다는 로즈 할머니의 믿음은 거의 신앙에 가까웠거든. 그게 내 손에 떨어졌을 땐, 뭐라 말 할 수 없이 난감했어. 솔직히…… 그래, 갈기갈기 찢어 태워 버리고 싶었어."

이안에게 특별한 의미가 있는 물건이라고 했다. 잃어버렸을 땐 무척 자책했다고. 그런데 태워 버리고 싶었다니.

"늘 가지고 다녔던 건, 언제든 확신이 섰을 때 버리기 위해서였어. 함부로 버리지 못했던 건, 딸을 먼저 보낸 늙은 여자에 대한 연민, 혹은 물건에 대한 일말의 의구심 때문이었겠지. 잃어버렸을 땐 차라리 잘됐다고도 생각했어."

그때, 그 밤. 어두운 뒷골목 담벼락에 주저앉아 떨고 있던 이안이 떠오른다. 많이 이상하고, 또 많이 아파 보였다. 처음엔 무서웠는데, 정신을 차리고 보니 그에게 동화되어 있었다.

"페이의 시체를 발견한 건 나야. 스테이크 나이프로 자기 몸을 처참할 정도로 난도질하고, 온몸의 피란 피는 죄다 뽑아낸 채 죽어 있었지. 자살한 사람의 시체 같지 않았어. 하지만 자살이 아니라고 의심하는 사람도 없었어. 그런 여자였으니까."

목을 찔렀다고 했다. 로즈는.

내 시선이 보내는 의문을 읽었는지 "로즈는……." 하고 그가 다시 말문을 열었다.

"로즈는 정확한 건 아무것도 몰라. 들은 걸 알 뿐이지. 그리고 크리스는 정말 아무것도 몰라. 녀석은 늘 무언가에 심취해 있고, 사건을 몰고 다니고, 관심사가 아닌 것엔 놀라울 만큼 무심해. 정말 놀라울 만큼."

밝고 자유롭다. 그것은 타인과 타인의 상처에 무심하다……가 되는 건가.

나는 고개를 한쪽으로 기울이고 이안의 손을 가만히 잡았다. 손이 조금 차갑다.

"그날, 사진을 보여 주겠다고 지갑을 열었을 때, 신분증을 봤어. 그래서 이름을 기억했지."

말하고, 잡은 손을 꼭 마주 쥐어 온다.

입고 있는 교복이 터져 버릴 듯 살이 찐 여자아이가 로댕의 '생각하는 사람' 포즈를 흉내 내고 있다. 이안이 언급한 사진은 그 사진이다.

언제 봐도 웃긴 사진. 우울할 때 보면 효과 만점인 사진. 표정이 어찌나 익살스러운지, 다이어트에 실패했다면 그 캐릭터 그대로 개그우먼이 되는 것도 괜찮았겠다 싶을 정도다.

"한국에 온 김에……였어. 네 이름을 검색했고 카페를 찾아 냈어. 그리고 가입했고 의도적으로 접근한 거야."

감기 기운은 벌써 떨어졌는데 목이 따끔따끔 아파 온다. 침 삼키는 게 어렵다.

"나…… 만나고 싶었어요?"

눈을 천천히 깜빡이며 겨우 물었다.

"확신이 필요했거든."

"무슨 확신이요."

"우연히, 단 한 번 마주친 여자가 가끔씩 떠오르는데, 그게 꽤 거추장스럽던 참이었어. 불쾌하기도 했고. 시간 낭비와 심력 소모가 필요 없는 여자라는 확신이 필요했어. 한국에 온 김에…… 확인이나 하자 싶었지."

확신. Belief.

이안이 우리 카페에서 찾고 있다고 했던 것.

"그래서 확인했어요?"

"응."

대답하고 나를 안아 든다. 나는 이안의 다리 위에 앉아 마주 보는 자세가 되었다. 그의 손이 치마 속을 파고들어 허벅지를 쓸어 올린다. 골반을 거쳐 허리로 옆구리로…… 그의 손을 따라 원피스가 말려 올라가 벗은 몸이 조금씩 드러난다. 머리 위로 옷을 완전히 벗긴 그가 알몸이 된 나를 꼭 껴안았다.

"별거 아니라는 확신이 필요했는데, 결국 찾아낸 건 내 사람이라는 확신이야."

벗은 그의 상체에 내 가슴이 짓눌린다.

"너의 의지와는 상관없이…… 내 신념은 이미 확고하지."

그의 매끈한 등에 두 팔을 휘감는다. 세차게 뛰는 심장 소리가 끊임없이 반복 재생되는 노랫소리에 섞여 든다.

"내가 가진 집착은 너의 고집에 비할 바가 아니야."

나의 두 손이 그의 등을 애무하듯 쓸어내리는 사이, 바지 버클을 열고 지퍼를 내린 그가 이미 빳빳하게 일어선 중심을 꺼낸다. 무릎걸음으로 더욱 바짝 몸을 붙이고 그의 것을 잡아 그대로 주저앉았다. 스스로도 믿을 수 없을 만큼 적극적이고 다급한 행동이다.

하체를 파고드는 압박감에 억눌린 신음을 뱉어 냈다. 움직이지도 못하고 숨만 몰아쉬는 나를 그가 끌어안는다. 다정하게 소중하게 등을 쓸어 준다.

그의 심장을 타고 호흡이 전해진다. 거칠게 터지는 것을 눌러 참는 소리. 내 남자가 나로 인해 흥분하는 소리. 그 위로 천상의 음률처럼 노랫말이 흐른다.

Amazing grace, how sweet the sound
That saved a wretch like me

나 같은 죄인 살리신 놀라운 은혜. 얼마나 감미로운 소리인
지…….

"이 곡은 페이의 방에서 자주 들었어. 페이가 자살한 날도
무한 반복되고 있었을 만큼 그녀가 좋아했던 곡이야. 그날은
비가 왔고…… 난 원래 비를 싫어해. 네 말대로 빗소리 때문에
잠을 못 잘 정도로. 상상해 봐. 끈적하게 굳은 피가 낭자한 방.
역겨운 피비린내가 진동하는 방에 온몸이 난자되어 죽어 있는
여자. 밖엔 음울한 비가 내리고 빗소리를 덮으며 노랫소리는
점점 커져. 몇 번이나 심리치료를 받아도 환영은 사라지지 않
아. 시간이 해결해 주지도 않아. 스스로의 나약함에 치가 떨릴
지경이고 자괴감은 정점으로 치달아. 환영에 나를 내어 주고
자포자기가 되었을 무렵…… 아아, 웬 미친 여자가 나타나서
마법을 걸었네……."

낮은 음성으로 담담하게 이어지던 말은 끝에 가선 거의 흥
얼거리는 것처럼 들렸다. 노래라도 부르는 것처럼.

내 호흡이 잦아진 것을 확인한 그가 "움직여 봐." 하고 달콤
하게 속삭였다. 나는 눈을 들어 그를 올려다본다. 열이 올라
시야가 흐리다. 눈 안이 먹먹하고 귀가 불에 덴 듯 뜨겁다.

이안은 내게 하나의 '이미지'였다. 그를 만나는 동안 그 이미지는 색을 달리하고 모양을 바꾸고 깨지고 떨어져 나가고 덧씌워지고 해체되었다가 재구성되었다.

오늘 그의 이미지는 또 바뀐다. 앞으로 또 얼마나 바뀔지 짐작도 할 수 없다.

"어서."

눈을 내리뜨고 살짝 찔러 올린다.

울듯이 인상을 찌푸린 나는 조금씩 천천히 허리를 움직인다. 서툴고 힘겹게.

"귀가 빨개."

핥듯이 굽어보는 시선이 야하다.

"넌 항상 귀가 빨개."

힘에 부쳐 미끄러지는 나를 그의 손이 받쳐 준다.

"그게 사람을 미치게 해."

'미치다'는 표현과는 어울리지 않는 사람. 그는 미치지 않는다. 상대를 미치게 할 뿐.

단단한 목에 팔을 감고 다리에 힘을 줘 허리를 움직인다. 조금씩 거칠어지는 그의 숨소리가 나를 자극한다. 너무 검어서 의아하기까지 한 그의 눈동자도……. 이렇게 보니 역시 삼백안기가 있다.

"사랑해요."

불쑥 중얼거렸다.

무표정한 얼굴로, 미세한 열기를 띤 눈동자로, 즐기듯 나를 굽어보던 그의 몸이 굳는다. 호흡도 멎는다.

"아무것도 증명하지 못하는 말이라 해도, 당신을 사랑해."

말하는 중에 또 울음이 터졌다. 감정이 벅차면 그렇다. 나는 늘……

굳었던 그의 몸이 풀리고 자세를 바꾼다. 나를 소파에 눕히고 그 위를 덮치듯 눌러 오며 한 번에 파고들었다. 신음 소리가 비명처럼 튀었다. 느긋하게 즐기려던 마음을 바꿨는지 그의 움직임에 여유는 없다.

그 밑에서 엉망으로 흔들리며 나는 계속 사랑한다고 되뇌었다.

또다시 피로 물든 정모

"그래, 대학에서 교편 잡고 있다고요. 정교수……는 아닐 테고, 부교수? 전임?"

언니의 말투가 곱지 않다. 심지어 짧다. 더구나 무례하다.

동파육 한 점을 입안에 넣고 우물거리던 형부가 언니 눈치를 쓱 살핀다.

"아니요, 계약직입니다."

"뭐…… 계약직이라도 재임용되다 보면 부교수도 하는 거고 정교수도 하는 거고 그런 거죠. 평생 계약직만 전전하다 끝날 수도 있는 거고."

"어, 흠! 처제가 만나는 사람인데, 당신 좀 무례한 감이 없지 않아 있어."

어쩐 일인지 형부가 목에 힘을 준다.

"이름이 안이안이라고 했나?"

이안을 향해 자못 자상하고도 점잖게 묻는데 '풉' 하고 웃음이 샜다. 당황한 형부가 동그랗게 눈을 뜬다.

"아, 아니…… 안이안이라고 하니까 좀 새롭달까. 웃겨서요."

우리 소심한 형부, 내가 뭐 잘못했나? 하고 땅 파고 들어가기 전에 얼른 웃는 이유를 설명했다.

'안이안'이라니.

실은 노래가 떠올라 버린 거다.

내 이름은 안이안. 거꾸로 해도 안이안.

"네, 안이안입니다."

웃은 사람 민망하게 이안은 너무도 담담하게 대답한다.

"국적이 영국이라니, 이안 안이라고 불러야 맞는 건가?"

"아뇨. 편한 대로 하십시오."

입가에 상냥한 미소까지 띠고 질투가 날 정도로 부드럽게 대꾸한다.

우리 형부, 마음에 들었나 보다. 올해 마흔이 된 형부는 이안보다 열 살이 많다. 막내 삼촌이나 큰형님뻘이다.

언니는 눈을 새치름하게 뜨고 이안과 내게 번갈아 가며 시선을 준다. 형부에게 퉁을 놓지도, 대화에 억지로 끼지도 않는 걸 보니 사전에 오간 얘기가 있는가 보다. 이를테면, 장래 손아래 동서가 될지도 모를 사람 앞에서 내 위신 좀 세워 줘, 라든가. 밖에선 제발 남편 기 좀 죽이지 마, 대신 집에선 당신 하자는 대로 다 할게, 라든가.

"결혼 생각은 있는 거예요? 한국에 눌러살 생각은?"

하지만 언니도 입 간지러운 건 오래 못 참는 성미다.

"언니, 그런 얘기 하려고 자리 마련한 거 아니지 않아?"

싱긋 웃으며 브레이크를 건다.

이안에게 명함을 받은 후, 언니는 그와 직접 약속을 잡았다. 내겐 일언반구도 없이. 뒤늦게 알고 따져 물었더니 만나는 사람인 것 같으니 가볍게 소개나 시키란다. 그래 놓고 막상 만나한다는 질문들은 죄다 '마음에 들지 않는 사윗감' 탈탈 터는 장모가 할 법한 것들뿐이다.

여긴 상견례 자리가 아니라고.

눈을 흘긴다.

"이런 질문 불편해요? 내가 너무 앞서갔나."

시치미 뚝 떼고 이안을 향해 묻는다. 나는 아예 무시다.

"네, 불편하네요. 너무 앞서가셨고."

눈 하나 깜빡 않고 차분하게 대답한다. 중식 테이블의 회전판을 돌리던 형부가 찔끔해서 내 눈치를 쓱 본다. '오호라'라는 표정의 언니도 나를 쓱 본다. 내가 너보다 사람 보는 눈은 한 수 위다. 딱 그런 얼굴이다. 연애는 그만하고 결혼할 남자를 만나. 그런 표정.

이안이 잘못 말한 것 하나 없고 나도 별생각 없는데 언니 부부가 분위기를 몰아간다. 이런 분위기보다 더 짜증나는 건 휩쓸리기 쉬운 내 성격이다. 괜히 열이 올라 흘러내린 애교머리를 귀 뒤로 쓸어 넘긴다.

"거봐, 불편하다잖아. 식기 전에 먹자. 형부도 얼른 드세요."

찹쌀탕수육을 입안에 쑤셔 넣고 열심히 씹는다. 듣고 싶은 대답은 들었고, 얻고 싶은 결론도 얻었다는 듯, 언니도 더 이상의 질문 없이 접시에 음식을 덜어 담는다.

옆자리에서 들린 옅은 한숨 소리에 젓가락질이 멎는다. 조그만 룸, 옆자리에 앉은 사람은 이안뿐으로 한숨 소리의 주인도 당연히 이안이다.

"결혼 생각이 있다고 대답하면, 그건 프러포즈가 되는 겁니까."

갑작스런 질문. 언니의 시선이 접시에서 이안에게로 옮겨 간다.

"뭐, 그렇게 받아들여질 수도 있겠네요."

"그럼, 그쪽은 이런 자리에서 제삼자의 강요에 의한 프러포즈를 받아도 아무렇지 않습니까."

이안을 물끄러미 보던 언니 얼굴이 조금 찌푸려지더니 이내 고개를 주억거린다.

"내가 실수했네요."

언니가 실수를 인정하는 경우는 극히 드물다. 자신이 잘못을 했더라도 어떻게든 합리화를 시켜 스스로의 우수함을 과시하는 타입이다. 그래서 싫다는 건 아니지만, 져 주는 사람 입장에서 피곤할 때가 간혹 있다.

극히 드문 경우를 코앞에서 목격했기 때문인지 맥박이 조금 빨라진다. 밥상머리에서 이렇듯 긴장을 유발시키는 건 사람 할 짓이 못 된다. 그간 아버지와 나 사이에서 눈치 보며 밥 먹느라 형부가 얼마나 힘들었을지 짐작되고도 남음이 있다.

언니는 말없이 식사를 하고, 형부는 그런 언니에게 이것저것 챙겨 준다.

위너, 안이안.

속으로 하하 웃는데 내게로 상체를 기울인 이안이 귓속말을 해 온다.

"귀가 빨개."

심장이 철렁 내려앉았다.

"왜 그래? 낭군님이 내 욕이라도 하니?"

농담인 듯 웃으며 언니가 묻는다.

"하하! 당신도 참…… 무슨 그런 농담을. 하하!"

램프의 요정처럼 하하하! 대차게 웃은 형부가 이안에게 "술은 좀 하나?" 하고 화제를 돌렸다.

"네, 조금."

이안이 싱긋 웃으며 대답한다.

"그럼, 이다음에 술 한잔 하지."

"좋죠."

또 싱긋.

나는 귀 뒤로 넘겼던 애교머리를 빼서 귀를 가렸다.

파마를 그만해야겠다. 머릿결 관리도 해야지. 단발도 괜찮을 것 같다. 어쨌든 묶지 않고 풀고 다닐 수 있도록.

'마음에 안 들어. 그럼에도 불구하고 객관적으로 봤을 때 네 쪽이 한참 기우는 건 사실이야. 내 동생이지만, 눈 하난 높아. 고등학교 때도 사대부집 도련님 같은 애랑 사귀더니.'

이안과 점심 식사를 하고 돌아온 저녁, 방으로 찾아온 언니가 침대에 걸터앉아 품평회를 하듯 말했다.

'그런데 너, 고3 막판에 그 자식한테 차이고 재수하지 않았니? 고놈, 내가 얼마나 예뻐했는데, 은혜도 모르는 고얀 놈. 동창들한테 소식은 들어? 잘 산다니?'

이름도 기억하지 못해 '고놈'이라 부르는 고얀 녀석을 며칠 전 학원 앞에서 마주치기까지 했다는 사실을 알면 어떤 반응을 보일까.

잘 살긴 뭐…… 앞으로 잘 살겠지.

'영국 국적에 전직 뮤지션, 거기에 케임브리지 나오셨다고. 괜한 억하심정에 깎아내리긴 했지만, 그 스펙에 굳이 한국까지 와서 계약직 할 건 아니다 싶네. 뭔가 있지 싶어.'

가볍게 시작하는가 싶더니 이때부터 언니는 진지해졌다. 꼬았던 다리를 풀고 날 선 눈빛으로 바닥에 앉은 나를 내려다봤다.

'아버지는 물론이고 엄마한테도 당분간 말씀 안 드릴 거야. 너무 목매지 마. 속이 안 보이는 남자야. 능구렁이 백만 마리는 똬리를 틀고 있어 봬. 얼굴도 그래. 연애하긴 좋아도 결혼하기엔 옳지 않아. 딱 봐도, 여자 애간장 태울 상이야.'

나는 가타부타 대답하지 않았다.

'결혼이란 게 한쪽이 기울면 힘들어.'

이안과의 결혼은 생각도 않고 있었는데 언니가 저렇게 나오니 약간의 반발심이 드는 것도 사실이었다. 그래서 물었다. '언니 부부도 형부 쪽이 기울지 않아?' 하고.

'네 형부는 특이 케이스지. 그 사람은 열등감이 없거든. 콤플렉스가 없어.'

언니가 얼마나 잘났든, 주위 사람들이 어떻게 비교질을 하든, 형부는 눈곱만큼도 영향을 받지 않는다는 뜻이다. 세상과 인생을 모르는 순진한 남자. 바꿔 말해 세상과 인생에 상관치 않는 강한 남자.

'넌 어때. 그런 남자랑 살면서 불안하지 않을 자신 있니?'

불안하지 않을 자신, 없다. 비교질에 휘둘리지 않을 자신도 없다.

'지금은 둘이 불꽃 튀고 좋아 죽지? 그게 얼마나 갈 것 같니? '내'가 없으면 '너'도 없어. 사람은 대충 다 그래. 그 남자 잡고 싶으면 '나'부터 찾아.'

'나'부터 찾아.

그 말이 내겐 '괜찮지 않다고 도망치는 버릇 좀 고쳐'로 들렸다.

모르겠다. 언니 말이 옳은지, 내 방식이 맞는지.

하지만 나는 역시 휘둘리기 쉬운 성격인 모양으로 지금 1시간째 워드 프로그램을 열어 놓고 있다. 거의 1년 만이다. 한 줄도 쓰지 못하는 건 여전하지만.

커서가 깜빡이는 워드 창. 1시간이나 째려봤더니 눈이 아프다. 이만 끄고 게임이나 할까 싶을 때 중기 오빠로부터 문자메시지가 왔다.

[카페 채팅방으로 집합 바랍니다.]

채팅방에 접속하자마자 글자들이 우르르 올라왔다.

그래서: 왔냐.

imsoyoung: 문정아, 어서 와.

솜이: 김선욱, 눈이 삐었냐! 누나가 그렇게 가르치디? 이 쉐키! 안
　　　되겠어! 대야에 물 떠 놓고 코 박아!

뭐보노: 물에 코 박으면 죽는다.

솜이: 그래! 뒈져, 이놈아!

뭐보노: 뒈지라니. 너무한 거 아니가. 문정 누님 하이요.

한수: 선문정, 오랜만이다.

솜이: 언니! 선욱이 뭐래는지 알아? 로즈가 여신이래. 그 여시 같
　　　은 계집애가 여신은 무슨 얼어 죽을 여신이야!

정신이 하나도 없다.

크리스러버: 모두들 안녕. 한수 오빠 오랜만이에요. 갑자기 웬 로
　　　　　즈?

뭐보노: 문정 누님, 시침 떼지 마라. 크리스 행님이랑 로즈 누님
　　　　한국 들어온 거 다 안다.

SNS인지 뭔지 없애 버리면 좋겠다.

뭐보노: 그래서 말인데. 우리 정모 함 더 하자. 크리스 햄이랑 로
　　　　즈 누님도 초청해서.

크리스랑 로즈가 뒷집 개 이름이냐고 타박하려다 만다. 자

기가 다니는 음악 학원에 이안 얼굴만이라도 좀 보여 달라고 사정사정하는 걸 딱 잘라 거절한 터다. 그래서인지 선욱에겐 미안한 마음이 없지 않아 있다.

크리스러버: 그게 내 재량과 깜냥을 벗어난 일이라…….

뭐보노: 뭔 소리고. 그게.

솜이: 언니, 혹시 이안 오빠랑 깨졌어?

크리스러버: 아직 안 깨졌어. 그리고 여기 한수 오빠도 있거든.

한수: 선문정이 이안과 사귄다는 소식은 어쩌다 나도 주워들었다. 존재감이 희미해서 그런지 본의 아니게 세작질을 할 때가 많네. 소문 안 낼게. 신경 쓰지 마. (씨익)

크리스러버: 오빠, 그 웃음이 더 무서워요.

그래서: 문정이 니 깜냥에 안 되면, 내가 해 보지 뭐.

뭐보노: 깜냥이 뭐냐고. 세작질은 또 뭔데. 내도 좀 알아듣자.

솜이: 무식한 거 티 내지 말고 검색해, 자식아.

크리스러버: 그래서 옵이 무슨 수로?

그래서: (씨익)

imsoyoung: 이이가 이안의 카페 아이디로 쪽지를 보냈거든. 계속 접속 안 하면 자를 거라고.

크리스러버: 카페 주인장이 난데, 누구 마음대로 그런 협박 쪽지를 보내?

imsoyoung: 그랬더니 이안이 답 쪽지로 휴대폰 번호를 딱! 제명 금지 명예 회원과 교환 조건이래.

크리스러버: 그러니까 내가 있는데 왜 그런 무리를 하냐고.

또다시 피로 물든 정모 317

카페 매니저가 그거 하나 못 막아 줄까 봐? 거기다, 아무리 활동을 안 하기로서니 스타를 자르는 팬 카페가 어디 있어?

그래서: 난놈인 줄은 진작 알았지만, 생각보다 된 놈이더라. 아무튼 이런 기회 흔치 않은데 시도조차 안 해서야 말이 안 되지. 가능하면 설 전에 날짜 잡아 보지 뭐.

그리고 정말 며칠 지나지 않아 정모 날짜가 잡혔다.

"크리스 오빠가 오케이 했다고요?"

"응."

"로즈 씨도요?"

"응."

"아니, 왜?"

"크리스 생각은 빤해. 재미있어 보이니까."

"로즈 씨는요?"

"혼자만 소외되기 싫으니까."

"그럼, 이안 오빠는요?"

코트 주머니에 손을 꽂고 느릿느릿 걷던 이안이 걸음을 멈추고 나를 본다. 곧 시선을 거두더니 주위를 한번 훑어보고 작은 돌멩이를 찾아 쥔다. 그러고는 산책로를 벗어나 듬성듬성 잡풀이 돋아난 바닥에 한쪽 무릎을 굽히고 앉아 동그라미를 그린다. 동그라미 가운데 '선문정'이라고 쓴다.

"여기가 네 세상."

첫 번째 동그라미에 반쯤 겹쳐서 두 번째 동그라미를 그리고는 '이안'이라고 쓴다.

"여기가 내 세상."

겹쳐진 부분에 빗금을 치고 돌멩이로 그 부분을 툭툭 친다.

"카페는 여기, 이 부분. 크리스도 로즈도 이 부분. 네 언니와 형부도 이 부분."

돌멩이를 놓고 일어나 날 보고는 "네가 속해 있는 이상, 내게도 의무는 있어."라고 말한다. 그러고는 보일 듯 말 듯 한 미소를 머금고 "네가 로즈에게 최선을 다했듯이."라고 덧붙인다.

동네 공원을 산책 중이라 머리에 왁스 바르는 위장술은 하지 않았다. 헝클어진 고수머리가 바람에 조금씩 날린다. 내가 선물한 검정색 목도리로 턱까지 친친 감아 입술만 겨우 보인다.

저 입술에 뽀뽀하고 싶다. 근처 운동장에서 축구하고 있는 학생들만 아니면 당장 달려들었을 텐데.

벤다이어그램 하나가 이렇게 감동이긴 처음이다.

"시간이 지날수록 교집합은 넓어지겠지. 완전히 하나로 겹쳐진다면 좋겠는데…… 네 생각은 어때?"

완전한 하나가 100이라고 할 때. 한없이 100에 가까워질 수야 있겠지만 완벽한 100이 되는 것은 사실상 불가능하다. 결혼을 하고, 몇십 년을 함께 살아도 그럴 것이다.

"내 생각도 그래요."

하지만 꿈은 이루어질 수 없기 때문에 오히려 꿀 만한 가치가 있다.

"공 날아가요!"

멀리서 학생이 외쳤다. 잘못 찬 축구공이 정확히 우리 쪽으로 날아오고 있다. 맞을세라 슬쩍 피하는데 이안이 가뿐하게 공을 받는다. 가슴으로 흘리듯 튕겨 발등에 떨어뜨리고 몇 번 통통 차더니 학생들 쪽으로 뻥 찬다.

앉고 서고 걷는 것처럼 자연스러운 동작이다. 재밌는 건 주머니에 양손을 꽂은 채라는 거다. 공은 가장 가까운 곳에 선 학생에게 정확히 날아갔다. 학생이 손을 흔들고 꾸벅 인사를 했다.

축구 좋아한다더니, 소싯적에 공 좀 차 본 솜씨다.

"오빤 못하는 게 뭐예요?"

장난처럼 물었다. 농담인 줄 아는지 모르는지 꽤 진지하게 생각한다. 생각이 길어질수록 '뭐지?' 싶다. 못하는 거 찾는 게 그리 힘든가. 나르시시즘이 있는 것처럼 보이지는 않았는데.

"노래."

한참이 지난 후에 겨우 하나의 답을 들을 수 있었다.

이안과 크리스가 참석하는 정모 소식은 쪽지와 메일로 카페 회원 모두에게 전해졌다. 반응은 열광적이었다. 정모 당일 제주도에서 비행기 타고 온 회원도 있을 정도였다.

두 사람은 오버플로의 대표곡 세 개를 직접 연주해 들려주기도 했다. 보컬인 크리스가 베이스까지 맡고 드럼은 선욱이 쳤다. 이틀 전부터 두세 번 합을 맞춰 봤다더니 월등히 달리는 드럼 실력이 듣기에 크게 거슬리지는 않았다.

"선욱이 소원 성취했네."

한수 오빠가 '내 새끼 기특하다'며 고개를 주억거렸다.

"김선욱 이 쉐키, 열라 부러운 쉐키. 나도 리코더라면 좀 부는데. 실로폰도 좀 치는데."

흥분한 나머지 알코올을 지나치게 흡입한 솜이가 축축한 눈으로 무대를 응시하며 비 맞은 땡중처럼 구시렁거렸다. 로즈를 의식해서인지 솜이의 차림새는 유난히 과했다. 지나가는 '클럽 죽순이'가 고개를 빼고 돌아볼 정도로.

그에 비해 로즈는 지나치게 얌전한 모습으로 있는 듯 없는 듯 조용히 움직였다. 청바지에 셔츠, 그 위에 흰색 구스다운 패딩을 입고 머리는 하나로 질끈 묶은 채 화장기 없는 얼굴이었다.

그럼에도 선욱으로부터 '여신'이라는 칭송을 받았다. 뭐, 예쁘긴 했다. 나와 눈이 마주치자 새치름한 표정을 짓고는 시선을 돌렸다. 그 밤, 내 방에 다녀간 이후로 처음 보는 거였다.

나는 로즈를 신경 쓸 틈도 없이 바빴다. 참석자 명단을 체크하고, 소영 언니를 도와 음식을 준비하고, 테이블로 나르고, 간간이 이안을 훔쳐봤다.

오버플로의 팬이라면 다 아는 예의 사진 속 주인공이 나라는 건 여전한 비밀이었다. 그걸 의식하자 그에게 말을 거는 것조차 조심스러웠다. 오히려 크리스가 더 내게 친근히 굴었다. 나와 크리스의 친분으로 이번 정모가 성사되었다고 믿는 회원들이 더러 있을 정도였다.

185센티미터가 넘는 훤칠한 키에 조각 같은 미남자. 눈부시게 밝은 아우라를 가진 자유로운 영혼. 한때, 오랜 시간 동안 이상으로 꿈꾸었던 남자. 하지만 크리스는 더 이상 내게 설렘을 선사해 주지 못했다.

궁금한 건 몇 가지 있었다. 섹스 중에 여자가 다른 남자의 이름을 불러도 아무렇지 않은지. 로즈와 연인 사이인 건지.

물론 궁금하다고 대놓고 물을 수는 없었다. 그저 복잡하구나, 짐작할 뿐.

'그거 알아? 안의 여자들은 결국 크리스에게 반해 버렸다는 거.'

그 여자들 속에 로즈 본인도 포함된다는 사실만은 분명하다고 확신했다.

중기 오빠가 걸어 놓은 오버플로의 EP 앨범을 들으며 회원들끼리 간단한 자기소개를 하고, 웃고 떠들며 마셨다. 크리스는 모든 테이블을 돌아다니며 유창한 한국어로 인사를 하고 개선문을 통과하는 장군처럼 뜨거운 환호를 받았다.

하지만 정모의 하이라이트는 뭐니 뭐니 해도 이안의 기타 솔로였다. 특히 공연 마지막 곡의 간주에서 무한 변주되는 기타 리프는 압권이었다.

"이걸 직접 들을 날이 올 줄이야."

매사 심드렁한 중기 오빠마저 넋을 놓고 감동 어린 감탄사를 연신 터트렸다.

이안의 집에서 밤을 보낸 아침이면 기타 치는 그를 종종 볼 수 있었다. 일렉은 물론이고 어쿠스틱과 클래식도. 그럼에도 무대에 선 이안을 보자 시선을 뗄 수가 없었다.

고개를 숙이고 바닥만 보는 얌전한 기타리스트. 다른 사람들이 크리스의 화려한 퍼포먼스에 시선을 빼앗긴 사이 이안과 눈이 마주쳤다. 그때 온몸을 타고 흐르던 짜릿한 전류를 잊을 수가 없다.

아무도 모르는 걸 나만 안다는 짜릿함. 아무도 못 가진 걸 나만 가졌다는 짜릿함. '내 것'이라고 주장하는 그 시선의 짜릿함.

순간 같은 걸 보고 같은 걸 느낀다는 확신이 들었다.

존잘이안 님은 정모 분위기가 막바지로 기울고 회원들 사이에서 2차 얘기가 오갈 때쯤 도착했다. 이안에게 누구와 사귀느냐고 대뜸 묻더니, 짧은 시간 안에 만취해서 자꾸만 이안에게 안겨 들었다. 그런 그녀를 로즈와 솜이가 번갈아 가며 떼어 냈다.

이안은 시종일관 무표정이었는데 나와 눈이 마주치면 짓궂게 입술 끝을 끌어 올려 웃기도 했다. 존잘이안 님이 가슴에 '부비부비'를 시전한다든가, 팔짱을 끼고 몸을 치댄다든가, 기습 뽀뽀를 시도한다든가 할 때 특히.

그렇게 무사히 마무리가 되나 싶었을 때 솜이가 피날레로 코피를 터트렸다. 지난 정모에 이어 연속으로 두 번째였다.

이유인즉, 크리스가 상의를 탈의해 섹시한 근육이 잡힌 맨가슴을 공개한 데다, 벗은 옷을 솜이에게 던졌기 때문이다. 상의를 벗어 여성 팬에게 선물하는 건 습관적인 팬서비스인 모양이었다.

아무튼 솜이는 크리스의 옷을 두 손에 쥐고 흥분에 못 이겨 코피를 퐁퐁 쏟았다. 그 와중에도 크리스의 옷에 피가 묻지 않도록 사수하는 데만 온 신경을 기울였다.

아직도 치료 안 받았냐며 한수 오빠가 한숨을 쉬었고, 선욱은 그간 솜이에게 당하고 산 것이 억울했던지 '변태'라고 대놓고 놀렸다. 그러다 소영 언니에게 한참을 혼나긴 했지만.

놀란 나는 얼른 이안에게 달려가 '괜찮냐'고 물었다. 회원들의 시선을 신경 쓸 때가 아니었다. 이안은 너무도 침착하게 상황을 주시하며 괜찮다고 했다. 되레 '그런 걸 왜 묻지?' 하는 뻔뻔한 표정을 해 보였다.

"오빠, 혈액공포증 있는 거 아니었어요?"

속삭이듯 물었다.

"있었어."

이안이 과거형으로 대답했다.

"지금은 괜찮아요?"

"응."

"언제부터요?"

"오래전부터."

"오래전, 언제?"

너무 화가 난 나머지 목소리는 착 가라앉았고, 말투는 자연 반 토막이 되었다.

이안은 대꾸 없이 내 손을 잡고 록바를 나왔다. 모르긴 몰라도 그 장면을 본 회원들이 꽤 될 것이다. 솜이의 유혈 사태 때문에 정신없는 와중이었지만.

이안은 차에 타자마자 덮치듯 키스해 왔다. 고개를 돌려 피하고 손으로 밀고 심지어 발로 차도 막무가내였다. 물론, 그다지 힘이 들어가지 않았다는 것은 인정한다.

"로즈와 자는 건 안 되고 다른 여자와 안는 건 괜찮아?"

현기증이 일 만큼 입술을 괴롭히다 귓불을 깨물며 물어 왔다. 잠긴 음성이 지독히 낮았다.

"상황이 어쩔 수 없었잖아요. 그보다…….."

"나와의 관계가 알려지는 게 그렇게 곤란해?"

"……곤란해요."

사실은 그렇게 곤란하지 않았다. 자연스레 알려진다면 그것은 그것대로 좋을 것이다. 하지만 모두의 앞에서 여의치 않게 공표된다면 부담스러운 것도 사실이다.

기본적으로 나는 평화를 지향하는 사람이다. 평화로운 일상을 사랑하는 사람. 가능하다면 평화를 지키고 싶은 게 당연하다.

"난 네 눈이 크리스를 보는 상황이 더 곤란해. 크리스와 웃으며 얘기하는 걸 보는 게 더 곤란해. 살기가 일 정도인데, 정말 넌 괜찮단 말이야?"

직설 화법은 그것만으로도 엄청난 무기다. 그의 솔직함에 나는 언제나 카운터블로를 연속으로 얻어맞고 결국 그로기 상태가 되고 만다.

"정말 상관없어?"

상관없다고 하면 아무 여자와 뒹굴기라도 하겠다는 듯이 들렸다. 결국 백기는 내 손에 쥐어졌고, 나는 그것을 흔드는 수밖에 별다른 도리가 없었다.

"안 괜찮아요. 로즈 씨도 싫고, 존잘이안 님도 싫고, 오빠를 보는 여자들은 아주 늙은 노파라 해도 죄다 싫어."

결국 이날은 그의 '혈액공포증'과 그것의 '치료 시기'에 대해 물을 수가 없었다. 날 속여서 재미있었냐고 따질 수도 없었다. 내가 얼마나 걱정을 했는데 그런 장난을 치냐고 원망할 수도 없었다. 차 안에서 온몸이 노곤해질 정도로 애무를 받고 그의 집에서 몇 번이나 몸을 섞었다.

"크리스 오빠에게 살기를 느껴요?"

그의 품에 안겨 잠이 들 것 같은 나른함과 고단함 속에서 물었다.

"느껴."

"그간 사귀었던 모든 여자들이 결국 크리스 오빠에게 넘어가서? 그때마다 살기를 느끼고 그러면서도 친구로 지내는 거예요?"

"아니. 크리스는 귀찮긴 해도 좋은 녀석이야. 쭉 그랬어."

"그럼요?"

"네가 크리스를 좋아하니까. 그래서 질투하는 거야. 남자의 질투는 무섭지. 오셀로를 봐."

"오셀로는 질투에 눈이 멀어 부인을 죽였잖아요. 그럼 오빠의 살기라는 게 설마……."

"농담 마."

"농담 아닌데?"

"널 안을 때마다 내가 얼마나 조심스러운지 안다면 절대 그런 말 못 하지."

"얼마나 조심스러운데요?"

"내 안의 난폭함과 야만성이 이렇게 경계되긴 처음이야. 널 다치게 하고 싶지 않아. 가능한 한. 그리고……."

"그리고?"

"네가 느낀다면, 그걸 보는 것만으로 만족해."

"정말요?"

"응."

"하하……."

연인들끼리의 달콤한 밀담이라는 것을, 그 진정한 참맛을 이안을 통해 알게 되었다. 섹스의 짜릿한 쾌감을 그로 인해 처음 느꼈듯이.

순정과는 거리가 멀어 보이는 사람으로부터 순정적인 고백을 받았을 때, 그것의 진의와는 상관없이 감동받는다. 믿고 싶어진다.

손해 볼 게 없으면 뭐든 믿는다. 하지만 이안의 달콤한 말들은 손해를 보더라도 믿고 싶어지는 것이다.

그래서 믿기로 했다.

다음 날, 간단하게 아침을 먹으며 혈액공포증에 대해 물었다. 그의 혈액공포증은 약 5년 전부터 거의 말끔히 사라졌다고 한다. 왜 속였냐고 묻자, 속인 적 없다고 무심히 대꾸했다.

듣고 보니 그런 것 같기도 했다. 내가 오해하도록 가만히 내버려 두었을 뿐. 능구렁이 백만 마리가 똬리를 틀고 있다는 언니의 말은 인정하기 싫지만 꽤 적확한 표현인 듯했다.

크리스와 로즈가 영국으로 돌아간다고 해서 오늘 저녁 식사

자리를 마련했다. 로즈는 탐탁지 않아 했지만 거절하지는 않았다.

데면데면 눈만 몇 번 마주쳤던 정모 이후 약 일주일 만이다. 크리스와는 이안의 집 근처에서 한 번 만난 적이 있다. 동네의 랜드마크로 자리 잡은 유명 연예기획사 앞에서 10대의 젊은 아이들에게 사인을 해 주고 있었다.

누가 보면 소속 연예인인 줄 착각할 만한 광경. 그게 재미있어 웃자, 이안이 내 얼굴을 돌리고 키스했다. 혼이 빠져나갈 것 같던 키스. 지나가던 차들이 속도를 줄이고, 크리스가 우리를 알아챌 때까지 키스는 계속되었다.

얼굴에 뜨뜻하게 열이 올라 길어지려는 회상을 억지로 끊는다. 이안과 눈이 마주쳐 싱긋 웃어 주었다.

로즈는 오만한 표정과 건방진 자세로 고급 한정식집의 고풍스런 의자에 앉아 능숙하게 젓가락질을 하고 있다.

영어와 한국어, 일본어, 거기에 독일어까지 무려 4개 국어를 한다는 로즈. 아버지가 일본인인 일본계 영국인인 데다 소꿉친구는 한국식 가정교육을 엄격히 받은 한국계. 자라 온 환경 탓이 크다곤 해도 라틴어까지 할 줄 안다니, 언어 쪽으론 타고났지 싶다. 한국 드라마를 많이 봐서 현대 한국어는 오히려 로즈가 한 수 위라고 이안에게 듣기도 했다.

사랑에 목매는 10대처럼 유치하기 짝이 없는 이 여자는 전문 통역사라는 번듯한 직업까지 있다고 한다.

로즈는 내 시선을 눈치채고 있음에도 모르는 척, 정갈하게 차려지는 음식들을 말도 없이 조금씩 꼼꼼하게 맛본다. 가느다란 손목과 좁고 긴 손 모양 때문인지 동작들이 우아하다.

"와우, 이건 애정 씨가 자주 만들던 스튜 같은데?"

소갈비찜을 집으며 크리스가 흥겨워한다.

"장애정, 우리 어머니셔."

의문을 표하기도 전에 이안이 담담히 알려 준다.

친구의 어머니를 이름으로 부르다니. 그거야말로 '와우'다.

"애정 씨가 만든 거보다 맛있는데?"

말하며 내게 윙크한다. 소년같이 천진한 빛을 발하는 초록 눈동자. '끼부린다'는 게 저런 건가 싶다. 습관적으로 여자를 홀린다. 의도적이지 않다는 점에서 더 나쁜 건지도 모르겠다.

"어머니 음식 솜씨는 내세울 만한 게 못 돼. 열심히 해도 안 되는 게 있다는 걸 어머니를 통해 배웠지."

어머니께서 옆에 계셨다면 속상해하셨을 말이다.

"난 아주머니 요리 좋아해."

내내 침묵하던 로즈가 퉁명스레 한마디 했다.

크리스가 하도 맛있게 먹기에 나도 갈비찜 하나를 집어 들었다.

"어머님 요리 나도 먹어 보고 싶다."

고기를 베어 물기 전, 자연스럽게 대꾸했다. 로즈의 시선이 내게 꽂히고 눈썹이 살벌하게 휜다.

"지겨울 만큼 먹게 될 거야."

그 살벌함을 잠재우듯 이안이 다정한 음성으로 중얼거렸다.

"네게 했던 말 전부, 아직 유효해."

찻잔에 시선을 준 채 로즈가 말했다. 식사가 끝난 아담한 방엔 로즈와 나, 단둘뿐이다. 크리스는 담배를 태우러 나갔고 이안은 전화를 받으러 나갔다.

　　"네."

　　나는 고개를 살짝 끄덕였다.

　　그녀가 내게 했던 말 전부. 그것들은 '이안은 결국 그녀 자신에게 돌아올 것'이라는 한마디로 축약된다.

　　"당신 말대로일지도 모르죠. 아닐지도 모르고."

　　"적어도 난, 없는 말은 하지 않았어."

　　이번에도 작게 고개를 끄덕였다. 진실을 말해도 진실이 아닐 때가 있다. 세상의 많은 비극과 다툼들이 여기서부터 출발된다. 하나의 사실을 말해도 나의 진실과 너의 진실이 다를 때가 있다. 때론 환장할 노릇이다.

　　"로즈 씨가 거짓말했다고 생각지 않아요. 그냥, 신경 쓰지 않기로 했어요. 끝이 빤하다고 무턱대고 현재를 포기할 수는 없잖아요. 언젠가는 죽는다고 사는 걸 그만둘 수 없는 것처럼. 제가 그런 어리석은 여자이길 바랐다면 유감이지만."

　　"시간은 중한 거야. 내 것도 네 것도. 기회도 중한 거지. 난…… 가능한 한 빨리 안을 되찾고 싶어."

　　"그럼 다른 남자와 섹스하지 말아요."

　　뇌를 거치지 않고 튀어나간 말에 로즈의 눈빛이 송곳처럼 뾰족해졌다. 미간도 잔뜩 일그러진다. 스스로의 말에 놀라면서도 입은 떠들기를 멈추지 않는다.

　　"다른 남자와 섹스하면서 안이라고 부르지도 말아요."

찻잔을 쥔 로즈의 손이 분노로 부들부들 떨리기 시작했다.

"내가, 너한테, 그런 말까지 들어야 해?"

딱딱 끊어지는 말투로 날카롭게 쏘아붙인다.

내가 당신한테 들었던 말에 비하면 별거 아니지 않아? 하고 눈빛으로 대꾸하고 차를 한 모금 마셨다.

내가 그녀에게 이런 말을 하는 이유는 아마도 화가 나서다. 이안이 소중히 여기는 것들을 그녀가 망치려 드니까.

"로즈 씨는 노력하는 방법이 틀려먹었어요."

뜨거운 차를 뒤집어쓸 각오를 하고 충고했으나 로즈에게 그런 행동을 할 기미는 없다. 오금이 저릴 정도로 노려보며 이를 악문다.

"이런 말을 하는 나도 제대로 된 어른은 아니에요. 나는, 될 만한 일에만 노력을 해요. 해도 안 될 것 같으면 아예 시도도 안 하죠. 뭔가를 얻겠다고 억지로 아등바등하지 않아요. 굳이 그러지 않아도 즐겁고 행복한 일은 얼마든지 있으니까. 하지만 내 손에 들어온 이상 지키려고 노력은 할 거예요."

말을 끊고 로즈를 봤다. 감정을 가라앉힌 듯 떨림은 멎었지만 찻잔을 꼭 쥔 손엔 핏기가 없다. 애처로울 정도로 새하얀 손가락. 짧게 깎인 손톱 역시 창백하다.

"지키려고 노력하는 게 잘못된 건 아니잖아요."

동의를 구하듯 그녀의 눈을 깊게 들여다봤다. 냉기 서린 갈색 눈동자가 피하지 않고 내 두 눈을 직시한다. 깨어지지 않는 단단한 아집이 돌멩이처럼 박혀 있다.

그녀가 보는 것이 무엇이고 믿는 것은 또 무엇인지 궁금하다. 그냥 집착인지, 후회인지, 오기인지. 사랑이라고 느껴지지 않는 건 나의 교만이자 바람일 뿐인 건지.

"내세울 건 뭐 하나 없으면서 자신만만하구나."

로즈의 입술이 사선으로 기울어지며 비웃듯 쏴붙인다.

"내세울 거 많지만 자신만만하지 않아요."

그녀의 말을 정정했다.

나는 자신의 단점을 아는 만큼 장점도 안다. 그 장점 중 하나가 '귀여움'이다. 이 '귀여움'은 이안에게 제대로 먹히고 있다. 거의 확신한다. 한 가지 씁쓸한 사실은 로즈의 매력 중 하나도 '귀여움'이라는 거다.

"왜 웃어?"

내가 웃었는가 싶다. 잠시 시선을 돌렸다가 의식적으로 다시 조금 웃었다.

"로즈 씨가 귀여워서요."

"뭐?"

로즈가 오만상 찌푸리는데 문이 열리고 이안이 들어왔다. 얼마 지나지 않아 크리스도 돌아왔다. 로즈는 입을 다물어 버렸다.

"공기가 따끔따끔해."

탐정처럼 로즈를 살피던 크리스가 곧 시선을 돌리고 차향이 좋다며 웃는다. 관심사가 아닌 것엔 놀라울 만큼 무심하다는 크리스. 그렇다고 아무것도 모르는 바보는 아닐진대 그의 행동은 언제나 여유 넘치고 자유롭다. 모든 것을 포용하는 듯.

세 사람은 친구가 아니라 연인이다. 마치 폴리아모리처럼.

미첼의 그 인터뷰 기사를 처음 읽었을 때, 폴리아모리의 뜻을 몰라 검색을 해야 했다.

폴리아모리란 다자간 연애. 즉, 일대일이 아닌 일대 다수, 혹은 다수 대 다수의 연애를 인정하는 것이라 한다.

로즈와 크리스는 폴리아모리스트인가. 그렇다면 이안은…….

지금의 이안은 폴리아모리와 억만 광년 떨어져 있다. 하지만 예전엔 어땠을까. 고개를 갸웃한 나는 곧 생각을 멈추었다. 부질없는 상념은 골치만 아플 뿐이다. 모든 비밀을 다 알 필요는 없다. 알아야 할 것이라면 언젠가는 알게 되겠지.

차를 마시고 화장실에 들렀다 나오는데 크리스가 맞은편 벽에 기대서 있다. 눈이 마주치자 싱긋 웃는다. 마주 웃어 주고 나가려는데 크리스가 "문정 씨." 하고 불렀다.

"네?"

크리스가 내게 '문정 씨'라고 하는 건 여전히 적응되지 않는다. 기쁘면서도 어색하고, 이상하고, 그렇다.

"로즈와 하던 대화 조금 들었어요."

절로 표정이 굳는다.

아까 로즈와의 대화 중에 뭔가 실례되는 말이 있었을까. 우선 그것이 걱정되어 대화 내용을 복기하는데 머리에서부터 핏기가 싹 빠졌다.

'그럼 다른 남자와 섹스하지 말아요.'

'다른 남자와 섹스하면서 안이라고 부르지도 말아요.'

여기서 다른 남자는 크리스다. 나는 크리스의 정사를 엿들었고 그에 관해 상대 여성에게 주제넘은 충고를 했다. 크리스의 입장에서 보자면 그렇다.

아, 어떡해…… 기분 나빴을까.

걱정으로 표정이 더욱 어두워지는데 그걸 다른 쪽으로 해석했는지 크리스의 얼굴에 미안한 기색이 떠오른다.

"실수로 조금, 정말 조금 들었어요."

실수로 조금, 정말 조금 들었다는 게 어디서부터 어디까지일까.

"로즈가 안의 이름을 부른 건……."

역시 들었구나!

암담함에 표정이 더더욱 어두워지는데 크리스가 어눌한 말투로 차분히 말을 잇는다.

"그건 신경 쓰지 마세요. 로즈는 안을 그리워하지만 안은 이제 문정 씨 사람이에요."

그러니 안심해도 좋다는 듯 싱긋 웃는다. 뭐라 표현할 수 없을 만큼 화사한 미소다.

크리스는 이 말을 하기 위해 나를 기다렸을까.

"그럼…… 크리스 오빠는요?"

결국 난 쭉 궁금했던 걸 물었다. 크리스가 너무도 친근한 얼굴로 웃고 있으니까. '불안해할 것 없어'란 말을 해 주기 위해 나를 기다리고 있었으니까.

질문이 이해되지 않는지 '음?' 하는 표정을 짓는 크리스에게 나는 천천히 다시 물었다.

"크리스 오빠는 로즈 씨가 안이라고 불러도 아무렇지 않아요?"

이번엔 알아들었는지 또 싱긋 웃는다.

"난 로즈를 좋아해요. 아주 많이."

그래서 아무렇지 않다는 걸까. 아니면 아무렇지 않은 게 아니라는 걸까.

"내가 로즈를 좋아하는 걸 안도 알아요. 나는 안 때문에 로즈가 다칠까 봐 걱정하고, 안은 로즈 때문에 내가 다칠까 봐 걱정해요. 바보 같은 걱정이죠. 하지만 안이 지금 제일 걱정하는 사람은 문정 씨예요. 보고 있으면 재밌어요. 안의 그런 모습은 전혀 상상하지 못했거든요. 그래서 로즈가 충격이 커요. 문정 씨는 대단해요. 로즈에게 귀엽다고 칭찬한 여자는 문정 씨가 처음이에요."

크리스는 장난스런 미소와 함께 윙크를 날리고 "안이 걱정하겠어요." 하면서 먼저 밖으로 나갔다.

대단하다니. 나는 그런 말을 들을 정도의 무언가를 한 적이 없다. 그런 말을 들을 만한 사람이 아니고, 그런 말을 들으려고 그런 질문을 한 게 아니다.

185센티미터가 훌쩍 넘는 건장한 체격의 남자가 휘적휘적 걸어가는데 뒷모습이 조금 쓸쓸해 보였다. 관심사가 아닌 것엔 놀라울 만큼 무심하다는 크리스. 크리스의 관심사는 '로즈'였다.

돌아오는 차 안에서 로즈는 잠이라도 든 듯 조용하다. 침묵을 깨고 크리스가 입을 열었다.

"한국의 여름은 어때요?"

"후덥지근하죠."

내가 대답했다.

크리스는 웃으며 여름에도 한번 들르겠다고 했다. 그땐 제주도에 가고 싶다고, 통영에도 가고 싶다고, 꿈꾸는 소년처럼 혼잣말을 한다.

뒤늦은 한파가 닥친 2월 초의 오후. 햇살마저 시릴 정도로 차가운데 크리스는 양해도 구하지 않고 차창을 열어젖히고는 도로를 향해 환호성을 내지른다.

운전석의 이안이 옅은 한숨을 내쉰다.

전방을 주시하는 무감정한 눈동자. 입가엔 보이지 않는 미소. 그와 나의 교집합을 싣고 매끄럽게 달리는 검정색 SUV. 내가 노력해야 할 것들…….

열심히. 뭘, 얼마나, 어떻게 해야 열심히 최선을 다했다고 말할 수 있는지 여전히 알지 못하지만, 아무튼 열심히 하겠다고 순진했던 그때처럼 다짐한다.

늦은 오후, 집 앞에 우리를 내려놓은 이안은 회의가 있다며 학교로 갔다. 나에겐 '집에서 기다릴 것'을 진지하게 당부하고서.

나는 지하철역까지 걸어가 크리스에게 짧은 작별 인사를 했다. 대꾸하지 않는 로즈에게도 웃으며 짧게 말한다.

"잘 가요."

추위에 어깨를 옹송그리고 지나가던 사람들이 우리를 흘긋

거린다. 할리우드 배우 뺨치게 멋있는 크리스와 못지않게 매력적인 로즈. 그리고 조그매서 귀여운 선문정.

동경은 어느새 성큼 다가와 내 곁에 이렇게나 가까이 서 있다.

그 밤, 이안은 다시 한 번 내게 이사 올 것을 요구했다. 물론 나는 거절했다. 다른 건 다 차치하고서라도 그의 집은 학원과 너무 멀다. 그렇게 이유를 대자 이안은 알겠다는 듯 고개를 끄덕였다. 그리고 다음 날부터 논현동에 집을 알아보기 시작했다.

속을 알 수 없는 남자. 하고 싶은 건 하고야 마는 남자. 모순투성이에다 때론 기겁하게 솔직한 남자. 그 남자를 두고 크리스와 로즈는 영국으로 돌아갔다. 정월 초하루를 닷새 앞둔 날이었다.

정월 초하루

"여러분, 새해 복 많이 받으세요." 웃으며 인사하자, 아이들
이 "새해 복 많이 받으세요!" 하고 합창한다.

"선생님, 안녕히 계세요!"

"바이바이!"

바이바이. 손을 흔들며 학생들이 다 빠져나갈 때까지 기다
렸다가 교실을 나왔다. 명절 연휴가 시작되기 전 마지막 수업
이었다. 콧노래를 흥얼거리며 4층으로 올라간다. 복도에서 마
주친 영현 씨가 "선 선생님, 뭐 좋은 일 있나 봐요." 하면서 웃
는다.

좋은 일이라…… 글쎄, 딱히 없다. 오히려 새해 첫날부터 본
가에 불려 가 아버지를 대면해야 한다는 사실에 우울하다.

하지만 우울한 와중에도 즐거운 일상은 언제나 존재한다.

이를테면 맛있는 밥. 이를테면 새로 시작한 게임. 또 이를테면 학원 앞으로 데리러 오겠다는 이안의 문자메시지. 그런고로 웃을 수 있다.

등 뒤에서 구둣발 소리가 빠르게 다가온다.

"연애하는 티 너무 낸다, 너."

옆구리를 찌른 언니가 잡지 한 권을 억지로 안긴다.

"접어 놓은 페이지 읽어 봐. 역시 내 안목은 못 속이지."

도도한 표정으로 턱을 치켜들고는 '흥' 콧방귀를 뀐다.

"내 말이 맞는데, 그런데도 이상하게 패배감이 든단 말이야. 찜찜해."

고개를 저으며 "찜찜해." 한 번 더 중얼거리고는 원장실로 들어간다.

방으로 들어와 가방을 내려놓고 잡지를 펼쳤다. 국민 여배우가 표지를 장식하고 있는 여성 잡지. 팔락팔락 페이지를 빠르게 넘긴다. 언니가 말한 접힌 장은 거의 끝부분에 가서야 발견했다.

미국에서 활동하다 1년 전부터 한국에 부티크를 열었다는 유명 주얼리 디자이너의 인터뷰 기사가 실려 있다.

주얼리 디자이너가 된 계기, 영감의 원천, 좋아하는 아티스트, 컬렉션이나 최근 프로젝트에 대해서 쭉 이야기하다가 인터뷰어가 한국에 와서 가장 기억에 남는 에피소드가 뭐냐고 묻자, 30대의 젊은 여성 디자이너는 '이안을 만난 것'이라는 답변을 한다.

평소 좋아하던 뮤지션의 의뢰라 거절하지 못했다고, 다른

사람의 디자인을 세공만 한 경우는 처음이며, 당연히 마지막이
될 것이라고도 적혀 있다.

어떤 액세서리였나요?

목걸이요.

사진이라도 볼 수 있을까요?

의뢰인의 요구로 촬영은 하지 못했어요.

굉장히 비밀스런 오더였나 봐요.

네, 게다가 아주 세심하고 까다로웠거든요. 펜던트에 사용된
다이아몬드도 여러 번의 퇴짜 끝에 직접 초이스할 정도였답니다.

그 뒤로 앞으로의 계획이나 목표 같은 질문들이 더 이어졌
지만 읽지 않고 잡지를 덮었다.

가슴 부근을 손으로 더듬는다. 옷 위로 만져지는 펜던트의
존재감.

부담스럽다.

순간 들었던 마음은 차분히 생각을 이어 가는 사이 곧 사라
졌다. 이것의 가치는 세속적인 것들과 무관하다. 그런 잣대로
무겁거나 가벼워질 수 있는 물건이 아니다. 그렇잖은가. 돈이
필요하다고 해서 팔 수 있는 물건이 아니니까.

자리에서 일어나 재활용 박스에 잡지를 넣는다. 거울을 보
며 옷매무새를 고친다. 물을 마시고 가방을 들고 학원을 나섰
다. 정문 앞에 영원과 수영이 나란히 서 있는 게 보인다.

"여기서 뭐 해? 집에 안 가?"

머리를 맞대고 휴대폰을 들여다보던 두 아이가 동시에 고개를 돌린다.

"엄마 기다려요."

영원이 대답했다.

"아줌마랑 같이 밥 먹기로 했어요."

큼지막한 분홍색 머리띠를 한 수영이 "그치?" 하고 영원에게 동의를 구한다. 영원이 작게 고개를 끄덕인다. 수영의 흰색 코트엔 베이비핑크 코르사주가 달려 있다. 나비 날개처럼 얇은 천이 무수히 덧대어져 꽃의 형상을 하고 있다.

"추운데 들어가서 기다리지."

"안 추워요, 그치?"

수영이 영원의 팔을 쿡 찌르자, 영원이 또 고개를 끄덕인다. 주머니에서 사탕을 꺼내 아이들에게 하나씩 주는데 검정색 SUV가 와서 멈춰 섰다. 차에서 내린 이안이 "안녕." 하고 인사한다. 시선이 영원에게 가 있다.

"안녕하세요."

얼굴을 붉게 물들인 영원이 이안에게 꾸벅 고개를 숙인다.

"누구야?"

이안을 흘긋 본 수영이 영원의 팔을 쿡 찌른다.

"선생님 애인."

영원이 대답하자, 수영이 놀라서 나와 이안을 번갈아 본다.

"선생님 결혼해요?"

"아니, 아닌데?"

웃으며 대답하고 이안을 본다. 이안의 한쪽 눈썹이 살짝 들렸다 내려온다.

"엄마 오실 때까지 선생님도 같이 기다릴까?"

묻자, 영원이 고개를 저었다.

"게임하면서 기다리면 돼요."

"맞아요. 선생님은 데이트하세요."

큰 소리로 말하고 수영이 키득키득 웃는다. 그러곤 또 이안을 흘긋 본다.

"선생님 애인 잘생겼다, 그치?"

수영의 말에 고개를 끄덕인 영원이 잠시 이안을 보다가 수영에게 귓속말을 한다.

"뭐어?"

믿지 못하겠다는 듯, 놀라는 수영의 얼굴.

"안 닮았는데?"

'안 닮았다'……. 귓속말로 뭐라고 했을지 짐작이 되고도 남았다. 수영의 직언에 영원의 얼굴이 불타는 고구마처럼 벌겋게 달아오른다.

"선생님이 닮았다고 했다, 뭐."

고개를 푹 숙이고 기어들어 가는 목소리로 반박한다.

"응, 선생님이 보기엔 닮았어."

영원이 안쓰러워 얼른 거들고 나섰다. 부분부분 닮은 구석이 없지 않아 있는 것도 사실이다.

"에이, 거짓말. 하나도 안 닮았어요."

하지만 수영은 자신의 의견을 굽힐 생각이 없는 모양이다. 이것 참 난감하다. 이안의 앞이라 더 난감하다. 그냥 인사하고 헤어질까, 그건 너무 무책임한가, 고민에 잠겨 있는데 "닮았어." 하는 낮은 음성이 들려왔다.

"어릴 때 나와, 확실히 닮았어."

수영에게 못 박듯 말하고 "그럼 또 보자." 하고는 차에 탄다. 영원의 폭 숙여졌던 고개가 다시 들린다. 웃음을 참듯 꼭 오므린 입술. 차 안의 이안을 향해 손을 살짝살짝 흔든다.

아이들에게 인사한 나도 얼른 차에 탔다.

"어떻게 알았어요?"

"뭘?"

"닮았다고 한 게 오빠를 두고 한 말이라는 거요."

정황상 넘겨짚은 건가. 그랬을 수도 있겠다. 대충 납득하고 벨트를 매는데 이안이 "들었어." 한다.

"정확하게는 들렸어. 네가 그 꼬맹이 귀에 대고 나랑 닮았다고 속삭이는 거."

이안의 말대로 영원의 귀에 대고 속삭였다. 게다가 그날 레스토랑엔 유행곡이 크게 흘러나오고 있었다. 그런데 귓속말이 들렸다고?

"설마."

"믿기 싫으면 말고."

나는 이안의 옆얼굴을 골똘히 보다가 "믿을래요." 하고 고개를 끄덕였다. 그리고 시선을 돌려 앞을 보며 이안 앞에선 정말 말조심해야겠다고 다짐했다. 혼잣말도 함부로 하지 말아야지.

학원 앞 도로를 벗어나 신호를 받으며 이안이 다시 입을 열었다.

"그 꼬맹이랑 난 전혀 안 닮았어. 어릴 때 나는 그렇게 귀엽지 않았거든."

"닮았다면서요."

"거짓말이야."

선의의 거짓말이라는 건가.

"오빠 은근히 거짓말 잘해요."

'거짓말'이라고 당당하게 실토하는 점이 오히려 악당 같기도 하고.

"은근히가 아니고 대놓고 잘해."

말하고 씩 웃는다.

"진담 속엔 늘 교묘한 거짓말이 숨어 있지."

저의를 짐작할 수 없는 말이지만, 액면 그대로만 받아들이자면 더없이 옳은 말이기도 하다. 의문을 가질 틈도 없이 그냥 납득해 버렸다.

불순물이 섞이지 않은 완벽한 진담, 혹은 진실이란 게 과연 있는가 싶다. 그래서일까. 믿는다는 말 속엔 속아 준다는 뜻도 늘 포함되어 있다. 어느 쪽에 더 치우쳤는지, 그 정도의 차이만 있을 뿐.

속아 준다.

떠올리고 보니, '믿는다'보다 더 진실되게 다가온다. '사랑'과 '믿음'보다 '사랑'과 '속아 줌'이 더 어울리는 조합 같다.

"오빠의 대놓고 하는 거짓말은 물론이고, 진담 속에 숨은 거짓말까지 전부, 기꺼운 마음으로 속아 줄게요."

신호가 바뀌고 차가 움직이기 시작할 때 조용히 말했다. 차분한 목소리로 즐겁게.

"그래. 내가 하는 건 그게 뭐든, 전부 믿어."

이안이 낮게 대꾸하며 웃었다.

☂

유년기와 청소년기를 거치는 동안 우리 집은 세 번의 이사를 했다.

여덟 살, 초등학교에 입학할 무렵까지는 지은 지 오래된 5층짜리 작은 아파트에 살았다. 야트막한 언덕 위에 있었는데 어린 몸으로 오르내리기엔 무척 멀고 경사가 가파른 것처럼 느껴졌다.

중학생이 되어 다시 찾아간 그 길은 언덕이라고 할 수도 없을 만큼 짧고 얕은 평범한 비탈길이었다. 그게 아연해서 잘못 찾아온 게 아닐까 재차 확인해 볼 정도였다. 지금은 재개발이 되어 고층 아파트가 들어섰다.

두 번째 이사한 곳은 방이 세 개 있는 4층짜리 빌라였다. 그중 햇볕 잘 드는 3층에 우리 집이 있었다. 나는 거기서 중2 여름방학이 끝날 때까지 지냈다. 그리고 그해 가을, 지금의 본가로 이사를 왔다.

작은 마당이 딸린 아담한 단독주택. 복층 구조로 계단 위엔 내 방이 있다. 침대에 앉아 창문을 열면 봄꽃이 피는 키 작은 관목과 어린 감나무가 심어진 마당이 보이고 담장 너머 오가는 사람들도 심심찮게 관찰할 수 있다.

어릴 때 나는 이삿날만 되면 괜스레 설레었다. 이사는 내게 크리스마스나 생일 못지않게 흥분되는 이벤트였다. 그것은 마치 스테이지를 클리어할 때마다 다음 단계로 넘어가는 게임 같았다.

이삿짐센터 인부들이 와서 우리 집 가구를 옮겨 가면 항상 더 크고 좋은 집이 나를 기다리고 있었다. 그래서 이사는 으레 그런 거려니 생각하고 있었다. 전혀 그렇지 않다는 건 성인이 된 후에야 알았다. 그런 식의 이사가 평범한 사람으로선 얼마나 많은 노력을 요하는 일인지. 얼마나 착실히 한눈팔지 않고 살아야 가능한 일인지.

그런 의미에서 아버지를 존경한다고 말할 수도 있을 것이다. 오직 그런 의미에서만.

"정수가 S기업 본사에 취업했다네. 어릴 땐 잔병치레도 많고 그렇게 비실비실하더니, 사람 참 모를 일이야. 국립 명문대 입학하자마자 해병대로 자원입대하질 않나, 애가 크면 클수록 탐이 나. 동생도 아들 하난 진국으로 잘 낳아 놨어."

언니 부부와 함께 현관문을 들어서고도 한참. 내겐 인사는 커녕 눈길도 안 주시더니 밥상머리에 앉아서까지 아버지는 친척들 소식을 전하느라 여념이 없으시다.

"거, 질부 소식은 들었어? 작년에 임용 고시 패스하고 발령받았다네. 병수가 장가를 너무 일찍 가는 것 같다고 제수씨가 걱정하더니, 며느리 잘 봤지."

"아유, 알았으니 어서 식사하세요. 당신은 큰집에서 제사만 지내고 오면 어째 그래요."

정월 초하루 새벽, 아버지는 자동차로 1시간 거리에 있는 큰아버지 댁에 차례를 지내러 다녀오신다. 그러곤 늘 친척들 소식을 한 보따리 가져와 풀어 놓으신다.

대체로 누가 무슨 대학에 갔다네, 어디에 합격했다네, 무슨 자격증을 땄다네, 돈을 얼마나 벌었다네, 땅을 샀다네, 집을 샀다네, 부모님 효도 관광을 보내 드렸다네 같은 것들이다.

5남매 중 넷째인 할아버지. 그리고 6남매 중 셋째인 아버지. 다복하다면 다복한 집안이다. 그 다복한 집안의 셀 수도 없는 사촌들과 오촌들, 육촌, 팔촌 소식까지 들려주시는 통에 촌수 계산하기만도 벅차다.

어릴 땐 그것도 꽤 재미있었다. 자주 못 보는 친척들 얘기를 하시며, 그 끝엔 늘 '그래도 우리 딸들이 최고야'라고 칭찬해 주셨으니까.

"내가 뭐 못할 말 해? 남도 아니고 다 우리 집안 얘긴데. 안 그런가, 자네?"

만둣국에 숟가락을 넣던 형부가 화들짝 놀라 "네, 그럼요. 장인어른." 하고 습관적으로 대답한다. 사정없이 흔들리는 동공을 보아하니 아버지 얘길 안 듣고 있었음이 분명하다. 명절 특선 프로그램 같은 걸 생각하고 있었겠지.

형부는 텔레비전 보는 게 취미다. 요새 활동하는 아이돌 가수에 대해서도 10대 못지않게 빠삭하다. 심지어 니켈로디언 같은 만화 채널도 시간 맞춰 틀어 놓는다. 대신 뉴스나 스포츠 중계는 재미없어한다. 희귀하기 짝이 없는 40대 아저씨다.

"그래도 우리 화정이만 한 인재가 없어요. 그대로 대학에 쭉 눌러앉았으면 교수님 아버지 소리 듣는 건데. 얘가 사업 쪽에 또 관심이 많아 가지고, 허허."

한참 웃으시다가 "경기도 쪽에 분원 낸다더니, 진행은 잘 되는 거야?" 넌지시 물으며 언니 밥그릇에 산적을 올려놓는다.

"아직 구상 중이에요. 인천이 어떨까 싶기도 하고."

조용히 대답한 언니가 아버지가 올려 준 산적을 입안에 넣는다. 이러니저러니 해도 아버지 앞에선 얌전한 큰딸이자 효녀인 언니.

"인천도 괜찮지. 네가 하는 일인데 뭐든 안 괜찮으려고."

흐뭇한 미소를 띠고 연신 고개를 주억거리신다. 살짝 아버지 눈치를 살핀 엄마가 닭다리를 쭉 찢어 내 그릇 위에 올린다. 평소엔 절대 하지 않던 돌발 행동에 절로 아버지를 살폈다. 못 본 척하시지만 언짢은 심기가 굳은 얼굴에 고스란히 드러나 있다.

아버지는 언젠가부터 내가 밥 먹는 모습만 봐도 눈살을 찌푸리신다. 뚱뚱했을 땐 살이 쪄서 그런가 보다 했다. 살을 뺀 지금도 저러시는 걸 보면, 비단 그 이유 때문만은 아닌 듯하다.

나는 엄마가 올려 준 닭다리를 맛있게 뜯었다. 그리고 밥 한 공기를 뚝딱 다 비우고 자리에서 일어났다.

아버지완 말을 안 섞는 게 역시 답이지 싶다. 지난 추석엔 딸자식 된 도리로서 어떻게든 말 한마디 먼저 건넸다가 호된 대가를 치르고 후회했다.

'관절이 안 좋으시다면서요.'

겨우 그 말 한마디였다. 그것도 망설이고 망설이다 겨우 건넨 한마디.

아버지의 반응은 '뉘 집 개가 짖나'였다.

점심도 먹었겠다, 엄마 얼굴도 봤겠다, 설거지도 해 드렸겠다, 받아 주진 않았지만 새해에도 건강하시라 아버지께 인사도 드렸겠다, 할 일 다 했으니 이만 가 보려 가방을 챙겨 들었다.

"좀 더 앉아 있다가 같이 가."

등 뒤로 다가온 언니가 목소리를 낮춰 말했다.

"약속 있어."

새해 첫날, 혼자 있을 이안을 떠올리며 대꾸했다.

"그럼 이거라도 아버지 드려."

내 가방에 흰 봉투를 넣으며 언니가 눈짓했다.

"뭐야, 이게?"

꺼내서 열어 보니, 5만 원짜리 빳빳한 신권이 열댓 장 남짓 들어 있다.

"네가 드리는 것처럼 드려. 흔쾌히 받진 않으시겠지만 그렇다고 찢어 버리지도 않으실 거야. 용돈은 거절 안 하는 분이시잖아."

언니 말대로다. 돈 좋아하시는 분. 눈에 보이는 가치 기준으로 모든 것을 판단하시는 분. 어릴 땐 그걸 몰랐다. 그걸 알았을 때 느낀 배신감은 아버지가 내게 느꼈다는 환멸에 비할 바가 아니다.

"싫어."

나는 봉투를 언니에게 다시 건넸다. 받으려 하지 않아 주머니에 억지로 쑤셔 넣었다. 그 바람에 봉투가 구겨졌다.

"너 정말 이럴 거니?"

"언니야말로 왜 이래. 그냥 하던 대로 해. 모른 척하라고."

모르는 척 흘리는 게 좋을 때도 있다. 모든 문제를 해결하려 억지 쓸 필요는 없다.

아버지와 나는 단순한 다툼이나 싸움을 한 게 아니다. 그냥 서로 알아 버린 거다. 마주쳐서 좋을 게 없다는 걸. 서로 맞지 않는 사람이라는 걸.

"그래도 아버지야. 어릴 때를 생각해 봐. 아버지가 널 얼마나 예뻐하셨는지."

낮은 음성으로 타이르는 언니를 의아한 눈으로 올려다본다. 가끔이지만, 이럴 때 언니는 아버지 못지않게 멀리 있는 것처럼 여겨진다.

"어릴 때 기억이 있으니까, 그때의 아버지를 기억하니까 지금을 용서할 수 없는 거야."

담담히 말하고 가방을 챙겨 방을 나왔다.

"저 이만 가 볼게요."

인사하고 현관으로 가 신발을 신는다.

"벌써 가니?"

과일을 준비하던 엄마가 놀라서 뛰쳐나온다. 그런 엄마 때문에 갑자기 눈물이 핑 돈다. 나는 빠르게 눈을 깜빡이고 "응." 하면서 고개를 끄덕였다.

"또 올게."

등 뒤에서 형부가 "처제 이따 봐." 한다. 아버지는 들은 체도 하지 않고 텔레비전을 보고 계신다.

마당을 가로지르는 나를 엄마가 서둘러 뒤따른다.

"문정아."

부르는 소리에 대문 근처에서 돌아보았다. 구식 휴대폰을 한참 조작하시던 엄마가 내게 화면을 내보인다.

"나 서방이 비밀이라면서 보내 주더라. 너 만나는 남자 맞아?"

조그만 화면 속엔 이안의 사진이 들어 있다. 다른 곳을 보는 듯 시선을 비끼고 있는 모습. 몰래 찍었다는 티가 나는 사진이다.

"대학 교수라면서? 괜찮은 사람인 것 같다고 나 서방이 그러더라."

조심스레 말을 꺼내는데 궁금한 게 많은 눈치다. 나는 엄마의 눈을 보며 걱정 말라는 듯 싱긋 웃었다.

"응, 괜찮은 사람이야. 나한텐 과분할 정도로 좋은 사람. 만난 지 오래되진 않았어. 그러니까 이다음에 소개시킬게."

엄마는 단어 하나하나를 새기듯 집중해서 듣더니 고개를 끄덕인다.

"그래, 엄마는 너 믿는다. 너희 아버지가 뭐라고 하든, 네 결혼은 엄마가 책임지고 남부럽지 않게 준비해 줄게. 가게 처분하면서 비자금도 넉넉하게 마련해 놨다. 네 아버지 돈 한 푼 안 쓰고도 엄마가 문정이 너 시집보내 줄 테니까, 넌 아무 걱정 말고 그저 좋은 사람 같으면 잘 만나기나 해."

엄마는 내가 돈이 없어서 시집을 못 갈까 봐 그게 걱정이신가 보다.

"난 허례허식 없는 결혼 할 거야. 그러니까 비자금은 잘 쟁여 놨다 친구들이랑 여행이나 다녀요."

말하고 웃는데 엄마가 등짝을 후려쳤다.

"넌 네 생각만 하니? 엄마 생각도 좀 해."

"아야, 진짜 아퍼."

손바닥을 뒤로 돌려 등을 쓸며 인상을 찡그렸다.

"그럼, 아프라고 때리지 간지러우라고 때리니? 아무튼 엄마 생각은 그러니까 너도 그렇게 알고 있어."

엄한 얼굴로 인상을 굳힌 엄마가 옷깃을 여며 주며 "조심히 들어가." 한다.

"명절 음식은 언니 편에 보낼게."

나는 알았다며 고개를 끄덕이다가 문득 떠오르는 게 있어 엄마 팔을 잡았다.

"엄마, 가래떡 썰어 놓은 거 아직 있지? 조금만 싸 줘."

"그것도 언니 편에 보낼게."

"아니, 지금 싸 줘."

"지금?"

"응."

"알았어, 기다려."

등을 돌려 집 안으로 들어가는 엄마를 지켜보다 휴대폰을 꺼내 들었다. 한 손으로 빠르게 문자메시지를 찍는다.

[점심 전이죠? 먹지 말고 기다려요.]

그러곤 '이느님'에게 발송.

설날엔 뭐니 뭐니 해도 떡국이 진리다.

"맛있어요?"
기대 가득한 눈으로 맞은편의 이안을 바라본다.
썰렁할 정도로 커다란 부엌엔 여전히 조그마한 식탁. 그러나 의자는 두 개로 늘었다.
숟가락으로 국물을 한 번 더 떠서 삼키고 진지하게 맛을 음미하던 이안이 슥 시선을 들며 말한다.
"미묘."
나는 얼른 일어나 렌지 위에서 냄비를 가져와 남은 국물을 맛본다.
"맛있는데."
내 입맛이 이상한가 싶어 한 번 더 떠먹는다.
"맛있기만 하네."
그런 나를 보던 이안이 타원형으로 썰린 떡을 입안에 넣고 천천히 씹는다.
"응, 맛있어."
표정 없이 형식적인 말투. 소문난 맛집에 가서 밥을 먹어도 좀체 맛있다는 말을 하지 않는 사람이다. 늘 적당량의 음식을 적당한 속도로 무표정하게 먹는다.
'미묘'와 '맛있어' 과연 어느 쪽이 진짤까.
"진짜 맛있어요?"
"응, 내가 먹어 본 떡국 중엔 이게 제일 맛있어."
진짜라는 듯, 엄지까지 척 들어 보인다. 그러곤 까딱까딱 손

짓을 한다. 가까이 가자 상체를 당기고 쪽 뽀뽀해 준다. "고마워." 하고는 살짝 웃기까지 한다.

으으, 귀엽다. 강아지가 간식 먹고 애교 떠는 것보다 더 귀엽다.

나는 맞은편 의자에 앉아 그를 뚫어져라 쳐다보며 "맛있으면 다 먹어요." 했다. 이안은 정말로 그릇을 깨끗이 비웠다. 예상보다 더 기뻐서 어깨춤이 절로 났다.

설거지를 하는 이안의 등 뒤에 슬며시 다가가서 기특하다며 엉덩이를 두드려 주기까지 했다. 놀란 듯 경직되더니 갑자기 웃음을 터트렸다. 하하, 하고 단정하게 울리는 웃음소리. 그 웃음소리에 맞춰 심장박동 수가 천장에 닿을 듯 가파르게 상승했다.

이안은 요즘 자주 웃는다. 나와 함께 있는 것이 즐겁구나, 뿌듯함을 느끼게 하는 웃음소리다.

배부르다는 이안에게 후식으로 아이스크림을 떠먹이고 있는데 초인종이 울렸다. 택배 기사도 쉬는 오늘 같은 날 대체 누구지? 싶다. 호기심이 동해 현관문을 여는 이안의 등 뒤에서 고개를 빼고 내다보았다.

20대 중후반으로 보이는 웬 훤칠한 남자가 양손 가득 짐을 들고 서 있다. 남자는 집 안으로 들어올 생각이 전혀 없는지 현관에 서서 이안에게 양손의 짐을 떠넘겼다.

"안 교수님, 제가 왜 이런 심부름까지 해야 합니까."

몹시 못마땅하다는 투로 짜증까지 섞어 내뱉는 게, 그간 쌓인 불만이 많아 보인다.

"그러게. 네가 왜 이런 심부름까지 하는지 나도 모르겠는데."

낮게 대꾸하는 이안의 목소리도 썩 밝지 않다.

"아버지께 말씀 좀 해 주세요."

"네 아버지니까 직접 말하지."

"제 말은 씨도 안 먹히니까 그렇죠. 제가 지금 얼마나 바쁜지 아십니까? 담당 교수님 세미나 준비에 동원되는 것도 모자라 밤새워 자료 정리에 파일 정리까지, 도대체 논문 쓸 시간이 없단 말입니다. 그런데 왜 형 뒷바라지까지 내 몫이냐고요!"

언성이 높아지자 이안이 살짝 뒤로 물러났다. 머리가 울릴 정도로 시끄럽다는 뜻이다.

"그러니까 그건 네 아버지께 말씀드리고, 볼일 끝났으면 이만 가 봐."

이안은 수고했다는 말 한 마디 없이 남자를 내보내고 문을 닫았다.

"누구예요?"

아이스크림 스푼을 입에 물고 작게 물었다.

"대학원생."

짐을 테이블 옆에 내려놓으며 이안이 짧게 대답했다.

"에…… E여대?"

"아니, H대."

"그렇구나……."

알아들었다는 듯 중얼거리고 소파에 앉아 남은 아이스크림을 퍼먹는데 이안이 "더 안 물어?" 한다.

나는 작게 고개를 끄덕였다. 남자가 가져온 짐들은 죄다 명절 선물인 모양이다. 타 학교 학생이 E여대까지 가서 가져온 짐들.

짜증낼 만하네.

아이스크림을 박박 긁어 입안에 넣는다. 얼마나 피곤할까. 동정심이 생긴다.

"한가은이야."

옆자리에 앉으며 이안이 불쑥 내뱉었다.

"네?"

한가인도 아니고 한가은이라니. 뭔 소린가 싶은데, 언젠가 한 번 들었던 이름이 떠올랐다. 이안에게 차를 빌려줬다던 학생의 이름.

"가은이 남자였어요?"

"응."

게다가 타 대학 학생?

"가은이 부친이 E여대에 교수로 재직 중이셔. 케임브리지에서 수학하셨고, 그때 2년 동안 우리 집에서 하숙한 인연으로 이래저래 도움이랄까…… 받고 있지."

"그렇구나……."

나는 헤 벌어진 입으로 멍하니 고개를 끄덕였다.

"더 궁금한 건 없어?"

상냥한 음성에 고개를 들고 그를 본다.

"궁금해하는 것처럼 보여요?"

검은 눈동자로 한동안 시선을 맞추더니 "궁금했으면 좋겠어.” 하고 대답했다.

나직하고 차분한 음성. 투정이 섞인 것처럼 들리는 건 나만의 착각인지도 모르겠다. 하지만 마치 '궁금해해 줘'라고 조르는 듯 들렸다. 그렇게 달콤하게 갈망하는 것처럼.

나는 대답 대신 그의 입술에 키스했다. 아주 오래.

키스는 뜨거우면서도 차가운 바닐라 맛이 났다.

“오빤 나한테 궁금한 거 없어요?”

새해 첫날, 도로 위는 꽤나 혼잡하다. 이안은 어두워지기 전에 보여 줄 게 있다고 했다. 목적지로 봐선 이사할 집을 보여 주러 가는 거지 싶다.

가족들과의 오붓한 시간을 방해받은 이름 모를 부동산중개업자. 유별난 손님이라 욕하지나 않으면 좋으련만.

“아직 많지.”

“그런데 왜 안 물어요?”

“눈으로 직접 보고 확인하려고.”

잠시 침묵했다가 “우선 네 아버지.” 한다.

이안에게 아버지 얘기를 꺼낸 적은 없다. 단 한 번도.

“아버지는…….”

“그만, 됐어.”

정말로 듣고 싶지 않다는 듯 말을 끊은 이안이 “선입견 가지고 싶지 않아.”라고 틈을 두고 덧붙인다.

“딸에게 미움받을 사람인지 아닌지 내가 직접 보고 판단해.”

나는 이안에게 아버지가 싫다는 말 역시 입도 벙긋한 적이 없다. 누구, 다른 사람에게 들었을까. 언니나 형부에게.

"내가 아버지 싫어하는 건 어떻게 알았어요?"

"보고 있으면 알아."

그저 짐작일 뿐이면서 저렇게 확고히 말하다니. 아니면 어쩌려고.

"우리 아버지, 오빠 눈에 좋은 사람인 것처럼 보이면요?"

그러면 어떻게 되는 걸까. 내게 실망하려나. 그렇게 생각하자 조금 두렵다. 나의 전부가 좋다는 사람. 그것은 존재만으로 공포다. 이제 점수 깎일 일밖에 남지 않았으니까.

"좋은 분이면 자주 뵙고 인사드리지. 선문정이 하고 싶어도 못하는 몫까지."

"딸에게 미움받을 만한 사람이면요?"

"글쎄, 그건 정도에 따라 다르겠는데. 최악의 경우…… 너와 영영 못 만나게 할 수도 있겠네."

담담히 말하는 그의 옆얼굴을 신기한 눈으로 꽤 오래 바라보았다.

"왜 그렇게 봐?"

"꿈이 현실이 되면요, 대개는 실망스러운 법이거든요. 그래서 꿈은 이루어지지 않는 편이 오히려 좋은 거라고 자기위안하기도 하고요. 그런데 오빠는 항상 그 경계에 있어요. 어느 쪽으로 넘어가든 실망스럽지 않아요. 어느 쪽이든 될 수 있는 사람처럼."

그리고 어느 쪽이든 줄 수 있는 사람처럼.

생각을 더듬어 가며 신중히 건넨 말에 그는 대꾸하지 않는다. 그저 눈썹을 조금 휘어 올렸을 뿐.

그렇게 잠깐의 침묵이 지나간 후 그가 천천히 입을 열었다.

"스토커에게 살해 협박 받았을 때보다, 조금 전 그 말이 더 무서워."

나는 잠시 멍해졌다. 무슨 뜻인지 헤아리려 골몰하다가 곧 '하하' 웃었다. 웃음소리가 쌓여 가는 차 안. 날 돌아보는 그의 미간에 주름이 생긴다.

"시끄러워요?"

"전혀."

"그런데 표정이 왜 그래요?"

"무섭대도."

"웃는 것도 무서워요?"

"응."

무서워하는 그 때문에 나는 자꾸만 소리 내어 웃었다. 머리가 반쯤 벗겨진 중년 남자 앞에 차가 멈췄을 때에도 웃음소리는 그치지 않았다. 차창을 내리자 중년 남자가 허리를 숙였다. 우려와 달리 만면엔 미소가 가득했다.

"결정하셨습니까?"

중년의 부동산중개업자가 물었다.

"한 번 더 보고 결정하죠."

이안의 대답에 남자는 흔쾌히 고개를 끄덕였다.

별일이 없는 한 계약할 예정이라는 집은 학원과 아주 가까운 곳에 있었다. 가구 수가 많지 않은 고급스런 오피스텔 건물. 당연하다는 듯 맨 꼭대기 층이었고, 내부는 텅텅 비어 있었다.

"계약하면 바로 방음 공사 들어갈 거야. 맘에 들어?"

"맘에 안 들면, 다른 데 알아보게요?"

"당연하지 않아?"

"맘에 들어요."

웃으며 대꾸하고 아무것도 없는 실내를 어슬렁어슬렁 돌아보았다. 화장실과 욕실 문도 열어 보고 다용도실과 보일러실도 훑어본다.

"인테리어는 네가 원하는 대로 해."

창밖을 내다보는데 곁으로 다가온 이안이 무심한 눈길로 맞은편을 건너보며 말했다.

"그거 프러포즈예요?"

장난처럼 물었다. 언젠가 이안이 내게 그랬던 것처럼.

대답이 없어 올려다보니 그가 날 굽어보고 있다. 아주 오래전부터 그렇게 보고 있었던 것처럼.

"결혼할래?"

던지듯 물어 와 "네." 하고 담담하게 대답해 주었다.

반지도, 와인도, 꽃도, 무드도 없다. 하지만 자연스럽다. 아무것도 억지스럽지 않다. 그것이 내 마음을 편하게 한다.

실은 알아차리고 있었다. 나는 이미 여러 번 그에게 프러포즈 받았다는 걸. '너는 나를 위해 태어난 내 사람이야.'라고 했을 때. 나를 그에게 주면, 당연히 그 반대급부로 그를 받는다는 사실을.

불안은 여전히 존재한다. 하지만 불안 없는 삶이란 없다.

우리는 노을 지는 창가에 서서 말없이 창밖을 바라보았다. 한참을 묵묵히 있던 그가 키스해 왔다. 점점 깊어지는 키스에 '이거 좀 위험하지 않을까'라고 생각했을 때 부동산중개인의 헛기침 소리가 들렸다. 나는 서둘러 그에게서 떨어졌다. 이안은 안색 하나 안 바꾸고 중년의 중개인에게 말했다.

"계약하죠."

설 연휴가 끝나자마자 우리는 계약서에 사인을 했고, 곧 공사가 시작되었다. 그리고 날은 점점 풀려 봄이 되었다.

Belief And Addiction

"돌대가리들."

사람을 앞에 앉혀 놓고 한동안 책만 들여다보던 한 교수가 느긋하게 입을 떼 말한다. 시라도 한 수 읊는 모양새다.

인삼 향이 강해 손도 대지 않고 찻잔을 내려다보던 이안이 고개를 들고 한 교수를 건너본다. 한 교수의 다물린 입매가 미세하게 떨리고 있다.

"그냥 웃으시죠."

담담한 음성에 한 교수의 얇은 입술이 호선을 그리며 늘어진다.

"허구한 날 그렇게 인상 굳히고 다닌다고 소문이 아주 파다해. 꼬박꼬박 존댓말 써 가면서 돌대가리들이라고 한다며? 그 탓에 기죽은 애들 여럿이야. 듣자 하니 지난 학기엔 복날 개

잡듯 잡아 대고 학점도 제일 짜게 줬다면서?"

"딱 한 번 그랬습니다. 돌대가리가 아니라 돌머리라고."

"돌대가리든 돌머리든. 안 교수, 자네 기준이 너무 높은 거 아니야? 이쪽은 아직 학부생들이야."

"여기 학생들은 책을 너무 안 읽어요."

"그거야 뭐, 그렇긴 하다만."

쓰게 입맛을 다시고 적당히 식은 차를 한 번에 들이켠 한 교수가 이안의 찻잔을 끌어다 앞에 놓는다.

"왜, 향이 마음에 안 들어?"

"네."

"까다롭기는."

짧게 혀를 차고는 이안의 몫까지 단숨에 들이켠다.

"앞으론 생수로 준비해 주십시오."

"그래, 앞으로 너한텐 아리수만 대접하마."

삐딱한 대답에 이안의 입술 끝도 삐딱하게 말려 올라간다. 말은 저렇게 해도 늘 고심해서 차를 내놓는다는 것을 알고 있다. 어머니에게 전화를 걸어 자신의 기호를 물을 정도로 열성이라는 것도.

어머니의 대답은 듣지 않아도 빤하다. 뭘 줘도 좋아하지 않으니 아무거나 주시라 했겠지. 어쩌면 아무것도 주지 마시라 했는지도.

한 교수는 빈 찻잔을 멀찍이 밀어 놓고 습관처럼 다시 책을 펼쳐 든다. 반백의 머리를 덥수룩하게 기른 남자는 보기보다 젊어 이제 겨우 50대 초반이다.

약 20년 전, 부인과 아들을 데리고 영국으로 건너와 케임브리지에서 박사 논문을 썼다. 그때 이안의 부모님은 식비만 받고 그들에게 방 하나를 온전히 내어 주었다.

한 교수 눈에는 이안이라는 장성한 남자가 아직도 그때의 소년으로 보이는 모양이다. '안 교수'라고 불렀다가 '너'라고 무람없이 내뱉는 말투만 보아도 얼마나 그를 격의 없이 대하는지 알 수 있다.

탁자에 올려 두었던 이안의 휴대폰에 반짝 불이 들어온다. 장서로 창문까지 꽉 막힌 어두운 교수실에 은은한 불빛이 번졌다 사라진다. 이안이 휴대폰을 확인하는 사이, 그 모습을 흘긋 넘겨다본 한 교수가 모른 척 다시 입을 열었다.

"그렇게 지랄을 해도 강의실이 미어터지니, 원. 도강까지 한다며?"

"소문나서 그렇죠."

휴대폰을 들여다보는 이안의 입가에 슬며시 미소가 번진다.

"미친놈이라는데, 그래 얼마나 미쳤나 어디 한번 보자. 그런 심본가?"

눈매를 좁힌 한 교수가 떠보듯 묻는다.

"네. 그런 거죠."

귓등으로 흘려듣고 건성으로 대답하는 게 확실하다. 문자메시지 답장을 보내는 듯 이안의 기다란 손가락이 휴대폰 위를 빠르게 움직인다. 그 모습을 지그시 노려보던 한 교수가 "에라이, 요놈아!" 하고 탁자 한쪽에 쌓여 있던 종이 뭉치를 그에게 날렸다.

"너 정말 내년에 영국으로 돌아갈 거야?"

발송 버튼을 누른 이안이 웃음기를 거두고 한 교수를 본다.

"글쎄요."

"모교에 안 남고 오란다고 냉큼 올 때부터 알아봤다만, 경력 쌓고 자리 잡으려고 한국에 온 거 아니지? 뭐, 여자 만나러 왔냐? 그래? 정말?"

한 교수를 무심히 보는 눈동자가 의외의 말을 들었다는 듯 일순 정지했다. 그러나 곧 "글쎄요." 하고 시선을 내리깐다.

이제 와 전후 관계가 뭐 그리 중요할까마는 어쩌면 그의 말대로 그녀를 찾는 것이 한국행의 애초 동기였는지도 모른다. 한국에 온 김에……라는 것은 이해하지 못할 자신의 행동에 대한 변명이었는지도. 하지만 변명이나 합리화가 불필요해진 지금, 그런 것은 아무래도 상관없다.

"국수라도 얼른 먹여 주든가. 나사 빠진 놈처럼 연애질만 하지 말고."

나사가 빠졌다니. 한 교수 눈에 자신은 그렇게 보이는가 싶다. 아니면 괜한 핀잔인가.

"나사 빼고 다닌 적 없습니다. 공사 구분은 확실히 해요."

연구 논문을 등한시하지도, 강의를 소홀히 하지도, 찾아오는 사람을 박대하지도, 걸려 오는 전화를 무시하지도 않는다. 다만, 더욱 흥미로운 '진짜'를 발견해 그것에 시간을 할애하고 있을 뿐.

"그건 안 교수 생각이고. 지난번 학술세미나, 참석 안 했지? 학과장 둘째 아들 결혼식에도 참석 안 했지? 또 뭐냐……."

"하실 말씀이 그것뿐이라면 이만 나가 보겠습니다."

"넌 다 좋은데 더불어 사는 미덕이 없는 게 문제야. 만나는 여자가 영국 가기 싫다고 하면 어쩔 테냐. 억지로 잡아 갈래? 재미없고 관심 없어도 얼굴 내밀고 해. 어느 나라에 못을 박든 어차피 대학에 남을 거 아니야."

대학에 남아 연구를 하고 강의를 하는 건 그것이 자연스러운 흐름이었기 때문이다. 딱히 교수를 목표로 하고 있는 것은 아니다.

"별일이 없는 한 그렇겠지만, 별일이 생기면 얼마든지 노선 변경할 수 있어요."

담담히 대꾸하고 "그럼 일어나 보겠습니다." 하며 자리에서 일어난다.

그를 보는 한 교수의 눈에 가벼운 애증이 어린다.

"그래, 너 잘났다."

쉰이 넘은 남자의 토라진 듯한 말투에 이안이 짧은 웃음을 토해 냈다.

"그래서 저 좋아하시잖아요."

영락없는 정곡이라 한 교수는 입술을 꾹 닫고 못마땅한 기색을 풍기며 책으로 시선을 내렸다.

짝사랑이라는 게 비단 남녀 사이에만 있겠는가. 관계라는 게 다 그렇다. 애정의 체적에 따라 갑을의 관계가 분명히 나뉘는 것이다.

아들뻘밖에 안 되는 사내놈에게 목매는 꼴이라니.

이안이 나가고 문이 닫히자, '쯧' 하고 자조적으로 혀 차는 소리가 어두운 교수실에 쓸쓸히 울렸다.

[뭐 해?]
[월산 씨와 미팅 중이에요. 8시 전엔 끝나지 싶어요.]
강의실을 벗어나자마자 보낸 첫 번째 문자메시지에 대한 답은 40여 분이 지나서야 왔다.

[미팅, 어디서?]
두 번째 문자메시지에 대한 답은 비교적 빨리 도착해, 한 교수의 교수실을 나와 운전석에 앉았을 때 확인할 수 있었다.

[학원 근처 카페요.]
학원 근처 카페들의 위치를 떠올리고 어떤 순서로 훑어야 가장 효율적인지를 계산하며 이안은 차를 출발시켰다.

문정이 월산이라는 웹툰 작가와 첫 작업을 시작한 것은 약 한 달 전으로, 대형 포털 사이트의 스토리작가 공모전에 당선이 되면서부터였다.

회사 측의 연결로 한 회 분량의 짧은 단편을 월산 작가와 공동 작업했는데 독자 반응이 좋아 며칠 전부터 장편 기획에 들어갔다고 한다.

그 탓에 그녀는 꽤 바빠졌다. 학원 수업을 그대로 유지한 상태에서 직업이 하나 더 생긴 꼴이니 왜 그렇지 않겠는가. 그 좋아하는 게임도 일주일 남짓 접속하지 못했다.

아동문학가가 되고 싶었다고 했다. 재능이 없는 것일까 고민했고, 재능이 없는 것이라 결론 내렸다고. 그럼에도 그녀는 무슨 의식이라도 치르는 것처럼 일정 시간 책상 앞에 앉아 있는 것을 반복했다.

그는 아무것도 하지 않고 그런 그녀를 지켜보는 때가 잦아졌다. 뛰러 나가는 시간까지 쪼개 책을 읽고, 책을 읽다가도 그녀를 본다. 논문을 쓰다가도 정신을 차리면 그녀를 보고 있을 때가 많다.

그녀의 동선을 시야에 가둘 수 있는 위치에 항상 앉아 있다. 이쯤 되면 이미 보통이 아니다. 아니, 따지고 보면 애초부터 보통은 아니었다. 이것이 시소 게임이라면 그녀는 점점 더 하늘 높이 떠오르고 있다. 형세가 역전되기란 무척 요원할 것이다.

사거리에서 신호에 걸린다. 그 틈에 시간을 확인하는 그의 눈길이 무심하다. 머리로는 월산이라는 남자의 정보를 떠올리고 있다.

서른세 살. 시각디자인과를 나와 1년 남짓 회사원 생활을 했고, 적성에 맞지 않아 만화 쪽으로 전향했다고 한다. 두세 개의 히트작이 있고, 그중 하나는 영화 제작이 되기도 한 인기 작가라고도 한다.

함께 작업하던 스토리작가가 소설 쪽으로 독립해 나가 새로운 파트너를 찾고 있었다고, 문정의 글을 보자마자 한눈에 마음에 들어 했다고……

그야 물론…… 그렇겠지.

그녀는 재능이 없는 게 아니다. 동화완 어울리지 않는 전혀 다른 종류의 글을 쓰고 있을 뿐.

신호가 바뀌고 차를 출발시키는 그의 얼굴은 여전히 무표정하다.

겨울이 끝나 갈 무렵부터 워드 창을 열어 놓고 꾸준히 노트북 앞에 앉아 있던 문정은 점 하나 찍히지 않은 순백의 화면을 보며 이안에게 이런 말을 했다.

'뭔가를 꼭 해내거나 이루지 않아도, 의지를 가지는 것만으로도 충분해요.'

그리고 최근엔 이런 말도 했다.

'이 길이 아닌 것 같으면 샛길로 빠지는 것도 방법인 것 같아요.'

대단한 자기위로이자 자기변호이고, 자기정당화이고, 또한 구실이자 핑계다. 그리고 유쾌하리만치 옳은 말이기도 하다.

존재할 수 있는 모든 항원에 대해 자체적으로 항체를 생성하는 여자다. 억지를 부리고 자기최면을 걸어서라도. 자가당착에 빠지더라도. 그것이 그를 몹시, 견딜 수 없을 정도로 즐겁게 한다.

프랜차이즈 커피 전문점 두 곳을 거쳐 조그만 카페에서 그녀를 발견했다. 그녀는 카운터 근처에 입구를 등지고 앉아 있다.

연하늘과 연노랑이 섞인 체크무늬 셔츠. 눈에 익은 옷이 아니더라도 그녀의 뒷모습은 한눈에 알아볼 수 있다. 워낙에 가늘고 조그맣다.

품이 넓은 옷을 입었을 때 오히려 도드라지는 좁은 등도, 단발로 잘라 버린 머리카락 아래로 아슬아슬 드러나는 가녀린 목과 둥근 어깨도, 한 손에 다 들어오는 머리도, 팔과 다리도, 손도, 발도…… 힘껏 쥘 수조차 없게 몸의 모든 부위가 너무나도 얇고 조그만 여자.

탄산수 한 병을 계산해 들고 근처 테이블에 앉는다. 등진 그녀에겐 보이지 않는 위치. 하지만 월산이란 남자와는 시선을 조금만 돌려도 눈이 마주치는 위치다.

직접 보는 건 처음이다. 듣던 대로 덩치가 큰 남자다. '곰'을 닮았다던 그녀의 말이 맞다. 눈꼬리가 처져 일견 순하고, 살집이 있어 여유롭고 푸근한 인상이다. 직관적인 그녀에게 좋은 첫인상을 심어 주었을 법하다.

실제 웃는 표정이 그리 나쁘지 않다. 다른 곳에서 다른 일로 마주쳤다면 이안 본인조차 꽤 후한 점수를 주었을 것이다.

남자의 모습을 대수롭지 않은 눈길로 바라보는 그의 속내는, 그러나 지금 썩 편하지 않다. 이렇게 노골적으로 주시함에도 월산이라는 남자는 그의 시선을 알아채지 못하고 있다.

남자의 웃는 얼굴은 쉼 없이 문정을 향해 있다. 얼마나 그녀에게 집중해 있는지 알 수 있는 호감 가득한 눈빛.

두 사람은 태블릿 PC와 스케치패드, 메모장 등을 테이블에 펼쳐 놓고 시종 다정한 분위기로 의견을 주고받는다. 남자가 실없는 농담을 건네자 문정이 키득키득 웃는다.

마음에 들지 않는다. 처진 눈의 남자와 그 앞에서 웃고 있는 문정이 아니라, 지금 당장이라도 다가가 '나가자'고 말하고 싶어 하는 자신이. 문정을 곤란하게 만들고 결국 놀라서 쫓아오는 그녀를 보며 안심하고 만족하고 싶어 하는 자신이.

'욕심이 곧 열정이야. 그 안에 평화는 없어. 평화로우려면 열정

을 버려야지.'

'열정이 없어? 재미있는 소리를 하네. 여자를 안을 때도 없니?'

기억 깊은 곳에서 튀어나온 여자 목소리가 실체도 없이 고막 속으로 불쑥 침범한다.

남자에게서 시선을 거둔 이안은 느긋한 동작으로 탄산수 뚜껑을 열고 기포를 떠올리는 액체를 한 모금 천천히 들이켠다. 담배 연기 가득한 여자의 음성을 지우고 문정의 생기로운 웃음소리에 집중한다.

"크리스토퍼 로빈보다는 찰리 브라운이죠. 이쪽이 당연히 인지도가 높다고요."

기획 회의를 하다 말고 갑자기 무슨 얘기를 하는 건가.

"개인 취향으로는 스누피가 열 배 정도 더 좋아요. 말도 안 되는 캐릭터잖아요."

"말도 안 된다면서 좋다고요?"

남자가 의문을 표하자, 문정은 잠시 웃더니 "그 말도 안 되는 점이 좋은 거예요." 한다.

좁은 실내. 샘 스미스의 노랫소리에 섞여 그들의 잡담은 조금 더 이어진다. 스누피와 비글과 조종사와 담요와 찰스 슐츠를 말하는 그녀의 목소리가 그의 예민해진 신경을 가라앉히고 고막을 간지럽힌다.

처음부터 싫지 않았다. 처음 들었을 때부터 거슬림 없이 깊은 곳까지 파고들던 말소리.

시간을 확인한 문정이 "이만 일어날까요?" 하고 남자에게 동의를 구한다. 소리에 집중하던 이안도 흘긋 시계를 본다.

8시 15분 전이다.

강의 자료가 빼곡히 들어찬 파일을 가방에 넣고 고개를 든다. 막 뒤돌아서던 그녀와 눈이 마주쳤다. 옅은 쌍꺼풀이 진 섬세한 눈시울이 크게 벌어지고, 이어 조그맣고 귀여운 얼굴 한가득 반가움이 차오른다.

"언제 왔어요?"

잰걸음으로 다가와 기쁨 가득한 미소로 묻는다.

"20분쯤 전."

"차 안 막혔어요?"

"막혔어."

말없이 보는 밤색 눈동자가 미안함과 염려로 일순 흐려진다. 불편하지 않느냐고 묻고 싶은 걸 참는 듯 작게 달싹이는 입술.

'여기서 통근하기 불편하지 않아요?'

이사하고 며칠 지나지 않아 그녀가 한 번 물은 적이 있었다.

'당연한 기회비용이야.'

지나치는 말투로 아무렇지 않게 대꾸했지만, 달리 들으면 '불편한 게 당연하지'가 될 것이었다.

"먼저 나가 있을까요?"

문정의 뒤에 서 있던 남자가 두 사람 사이의 내밀한 기류를 뚫고 들어와 묻는다. 잊고 있었다는 듯 '아차' 하는 표정이 되는 문정. 그녀는 서둘러 한 걸음 비켜서며 이안에게 남자를 소개시킨다.

"일전에 얘기한 월산 씨예요. 본명은 공선욱 씨. 카페 막내

선욱이 기억하죠? 이름이 같아요."

"안녕하세요, 웹툰 작가 월산입니다. 본명보다 펜네임이 익숙하니 월산이라 불러 주십시오."

서글서글한 미소를 띠며 남자가 인사하는 사이 이안이 자리에서 일어났다.

"그리고 이쪽은……."

밤색 눈동자를 또르르 굴리며 뒷말을 길게 끄는 걸 보니 뭐라고 소개해야 할지 적당한 단어를 고르는 중인 모양이다. 그런 그녀를 대신해 이안이 입을 열었다.

"약혼잡니다."

문정의 눈시울이 살짝 벌어지고, 남자 역시 적잖이 놀란 듯 안색이 변한다.

"문정 씨 약혼했군요. 반지를 끼고 있지 않아서 전혀 몰랐습니다. 뜻밖인데요."

당혹스러운지 남자는 가볍게 웃음을 터뜨렸다. 웃느라 아래로 휘어 내린 숱 많은 눈썹에 경미한 실망감이 스친다.

"반갑습니다. 이안 안이라고 합니다."

이안이 악수를 청하자 남자가 흔쾌히 손을 내밀어 맞잡았다.

"작업실이 꽤 멀다고 들었는데 미팅 때마다 매번 여기까지 와 주시고, 고맙습니다. 다음에 식사나 같이하시죠."

"그럴까요?"

마주 잡은 손이 떨어지고 세 사람은 밖으로 나왔다. 대로에서 벗어난 안길에 위치한 카페. 드문드문 사람들이 오갈 뿐 어두운 골목은 고즈넉하다.

"만나서 반가웠습니다. 식사 약속 잊지 마시고요. 또 뵙겠습니다."

이안에게 웃으며 인사를 건넨 남자가 문정을 향해 "시놉시스 기다릴게요." 하고는 곰처럼 커다란 덩치를 붉은색 소형차에 쑤셔 넣는다. 문정은 "들어가세요." 하고 고개를 끄덕 숙였다 든다.

갓길에 세워 둔 남자의 차가 일방통행로로 진입하는 것을 보고 돌아서는 그에게 문정의 시선이 와 닿는다. 말하지 않아도 시선의 의미를 알고 있다.

"결혼을 약속했으니 약혼자야."

당연한 말이다.

"그래도 어감 때문인가…… 굉장히 어색해요."

신기하고 어려운 말이라도 들었다는 듯 문정은 고개를 갸웃거린다. 그러나 이내 빙긋 웃으며 "밥 먹었어요?" 물어 온다.

"아니."

"지금 시간이 몇 신데. 점심도 대충 먹었죠? 그러면 안 된다니까. 얼른 밥 먹으러 가요."

빠르게 조잘거리며 조수석의 문을 연다. 이안은 그녀를 잡아 세우고 셔츠를 당겨 뒷목을 확인한다. 자신과 같은 위치에 같은 문양을 새긴 그녀. 물끄러미 보다가 충동적으로 입술을 댔다. 가녀린 어깨가 흠칫 떨리며 굳는다.

슬며시 미소 지으며 가느다란 목을 타고 입술을 길게 끌어 올린다. 콧등에 머리카락이 닿아 살짝 입김을 분다. 목덜미를 덮으며 찰랑거리는 검은색 머리칼. 문정은 머리카락마저 가느다랗다.

"그만해요."

타박하는 목소리에 힘은 없다.

귀엽고 사랑스럽고 기이할 정도로 특별한 여자다. 가끔씩 이성이 나가지만 대체로 겁이 많고 그래서 괴롭히고 싶어지는, 묘하게 가학성을 자극하는 여자.

그러나 가능하면 울리고 싶지 않다. 그녀의 우는 얼굴은 단단하고 반드러운 수면에 던져진 커다란 돌멩이다. 오랫동안 정지해 있던 수면이 놀라서 튀어 오르고 줄기차게 흘러넘치며 오래도록 파문이 퍼져 나간다.

하지만 그 생경한 기분은 달갑지 않게 중독성 또한 있어서 한 번, 그리고 또 한 번, 계속해서 갈구하게 되는 것이다.

머리카락에 가려진 귀를 찾아낸 이안이 그 야들야들한 것에 잘게 키스하며 속삭인다.

"여름이 오기 전에 혼인신고부터 해."

사랑을 말하는 여자는 사랑의 영속성을 믿지 않는다. 한 걸음 다가왔다가 이내 반걸음 물러난다. 잡았구나 싶으면 어느새 빠져나가 있다.

경계심 많은 동물처럼 거리를 재는 모습이 퍽이나 귀엽지만 이젠 그도 한계를 느낀다.

함께 살자고 이사까지 왔건만, 그녀는 아직 그의 집으로 완전히 들어오지 않았다. 일주일에 닷새 이상을 함께 지내니 아무래도 상관없지 않냐는 것이 그녀의 주장이다.

그녀의 언니인 선화정 여사가 동거를 결사반대하고 나섰다는 사실을 그도 이미 알고 있다. 반항 한 번 없이, 이 정도면 됐지 않냐고 말하는 문정이 왜 야속하지 않을까. 왜 안타깝지 않을까. 조금 나아졌다곤 해도 도무지 고쳐지지 않는 말투 또한⋯⋯.

한참을 가만히 숨죽이고 있는 그녀에게 "대답해." 하고 종용한다.

일가친척이 모이는 번잡스런 결혼식은 하고 싶지 않다는 그녀. 아버지의 팔짱을 끼고 식장에 들어서고 싶지 않다는 그녀. 그렇다면 혼인신고가 먼저다. 그래야 사사건건 어깃장을 놓고 나서는 선화정 여사의 입을 막고 온전히 그녀를 품 안에 넣지.

바람이 불어와 어둠에 묻힌 두 사람을 쓸고 지나간다. 5월의 밤공기에 커피 향과 꽃향기가 섞인다.

짧게 반복되는 키스를 피하며 고개만 이리저리 돌리던 문정이 옅은 한숨을 내쉬며 그에게 등을 기대 온다.

"해요. 뭐든. 오빠가 원하는 게 내가 원하는 거야."

무한정 반복해 듣고 싶을 만큼 저릿한 한마디.

그녀의 가슴에 팔을 둘러 소중하다는 듯 끌어안는다.

원했던 것은 많았다. 그러나 '원하다' 앞에 '간절히'를 붙여 보면 그 수는 한없이 1에 수렴해 줄어든다.

흐름을 거슬러 가면서까지 간절히 원하는 건, 그의 생애 아마도 단 하나뿐이리라.

"네가 온 뒤로 남아나는 술이 없어."

굵은 사포로 긁어 대는 듯 거친 목소리로 페이가 투덜댄다. 열네 살이라는 제 나이보다 퍽 어려 보여 열둘이나 열셋밖에 안 되어 보이는 소년은 뒤도 돌아보지 않고 하던 일을 계속한다.

책상 서랍을 열어 보고, 가방을 뒤집고, 옷장의 옷을 속옷까지 꺼내 탈탈 턴다. 턴테이블이 놓인 낮은 탁상을 살피고 레코드가 빽빽한 장식장도 꼼꼼히 확인한다.

소파의 쿠션과 텅 빈 화분 속, 액자 뒤, 박스 안, 욕실 선반과 욕조, 변기, 환풍기까지 모조리 살핀 후 이윽고 살짝 찡그린 얼굴로 책장 앞에 와서 선다.

사다리를 타고 올라가야 할 정도로 높은 책장. 게다가 하나를 밀면 또 하나가 나오는 이중 구조다. 하지만 이미 익숙하다는 듯 짧은 동선의 재빠른 동작으로 차례차례 책들을 확인해 간다. 그리고 오래지 않아 목적한 것들을 찾아냈다.

세르반테스와 단테가 나란히 꽂힌 뒤쪽에서 한 병, 그리고 레마르크와 로렌스와 파스칼이 꽂힌 뒤쪽에서 또 한 병. 마지막으로 구멍 뚫린 성경 책 속에서 한 병이다.

"귀신같은 놈."

불퉁하니 입술을 내밀고 과장스럽게 머리를 젓는 여자의 모양새가 아직도 믿는 구석이 있는 듯이 여유롭다. 그러나 그는 더 이상 술병을 찾는 노역을 할 필요성을 느끼지 못한다. 세

병이면 할 만큼 했다. 이제 약속한 수업을 할 시간이다.

이안은 소파에 앉아 표정 없이 여자를 본다. 무심을 가장한 검은 눈동자에 언뜻 기대의 빛이 어린다.

처음 이 방에 들어섰을 때, 그는 깊은 회의감을 느껴야 했다. 매캐한 담배 연기로 찌들 대로 찌든 방. 30대 독신 여성의 방이라곤 믿을 수 없을 만큼 너저분하고 칙칙한 공간에 그나마 볼만한 것이라곤 벽 하나를 온통 차지하고 있는 책장뿐이었다. 이 방의 주인이 과연 자신을 가르칠 만한 능력이 있는지 우선 의심하지 않을 수가 없었다.

2년 동안 짬짬이 문학을 가르쳐 주던 한성민이 1년여 전 한국으로 돌아가 버린 후, 이안은 무척이나 무료하던 참이었다.

하던 일이 없어지면 시간에 공백이 생기 마련이다. 음악으로도 채울 수 없는 공백을 독서로 달래던 중, 로즈의 할머니로부터 흥미로운 제안을 받았다.

일주일에 두 번 환자의 방에서 유해한 물건을 찾아오면 그에 상응하는 보수는 물론이고 원하는 만큼의 책을 빌려주고, 또한 원한다면 박사 논문을 쓴다던 남자 못지않은 지성으로부터 문학 수업도 받게 해 준다는 솔깃한 유혹이었다. 그는 오래 생각지 않아 승낙을 했다. 조금 이상한 구석이 있는 사람이었지만 거짓말을 할 분은 아니었으니까.

그리고 그녀의 말은 진정 모두 사실이었다. 박사 못지않은 지성이라는 것이 방 주인인 '알콜홀릭 환자'라는 게 무척 의외긴 했지만.

"버지니아 울프."

소파에 느른히 기대앉아 **뻑뻑** 담배만 피워 대던 페이가 문득 내뱉었다. 이안의 단정한 미간이 조금 구겨진다. 이 여자는 항상 이렇다. 시작은 늘 자살한 사람의 이름이다. 지난주엔 히틀러였고, 그 지난주엔 헤밍웨이였고, 그 전 주엔 다자이 오사무였다.

"아르테미시아 젠틸레스키."

시큰둥하게 내뱉은 이름에 페이의 입술이 묘하게 비틀린다.

"유디트."

털북숭이 남자의 목을 베는 여자의 그림이 떠오른다. 시작이 저 모양이니 진행도 늘 우울하다.

페이와 하는 건 엄밀히 말해 문학 수업이 아니다. 연상게임으로 시작해 궤변으로 끝나는 정신질환 환자와의 조금 색다른 대화일 뿐.

"살로메."

연상되는 것들이 썩 유쾌하지 않다는 듯 이안은 이번도 시큰둥하게 내뱉는다. 유디트와 자주 비견되는 여자, 살로메. 세례자 요한의 머리를 요구한 헤로디아의 딸이다.

"루 살로메."

이안의 입술이 잠시 다물린다. 이번 게임은 어째 눈 깜빡할 새에 끝날 것 같은 예감이 든다. 루 살로메라니. 그녀에 대해서는 잘 알지 못한다. 이름만 대면 누구나 아는, 당대 최고의 지성들에게 사랑받은 작가라는 것밖에.

"프로이트."

그들 중 한 명이 그 유명한 프로이트다.

양 볼이 움푹 팰 정도로 깊게 필터를 빨아들이며 페이가 씩 웃는다. 연상게임은 담배 한 개비가 다 타들어 가는 시간을 넘긴 적이 없다. 그리고 승리는 언제나 페이의 몫이었다.

"카프카."

프로이트와 카프카의 공통점을 찾지 못한 이안이 손을 든다. 게임을 멈춘다는 표시다. 공통점이 없으면 이안의 승리, 공통점이 있으면 페이의 승리다.

폐 속 깊은 곳까지 휘돌아 나온 연기를 후우 내뱉으며 페이가 쿡쿡 소리 내어 웃었다. 웃다가 받은 기침을 몇 번 하고는 반 정도 타들어 간 담배를 재떨이에 비벼 끈다.

상체를 바로 세우고 묘하게 번뜩이는 눈으로 이안을 주시한다. 페이가 이렇게 볼 때면 등줄기로 소름이 돋는다. 광인의 것이 분명한 눈빛.

"국적은 다르지만 둘 다 체코에서 태어난 유대인이야. 프로이트의 출생지인 프라이베르크는 당시 체코가 아니었지만 어쨌든."

페이가 꽉 잠긴 목소리로 자신의 승리를 조용히 알린다.

그렇군.

이안은 납득했다는 듯 고개를 한 번 끄덕였다. 이기고 지는 것은 아무래도 상관없으므로 그의 표정은 늘 담담하다.

"넌 시간을 어떻게 쓰기에 그 많은 것들을 알고 있니. 고작 열넷 주제에."

이안은 그저 어깨를 으쓱 들어 보인다. 대답할 가치를 못 느끼는 질문이다. 대신 다른 걸 물었다.

"간이 망가졌다면서요?"

"그렇다고 들었어."

이번엔 그녀 쪽이 어깨를 으쓱이며 마치 남 얘기를 하듯 대답한다.

"술은 왜 그렇게 마셔요?"

이전부터 궁금하던 것이다. 여자는 자학하듯 술을 마신다. 한때 고위층 인사들과 교류하며 꽤 많은 돈을 벌어들였다는 여자. 뭘 어떻게 하면 저렇게 망가지는 걸까.

"중독되어 버렸거든."

대답하고 슬쩍 웃기까지 한다. 인생 별거 있냐는 듯. 이안의 눈살이 미세하게 찌푸려지는 것을 확인한 여자가 상체를 길게 빼 얼굴을 가까이 대며 목소리를 낮게 내리깔았다.

"비밀 하나 알려 줄까?"

"싫다고 해도 말할 거잖아요."

퉁명한 대꾸에 키득키득 웃음을 흘린 여자가 "들어 봐." 하고는 그의 검은 눈동자를 지그시 응시한다.

"중독자들도 처음엔 다들 알고 있어. 웬만하면 그래. 그만둬야 해. 혹은 끊어야 해, 라고 생각하지. 하지만 결국엔 마지막으로 한 번만 더, 하고 빤하디 빤한 과오를 범하고 말아. 그렇게 자기와의 싸움에서 진 개가 되고 나면 죄책감과 자괴감을 느끼면서 괴로워지지. 그리고 역설적이게도 바로 이 괴로움 때문에 그만둘 수가 없는 거야. 중독의 절대 조건은 고통이야. 고통을 느끼지 않는다면 중독될 일도 없지. 바꿔 말해 행복한 사람은 절대, 어떤 것에도 중독되지 않아."

말을 멈춘 페이가 표정을 굳히고 "알겠니?" 하고 마치 당부라도 하듯 물어 온다. 평소보다 심각하고 진중한 분위기지만 시 별다를 것 없는 궤변이다. 이해할 수 없으므로 이안은 고개를 저었다.

"모르겠는데요."

"지금은 몰라도 언젠가는 알게 될 거야."

상체를 물리며 말하곤 담배 한 개비를 또 입에 문다. 이안은 페이에게 간접흡연의 유해성을 각성시키려다 말고 다른 궁금한 걸 묻기로 했다.

"무슨 고통을 느끼는데요."

앞선 논리대로라면 그녀의 알콜중독 역시 고통 때문일 것이다.

잠시 생각에 잠겼던 페이가 "각인이란 거 알아?" 하고 되묻는다.

"새끼 오리가 처음 본 물체나 생명체를 어미로 인식하는…… 그런 건가요."

"그래, 맞아. 아직 어린 순수한 생명체들일수록 절대적으로 빠져들어 헤어날 수 없는 게 바로 각인이지. 돌이킬 수 없는 하나의 기억이 평생을 지배하는 거야. 벗어날 수 없어. 아무리 발버둥 쳐도. 이것이 나의 굴레이자 고통이야."

담배 연기를 내뱉은 그녀가 "이해할 수 없다는 표정이네." 하고는 심술궂게 눈썹을 휘어 올린다.

"네, 모르겠네요. 무슨 말을 하는 건지."

그러니까 그는 각인이론이 아닌, 그 구체적인 기억에 대해 물은 것이다. 하지만 딱히 캐묻고 싶은 마음도 들지 않아, 추가 질문 없이 시선을 내리깔았다. 이안의 무뚝뚝한 얼굴을 들여다보는 페이의 입술 끝이 새뜻하게 말려 올라간다.

"좋아. 그렇다면 가르쳐 주지."

떨어뜨렸던 이안의 시선이 의문을 담고 다시 들리는 사이, 페이의 강마른 얼굴이 어느새 지근거리까지 와 있다. 낮게 침잠한 눈빛과 달리 악의에 가득 찬 미소.

불길한 예감이 들어 슬쩍 뒤로 물러나는 그의 뒤통수를 그녀의 왼손이 빠르게 낚아챘다. 그리고는 물기 없이 메마른 입술을 그의 부드러운 입술에 짓이기듯 눌러 왔다.

악다문 이안의 턱을 여자의 오른손이 억지로 벌려 열고, 그 틈으로 담배 연기 가득한 혀를 억지로 쑤셔 넣는다. 이안은 미간을 조금 찌푸릴 뿐 별다른 반응이 없다.

곧 입술을 떼어 낸 여자가 담배가 끼워진 손가락으로 이안의 볼을 톡톡 두드렸다.

"반응이 영…… 재미가 없네."

'이런 목석같은 남자를 보았나.' 작게 투덜거린 페이가 곧 표정을 바꾸고는 싱긋 웃는다.

"어찌 됐든, 넌 지금부터 나를 잊지 못해. 죽을 때까지. 알겠니?"

그 당시 그는 그녀가 자신에게 무슨 짓을 했는지 알지 못했다. '제대로 미친 여자구나'라는 것이 그녀의 돌발 행동에 대한 그의 짧은 감상의 전부였다.

물론, 그녀의 의도가 무엇인지 알았다 하더라도 달리 뾰족

한 수는 없었을 것이다. 그리고 그 밤, 문정을 만나지 못했더라면 여자의 저주를 받아들인 채 그저 흐르는 대로 살았을 것이다.

눈을 뜬다. 새벽 어스름에 잠긴 실내. 이안은 한기를 느끼고 손가락을 조금 구부려 본다. 기분 나쁠 정도로 뻣뻣하고 둔한 움직임이다. 초여름의 집 안에서 한겨울 칼바람이라도 맞은 것처럼 손가락이 곱아 버렸다.

어이가 없어 소리 없는 실소가 샌다. 페이의 꿈을 꾸고 나면 항상 이렇다. 익숙하다고 해서 불쾌함이 가시는 것은 아니다. 익숙해질수록 오히려 역함은 배가 된다.

습관처럼 온기를 찾아 손가락을 움직인다. 매끄러운 시트를 쓸던 손가락이 소름 끼칠 정도로 따뜻하고 부드러운 것을 발견해 내고 이내 굳어 버린다.

천천히 고개를 돌린 곳에 그녀가 있다. 눈을 감고 연신 달콤한 숨을 내쉬고 있는 여자. 호흡의 리듬에 맞춰 봉긋한 가슴이 천천히 오르내린다. 따뜻한 피가 흐르는, 살아 있는 것이 분명한 여자.

이안은 문득 차갑게 굳어 버린 손가락을 그녀의 다리 사이에 밀어 넣고 싶은 충동을 느낀다. 핑크빛 유두가 솟은 귀여운 가슴을 힘껏 쥐고 뼈가 돌출된 마른 등을 쉼 없이 쓸어내리며 조그만 혀가 자리 잡은 입안을 마음껏 헤집고 싶은 충동. 그녀를 울리고, 내킬 때까지 저 조그만 몸을 가지고 싶다는 가학적인 충동.

난폭하고 격렬한 욕구는, 그러나 불현듯 솟아났던 것만큼이나 빠르게 세포 곳곳으로 흩어져 사라진다. 욕망을 숨기는 것 따위 그에겐 어렵지 않은 일이다.

그는 인내하고 제어하는 것을 즐긴다. 즐기지 못하면 일상생활조차 힘겨울 지경이었으니까. 감각이 예민하다는 것은 고문이다.

그녀가 깨지 않도록 조심하며 침대를 벗어났다. 뜨거운 물로 손을 씻고 커피를 내린다.

지난주, 구청과 대사관을 오가며 혼인신고의 모든 절차를 끝마쳤다. 한국에서 그들은 이미 부부다. 서류를 확인했다는 국제우편 한 통만 받으면 양국이 모두 법적으로 인정한 명실상부한 부부가 된다.

결혼이란 것에 이토록 집착하게 될 줄은 그 스스로도 전혀 예상치 못했다. 문정을 만난 후로 그의 인생은 모든 것이 예상을 벗어난 채 이리 뛰고 저리 뛴다.

아무래도 상관없다는 생각이 든다. 이미 '이 여자'라고 정했으니까. 흐르는 대로 맡긴 것이 아니라 흐름을 거슬러 선택한 것.

"왜 이렇게 일찍 일어났어요?"

언제 깼는지 잠이 묻어나는 눈을 비비며 문정이 다가와 앉았다. 흰색 가죽 소파에 앉은 그녀는 하얀 잠옷을 입고 있다. 체온이 전해질 정도로 가까이 붙어 앉은 그녀가 느리게 눈을 깜빡이며 그를 올려다본다.

"더 자."

"이미 깼는걸요."

잠이 어린 눈을 하고 몽롱하게 내뱉는다. 이렇게 억지 쓰는 모습마저 어쩔 수 없이 귀엽다. 아무것도 하지 않고 그저 곁에 있는 것만으로도 현실까지 좇아온 악몽의 꼬리 따위 한 번에 끊어 버리는 위력을 발휘한다. 즐겁다. 억누르지 못한 즐거움이 밖으로 새어 나올 정도로.

"꿈꿨어요?"

그의 손을 가만히 쥐고 감촉과 온기를 느끼던 그녀가 조용히 묻는다. 뜨거운 물로 씻어도 크게 나아지지 않아 손끝은 여전히 차다.

"오빠 스트레스 받으면 손이 차갑잖아."

말하고 살피듯 그를 본다. 잠기운이 여전히 가시지 않은 밤색 눈동자. 그 눈동자가 내보이는 호의와 관심과 '알고 싶다'는 노골적인 간청.

이 눈을 오랫동안 들여다보고 있으면 저도 모르게 무장해제를 당해 모든 것을 술술 고백해 버릴 것만 같은 무력감을 느낀다.

"꿈에, 페이가 나왔어."

그는 저항 없이 순순히 알리고 커피를 마신다. 문정의 눈빛이 어떻게 변했는지 보고 싶지만 아닌 척 시선을 내리고 머그를 기울인다.

"괜찮아요. 알죠? 괜찮지 않아도 괜찮다는 거."

그의 손을 꼭 쥐고 상체를 바싹 붙이며 억지로 새겨 넣기라도 하겠다는 듯 또박또박 힘주어 말해 온다.

그 밤, 인적 없는 골목에 널브러진 그에게 겁도 없이 다가온 낯선 여자도 같은 말을 했었다.

'무슨 일이 있었는지 모르지만, 아무 일 없이 그냥 그러는 거라 도…… 여하튼, 괜찮아요. 안 괜찮아도 괜찮아요.'

처음엔 그녀가 무슨 말을 하는지 알지 못했다. 아니, 그녀의 존재 자체를 인식하지 못했다는 것이 맞을 것이다.

낯선 사람이 곁에 바싹 붙어 앉아 끊임없이 무어라고 말을 걸고 있다는 사실을 한참이 지난 후에야 알아차렸다. 몸의 떨림이 일순 멈추고 귓가의 노랫소리가 사라져 버릴 만큼 그는 놀라고 말았다.

믿을 수 없는 상황에 비에 젖은 그녀의 정수리를 한동안 멍청히 내려다보았다. 어떻게 모를 수가 있을까. 어떻게. 끊임없이 떠오르는 의문 끝에 이 동양인 여자는 귀신일지도 모른다는 황당한 생각까지 했을 정도였다.

'괜찮지 않게 내버려 두지 마세요.'

자기 자신에게 타이르듯 진심을 다해 중얼거리는 그녀의 목소리가 빗소리에 섞여 선명히 그의 뇌리로 파고들었다.

낯선 여자가 말을 거는 일은 흔했다. 그러나 낯선 여자가 말을 걸고, 쉬지 않고 떠들어 대는데도 시끄럽지 않다고 느끼는 건 처음이었다. 게다가 그녀는 아무것도 모르면서 모든 것을 안다는 듯, 말하는 것에 망설임이 없었다. 그가 아닌 다른 누군가를 위해 말하는 듯도 했다.

'나쁜 기억이 있으면 잊어요. 잊을 수 없으면 바꿔요. 오빠가 원하는 방식으로. 기억은 원래, 마음만 먹으면 얼마든지 바꿀 수

있는 거니까.'

페이 못지않은 궤변을 지껄이는 낯선 음성. 그 속으로 당연하다는 듯이 탁성이 치고 들어왔다.

'넌 지금부터 나를 잊지 못해. 죽을 때까지.'

그 탁성을 밀어내며 그녀가 다시 한 번 말했다.

'그냥 바꿔 버려요. 같은 멜로디라도 단조를 장조로 바꾸면 완전히 다르게 들리는 것처럼. 그렇게라도 잘 살아남으면, 이기는 거예요.'

그날 이후, 그녀의 목소리는 그의 머릿속에 살기 시작했다. 활개를 치며 돌아다니고 시도 때도 없이 현실로 튀어나왔다. 그렇게 1년 정도가 지났을 때, 재미있는 일이 일어났다. 그가 처음으로 페이를 이긴 것이다.

신기한 일. 이상한 일. 황당하고 어이가 없는 일이지만, 실재했던 일이다. 그리고 그것을 증명하듯 여자는 자신의 눈앞에 살아 있다.

그 여자가 그의 눈을 보며 고개를 갸웃한다. 마치 새의 몸짓처럼. 그러곤 그의 양손을 모아 쥐고 빙긋 웃는다.

"따뜻해졌다."

"키스해 줘."

그가 불쑥 중얼거렸다. 거의 퉁명스러울 정도로 낮고 딱딱한 음성. 부탁이 분명하나 마치 명령 같은 어조. 여자는 잠기운이 완전히 물러난 밤색 눈동자를 또르르 굴리다가 그의 입술에 키스했다.

여자…… 문정의 따뜻하고 다정한 입술이 달래듯 그의 입술에 몇 번이고 겹쳐졌다 떨어진다. 키스가 점점 깊어지자 억지로 눌러두었던 그의 욕구가 다시금 고개를 들었다.

그것을 알아챈 탓인지, 아니면 그녀 자신이 원한 것인지 문정의 조그만 손가락이 이안의 상의를 벗기고 벗은 상체에 입술을 묻는다. 촉, 소리가 나게 키스하고, 혀를 내밀어 핥고, 이로물어 보다가 입안으로 빨아들인다. 그의 상체에 붉은 화인이 하나둘 늘어난다. 그것이 재밌는지 그녀는 간간이 물방울이 통통 튀어 오르는 듯한 웃음을 터트린다.

무표정하게 그녀의 하는 양을 지켜보는 그의 속내는 실상 그렇게 여유롭지 못하다. 너무 조그매서 힘껏 쥐는 것조차 겁나는 여자. 스스로 무슨 짓을 하고 있는지 잘 알고 있다고 생각하겠지만, 진실은 전혀 모르고 있을 게 빤하다. 그녀가 모르는 것이 비단 이것뿐이겠는가.

로즈의 얘기가 나오면 아무렇지 않은 척 표정을 가장하지만 이내 눈빛을 흐리고 만다. 그 눈빛을 들켰다는 사실도 알지 못해 자꾸만 웃음을 흘린다.

웃음을 흘리는 그녀를 뭇 사내들이 훔쳐볼까 자신이 얼마나 신경을 곤두세우는지를 짐작도 하지 못하는……. 로즈를 좋아하는 것과 그녀를 좋아하는 것이 얼마나 다른지를, 누가 봐도 명백한 그 사실을 제대로 알아채지도 못하는…… 사랑스럽고 사랑스럽고 사랑스러운 아내.

로즈를 핑계로 그녀를 얼마나 더 괴롭히게 될까. 그녀의 흐린 눈을 얼마나 더 보아야 직성이 풀릴까.

그만해야 돼, 끊어야 돼, 라고 생각하면서도 한 번만 더, 하고 빤하디 빤한 과오를 범하고 만다.

페이의 궤변대로라면 그는 그녀에게 벌써부터 중독되었다. 그리고 그녀는 그의 유일한 고통이다. 가장 치명적인 것을 '고통'이라 표현한다면 분명 그 말이 맞다.

페이는 미친 여자였지만 똑똑했다. 페이의 궤변도 해석하기에 따라 얼마든지 납득 가능하다.

"무슨 생각 해요?"

딴생각에 잠긴 그가 마음에 들지 않는지 샐쭉한 표정으로 문정이 묻는다. 이안은 대답 없이 별거 아니라는 듯 눈썹을 휘어 올린다. 그의 얼굴을 말끄러미 올려다보다가 시선을 내린 그녀가 거침없는 동작으로 그의 바지를 내리고 흥분한 중심을 꺼내 든다.

"내가 지금 무슨 생각 하게요."

그의 것을 꼭 쥐고 천진한 아이처럼 묻는다. 눈살을 찌푸릴 여유조차 없어 표정이 완전히 사라진 굳은 얼굴을 하고는 "그게 뭐든……." 하고 그가 천천히 입을 뗐다.

"그게 뭐든, 하지 마."

말투는 조금 날카롭다. 평소라면 주춤 놀라기라도 했을 그녀가 이번엔 아랑곳없이 고개를 젓는다.

"싫어요. 오빠 하지 말라는 게 너무 많아."

불퉁히 내뱉고 바닥에 앉아 그의 것에 입술을 댄다.

자신은 타고나길 비위가 약하므로 죽었다 깨나도 못한다고 호언장담했던 짓을 그녀가 하고 있다. 익숙하지만 전혀 익숙하지 않은 그 느낌에 그의 미간이 무섭게 구겨진다. 절로 튀어나오려는 욕설을 억지로 눌러 삼킨다.

그러니까…… 예전에 한 번 말한 걸로 기억한다. 혼자만 흥분하는 건 끔찍하다고. 그녀는 그 말을 벌써 잊었나.

그는 섹스 중에 상대 여성을 배려하는 타입이 아니다. 심지어 '하드'한 것이 취향이다. 문정을 만나고 잠자리 취향까지 바뀌었다. 여자에게 상처받은 것도, 질투한 것도 전부 그녀가 처음이다. 달리 표현하면 선문정은 그의 '첫 번째'가 될 것이다.

그러니까 그는 그녀 앞에선 언제나 약자다. 그 사실을 그녀만 알지 못할 뿐.

문정을 품에 안고 잠들었는데 깨어나니 없다. 다른 누군가와 같은 침대를 쓸 수 있다는 사실도 놀랍지만, 안고 있던 것이 빠져나갔는데도 잠이 깨지 않았다는 사실은 더 놀랍다.

삶은 놀라움의 연속이며 가능하면 경험주의자가 되라고 20년 전의 한성민이라는 남자가 그에게 말했다. 그의 말이 옳다. 미적 감각이 형편없다는 점만 제하면 거의 모든 면에서 옳은 남자다.

'만나는 여자가 영국 가기 싫다고 하면 어쩔 테냐. 억지로 잡아갈래?'

지난 5월 한 교수가 했던 말 역시 옳다. 놀러 가는 게 아니라 살러 간다고 하면 어떻게 좋아할 수 있을까. 그녀의 삶이 온통 다 여기 있는데. 게다가 문정의 영어 실력은 아무리 좋게 봐줘도 회화가 가능한 수준이 못 된다.

급할 건 없다. 어디든 갈 수 있고, 어디서든 살 수 있다. 그녀가 원한다면 그게 어디든.

셔츠를 입는데 손가락에서 낯선 이물감을 느낀다. 시선을 내려 왼손을 확인하는 그의 얼굴이 이상야릇하게 풀어졌다. 찌푸린 듯, 멍한 듯, 웃는 듯 기묘한 표정.

왼손 약지엔 민무늬의 심플한 백금 반지가 끼워져 있다. 혼인신고를 했으니 당연히 반지가 필요할 것이다. 시계를 제외한 액세서리를 좋아하지 않는 그로서도 결혼반지 정도는 착용할 의향이 있었다. 그러나 조금 더 특별한 방식으로 조금 더 특별한 것을 주고 싶었다.

고민이 길어지는 사이 이렇게 선수를 쳐 올 줄이야. 게다가 이토록 담백하고 용감한 방식이라니.

생각 끝에 어쩔 수 없는 웃음이 터진다. 한참 웃고 있는데 현관문이 열리고 문정이 들어온다.

"아침부터 어딜 다녀와?"

웃음을 그친 그가 평소같이 낮은 음성으로 물었다. 문정은 손에 쥔 휴대폰을 흔들어 보인다.

"월산 씨랑 통화하고 왔어요. 오빠 자는 데 방해될까 봐."

휴대폰을 쥔 그녀의 왼손에도 그와 똑같은 반지가 끼워져 있다.

"이거 무슨 반지야?"

이안은 반지가 끼워진 왼손을 주먹 쥐어 보였다.

"결혼반지요."

담담히 대답한 그녀가 "마음에 안 들어요?" 하고 조금 불안한 듯 묻는다.

마음에 안 들다니. 지금껏 살아오며 받은 선물 중에 제일 마음에 든다.

"마음에 들어."

"뭔가 주고 싶었어요. 받기만 한 것 같아서."

수줍게 웃은 그녀가 "늦었지만 아침 먹어야죠?" 하며 부엌으로 걸음을 옮긴다.

"어떻게 끼웠어?"

자신의 잠을 깨우지 않고 끼우기란 거의 불가능했을 텐데 어떻게 끼웠을까.

새벽, 그녀의 서툰 애무에 인내심이 바닥나 버린 그는 해가 뜨고도 한참 동안이나 그녀를 안고 놓지 않았다. 언제 잠들었는지, 얼마나 잤는지도 정확히 기억이 나질 않아 살며시 인상을 쓰는데 그녀가 《일러바치기 심장》 알아요? 묻는다.

"《The Tell Tale Heart》?"

떠오르는 원제를 대자, 잠깐 생각에 잠겼던 문정이 곧 고개를 끄덕였다.

"응, 맞는 것 같아요. 에드거 앨런 포 단편. 거기 주인공이 할아버지 방문을 여는 부분에 대한 묘사 있잖아요. 열린 문틈으로 고개를 넣는 데에만 1시간이 걸렸다는…… 그 주인공 못지않은 인내와 노력으로 반지를 끼우는 데 성공했어요. 진짜 1시간쯤 걸렸을걸?"

장난처럼 말하고 손가락으로 브이를 그려 보인다. 개구진 표정을 짓고 있지만 왠지 저 말이 참말 같아서 그는 따라 웃을 수가 없다. 1시간이라니.

"안 잤어?"

"조금 잤어요."

"조금 얼마나?"

"음…… 잘 모르겠는데."

고개를 갸웃한 그녀가 "화내지 말아요." 한다.

"놀라고 기뻐하는 얼굴 보고 싶어서 그랬는데."

돌아서서 냉장고 문을 여는 어깨가 시무룩하다.

그녀는 때때로 그의 상식으로 이해할 수 없는 터무니없는 짓을 저지르곤 한다. 1시간(어쩌면 그 이상)의 공을 들여 자는 사람의 손에 반지를 끼우다니. 단지 놀라고 기뻐하는 얼굴이 보고 싶어서?

옅은 한숨을 내쉰 이안이 "놀랍고 기뻐." 하고 그녀가 원하는 답을 한다. 실제로 놀라고 기뻤으니까.

문정은 샐러드용 야채를 손질하며 작게 고개를 끄덕인다. 그러곤 "사실은 아까 들었어요." 한다.

"뭘?"

냉장고에서 생수병을 꺼낸 이안이 대수롭지 않게 물었다.

"웃는 소리. 하하하, 하고 엄청 크게 웃던데."

"별로. 그냥 평범했어."

"문밖에 다 들릴 정도로 컸는데, 뭘."

"보통이야."

"보통 아니거든요."

"그럼 보통 아닌 걸로."

네 마음대로 하라는 듯 무심한 대꾸. 그러나 그의 입가엔 숨기지 못한 미소가 걸려 있다. 즐거워 죽겠다는 미소.

"엄마가 한번 보재요."

"드디어?"

이안은 유리컵에 물을 따르며 눈썹을 살짝 든다.

"응."

"언제?"

"이번 주말요."

물을 마시고 빈 컵을 내려놓은 그가 방울토마토 하나를 집으며 문정의 볼에 키스한다.

"준비하고 있을게."

문정은 대꾸 없이 양 볼을 귀엽게 부풀리며 웃는다.

문득, 행복하다는 생각이 든다. 사랑만큼이나 상투적인 관념. 그러나 행복하다. 그리고 사랑한다. 아무것도 증명하지 못하는 말일지라도.

그는 언제나 흐르는 대로 살아왔다. 웬만한 건 가졌고, 웬만하지 않은 건 가지고 싶지도 않았다. 괴로움도 고통도 자신의 몫이라면 기꺼이 수용했다. 그러니 그에겐 흐름을 거슬러야 할 이유가 없었다. 선택은 늘 그 수류 속에서 이루어졌다.

예외는 세 번 있었다. 음악을 그만두었을 때, 한국행을 결심했을 때, 그녀를 찾기로 결정했을 때.

찾지 않았다면, 다시 만나지 않았다면 기억 속에 작은 점으로 존재했을 사람.

흘러가는 대로 사는 것이 꼭 나쁜 건 아니다. 방식들은 나름의 장점과 단점이 있다. 다만 길을 벗어났기에 그녀를 만났다.

그리고 어쩌면 길을 벗어나지 않았더라도 언젠가는 그녀를 다시 만났을지 모른다.

크리스가 문정에게 넘겨 버린 이언 커티스의 셔츠. 그것을 그녀의 방에서 처음 발견했을 때, 그는 모든 것을 믿기로 했다. 로즈의 할머니와 그녀의 신앙이었던 셔츠의 행운과 우주의 법칙과 신과 운명과 인연과 또 그 밖의 수많은 것들을.

선문정, 그녀의 말대로 믿어서 손해 볼 건 없으니까.

The end

작가 후기

　오랜만에 글을 씁니다. 꾸준히 쓰지 않으니 늘 오랜만입니다.

　글을 쓰면서, 또 감사하게도 출간을 하게 되면서 새삼 이 일이 즐겁다는 것을 깨닫게 됩니다. '역시 로맨스는 좋구나.' 하고 혼자 웃게 된달까요.

　실제로는 말주변이 없는 사람이라 소설을 쓰는 것보다 후기를 쓰는 것이 더 고민되고 어렵습니다. 하자면 끝도 없이 늘어놓아야 할 것 같고, 하지 말자면 단 한 마디도 더는 필요치 않을 것 같습니다. 이런 제 성향이 알게 모르게 글에도 묻어나는 것이 아닌가 싶기도 합니다. 언젠가 아주 수다스런 인물을 써보고 싶기도 하네요.

　자타공인 '나이롱 작가'입니다만, 올해부터는 꾸준히 쓰자고 마음먹고 있습니다. 앞으로 다양한 이야기로 만나 뵐 수 있다면 기쁘겠습니다.

예쁜 책이 나오도록 애써 주신 주수지 담당자님, 꼼꼼하게 교정을 봐 주신 이은정 님 감사드립니다.

부디 한 분이라도 더 즐겨 주셨길 바라며.

항상 평안하세요.

빌리프
Belie